古玩异闻录

死亡金像

三爷 著

上海社会科学院出版社

目录

第一回 噩耗 /1

第二回 燕大惊魂 /5

第三回 活尸 /10

第四回 "群贤会"（一） /15

第五回 "群贤会"（二） /20

第六回 "群贤会"（三） /25

第七回 王大帅"点兵" /31

第八回 素光刀和罗半仙 /37

第九回 谶语 /43

第十回 玄机 /50

第十一回 董少爷的妙法 /57

第十二回 街头奇遇 /65

第十三回 古庙秘事 /72
第十四回 怪异的生还者 /78
第十五回 恐怖秘闻（一） /87
第十六回 恐怖秘闻（二） /94
第十七回 夜半鼓声 /101
第十八回 惊变 /108
第十九回 凶尸 /114
第二十回 走为上策 /123
第二十一回 荒山夜宿 /130
第二十二回 血祭 /137
第二十三回 鬼抬轿 /148
第二十四回 围场谈怪 /158
第二十五回 紫金罗盘 /166
第二十六回 庙宫 /174
第二十七回 又见尸堆 /185
第二十八回 异兽 /193
第二十九回 除怪 /201
第三十回 壁画 /211
第三十一回 地宫（一） /220
第三十二回 地宫（二） /226

第三十三回 逃出生天	/232
第三十四回 黄雀在后	/238
第三十五回 尸迹之谜（一）	/246
第三十六回 尸迹之谜（二）	/253
第三十七回 真情	/259
第三十八回 半仙指路	/267
第三十九回 鸿门宴（一）	/275
第四十回 鸿门宴（二）	/283
第四十一回 真相	/290
第四十二回 另一个真相（一）	/298
第四十三回 另一个真相（二）	/305
第四十四回 另一个真相（三）	/311
第四十五回 尾声	/315

第一回

噩耗

"阿嚏！"董无忌被新端上桌的冰酪中丝丝甜凉之气熏得鼻子发痒，忍不住打了个喷嚏。他望着眼前冷玉凝脂，晶莹翠润，点缀着松子仁、葡萄干的第三碗冰酪，尽管觉得肚子实在吃不下了，可眼还没饱呢。董无忌的一番举动引得嘴里正在大嚼火腿什锦酥的赵大头乐不可支，他转头对摇着泥金小扇咯咯直乐的柳梦珊说："小柳你瞅瞅！你还当他是乱世才子呢，吃东西跟谁跟他抢似的！这来今雨轩做的冷饮越来越回去啦，头些年哪有用黄葡萄干的？那都是白的，以为老子没见过吃过似的！"

柳梦珊眉毛一挑轻叹一声，白了赵大头一眼，拿起小勺从董无忌的冰酪里挖出一块，塞进嘴里慢慢品味着酸香甜润、入口即化的美妙感觉。她摇了摇头笑道："你们哥俩见面就掐！一天不在一块瞎闹哄就想。现在这年头，有这个吃就不错了。大头你小点声，就显你声大！"说着，她给董无忌递过一块粉红色的手帕示意他擦嘴。

接过手帕抹了把嘴，董无忌抬头望望，碧空如洗，比自家铺子里那块蓝宝石还鲜亮明翠，云卷云舒缓缓流动；再看看四周，也是静悄悄的，十几张桌子只有两三个长衫客端坐如仪，品尝着各色美味。来今雨轩的美食和茶会，打民国初年就叫开了牌子，如今十来年过去，更是声名远播。别的不提，单城内外有名的文人雅士、遗老名士、学界政界精英乃至北洋各大衙门附庸风雅的大人老爷们，谁不喜欢穿着斯文，装模作样来这儿吃点点心，喝点香茶，标榜些许"文化雅韵"。

"唉，没劲透了！"董无忌撇撇嘴，"你说这燕大也是，放个暑假叫咱去'勤工俭学'？梦珊他爸，柳叔叔还斥责我'不知民生艰苦'，要学会自立自强。上哪儿勤工？怎么叫'俭学'？莫非都得跟他老人家当年在日本留学似的到处找活干？你俩说，咱是去做大街上摆摊卖灌肠、豆汁、槽子糕还是冰棍？或者找个论事茶馆跟人家大师傅做泥瓦小工？咱也没学过呀！咱这儿是老北京，干啥有干啥的规矩，五行八作门派不一，无缘无故人家凭什么收你？干个三天两早晨咱扭甭一走，当师傅的还不骂街？要说那些'金评彩挂、皮团调柳'咱更摸不着门，除非像大头久历江湖，在江湖上走走，不定闯出点名气呢！"

"我——呸！"大头噗嗤一笑，"我说兄弟，不是我瞧不上你，就尊驾您这衣来伸手饭来张口的蜜罐子里长大的少爷样，还行走江湖？出门就得叫人卖了还帮人数钱呢！您可歇歇吧，就你在学校混的那成绩，门门挂彩，还不如我在江湖上混几年呢。是啵，小柳？"

柳梦珊哭笑不得："董无忌，你别满嘴胡沁！你小子又馋又懒又到处耍少爷脾气，谁敢教你'勤工俭学'？你爷爷和你爹早把你宠到天上去了，除了会吃喝玩乐瞎胡混，还会点什么？"

"不能那么说呀，梦珊！"董无忌做了个鬼脸笑道，"我真要是个废物点心，你爹咋会跟我是'忘年交'？再咋说咱也是正儿八经燕大国文系的学生！虽不称才高八斗，学富五车，肚里也着实有东西呢！我说这'勤工俭学'就是矫情，学生嘛就得好好学习，弄这些虚套子干啥？家业不好的可以出去干点，像我们家这种，哦，大热天非得乱跑出去，出一身臭汗，赚俩小钱回来，才叫'苦其心志，劳其筋骨'？这才是虚伪扭捏道貌岸然呢。没听过张真人典故？"

一说典故，赵大头和柳梦珊提起了精神，就知道他一肚子故事。董无忌摇头晃脑地说道："清朝乾隆年间，龙虎山张真人入京朝贺，诸王贝勒盛排酒宴，请他吃饭，在座的王公请教他养生修行之法。你们猜，张真人怎么说？"

大头忙问："咋说？还不是得少喝酒少玩乐，跑到深山去吃素？"

"哈哈哈哈！大头是猴吃麻花——满拧！当日张真人指了指满桌山珍海味美酒佳肴笑道：'诸位王爷说养生长寿修行之法？这不就是？'诸王贝勒大惊，张真人继续说：'诸位天潢贵胄，有此福缘安富尊荣便是，何苦素食俭衣强行作假跑到深山老林修道呢？道合自然，自然就是顺其自然，才合于道。假模假式就是违反自然喽！咱们现今吃点喝点玩乐点，不也是'合乎自然'嘛。"

俩人被他一番强词夺理逗得大笑不止。大头捂着肚子笑得满脸花，说："怪不得四九城都说'北大老，师大穷，清华、燕京可通融'，敢情燕大里铁嘴钢牙的少爷真不少！小柳，我看你还是早早给咱们董少爷找个对象，叫他去花前月下'通融通融'，省得见天跟这儿耍嘴皮子！"

旁边诸位文质彬彬的客人不时瞅瞅笑语言欢的三个人。仨人都很年轻，正座上的董无忌是个十七八岁俊秀青年，穿一身干净挺括的黑呢子学生制服，皮鞋锃亮；眉目清秀唇红齿白目光炯炯，透着精明，脸上带着俩酒窝和隐隐调皮气，显得书卷气里夹杂了些许玩世不恭。

左面赵大头二十出头年纪，长得五大三粗，膀阔腰圆，抹子眉大环眼，蒜头鼻子，大嘴巴叼着烟卷，却是老北京阔少打扮：绛紫缎子裤褂，白绸中衣，腰里系着一条一巴掌宽的虎头镀金腰带，白袜布鞋，手里攥着俩青玉核桃，神情油滑精干，透着江湖气。

右面柳梦珊婷婷袅袅，一身青细布学生衫，下头黑裙子小皮鞋，削肩细腰长挑身材，俊眼修眉顾盼神飞，手执一把泥金小折扇遮住笑颜。

仨人说笑一阵，董无忌偏头问："老师还没回来？这一晃也得一个多月了吧？"

柳梦珊轻叹一声，眉毛一挑："说起这事儿，我心里总打鼓，按说这年月战火纷飞，大帅们不是你打我就是我打你，政府怎么会想起往热河派什么文化考察团呢？我爹那人，满脑子之乎者也曰诗云，在课堂里讲讲课最合适，文化考察应该请野外考古系去呀，哪知请了他去做顾问，谁知他们怎么想的？偏巧那几天我没在家，不知道上头怎么鼓捣的。唉，我爹一向老实厚道，洵洵儒雅不会拒绝人，这一趟还不定怎么辛苦呢。"

大头点头："小柳这话不假，热河是张大帅的地盘，咱直隶、华北和京城，是曹老帅、吴大帅和王大帅仨人的地界。大总统都跟庙里佛爷似的供在西苑，只会笑眯眯说点片汤话，丁点做不了主。这阵子正斗得乌眼鸡似的恨不得你吃了我，我吃了你，哪有工夫鼓捣啥文化呀。"

"号外！号外！"报童背着大布袋溜达过来，见这儿客人不少，扯着嗓子开始喊，"号外！吴大帅、王大帅奉曹老帅命令，运筹帷幄，在直隶各处调兵遣将，赶赴山海关……"

"嗐！小孩，别他妈瞎嚷嚷！成天介调兵打仗！你那有不打仗的报纸吗？"报童被大头一嗓子吼得一哆嗦，翻翻手里报纸，挠头苦笑道："不打仗的报纸……我这儿，您别说，还真有，也是号外！"

董无忌笑问："啥事？"

"政府派遣的文化考察团在热河围场附近全部神秘失踪！"报童就这一嗓子，惊得仨人如五雷轰顶！啪一声，柳梦珊手里的茶杯掉在地上摔了个粉碎。她猛地一把薅住报童问："什么？你再说一遍？！"

董无忌早一把抓过几张报纸，展开铺到桌上。仨人六只眼仔细观瞧，只见《京华日报》通栏上有一行粗大的黑体字，好似墓碑上的铭刻：政府所派文化考察团遇险！全部队员在热河围场神秘失踪！下面小字：本报急讯，据可靠消息，由北洋大学教授、文化考察团队长张文达先生率领的文化考察团，沿京城一路北上考察各地文化，硕果累累，不料近日于热河围场某地全部神秘失踪，下落不明，生死未卜……大总统甚为挂怀，已会同曹老帅即刻发文，令东三省督办公署及热河当地军警立即严密搜索救援云云……

后面还有几篇记者们吹捧大总统曹老帅和祈祷考察团安全的马屁文。此刻报上的小字黑漆漆如墨染一般扭曲成怪异可怖的乱草字符，看得仨人头晕脑涨无暇细思。柳梦珊心烦意乱泪水盈眶，一个撑不住扶着桌子摇摇欲坠。董无忌赶忙上前扶住，肃然说："先别急！大头，赶紧去叫车，去燕大！"

"先生，先生，您还没给钱呢！"小报童见仨人看了号外新闻勃然变色，吓得瑟瑟发抖。赵大头挠挠头，烦躁地抓出几张毛票扔给他。仨人急匆匆出了中山公园，坐上洋车绝尘而去。

第二回

燕大惊魂

　　空气干燥中透着灰尘是京城的常态,路上车马一过,腾起一片灰蒙蒙的脏土。董无忌挽着失魂落魄的柳梦珊有些发抖,赵大头嘬着牙花子在后头车上直抽闷烟,不时咳嗽几声,好像显示他的胆量。然而,青天白日之下,仨人刚才在来今雨轩吃的冷饮全化作一身冷汗,因为柳梦珊相依为命的父亲、燕大的柳玉庭教授正是此次文化考察团的顾问!

　　全部失踪、下落不明、生死未卜,这三个词儿像是恶鬼的爪子狠狠抓住了柳梦珊的心。大庭广众之下,一向坚强爽利的她不敢哭,心里却像滴血一样疼!她猛然想起前阵子父亲那位老同学、留学时代的同寝室友、跟父亲风度有几分相似的北洋大学教授张文达,异常斯文礼貌地在她家跟父亲侃侃而谈时的情景,当时父亲是怎么说来着。她狠狠掐了一下自己,后悔没多注意一些细节,她只记得后来父亲便常常长吁短叹……

　　因为暑假,燕园里到处静悄悄的,还有些知了在这座犹如中国古典宫殿群的大学校园的树丛里不停鸣叫,黄瓦白石,流水潺潺,显得异常温馨安谧。柳梦珊对这种畸形的安谧提心吊胆,往常最为熟悉的回家之路也陌生得令她不安。

教师宿舍区的柳家还是老样子，董无忌常来常往惯了，推门就见柳教授喜欢的半瓶竹叶青、一套清仿汝窑杯搁在书桌上。古朴的文房四宝，连端砚的盖都没盖上，里面残存的墨早已干成片片黑斑，散发着淡然的幽香。原先纤尘不染熠熠生辉的铜笔架也落了灰，显见很久没人擦拭了。想起不久前自己还带着豆汁、焦圈和糖皮儿锅盔，来拜访半师半友的柳教授，爷俩边吃边喝天南海北大聊一通儿，老头还拉他下了几盘围棋，教他些古籍上记载的书画古玩和堪舆地理知识，如今却是斯人远去，生死未卜，饶是董无忌平日玩笑调皮，机灵活泼，也感叹不已。

望着空荡荡的屋子，柳梦珊有些慌乱，不知道该找什么还是拿什么，或者只为了感受一点父亲原来的气息。大头见多识广沉得住气，忙说："我说小柳，咱不能待在家里瞎趑摸，没用！快想想，柳教授跟着去热河，都有谁知道？"

"自然是北洋大学的张文达他们家，还有上头哪个衙门派的咱也搞不清呐！"董无忌苦着脸说。

柳梦珊一激灵："对！我爸去之前，跟留校的庄副校长谈过话！庄叔叔是暑期留校的主管，又是我爸的同窗！"

"那就别抻着啦，快走！"大头拽着俩人出了门。一边走，董无忌一边心里突突直跳，他觉得要出事！

教务楼是四层的砖灰色建筑，上头尽管是绿琉璃瓦中国古典宫殿模式，但其实梁柱、开间的设计和工料用的都是西洋式的。燕大校长是个号称"中国通"的美国大鼻子，最爱老中国建筑，请了位美国建筑师，细心琢磨照猫画虎盖了这座中西合璧的校园。

楼里头的装修美轮美奂，屋内壁炉、抽水马桶、电话机、打字机等应有尽有。外头已然爬满了枝枝蔓蔓纠缠不清的爬山虎，一水儿的青石台阶。仨人进了镶铜大门，只觉得一阵森然凉爽，外头闷热的风一丝儿不觉。宽敞的大厅空无一人，仨人往二楼正中看，白色墙上挂着个西瓜大的西洋表，时针正指在下午两点半。

柳梦珊瞪着二人说："二楼，副校长办公室！"仨人顺着镶了实木扶手的楼梯上了楼，董无忌四处瞧瞧，右眼皮直跳。楼道里很安静，大理石地面上只有仨人"咔哒咔哒"急促的脚步声。两旁的棕色木门都死死关着，毫无人气，外头日光照不进来，四周尽自凉爽，却显得有些幽暗。

"咕噜噜……"一阵肠鸣，柳梦珊和大头回头一看，董无忌捂着肚子有点异样。

"你又怎么了？"柳梦珊气呼呼问。

"哎哟，嘶……肚子、肚子不给劲儿，吃的冰酪有点多，都是它作的孽！不成，我得先去解个手！"

大头嗤笑道："你小子真是懒驴上磨！小柳，赶紧得先让他去茅房，别见了庄副校长再拉了裤子。"

"你小子甭挤兑我！梦珊，你俩先去找庄副校长，我一会儿就来！"董无忌肚里搅得越发疼痛，也不顾柳梦珊涨红的脸，捂着肚子一转身奔了厕所。

董无忌一推厕所门，只见里头白灿灿一片，全贴着白瓷砖，左边是小便池，右边是半人高挡板门，里面是抽水马桶。这厕所，除了城里六国饭店独一份儿呢！一拉溜八个橡木挡板门都开着，来不及细看，董无忌一下蹿进离自己最近的一间，余光瞥见一人靠在小便池的墙角好像低头撒尿呢，他也没当回事，褪裤子蹲下开始方便。

"哎，真舒坦！"老话说人有三急，真不是瞎编，肚子里方才搅劲儿疼得他直冒汗，片刻间便浑身通泰，三急一去，人的精神立即松懈了。董无忌懒洋洋琢磨着柳梦珊和大头进去见了庄教授怎么谈。

那老头他见过，日本留学之后又去英国待好几年，化学学得咋样他不知道，可这老头实实在在地有股子傲慢、保守、桀骜不驯的优越感，叫人太不舒服。想起那老头挺着高鼻子一本正经跟柳教授谈老北京八大胡同的娼妓文化，董无忌忍不住噗嗤笑了。

嗯？有点不对，靠在墙角那哥们咋还没尿完？他伸长脖子瞅，那人喝醉了似的靠在那并没挪窝，低着头看不清长得啥样，一身干净的蓝布大褂，白袜布鞋，前摆都快贴进小便池了，盘算时间，都快一刻钟了都不动弹，莫非有难言之隐？董无忌捂着嘴直乐，他没少听大头说那些有"难言之隐"的江湖人尿不出来头顶墙的惨状，俩人为此笑得嘎嘎的，今儿还真见了一位！

运气凝神，肚子里的疼劲儿消失无存，董无忌长舒了一口气。静谧的厕所里除了水龙头"滴答滴答"清亮的滴水声，好像还有另外一种声音。"梆……梆……"清脆入耳,像是什么东西碰到木隔间上,"吱……吱……"还有什么重物晃动的声音。

奇怪,他伸脖子四处瞅瞅,厕所并不大,一水儿白瓷砖,除了还斜靠在小便池的那位和自己,静得掉根针都听得清清楚楚,哪来的声音?刚要站起身,"坏喽!"董无忌发现了一件最要命的事儿:他没带手纸!他四处踅摸,抽水马桶旁边都有小筐装用过的手纸,低头一瞧,估摸着是暑假,没人来上厕所,小筐子里干干净净,一点纸毛也没有。

嗨,真是出门没看黄历倒霉透了!董无忌气得直嘬牙花子,他可是爱干净、正格儿的体面小伙,这回可出了丑。一看小便池那位还在那儿杵着呢,他轻声喊了一句:"哥们,不,同学!同学?你带纸了吗?"

那人充耳不闻。

"嗨,我说同学!你那大裲前摆都掉里头啦!我问你带纸了没有!救个急,哥们没带纸!"那人还是一动不动。董无忌这个气哟,忍不住提高了声音:"同学,你耳朵聋啦!我问你带纸了没有!麻烦……"他猛地一怔,自己声音在空旷的厕所回音嗡嗡的,那人竟然还是纹丝不动。

董无忌急得想骂几声,屁股还露着呢,只好忍气吞声抓耳挠腮想办法。片刻,空气里一股非檀非麝带点甜腥味儿淡然散发,董无忌仔细闻闻,好像还夹着点线香味儿。"这燕大,熏厕所都这么讲究!怎么不预备点纸啊!"董无忌一面埋怨一面闻,不大会儿就觉得心恬意恰,跟喝了美酒似的晕乎乎的舒坦。

"梆……梆……吱……吱……"方才听到的奇怪的声音更响了,董无忌晕晕乎乎,觉得十分舒服。也不知多久,董无忌清醒了一点,晃晃头,感觉自己差点睡着。嗯?厕所里像是罩了一张大幕,阴沉沉黯淡无光,说不上漆黑一片四周却模模糊糊。"天黑了?坏醋了,梦珊和大头又得急得跳脚!"他自言自语,腿麻得厉害,实在找不到手纸,只能委屈一张兜里的纸币喽,掏出一张刚要往下放,忽然隔间下头的缝隙里缓缓递过来一沓雪白的手纸。

"谢您了!"他大喜过望,接过来打开两张擦了屁股,又打开两张,觉得里头黏糊糊的,晃晃脑袋仔细一瞧,登时大惊,里面是一摊红彤彤的血!他一个激灵先摸摸屁股,没血,再起身飞速扎好腰带,忍着蹲久了一阵头晕,手里浸染鲜红血迹的手纸犹如一只巨大恶毒的眼球儿，看得他不寒而栗！

"谁？！谁他妈跟小爷开玩笑！赶紧滚出来！"董无忌爹着胆子喊了两声，空荡荡的厕所里只有回声。"咣咣！"他对准一旁递手纸的木隔间捶了两拳，里头死寂一片。董无忌刚才一直没注意，进厕所这么久，就他和对面小便池那哥们，从没有人进来。这、这手纸是谁递过来的？！莫非是……

董无忌身上一冷起了一层鸡皮疙瘩，尽自平日里见多识广，可毕竟才十七八岁，他眨眨眼强忍恐惧，轻轻低下身子透过缝隙往隔壁间一瞅！

没人。

厕所里更暗了，董无忌战战兢兢想跑，却怎么也迈不开腿。他隐隐感觉到更大的不安，哆嗦了几下，打小从老人那听来的所有鬼故事一拥而上冲进他的脑袋，搅得他天昏地暗头疼欲裂。董无忌抱着头靠在木隔间壁板上，浑身无力，半边身子都凉了，觉着自己和那个非人非鬼的东西，就隔着一层薄薄的木板……

一些东西在蠢蠢欲动。

第三回

活尸

　　他拍了拍疼痛的脑袋，耳边又一次清晰传来"梆……梆……吱……吱……"的声音。那声音离得很近，大概就在隔壁的上面。上面！他猛地一抬头，不由"啊！"地大叫，一屁股瘫坐在地上！就在他脑袋斜上方，赫然有一张五官狰狞、七窍流血、舌头伸出半尺长、嘴角挂着诡异的微笑的脸。那双暴突而出的眼球正直勾勾死死盯着他……是庄副校长！

　　一向老英国绅士装扮的庄副校长脖子下吊着一根领带，正拴在厕所的通水钢管上，一身西装笔挺，皮鞋锃亮。领带已然把尸体脖子拉得老长，此时的庄副校长就像只被掐死的鸭子，身子"吱呀、吱呀"钟摆似的左右晃动，他的皮鞋正碰在木隔间壁板上。原来，刚才一阵阵的声音竟然是……

　　"杀、杀人啦！"心胆俱裂的董无忌恐极生勇，一下从木隔间跳出来，拔腿就想跑，可小便池那位还在那儿杵着。"有人就好，有人就好。"他冲过去一拍那人肩膀大喊，"哥、哥们，快、快走！这里有死人！庄副校长吊死啦！"

　　厕所好像起了一层薄雾，影影绰绰，靠在墙角穿大褂的人肩头仿佛动了动，慢吞吞转身。董无忌大喊："赶紧叫人去啊！你小子尿了半个小时，怎么……"往下一看，他便哆嗦成一团，那人根本没脱裤子！

"不好！"董无忌转身要跑，那人却像脖子抽筋一样转过了脸。

那人死灰色的脸上挂着诡异的微笑，灰暗暗的，脖子上小孩嘴巴一样的伤口喷出的鲜血已然干涸，两只手缓慢准确地朝董无忌脖子抓了过来。董无忌哇哇大叫着，刚跑了几步就"砰！"撞上了个身躯。董无忌一抬头，正是刚才吊死在通水钢管上的庄副校长。庄副校长的舌头顺流而下着恶心的黏液，暴突的眼球像是看着一道美味佳肴般瞪着他，双腿直挺挺一蹦就到了跟前，一把掐住他的脖子，后头紧跟着穿大褂的那人也蹦了过来。俩人，不，两具尸体活了一般张牙舞爪围着董无忌，把他逼到了墙边。

董无忌惊恐地喘着粗气大叫着救命："大头！大头快来啊！这儿有俩死人！"任凭他喊破了喉咙，眼下除了自己惨叫的回音，就是面前两具恐怖活尸。

董无忌艰难地扭动身躯不让两具活尸碰到自己，他使劲摸着，但始终摸不到门把手。他绝望地回头一瞅。天爷！身后厕所哪有门，是一堵黑漆漆的石墙！漆黑一片的墙壁像是能吸光的血盆大口，把厕所里所有的光明缓缓吸入其中。黑暗笼罩，四只冷冰冰的手掐住了董无忌的脖子。他身子一挺，甚至还没来得及用力反抗便觉得一阵窒息，越来越大的禁锢令他喘不过气，憋得通红的脸像面前两具活尸一样慢慢透出死灰，片刻他觉得自己两只眼珠儿都暴突出来了。

"救、救、救命啊！！"濒死前的刹那董无忌攒足了劲儿猛地放声大叫，"砰！"一声巨响，门板被撞开，厕所里透进光明。"砰、砰！"几声，面前两具活尸好似风筝一样忽然不见。脖子上被死命掐着的劲儿一松，董无忌大口呼吸着新鲜空气瘫软在一个宽厚的怀抱里，呼哧呼哧喘了半晌。他以为是赵大头，晕晕乎乎一拳打在那人结实的胸脯上骂道："大头你个孙子，你怎么才来！小爷快叫鬼掐死了！快告诉梦珊，庄、庄老头吊死了……"

一只温热的手握住了他，"大头"并没说话，只翻翻他的眼皮，呼噜了一下他蓬乱的头发。昏昏沉沉的董无忌十分厌恶地推开了"大头"的手。咦？"大头"身上常见的烟味儿一丝不闻，却带了些芬芳的肥皂香气和淡淡的成年男子体味。他顺手一摸，摸到"大头"左手上戴

11

的手表。又惊又怕又累的他被打横抱起来，他躺在怀抱里安心而舒坦，在昏过去刹那他猛然想起：大头从没戴过手表……

也不知过了多久，头疼欲裂的董无忌只觉在无边的黑暗之中绝望地痛哭，大喊大叫。突然一丝冰凉贴在他的额头，耳边响起叽里咕噜的说话声。都是中国话，可他就是一句听不清，运运气眨眨眼动了动，发觉自己躺在一个温热结实的怀抱里，便使劲儿挣了挣。

"别动！老实躺着。"这声音不是大头，更不是梦珊。他迷迷糊糊仿佛看见一张年轻陌生而英俊严肃的脸。"醒了，醒了嘿！梦珊，快过来！无忌醒了！"大头焦急的声音传来，董无忌心中一动，只听梦珊痛苦的哽咽抽泣声："你、你可吓死我啦！"说着压过一个略带少女气息的身影。

"你们别动！他还没缓过来，再等半个钟头才差不多，把冰棍扔了，再包一块。"陌生男人冷峻的话里透着威严。晃晃悠悠有点颠簸，董无忌明白了，这是在汽车上，四周窗户上都蒙着黑布，隐约间瞧不清车上除了他们仨还有几个人。车很大，开得也很稳，轮胎压在简易公路上自然颠簸。

"我的小爷，你、你他娘可醒过来啦！刚才梦珊哭得死去活来，以为你小子没救了呢！咱哥们才处了不到二十年，你可别这么着急丢下我们！不介，你就是做了鬼，老子也要把你揪回来！"大头哽咽难忍，伴着柳梦珊的哭泣声在董无忌耳朵边喋喋不休。董无忌有气无力地喊："哥儿们，我还没死呢。你甭急着给小爷念丧！赶紧清清嗓子，给小爷说说，到底怎么回事啊！"

一向率直爽快的大头挠挠头结结巴巴说："甭提了小爷！你进了茅房，我和小柳去庄老头办公室敲了半天门，没人答应，撞开门一瞧，空无一人，只好四处找人，哪知道楼里根本没人！半晌，我们听见你鬼哭狼嚎，刚想去救你，就被他们抓了，今儿真是倒霉透了。"

"我、我遇上的鬼呢！"董无忌心乱如麻地说。

"那不是鬼。"陌生年轻人拍了拍他的头忽然插了一句。

汽车飞驰，众人一时无话。换了一块包冰棍的毛巾，董无忌精神更好了些，不好意思靠在别人身上，直起身靠在座上缓缓睁开了眼。车厢很豪华，又宽又大的真皮座椅黝黑发亮，后排果然有俩大汉虎视眈眈警惕地盯着大头和梦珊，自己这排左边坐的应该就是救自己的那位：剑眉朗目，直鼻阔口，身材高大挺拔，气度沉稳，十分俊逸英武，穿的跟自己一样，黑色学生装，脚下一双短腰皮靴锃亮。他纳了闷：眼前这位说是学生吧，年纪气质不像；说是黑道呢，丝毫没有江湖气；说是警察宪兵，没有那种暴虐气，更不像生意人和文官，到底什么来头呢。董无忌跟大头对视一眼，俩人心领神会：这人不简单。

又过了一会儿，听到外头熟悉的老北京叫卖声，董无忌心中一动：进城了。看不出天色，他偷偷斜视陌生年轻人的手表，谁知他很大方，左手直接伸了过来。"妈呀！都下午五点多了！"董无忌叫了一嗓子，朝冷峻的年轻人问，"嗯，尊驾您是谁我也不问，您能送我们去琉璃厂明古阁吗？我叫董无忌，我爸董仪周是明古阁的大掌柜。"

"不能。"那人冷冷回答。

"那，您能送我们去廊坊二条吗？我哥们赵大头的姥爷在那有买卖。"

"不能。"

大头有点不忿："我说朋友，都在江湖走，咱们承你的情，今儿是您救了咱们，可今儿我们确实有事，这位小柳妹子的爸爸失踪了，我们今儿去燕大又碰上这么一档子事，咱大恩不言谢。大家心里都不好受，我们必须得回去跟老家儿说一声，您这是要带我们去哪儿啊？难道我们被尊驾您绑票了？！"

"不是。"那人沉着脸像尊塑像，正眼也不看他们仨。

柳梦珊气得要呛，被董无忌按住手，他想了想坏笑问："尊驾刚才的冰毛巾还有吗？"

"怎么，头还是晕？"那人转头看看董无忌，目光炯炯。

"我、我想吃个冰棍儿凉快凉快，嘿嘿。"

前头俩大汉发出嗤嗤忍笑声。冷峻的年轻人这才明白董无忌在打趣儿他，脸一沉说："没有了！"

车停了，一开门就透进阵阵森凉水汽，董无忌精神一震，心中明了：这是到了什刹海。老时年间，北京城里的水源说多也多，说少也少，从玉泉山和附近河流进入京城的水脉，最好的都是被皇家占用。三海最大，金水河其次，这是皇城内的。内城最大的水脉就是什刹海，这块水脉元代称积水潭，包括西海、后海、前海三座大湖，西起新街口，东到地安门外大街，附近古刹庙宇、皇亲国戚的府邸星罗棋布，是西北城最有名的风景胜地。

仨人一下车，见了夕阳金晖和周围熙熙攘攘的人群，顿觉刚才燕大惊魂一幕恍如隔世，面前飞檐高耸柳枝轻扬，一座宽大的门脸儿，正是九城闻名的会贤堂。会贤堂是老北京有名的大饭庄，位居京城八大堂之一，四九城家喻户晓妇孺皆知。打前清那会儿，它便是内城王公亲贵、文武大臣和富豪财主们举办婚嫁、庆寿庆典之地。会贤堂五套宽敞的四合院绵延排开，里头几十间高大房屋，前堂后楼，西跨院大戏台轩敞通达，四周层楼可供数百人听戏观剧，里外厅轩廊榭十分气派，能同时摆开百十桌八珍席面。

最美是夏秋之际，会贤堂门大开，粉墙画壁，面朝什刹海，水面微波荡漾，垂柳碧绿如烟，浩渺碧波似江南烟雨，届时邀请几位好友知己，叫几壶莲花白，临窗赏景，柳荫树影，曲院风荷，湖光山色，清幽雅静，顿觉身处空山深谷，人间仙境。

"嗯？怎么到这儿来啦？"赵大头匪夷所思，小声跟董、柳俩人嘀咕，"这年月真稀奇！绑票的还请肉票上大饭庄吃饭！真邪性！"董、柳俩人也丈二和尚摸不着头脑，被几个大汉"夹护"着进了前厅。

第四回

"群贤会"（一）

大厅里空无一人，只有一个撩高的小伙计战战兢兢小跑过来冲冷峻的年轻人一躬，小声说："爷，上头正候着呢。"年轻人摆摆手领着众人直入中厅。董无忌发觉中间从不关的联门被关得严严实实，透过缝隙，后楼七开间的楼厅静悄悄的，仿佛空无一人。年轻人先三后四敲了七下门，里头不知嘀咕了什么，片刻联门被打开。大头边走边说了一句："咱们这是既来之则吃之吧。"四周呼啦围上几个手执盒子枪的矮墩墩大汉，董无忌怔人一怔，为首大汉歪头冲冷峻的年轻人点点头。董无忌胆儿小，哆嗦着挪不动步，刚想转身就被冷峻的年轻人一把拉住："干什么去？！快跟我上楼！"

可煞奇怪，楼上四处静悄悄，空无一人，外间大厅只有一席丰盛的酒宴，窗外吹来的阵阵晚风融合起奇异的香气，令人心脾俱安，胃口大开。

陌生的年轻人似乎对这里很熟悉，脚步轻盈地走到悬挂了帷幕的内厅门口，轻轻往里张望。大头颇不安分，拽了一下柳梦珊，又狠狠捅了一下方才惊悚不安、此刻却早已被各色美食吸引正咽口水的董无忌，示意：瞅见了没？请客这人可不简单！

不用大头说，董无忌一双俊眼早看出来了，桌上一色嘉庆青花官窑瓷器，摆的是会贤堂本店的什锦冰碗子，福全馆的水晶肘子，泰丰楼的茉莉竹荪，东兴楼的烩鸭腰鸭条、糟溜鸭肝、酱爆鸡丁，福寿堂的翠盖鱼翅，谭家菜的清汤燕窝，春华楼的银丝牛肉，便宜坊油润润的焖炉烤鸭，惠丰堂的葱烧海参，同春园的松鼠鱼，鸿宾楼的红烧牛尾，淮扬春的蟹粉狮子头⋯⋯南北荟萃，琳琅满目，香气扑鼻。

单说这桌菜，既不是燕翅席，也不是参翅席、鸭翅席，却有京城各大老字号的招牌菜、私家菜，甚至有钱也吃不着的年节敬桌菜！甭说吃，不是老北平的老饕吃家，连菜名都叫不上来，这可叫人匪夷所思喽。无怪乎，连久历江湖的赵大头和打小跟着父祖见多识广的董无忌也丈二和尚摸不着头脑：请客的到底是哪位尊神？

"过来！"陌生的年轻人见仨人对着一桌菜大眼瞪小眼，一摆手示意仨人进内厅。内厅里一片死寂，周围雕花窗棂全被遮盖了玄色大窗帘，又加了一层黑布，显得格外幽深而神秘。几人刚从外厅明亮之处进来，立即被黑暗闪了一下，半响才借着正面星星点点白咪啦的光看清了内景：近处平摆两排椅子，椅子上坐着一个个背对的人，有高有矮。最前头有两人侧坐，背后站着几个纹丝不动的大汉，众人正聚精会神地看着对面墙上的一块荧幕。

嗯？怎么放起了电影？董无忌少年好玩，没少跟柳梦珊和大头去西单大光明瞧中外电影。他疑惑地看看一头雾水的大头，一手拉了柳梦珊。仨人被陌生的年轻人轻轻一推，坐在了椅子上。大头在旁坐下小声嘀咕道："嘿！真邪性了！今儿到底⋯⋯"

"嘘！"陌生的年轻人使劲摆手制止了大头的话，示意董无忌仔细看。荧幕上并不是电影，好像是临时拍摄的景象，扛机器架子的摇晃得很厉害，前头有个分头小个子洋人喋喋不休地在说着什么。慢慢地，几人竟看住了⋯⋯

深夜，在一片一眼望不到头辽阔的大山野间，林木高耸，野草丛生，密林山岭，全是枝繁叶茂摇曳生姿的白杨树。树干上一个个眼形纹路被惨白幽暗的灯光照射着，立即有了生命般对着这群不速之客诡异眨动，一只、两只、三只⋯⋯寂静里夹杂了些莫名的躁动，仿佛有什么东西被几个叽里咕噜说洋话、中国话的人惊醒了。几个人犹如湮没在无数千眼巨人阵，细细听，黑黢黢的枝叶张牙舞爪，如浪潮般山呼海啸，响起了噼噼剥剥的拍手声!

鬼拍手!董无忌险些叫出来,手心里柳梦珊的手也是一片冰凉冷汗。陌生的年轻人立即用严厉的目光制止了他的慌乱。董无忌继续看:树林外,高矮起伏的山岭如上古的怪兽般时起时伏若隐若现,黝黯的天际晓星残月,正是夜最深沉时,山高月小,朔风凛冽。精疲力竭的几个人找了块地坐下了,有人喘着粗气抽烟,有人喝水,天穹处几团阴霾隐隐而来,幽暗阴沉的白杨树丛不安地摇动着,四周格外阴森。

仿佛起风了,几人被吹得东倒西歪,荧幕忽明忽暗。半晌,镜头一转出了树林,来到一片陌生的地方。分头小个子先起来,一个个招呼起大家。他们呆愣了一会儿,只见四周到处是残垣断壁,高大的砖墙早已分崩离析,地下的条石被无数野草枝蔓拱了出来,是个大院子。

大门早塌了,一片萧索凄凉。几人踩着碎砖瓦砾小心翼翼地四处打量,扛机器架子的赶紧拍,正面好像是座歪七扭八的大屋,七零八落的栋梁,遍地的砖瓦,坍塌的墙壁,剥落的朱漆,连地板上也窜出了一丛丛疯长的野草。分头小个子像个猴子似的到处乱窜,他使劲儿指了指左边,镜头一转,眼前赫然是座巨大的石碑。

石碑底座上的赑屃足有四尺高,刀法大气古朴,上头驮着一块青石巨碑,上面的字迹却是残损斑驳,碑帽还算完整。两条五爪巨龙盘绕着中间几个贴金篆字,尽管金漆剥落,残损的金色还是星星点点地展现了它的至高无上。

小个子爬到巨碑上又是摸又是看,摆弄了半天,指着大屋叽哩咕噜说了一串话,几人立马走到大屋旁,里面幽深无比坍塌一片,只有后面好像还完整。小个子嘀咕几句,众人拧亮了手电筒,几枚光束照射进去立刻被里面的黑暗吞噬殆尽。镜头晃了晃,黑暗深处隐约透出几丝柔和的黄光,起初很细,片刻间猛然涨大,黄澄澄明灿灿,跟几枚手电筒光芒交融糅合。有个高大的洋人抱着胸前的照相机咔嚓咔嚓就是一阵拍,刹那间光亮却毫无预兆地消失了。

小个子看起来很兴奋,拉着众人往里走,此刻黑魆魆的院里陡然起了一阵怪风,铺天盖地飞沙走石。方才还一脸兴奋的小个子走在最前头,不知看到了什么,惊恐万分地瞪眼抱头哭嚎着往外跑,周围几人也是脸色突变哇哇大叫,没命地在怪风里没头苍蝇般乱窜!扛机器架子的洋人边走边叽里咕噜说着什么,镜头晃得人直眼晕。"啪!"

随着阵阵绝望凄厉的惨叫,机器架子掉落在地,起初还有人声、凌乱的脚步声、哀嚎声和呼啸的风声,片刻,一切归于平静。不一会儿,歪斜的镜头前突然显出个满布污血的巨大的爪子,爪子狠狠摁在镜头上,景象戛然而止……

看过不少中外时髦电影的董无忌全身打摆子似的战抖,额头上冷汗不断,紧紧握住柳梦珊同样黏湿冰凉的手。俩人对视一眼,只见那个陌生英俊的年轻人一脸肃然盯着荧幕,若有所思。

"上灯!诸位先生,看完这部令人不适的电影,希望不会影响诸位的胃口!"前排侧坐那俩男人里,高个子起身异常和气地开了口,矮墩墩那个冷哼了一声,也跟着起来了。董无忌听着他别扭的中国话感觉有些耳熟。

"啪!啪!"随着两声清脆的开关声,屋里顿时大放光明,驱散了方才的幽暗诡异。俩面无表情的大汉撤帘开窗,前排上坐着的人却一个没站起来,只有高个男人闲适地走动了几步,示意身旁矮墩墩的男人往外走。高个男人不经意一瞥,瞧见董无忌一行,微微一愣,随即微笑招招手,用生硬的中国话说:"小董先生,别来无恙?"

董无忌揉揉眼,等看清了不禁大吃一惊,指着那人说:"是你?!"

"是我!"那人脸挂微笑大步走过来,厚底皮鞋踩得松木地板"嘎吱嘎吱"直响。他略带矜持地点点头,一把拍在他的肩头上,笑道:"小董先生,我们又见面了。这位是柳教授的女儿,柳梦珊小姐!这位就是小赵先生吧?"董无忌瞅着眼前身材高大、服饰华丽的红头发蓝眼珠儿的洋人,如坠五里雾中,呆住了。

梦珊奇怪地盯了一眼董无忌,瞅瞅一脸迷糊的赵大头,更是莫名其妙。眼前是个足有八尺高的西洋人,一身裁剪合体的蓝色西装,脚下三接头大皮鞋,手里提溜一根文明棍,手上几枚火油钻戒指晃得人眼晕。瘦长脸上毛茸茸的,倒八字眉,大三角眼精光四射,厚嘴唇上翘得老高又直又硬的八字黄胡,脑袋前头没了头发,锃明刷亮像个大灯泡,一脸皮里阳秋的笑,简直就像个衣服架子成了精。这人怎么会跟董无忌认识?

"无忌?无忌!你怎么来了!"大头一瞅就是一愣,眼前一排稀稀拉拉起身的众人,竟然全是琉璃厂古玩行有头有脸的大掌柜们:通古斋的徐爷、茹古斋的何爷、同华堂的纪爷、保德堂的李爷、博古堂的梁老太爷、格古堂的青年俊才吴清远吴爷……喊人的赫然是董无忌的爷爷明古阁的老掌柜贵爷，身旁那位便是现而今当家的大掌柜，董无忌的父亲董仪周！

这阵势立马令赵大头倒吸了口冷气：整个琉璃厂几乎见多识广博学多闻的大掌柜全来了，这也太……他想不出个词形容今天的阵势。再瞅瞅董无忌身边的那个高个西洋人，大头灵光一闪，哦，原来是他！

这洋人大号不知道叫啥，因洋人的名字又绕口又难记，大多还名在姓前，所以琉璃厂和四九城的古玩收藏家，按着清末以来的老规矩，取他名字第一个字，都称呼他"科大人"。据传说，他来自欧罗巴洲亚平宁半岛，是当地赫赫有名的佛罗伦萨公爵，家里十几代都是当地的贵胄，跟王室关系亲密，有权有钱有势，家中做着无数国际大买卖，但凡赚钱的生意，没有他不敢做的。此人瞅着文质彬彬，却老谋深算，城府很深，又特喜爱老中国的文化，痴迷于中国的古董书画珍宝。此人年轻时着实下过一番工夫，不仅对老中国的古董古籍、文化经典研究很深，还学了一口生硬的"京片子"国语，熟悉老北京各种礼仪规矩，从清末光绪年间，便常常来中国游历，算得上洋人里的"中国通"。

至于科大人来历的真假，老少爷们没做过考证，不过四九城的文化界、古玩界都对他不陌生，有些文人学者、古玩行掌柜的还挺喜欢他。因为他在老北京特别会做人，接长不短，大褂礼帽打扮得斯斯文文，到琉璃厂各家买卖铺户串门聊天，谈古论今，鉴赏古玩书画，说话行事从来跟老北京一个味儿，对各类古董鉴赏也很在行。

他买古董珍玩从不还价，店家说多少，他按价照付，一点不拖欠，还常给送东西的小伙计们几毛钱小费，甚至哪个店铺的老板掌柜家里婚丧嫁娶，他人虽不到，必然有一份礼送上，行里的众人不仅都喜欢他，更对他另眼相看。

因此，在行里提起豪爽渊博略带神秘的科大人，没有不伸大拇指的。如今，他一身西装华服道貌岸然，略带矜持中又有些洋人的得意嚣张，虚情假意的客套与装腔作势的礼貌，才更令人紧张不安。

第五回

"群贤会"（二）

董无忌眨眨眼实在不明白为什么原来还穿着大褂斯文作揖的科大人会变成这副模样，盯着他漠然道："吆，科大人，您这身行头真不错，这才是你们欧罗巴洲的打扮吧！不过瞅着怎么那么别扭呢！"

"是的，小董先生，我完全同意你的看法，嘿嘿，我还是习惯于你们的大褂礼帽，非常有东亚古典美。想起那年我们在金鱼胡同那家花园听京戏堂会，欣赏花木，吃美食，恍如昨日哦！还有，你教给我养的那只百灵……"

"是吗？我真忘了。"董无忌冷笑一声，越过他去赶忙搀扶贵爷。被冷落的科大人丝毫不在意，提高声音笑道："大家不要客气，请入席！"

"新来的介是谁家倒霉孩子呀！咋？认识科大人，不认识我？！混账！"这一嗓子像满屋打了个响雷，震得众人耳朵嗡嗡直响。只见方才跟科大人坐一块的那位矮墩墩的人扬脸挺胸走了过来，一把抓住董无忌扯过来叫道："小伙儿，认得我吗！"

众人这才看清面前这人：五十出头年纪，个头比武大郎高点，又矮又壮，膀阔腰圆，狮子口大驴鼻子，鲶鱼胡子大环眼，脑门锃亮，面带凶笑，一身灰绸裤褂，脚下却是一双大马靴，矮咕隆咚像个成了精的大冬瓜。他瞥了一眼大头、柳梦珊，抓住董无忌上下左右打量一番可不撒手了："嚄！你是谁家孩子，长得跟朵花似的，真俊！比我跟前的小妞还白嫩！"说完他大拇指一挑指着自己："见了老子也不先打招呼，是瞧不上咱？！"

就这人的几句话，吓得大头瑟瑟发抖，董无忌看清了眼前人差点一屁股瘫在地上。原来此人非是别人，正是曹老帅的部下，吴大帅的把兄弟，现而今在北洋政府红得发紫，威名赫赫，大权在握的直隶巡阅使、虎威上将军兼直系陆军首脑王大帅！

这下大头、梦珊和董无忌才明白，今天会贤堂为什么会如此戒备森严诡异莫名，楼上看"电影"的众人如此战战兢兢。王大帅本来不姓王，原来姓啥已经不为人知。前清末年那当儿，袁宫保在小站招兵买马，编练新军，卖布的贩子曹三爷年纪轻轻雄心勃勃，便招呼了几个哥们一块去投军。哪知这几个哥们都是小地方乡下人，一听投军都吓坏了，老年间俗话：好男不当兵嘛。曹三爷很气愤，不过有个姓王的小老乡从小跟他走南闯北做买卖，一直受他的照顾，当即答应誓死跟随。到了小站，憨厚朴实忠心耿耿的曹三爷非常受袁宫保看重，不几年就扶摇直上，成了统带官，跟随袁宫保南征北战纵横疆场。小王不怎么会打仗，可着实会伺候人，一直在曹三爷手下做亲兵护卫。随着曹三爷逐渐成了气候，他也水涨船高，平步青云，节节高升。等曹三爷做直隶督军那年，小王便成了"王军长"，统带亲兵卫队保卫曹三爷。后来袁宫保因复辟帝制暴死，北洋大将们群龙无首，逐渐分裂。曹三爷便趁机拉了几个老哥们自成一系，带兵入京，掌控京畿华北和北洋朝廷中枢，成了一人之下万人之上的实际元首。

王军长是三爷手下最亲近信任的两大爱将之一，另一个便是赫赫有名的吴大帅。别看曹三爷是卖布的小贩出身，大字不识几个，却颇懂用人之法，他下令吴大帅主外，主管出头露脸行军打仗争地盘；王军长主内，负责卫戍京畿治安地面。由此，曹三爷手下的文武百官将领便按照老规矩，称手握雄兵的老吴为吴大帅，王军长为王大帅，曹三爷自然再高升一步，由大帅升格为"老帅"。此三人号称"北洋三雄"，独揽中枢大权，连大总统都得看他们脸色行事。

曹老帅戎马多年，年纪大了，不爱管事，常在家里打牌抽烟听戏泡澡。吴大帅毕竟是秀才出身，正经北洋军校毕业，文武双全，行军打仗奇计频出，也不爱骚扰市面。唯独这个王大帅，眼高手低志大才疏，心胸狭隘手段狠毒，仗着大权在握，贪赃枉法卖官鬻爵，欺男霸女无恶不作，杀起人来连眼皮都不眨，还喜欢干预京城内外公事，揽权纳贿。老百姓背后愤恨不已，便给他送了个外号"王大疤癞"。他还另有个外号"三不知大帅"：一不知手下有多少兵，二不知家里有多少钱，三不知内宅有多少姨太太，可谓臭名在外，远扬万里。

一向不愿出头露脸的王大帅今儿跟科大人一起出现，还请来这么多琉璃厂的大掌柜，真不知摆的什么宴。

董无忌毕竟在北京城长大，见的场面多，不怵头，被王大帅狠狠拍了几下，赶紧挣脱跑到祖父贵爷身边，冲王大帅一抱拳："大帅好，我叫董无忌，是明古阁大掌柜董仪周的儿子，这是我爷爷，老掌柜贵爷。"

"董乌鸡？哪个乌鸡？"王大帅回身瞅瞅身边一个高大阴沉的副官叫道，"刘副官，他介个名儿，是不是咱家里头大太太吃的乌鸡什么丸那俩字？"

"大帅英明博学！"刘副官赔笑道，"我都没想起来，就是'乌鸡白凤丸'的乌鸡。"

这话一说，众人无不想笑，可都不敢。原来众人都知道，王大帅尽自胸无点墨粗野无知，不识几个大字，却最怕别人看不起自己，便常常咬文嚼字附庸风雅假装斯文，还常胡乱用典故和新词臭显摆，丑态百出最叫人哭笑不得。这事四九城没有不知道的，可任谁都不敢说破，更不敢笑话他。

只有科大人忍不住哈哈大笑揶揄道："大帅，您可真是博学！无忌是乌鸡，乌鸡是无忌！"王大帅听出科大人的嘲讽，眨眨眼笑道："博学？我哪有您博学！我在您面前，是孔圣人读《三字经》。啊？不对不对，是我读《三字经》？算啦算啦。"他嘿嘿一笑，"今儿个来的都是文人雅士，我就不献丑啦，入席入席！咱们都是科大人的客人。来，那个小董，你坐在我跟前！"

董无忌吓得一缩脖子，刚想躲开就被刘副官提溜到王大帅身边椅子上使劲一按，坐下了。首席自然是科大人，主宾是王大帅，接下来才是梁老太爷、贵爷等人。奇怪的是，救了董无忌的那个英武的年轻人跟刘副官一样，分左右站在王大帅身后，一言不发，真不知他是什么来历。

气氛很诡异，也很沉闷。周围斟酒的全是一色彪形大汉。众人望着一桌丰盛酒宴沉默不语，满腹心事。沉默片刻，陌生的年轻人俯身在王大帅耳边嘀咕了一阵。王大帅没听完，粗眉一挑叫道："嘛玩意儿？死了俩人？死人跟我说干嘛，民国这十几年倒了霉啦，年年打仗天天死人，死俩人算嘛！埋了不就完了，我不费那个脑袋！"

陌生的年轻人似乎有些尴尬，又嘀咕了几句。王大帅"啪"一拍桌子："嘛玩意？意见？谁敢有意见？全抓起来严刑拷问！老百姓就跟猫儿狗儿一样，让他们吃饱了就得，谁敢瞎嚷嚷，老子第一个先宰了他！王八蛋，就是学校里的学生最不听话！一群毛孩子，不知天高地厚，上了几天洋学，就瞎嚷嚷乱叫唤，胡说八道打倒介个，打倒那个！按老子以往的脾气，架上机关枪全突突了这帮兔崽子！"抽了几口烟，王大帅换了笑脸冲董无忌说："小董啊，没吓着你吧？吓着了就不'卫生'啦！来，大家伙先举杯，给他们仨压惊！"

老少爷们转头看了看仨人，莫名其妙。听着他乱用新词，更不敢笑。贵爷、董仪周更是脸色突变，却不敢开口问，只好稀里糊涂地举杯喝了。

王大帅满不在乎地抹抹嘴，冲科大人点点头，吃了一大口海参说起了开场白："今儿个把诸位老少爷们请来，是有一件为难的事，请诸位大力帮忙！先说好，不是我的事，是科大人的事，但是——"他提高了嗓音："我和科大人，虽不是一个妈生的孩子光腚长起来的，也是多年的好兄弟！啊，介个介个，虽不是发小，胜似发小。他的事就是我的事！再说咱们直隶用的军火，那都是……"

"咳咳！"科大人和刘副官不约而同假装咳嗽，制止了他的满口胡吣。

王大帅挠挠脑门笑道："一说就出了圈，科大人，您的中国话说得顺溜，您就跟诸位说吧，说完了，我再补一补！"

科大人点点头忍着笑，冲众人点头施礼："今天能见到这么多文化古物精英，还都是熟悉的老朋友，实在高兴。我来自遥远的欧洲，是个亚洲文化和古物的爱好者，大家都不陌生。承蒙老朋友们厚爱，我特别喜欢咱们老中国的文化和古董。其实呢，我现在还有一个身份，是咱们政府的最高文化顾问。"

"介个文化顾问呐，不得了！科大人学富八车，比咱这种略知二三的强多啦。大总统亲自颁发的委任令。甭看他是个洋人，官可不比我小！"王大帅干了一杯酒，嚷嚷道。

科大人故作谦虚："这也是王大帅和诸位厚爱。好，闲话不说。昨天午夜，内政部和文教部接到了一个非常令人痛心的消息。由我资助，内阁派遣，北洋大学张文达教授率领的一支文化考察团，在贵国的热河围场附近神秘失踪！"

众人闻言有的震惊，有的惶恐，有的不动声色，有的漠然。董无忌心里一震，猛然想起上午报纸上的噩耗与午后燕大的恐怖场景。柳梦珊立马紧张万分，当即瞪大了眼，紧握住董无忌的手，静听科大人的下文。

"这件事很遗憾，也非常令大家担心。"科大人隐隐透出怒意，"现在报纸上已经登载了，大总统和曹老帅也联合下达了由内政部和文教部副署的紧急命令，令热河省驻军、警方展开严密调查。大家看，这位柳小姐的父亲柳玉庭教授，正是这次文化考察团的顾问，也是失踪人员之一。请柳小姐放心，我作为考察团的资助人和贵国政府的最高文化顾问，一定会从始至终关注这件事，相信有三位大师在，事情一定会调查清楚！不过嘛……"

科大人眼珠一转："这件事，还要请诸位大力帮助。"

"这……这我等就不明白了。"在座年高德劭名位最尊的琉璃厂元老梁老太爷疑惑地问，"科大人，我们都是奉公守法的买卖人，从没参与过调查案件的事，就是想帮也有心无力呐！"他老一说话，立即引起了众人七嘴八舌的应和。

"是的是的，我明白，诸位的专业是古物古董鉴定鉴赏，都是贵国的文化精英嘛。"科大人脸挂诚挚的微笑道，"诸位请稍安勿躁，我说的帮忙，是经过深思熟虑之后与王大帅一起的决定，曹老帅和大总统也很支持嘛。"

听这话，众人安静了。科大人思索说："请诸位帮忙，自然有其道理。此次我赞助文化考察团去热河围场考察，也有其原因，简单说呢，是由于十几年前的一件往事，那件事才是此次事件的源头！"

"是不是刚才的电影？"董无忌有心给他捣乱，胡乱插了一言。

"不错！小董先生很聪明！"科大人点点头，"这件事的源头，就是我们刚才看的那部纪录片，它是当年第一次考察团的遗物，那是发生在贵国清末年间的一桩离奇往事……"

第六回

"群贤会"（三）

　　清朝末年，深爱中国传统文化和古董的科大人还年轻，来往于中欧之间。虽然很多洋人早已看不起病入膏肓的大清国，不过他还是醉心于研究古老中国的文化传统、古董珍宝，收集了一大批从宫廷、王府流出的文物古董，对古老的中国文化，始终保持一份敬意。

　　科大人收的古董珍宝不少，时间一久，对于作为元明清三朝的古都老北京的兴趣就淡了。他通过不少中国老朋友，得知广袤的中国腹地还有无数古老神奇的地域，或隐藏于深山大川中，或隐蔽于丛林沙漠中，千百年来早已人迹罕至，具有特别的古韵古风。作为"文化爱好者"，财大气粗有钱有势的科大人继承了欧洲贵族们的习惯：资助各类考察团队去深入考察古老国家的文化遗址、古墓、庙宇、宫殿。这也是那年月的流行风尚。因而，兴趣盎然的科大人便花费重金，从欧洲请来了几个野外考察高手，又从京师大学堂找了几个能吃苦耐劳的学生，组成文化考察团。文化考察团携带了最新式的野外考察装备和电影拍摄机械，一路从北京城出发，围着直隶省的各古城转悠了一圈，拍了不少照片、纪录片，又远出口外一带考察。

　　考察团所获甚丰，起初还常通过无线电、邮政部门与坐镇京城的科大人联络，发回了很多珍贵的一手资料，不料到了秋天，考察团考察完清朝最有名的塞外夏都承德避暑山庄，一行人进入热河围场之后，忽然如泥牛入海，踪迹皆无！几个月时间，不仅连一点消息都没传出来，人员更是生死未卜，下落不明。

深感不安的科大人立即通过关系找到了主持中枢大政的庆亲王。庆亲王闻讯大惊，那当儿的朝廷正"畏洋如虎"，一众洋人在热河失踪生死不知，这还了得？！庆亲王便立即电令直隶、热河各地军政大员，严密搜索救援，务必找到。哪知多方调查了很久，却还是毫无消息，转过年来，慈禧太后、光绪皇帝两宫驾崩，溥仪登基，庆亲王被监国摄政王排挤，也说不上话，朝廷更是乱作一团。科大人尽自亲自去找了几次，大厦将倾的朝廷哪还顾得上他，只得好话说尽，葫芦提敷衍。等大清灭亡那年，还是丁点消息没有，耗费了不少人力财力的科大人，依然一无所获。这件事就成了悬案……

董无忌冷笑一声，幸灾乐祸地瞥了眼滔滔不绝的科大人说："但是他们留下了最后的影像资料，你们通过这些资料，发现了一些蛛丝马迹。如今，你又资助了一支考察团，以我们政府名义派遣去热河围场，然后再一次……"刚要说"全军覆没"，看看一旁痛苦的柳梦珊，又把话咽了回去。

"是的！小董先生非常聪明！言简意赅说到了核心问题！"科大人有点激动，想了想说，"影像里那位分头中年人是我国的费教授，摄影者是罗马新闻社特邀记者，拍摄者是留学德国的两位精英。可惜啊！上一次考察团算是全军覆没。这一次派出的也是我国和贵国最优秀的文化精英，还有留学日本鼎鼎大名的柳教授做顾问！派他们出去就是要实地考察清楚热河围场，搞清楚十几年前那件离奇事件的真相！哎，可惜还是……"他说到激动处，抽泣了几声，从大三角眼里流出几滴眼泪。

众人一时无话，只有董无忌故意找茬似的问："等等！等等！科大人，这碴儿口不对啊！"

"哦？哪里不对？小董先生请讲！"

董无忌不顾他爸董仪周严厉制止的眼色，随手夹了一筷子鱼翅搁进嘴里大吃大嚼，嗤笑道："这事我都听出不对劲儿来了。其一，你上次派的那群人既然生死不明，怎么会有影像资料流出来落到你们手里？其二，你说是文化考察，可我听着就是失踪案件呐。上次还罢了，前清末年那几年乱哄哄的，如今考察团再次失踪，你就该派精明的警察去啊，现而今军警宪特那么多，你又跟大帅们熟，多多撒出人去，什么考察团找不到？其三，今儿你请的都是古玩行的前辈，既不是警察又不是宪兵特务，我们能帮你什么忙？我看科大人不是对此事有所保留，就是故意不说吧，嘿嘿！大帅爷，您一向处事有智有勇，为民做主，您说我说得对吧？"

正在晃着大脑袋大吃二喝的王大帅一听这话挺欢喜，张开油汪汪大嘴随口说："介个小董说的，有理！不过呢，我那会儿还跟着袁宫保和曹老帅呢，这事儿我不清楚啊，也不爱费那个脑袋。叫科大人给你们交代交代。"

"咳咳！"科大人盯住王大帅咳嗽几声，气得鼻子都快歪了，心说你算哪头的！在座众人听了董无忌的话倒是都颔首赞同，原先都知道明古阁有个会吃会玩会耍的"少掌柜"，没想到这孩子这么年轻，竟然说得头头是道，不禁都对贵爷和董仪周微笑致意。

科大人当然听出了董无忌的弦外之音，脸上一会儿白一会儿红，微笑也僵住了。只有站在王大帅身边那个救了董无忌的陌生的年轻人忽然指责道："科大人还没来得及说，你急什么？"

"不，小董先生的确聪颖过人。我可以告诉大家，这些影像资料和照片，是民国初年贵国热河驻军在剿灭当地一支马匪时获得的，可惜马匪都被击毙，没有人知道他们如何得来的，也没有在马匪窝里发现第一支考察团队员的任何踪迹。"科大人解释道。

"这一次当然会派警察去，不仅派，还是贵国的警界精英！周副处长，请自我介绍一下。"他一指王大帅身边的陌生的年轻人，"就是他。"

王大帅抹抹油光光的大嘴笑呵呵地说："介是咱们北洋警界的精英！瞅这小伙儿多精神！又精神又神经，是咱们北洋培养的头等人才！留学德意志，颇得咱们看重。我是没闺女，有闺女就招他做女婿！快点，大家伙认认。"

那陌生的年轻人脚后跟皮鞋"啪"一碰一挺胸，不卑不亢冲在座众人点头致意："在下周少鹏，京师警察厅刑事调查处副处长，今年二十二岁，京师高等警官学校毕业，留学德国汉堡警政大学，刚刚回国上任，全靠大总统和诸位大帅栽培！"

王大帅叫道:"嘛叫少年得志,介就是!我像他那么大的时候,还跟着曹老帅在天津卫四里八乡卖……呵呵,不说那个啦!这次,由咱们北洋警界精英小周唱主角,全权主办介个文化考察团失踪案子。不过,他刚留学回来,学的又是德意志那一套,跟咱们老中国介个实情尿不到一个壶里。所以呢,还得给他找个配角,老话说有主有配,干活不累。配角怎么找呢?就在你们这群人里找,科大人,给他们诸位瞅瞅那些相片!"

王大帅这番不伦不类的叙述听得众人哭笑不得,董无忌这才明白:怪不得这人瞅着身手矫健,说话办事一板一眼又显得别扭,原来还是个留学生。

科大人闻言忽然有点泄气,头上也见了汗,吩咐周少鹏取出几张黑白照片分给众人看,自己坐下喝了口莲花白,叹息道:"小董先生,你问的第三个问题,看看这些照片和影像翻译过来的文字,就知道我和大帅为什么请诸位古玩行的先生帮忙了。"

年纪最大的梁老太爷先接过照片一打量就是一哆嗦,眉头紧皱仔细回想什么,片刻传给下一位贵爷。大家一个个传下去,看了照片的全都心事重重焦眉愁眼。等传到董无忌手里,他招手叫来柳梦珊和大头一起过来细看。

看得出来,这八张走影非常厉害的照片是拍摄者在极端兴奋或恐惧慌张下拍的:前三张拍的是影像里那座大院,到处残垣断壁瓦砾杂草,一片阴暗幽深,不少黑影里疑似的鬼影重重,十分可怖。第四张到第六张拍的是那座巨大的石碑,分头小个子赫然在其中,他还兴奋地拍打碑身。第七张是梁柱倒塌的正面大屋,好像曝了光,白渍呼啦斑斑点点,在手电筒照射下,大屋正中仿佛有个巨大的佛龛和供桌。只有第八张……

仨人六只眼死死瞅着,登时浑身冰凉……

第八张照片角度很怪异,黑魆魆大屋白惨惨光芒汇集,一尊非常模糊二尺多高的神像,周身散发着诡异的光,显出道道光轮笼罩,又似幽光霞光瑞光纵横交错,层层叠叠,五色迷离,霎时涨大无数倍,光影重重身形无数,却又显得鬼气森森。更可怖的是,神像后头露出足有半个脸盆大的爪子!

大头嘴快,嘀咕道:"妈呀,这、这是什么玩意?!非仙非佛非圣非人,我怎么瞧着像、像个怪物呢?!"

柳梦珊要过照片皱眉凝视:"看,它背后的爪子……好像是活的!"

董无忌倒吸口凉气,双手有点哆嗦。他这会儿有点明白为什么科大人请了这么多琉璃厂古玩行的大掌柜来了。

"诸位,你们看完了照片,再听听方才影像里翻译过来的意大利语和德语。"科大人似乎很满意众人的表情,又恢复了那副得意洋洋的表情。

周少鹏取出一张纸,解说道:"其他日常对话就不说了,主要是费教授的几段话,请诸位听好。'……啊,奇迹,真是奇迹!犹如帕特农神庙矗立在雅典卫城的山丘上,这是座广阔荒原上巨大的宫殿遗址,哦,不对,这里是庙里的宫殿,宫殿里的庙宇!它的雄伟足以让自诩为见闻广博的我汗颜……足有数百年历史的珍贵古迹在人迹罕见的荒野中日复一日伴随朝阳与落日、朔风与沙尘,松露雨雪侵蚀了它的肉体,留下了它坚硬的骨架……那边,一块石碑!'

"'喏!这块巨型碑文比较完整,多么伟岸的石碑,字迹很模糊,我的汉语还不足以……不对!原来如此,神奇!……这完全是个……无可估量的秘闻……它是说,这里有……啊,明白啦,我明白啦!诸位先生,你们一定不敢相信……是个绝对重大的……'

"'里面……天呐!手电筒往左照!不,拍下它!快拍!太美丽了,它应该是金……天呐!传说,传……是真的!它在那!它在动……啊!它来了……'"

尽管周少鹏用最简明和稳重的语气读完,众人还是被这份残章断片里的只言片语感染,沉浸在方才影像中最后血淋淋戛然而止的可怖场面里。半晌,谁也没说话。

科大人满脸挂着微笑,诚挚地搓搓手叹气:"哎,一场可怕的遭遇,这件事的始末就是如此。照片里的那尊神像,看来是难得一见的宝物,但多年来,我至今没有研究出它是什么。诸位都是见多识广的行家,也都是贵国古物古董鉴定专家,对于贵国珍奇宝物和所有已知未知的古物,相信都有一些研究。所以,我今天才特意请来王大帅和诸位,相信以我和大帅的面子,诸位行家也不能不帮忙,尤其还涉及考察团成员的生命安全。我在这儿请诸位大力出手喽!"科大人对众人一一抱拳拱手,异常客气。看看众人并不热情,他又鞠躬道:"我跟在座的诸位都是好朋友！中国人一向讲究忠义，我相信诸位好朋友不会看着我为此烦恼，也不会看着十几条生命就此遇难！"

第七回

王大帅"点兵"

年纪最大的梁老太爷轻轻点头,半闭着眼沉稳地说:"科大人,若说好朋友,我们不敢当。自古以来,名位有别,您是外国贵胄,又是官身,我们是商,不敢高攀。"

科大人听他接着说:"虽然此事起始缘由我们知道了,不过即便我们想帮,如何着手?不是推辞,您在中国多年,必然知道我们琉璃厂都是坐商,不是到处游走的行商,自古行商拜坐商,其实坐商所知也有限。比如您原先在京城,拿几件东西到我们铺子里来,或鉴赏年代真伪、或买卖,只要不违法,我们义不容辞。甭说是好朋友,即便陌生客人来,都是上百年的买卖名号,也断不敢坑蒙骗人家。这是我们经商的根本。"

"是的,是的!不过……"科大人连连点头。

"至于别的,我们可帮不上什么忙。为啥?半辈子安安生生在四九城里活着,没个不懂人情世故的。您说的这事儿太大,就说热河围场吧,我估摸着在座的就没人去过,就连承德地界也没到过,怎么帮忙?"

科大人谦虚笑道:"这件事对于我和大帅很重要!梁老,您得倡议大家出手相助。"

"出手？怎么出手？叫我一个有今儿没明儿的七十多岁老头子钻山打洞去找失踪的一群人？科大人，您既然问起来了，我请问您，承德府、热河围场方圆几千里，庙宇如林，山高林密，您知道'庙里的宫殿，宫殿里的庙宇'在哪儿？照片上的神像有何来历？"

"这正是要请教的！"科大人赶紧说。

"说实话，我大半辈子就没听说过什么'庙里的宫殿，宫殿里的庙宇'，更没见过如此怪异的神像。"梁老太爷笃定地说，"考承德历代庙宇建筑，大都从前清圣祖康熙爷修建避暑山庄开始，雍正年间热河升为承德府，乾隆年间大兴土木，广为修造宫室园林。自宣化出口外，沿途十六路行宫都归避暑山庄总管大臣管辖。而山庄外又有溥仁、溥善、普宁、安远、殊像寺、普陀宗乘、须弥福寿、广源八座大庙，由朝廷理藩院派遣黄教喇嘛管辖；又有罗汉堂、广安寺、普乐寺三座庙宇，归内府管辖，规模浩大千门万户，载于图典，有旧章可查，即便自北京至承德沿途宫观庙宇也都可考。

"您今儿说的热河围场里有座什么'庙里的宫殿，宫殿里的庙宇'，不仅历代以来闻所未闻，就是老夫我白活了七十多年，也从未听过，更甭说去探查什么。我这个老头子历经数朝都没见识过，他们这些连四九城都没出过的哪能懂这些？贵爷，您也是长辈，您说是不是这个理儿？"

好嘛，老爷子真不愧是行里的元老，一席话滴水不漏稳重有礼，跟老师讲课似的把古玩行各种规矩和珍闻典故说了一通儿，听得自诩为"中国通"的科大人满脸冒汗，有点着急。

"梁老真是渊博！没错儿，我们这些掌柜的，都是坐商，来来往往去也就是京津一带。科大人，您在京城待了这些年，必然知道，咱们有一分力使三分，不会袖手旁观。不过这件事您叫我们行里帮忙，却一无实物可查，二无渊源可循，三无典籍可考，四者我们都是生意人，没走过那么远，更不懂查案，如何着手呢？"贵爷接过话头侃侃而言。

一直没有作声的吴清远吴爷淡淡说："科大人，恕我直言。隔行如隔山，这些年古玩行里出的人物、东西，大概您都知道，我们在这儿帮您看看东西，估估价，谈谈古论论今，不敢言谢更不敢推辞。看东西有看东西的规矩，我们眼力再神，不是江湖上跳大神算命的，哪能凭一张照片就敢大言不惭说明白物件的真假来历？那叫瞎蒙！若是看对了还好，看错了出了岔子算谁的？您是衙门的大官又是外国贵宾，这责任我们可承担不起！若是查案寻失主，您是太瞧得起我们，和尚拜天尊，您找错了庙门。"

吴爷在诸位掌柜的里面最年轻，往年因为在北京六国饭店跟家藏甚富的日本华族前田侯爵"以古会友"，用多才广博的知识和超群的智慧令前田败退三舍，大涨了中国人志气，四九城里家喻户晓，是行里年轻一代的翘楚。

话说到这份上，傻子也能听出几分真意。古玩行里的元老、青年俊杰代表了大家伙儿的心声：这事没法帮！

科大人深深吸了口气，目光隐隐透出几丝狰狞，沉了脸，一挑眉说："诸位老朋友看来不给面子呐。大帅，我的戏唱完了，看来诸位爷是敬酒不吃吃罚酒！该您言语了。"

"嘛？！敬酒不吃吃罚酒？哈哈哈哈！自打老子从军到现在，还没见过不吃敬酒的人呐！"他抬头扫视一眼战战兢兢的众人，咧嘴冷笑，"他妈妈的！怎么地，科大人娘心苦口你们都不听呐，不给科大人面子，就是不给老子面子！刘副官！"

"到！大帅吩咐！"

"数数在座的一共多少不识抬举的！全给老子抓起来，关进陆军监狱去！给脸不要脸的熊玩意！明儿个派兵把他们铺子全抄了！钱财全部充公！"说罢，王大帅滋溜一口酒喝下去，沉着脸只顾夹菜，也不搭理众人。

这下可把众人吓坏喽！在座的谁不知道陆军监狱比大清朝的刑部衙门还厉害？一百零八种大刑，甭说这些做买卖的商人，就是江洋大盗盖世英豪进去，必得被活活扒三层皮！王大帅此人又出了名的心狠手辣喜怒无常，真要是按他说的，谁也活不了！大家尽自心里都晓得这是科大人和王大帅唱的"双簧"，可谁敢多话，因此纷纷离席，作揖的作揖，磕头的磕头，乱成一片。

董无忌正偷偷大吃二喝呢，见状赶忙离座，瞅着叔叔大爷辈的掌柜的都吓得面无人色，连爷爷和老爹也作揖不止，登时又惊又怒。刚要说话，却见大头哆嗦着一个劲儿冲他摆手，也不敢开口了，只两眼狠狠瞪着若无其事的周少鹏。

"大帅息怒！"科大人和周少鹏俩人异口同声。科大人故作怜悯道貌岸然说："这些都是我的朋友，老朋友。我不希望在这次事件还没有眉目前，便出现流血情况。看在我的面子上，请大帅放过他们，先找出能帮助我们寻找考察团和那尊神像的朋友重要嘛。"

"流血？今天下午早就流血啦！科大人，不是我不给您面子，在咱们老中国，最讲究面子，可他们不识抬举啊。老子带兵这些年，最讨厌给脸不要脸的人，你们自己说，谁帮咱这个忙，自己站出来，办好了这事儿，要钱给钱，要官给官，要房子给房子！我这有赏格！"王大帅满不在乎地把董无忌仨人在燕大的事儿说了一遍，更叫人心惊胆战。

贵爷和董仪周被唬得脸色惨白，不安地瞅瞅董无忌，明摆着这头的事儿还没完，又出了人命官司！这可咋办？

周少鹏沉稳地说："大帅，燕大的事儿我已经派人开始调查了，这是我的分内之事，不必大帅劳心。只是现在抓人不太妥，科大人的面子要紧，在座诸位都是琉璃厂的高手，过分惊动了，也不好。"

"嗯……"王大帅点点头冷笑道，"你介个小子心眼还不孬！那么地，你瞅瞅，这里头老的老，没精神的没精神，都跟他奶奶霜打的茄子一样！这么着吧，我给你点兵，保管没错！"

"点兵？"几人愕然。

"不就是找个看古董的嘛？介有什么难的？可有一样，热河那块山高路远，沿途又不安静，得找个机灵伶俐，会看眼色，身子骨好，能跑远道的。科大人，您说是吧？"

科大人听着没头没尾的话，莫名其妙，还不好意思反驳他，只得点点头："是的，话虽如此，但至少要见多识广、深通古玩的行家。"

"行家？介里谁不是行家？不是行家今儿个也来不了这！"王大帅一指，"你去！"只见他粗短的手指随便一点，正指向了一旁茶呆呆的董无忌！

董无忌迷迷糊糊还不知道怎么回事呢，王大帅已然大马金刀起了身，一边拍打他的肩膀一边大声嘟囔："奶奶个舅子！小董啊，帅爷我就瞅你顺眼'卫生'，瞅你这细皮嫩肉的，就是你啦！你可得给老子争脸！别怕，一路之上有小周照应你，咱是要枪有枪，要钱有钱！一句话，科大人的事儿就是帅爷我的事！办好了，回来老子让你升官发财；办不好，回来可得行军法！行啦，这事儿费了我不少脑袋，走啦走啦。科大人，跟我去老师那儿打两把，上回输了三万多，还没捞回本呢！走！"说声走，王大帅拉着一脑门懵懂的科大人，扬长而去。

楼上顿感轻松，可剩下的刘副官当仁不让坐了首席，阴阴笑道："大帅亲自点兵，小董少爷，这回你就得走一趟喽！"

"我？我、我没出过远门啊，我连北京城都没出去过，最远到过西山和通州。我的眼力还没入行呢……"董无忌苦着脸喃喃自语。

"那我管不着，但你们要记住：大帅的话，就是军令！违背军令，可是杀头之罪！"刘副官打了个哈欠，顺手点了根烟，小眼眨巴眨巴指点着战战兢兢的董无忌冷笑道，"你可记清楚了，大帅和科大人说了，其实你们的任务很简单，两项：一是找到那尊怪异的神像，二是找到失踪的人，不管死的活的，调查清楚他们失踪的原因！当然，我希望他们都活得好好的。完成了第一个任务就是大功一件！全部完成，大帅必有重赏！"

"我陪他去！"柳梦珊柳眉倒竖眼含怒气，她实在受够了这帮人的军阀虐气，忍不住拍案而起，"他胆小怕事，没出过远门，万一办砸了差事，得不偿失。再说我爸也是考察团的一员，我去名正言顺！"

"我也去！"大头仗义挺身而起，"我是他发小哥们，刘副官，您圣明，瞅瞅他这少爷样，哪能受得了？"

董仪周刚要为儿子说话，就听"啪"一声，刘副官狞笑道："干嘛？干嘛！柳小姐，你是董少爷的对象吧，呵呵，还没过门就护上了？你想去？不成！这事儿有讲究，就跟我们行军打仗一样，男爷们走南闯北上阵杀敌，带女的不吉利！你啊，留在家听信吧。"他一指赵大头："你行，是条汉子，瞅着也像江湖人，这事我做主了，去吧。周副处长，你们几个连夜商量一下，明儿一早就走。该用什么东西，要多少费用，赶紧预备。"

无可奈何束手无策的董无忌早已乱了神儿，他们几人的话语像紧箍咒的咒语一样钻得脑袋生疼。半晌，他突然意识到，巨大的危险就在眼前，惊急生勇，哆嗦着问："刘副官，你说的当真？"

"当真！"刘副官见他眼神发亮，笑道，"你只要完成这俩任务，自然要啥有啥！完不成，到时候大帅要大开杀戒，我可拦不住！"

"如果，我是说如果，"董无忌心里拧成一团，拦住要说话的柳梦珊，

"如果只能完成一件呢?"

"这……"刘副官沉吟道,"即便查不清考察团失踪的真相,也要带回那尊神像。董少爷,有啥条件要提,你可赶紧说,不然中途抓瞎!!"

董无忌望着众位惊慌老实的掌柜、苍老的爷爷和爸爸、红了眼圈的柳梦珊,心一横说:"我去!你就给钱、枪、公文命令!"

"好,痛快!"刘副官晃荡膀子起身拍拍他,"董少爷不含糊!诸位,今晚惊扰大伙儿了,来人,送诸位掌柜回家。董少爷,柳小姐,请吧!"

第八回

素光刀和罗半仙

明古阁里电灯不太亮,桌上点着蜡烛,东侧间里满腹心事的众人毫无困意。贵爷、董仪周听了董无忌下午燕大的离奇经历又惊又怕悚然不安,大头和梦珊又添油加醋了一番,爷俩更是唉声叹气如困坐愁城。

贵爷皱眉思索良久也没闹清楚这纷乱如麻的一场大祸到底怎么惹的,只拉着孙子的手痛惜地说:"哎,真是闭门家中坐,祸从天上来!梦珊,你爸这事儿就够叫大家伙担心的了,好端端的一个人,怎么说找不着就找不着了呢?这可好,我的无忌也吃了瓜落,这、这如何是好啊!"六十多年历经沧桑磨难早把贵爷身上的棱角磨平了,他是老实的生意人,这一档子接一档子早让他惊心动魄乱了方寸。

董仪周背着手踱步,极力按捺心中的惶恐,隔着没下板的窗户朝外张望,只见本该销声匿迹没有行人的路边,前后左右几个歪戴帽子抄着手、斜挎盒子炮的便衣正对火抽烟嘀嘀咕咕说着什么。这是被监视起来了!

""正屋中,鎏金画珐琅自鸣钟清脆响动,午夜十一点半,正是夜深人静之刻。董仪周叹口气。那辆大汽车放下仨人,过了一个多小时去而复返,稳稳地熄火停在门口,窗户摇下半扇,周少鹏像条警惕的猎狗若无其事地靠在车窗上盯住明古阁。董仪周不敢再看,回头瞅瞅满目凄然的老父亲,仿佛懵懂无知的儿子和大头、梦珊,他束手无策。

只有店里的大伙计小伍,手脚不停,一会儿端茶倒水,一会儿给众人拿热毛巾擦脸,悄无声息,身形矫健,显得十分干练。

一直没说话的柳梦珊蹙眉道:"爷爷,咱还是赶紧预备行李吧。他俩不成,我得跟着一起去!"

"我的小姑奶奶,你就别跟着添乱啦!"大头挠挠头起身大声说,"爷爷、董大叔,洋人和大帅忒他娘混蛋,还不知憋着什么坏!我看,这场祸事躲不过去。这么着,我陪无忌走一趟,您知道我们是发小,他就是我亲兄弟!就是拼了我这条命,也保着无忌全须全尾地回来!"

贵爷听了更是伤心:"大头,爷爷信你!爷爷也怕你出事啊!到时候你姥爷那儿我可怎么交代!你们这么年轻,哪知道世道的险恶。"

贵爷开始絮叨,董仪周像热锅蚂蚁似的,吩咐带这个带那个,柳梦珊红了眼帮着收拾。董无忌心里又酸又辣,眼圈红了,趁人不注意赶紧抹了抹,说:"不用带那么些!他们出钱,咱的命都豁得出去,还不得叫他们出点血!"

众人听了更添悲怆。大头故作豁达说:"行了兄弟,咱又不是上法场!就是去野猪林,半道上还能碰见个鲁智深呢,甭怕。"他压低了声音,"咱们见机行事。外头那位可不能得罪。"

"得罪?"董无忌眉毛一挑,"咱还得哈着他?!"

"你记着,听我的准没错。那小子不简单。"

一直沉默的小伍突然"噗通"一下跪倒在地,唬得大家一惊。董仪周忙问:"小伍子,你这是?"

"老掌柜!掌柜的!您二位甭急了,我跟着小少爷去!"

"你?"大头跟董无忌对视一眼。

"是!"小伍磕了个头,憨厚笑笑,"我本就是掌柜的从死人堆救回来的,到了咱们铺子,两位掌柜的不嫌弃,给我吃喝,教我认字学生意,天高地厚之恩,我没别的报答,只有一把子力气一颗心!水里火里,不就是一死么!定然保着小少爷一路平安。"

"小伍……好孩子!"贵爷一把拉过小伍,老泪纵横。

董无忌心说:得!还是得饶上一位。

小伍据说是中原人,民国初年各省战乱,兵祸连连,董仪周在去保定的路上路过荒野，见饿殍遍地惨不忍睹，正要绕路，被一个气息奄奄的半大孩子拽住了，那孩子对着他直喊救命。董仪周心地善良，也是苦出身，便收留了他一路带回北平，看他长得周正，身子骨也好，便先教他认字读书。小伍非常刻苦上进，虽不太聪慧，可为人实在任劳任怨，能吃苦肯用心，日常跑跑腿送东西，帮着董仪周打理明古阁，干得很不错。加之他厚道谨慎，不多言多语，像个大哥哥般非常疼爱董无忌，哥俩处得就像兄弟俩，因此深得三代人喜欢，不几年就成了明古阁的大伙计。

如今小伍要跟着董无忌一起去，贵爷爷俩总算能放了点心。董无忌拍拍小伍的肩膀叹道："伍哥，你这又是何苦！"

"少爷，你就听我的。我都是死里过来的人，什么也不怕，咱们多个人多个帮手。赵哥久历江湖，拿大主意，我跟着你。"

大头也过来拍拍他："兄弟齐心，其利断金！"他一面指指郁郁寡欢的柳梦珊："小柳在家好好跟着爷爷、董大叔，听信儿吧。"。

方才收拾东西大家忙忙叨叨还没觉得，一静下来，都觉得有千言万语想说，可话到嘴边谁也说不出口。贵爷摸着发烫的脑门泪光盈盈，猛然想起什么，叫过董仪周嘀咕几句。董仪周他转身进了内室，半晌才出来，显得有点神神秘秘。

贵爷看看外头，亲手遮了窗帘，接过董仪周捧过来的一只紫莹莹的紫檀嵌螺钿长条匣子，扫视众人一眼说："此去王大帅虽派人跟着，但那是虎狼在侧，你们几个可得小心！尤其是荒山野地之处，更要步步留意，热河围场一带，数百年人烟罕至，就怕有什么野物凶灵。大头，我知道你平时带着家伙，这节骨眼上，更要小心。"

大头沉稳地点点头，拍拍腰间说："您放心，正经的家伙什！见过血的。"

"嗯，无忌，你年纪小，没经过凶险，这匣子里的东西，本想等你接管铺子再传，今儿遭逢大祸，等不到那天了，现在就传给你带着路上用，万一碰上什么不测，虽说不上逢凶化吉遇难成祥，也能帮你抵挡一阵！"众人见贵爷正颜厉色，都有些不安。

董仪周点点头轻轻拉开匣子盖，顿时霞光迸射，众人赶忙围过来观瞧，只见匣子里满铺玄色锦缎，锦缎上躺着一柄二尺多长的短刀，鞘、镡及手柄均饰以白银，表面镶嵌红蓝宝石，在烛火映照下光焰冉冉，五色晶莹。

董无忌皱眉问："从来没记得咱家有这么个东西！爷爷，这是什么刀？"

董仪周抓起刀鞘轻轻一拔，"嗖"的一声迸射出冷森森一股幽蓝的荧光，晃得众人眼珠儿疼。此刀剑形单刃，连柄通长二尺，中间开两道血槽，刀背雕了一条镏金长龙直逼刀尖，镏金雕花吞口，中间银隶书铭文，正面赫然四个篆字"乾隆年制"，反面是四个鎏金篆字"神锋在握"。

细看，白银刀镡镶嵌珍珠宝石共十二颗。木质刀柄蒙白鲨鱼皮，正反镶嵌珍珠、红宝石、蓝宝石二十一颗。八角形白银刀首，正反镶嵌各色宝石十六颗。横穿明黄丝穗。木胎刀鞘，中间蒙绿鲨鱼皮，上覆镂空镏金银饰；两侧与鞘口一体用错金卷叶纹银皮封边；银质鞘口，正反镶嵌珍珠、红宝石、蓝宝石三十六颗；鞘口下方镶金圈，嵌圆形大红宝石一颗；鞘系明黄丝带。整把刀宝光四射流光溢彩，五色迷离逼人眼目，名贵异常，上面的篆字和明黄的丝穗更彰显了它的至高无上。

"好家伙！这、这玩意儿是宫里出来的吧！"深深沉浸在珠光宝气中的赵大头咽了口唾沫，张着大嘴馋得厉害。

"对，这就是闻名遐迩的清宫御前四刀之一的素光刀了。"贵爷取出素光刀，轻轻抚摸良久说，"这把刀神异至宝，说法很多，来之不易，多少年了我不敢拿出来，等你回来，爷爷再给你念叨它的来历。本想让它做咱们明古阁的镇店之宝，这次你去的地界穷山恶水荒野多险，无忌，你带上自有用处。只是刀鞘刀柄太扎眼，刀鞘就别带了。小伍子，去找几块布，把刀柄包严实，有皮套找一个。"不大会儿，董无忌把收拾好的短刀揣进怀里。

第二天一早，门口的大汽车"嘀嘀嘀"响了几声，预备好的早点没吃完，周少鹏就开门进来了。贵爷爷俩挺尴尬，老北京人绝不能失礼儿，忙请他一起吃早点。周少鹏竟欣然就坐，拿起来就吃，气得董无忌几人直冒火。

"嘿、嘿！我说，您倒是扁担上睡觉，心宽呐。你就不怕这饭里有耗子药！"董无忌一摔筷子，大头一捅他被董无忌挡开。

周少鹏似乎毫不在意："你那些行李太多，用不了，随便带几件衣裳就成。"

"那不成！荒郊野外的，还能不带点应用物件？"大头回道。

"这不是旅行！"周少鹏喝了一大口豆汁皱眉想吐，想想又咽了，说，"请快点！"

小伍面无表情又把收拾好的行礼打开，细细打了个小包。几人吃完走出铺子，董仪周扶着贵爷追出来，眼中含泪满是不舍。

周少鹏笑着摇摇头，指着小伍问："怎么，又加了一个？"

董无忌扬脸反驳："怎么？不成嘛？这是我小伍哥，跟我一块的，可以照顾我。"

"可以，多他一个不算多，别跟着添乱就好。"周少鹏冲小伍冷冷看了一眼，打开车门说，"走吧。"汽车里，董无忌看着后视镜里贵爷和董仪周洒泪挥手，心里凄惶不已。

一旁的周少鹏说："咱们先开车到前门火车站，票已经订好了。今后大家在一起执行任务，需要精诚合作！"

其他仨人闻言没一个搭理他。早晨的北平城安谧温馨，晨烟袅袅映着初升的太阳。小伍子坐在副驾驶，大头搂着董无忌在后头。说是不在意，其实哥俩的心早揪起来喽。大头知道他胆小害怕，更没出过京城，一个劲儿说些闲话逗他。快到前门了，大头强笑道："小爷，你甭哭丧个脸，咱哥们这是流年不利啊，等回来我带你去东岳庙、关帝庙烧烧香，听说很灵验呢。我认识几个算命的江湖朋友，叫他们给破破灾殃。"

"烧香算命？哼，您这才是临时抱佛脚，现上轿现扎耳朵眼！管屁用！"董无忌撇嘴冷笑。

看他懒懒的，大头瞪眼郑重其事说："当然管用！你懂个啥？江湖人出去办事，多少也得求个签烧个香，你别瞧不起这些！你这名字不就这么来的！我说你还甭不信，就说那年南霸天于三叔……"

大头顿住不说了，在窗边张望。董无忌觉得奇怪，忍不住凑过去一瞧。大头兴奋地喊道："嗨！真福气！瞅瞅，那是罗半仙不是！"

众人往外头一瞅，立马全乐了。路边坐着个花白胡子老头，又高又瘦，满脸污秽，穿着身绸布半截大褂，本来银灰色早弄得油脂麻花打了卷，脸上黄病病的，一副硕大的墨镜挂在招风耳上，一边是铜腿，一边却吊了根细麻绳，脚下趿拉着双破布鞋。难为他穿得别致：左鞋在右脚，右鞋在左脚，一个露着脚趾头，一个露着脚后跟！

旁边搁着根黄杨木的拐棍，地上铺了个布招贴，写的是：铁口直断，师承罗祖。布招贴上头堆了些乱七八糟的纸条、笔墨、签筒，还有一个用脏兮兮的手巾包着的东西压在一角。更可乐的是，他脚前头放着一个咕嘟嘟冒着热气、盛满豆汁的大海碗，也不怕脚气串了味！

第九回

谶语

这当儿，老头瘦骨嶙峋的两只脏手正抓着俩焦圈旁若无人吭哧吭哧吃得倍儿香，落得山羊胡上和破鞋上全是碎渣子，簸箕嘴还不老实，咧得老大，对两旁卖早点的瞎白话："嗯，今儿这焦圈炸得比昨儿强！也不是我吹，老子是吃过见过呐，就你们做的这个，我不挑出点毛病，好像咱四九城的爷们没见识似的！万一叫那些乡下脑袋指出来，真给咱京城的爷们丢人不是？"

"我说罗爷，您这张臭嘴有的吃还不闭上点？！"卖焦圈的那位忙个不停，又气又笑，"好嘛，您这谱儿，快他娘赶上王爷啦！哦，您白吃白喝我们的，还说片汤话编排我们？！也就是我们哥俩看咱都是街面上混的给您白吃，不介您打听打听去，赊给个叫花子人家还得给唱两段喜歌呢！"说话间冲对过卖豆汁的直笑。

"哎，不是那一说！王爷？王爷算个啥？现而今的王爷哪有比过我这舒坦日子？早拉车掏粪去啦！咱是有师承的，虽说腿瘸眼神不济，可祖师爷赏饭，吃的就是这一行！吃你点喝你点，那是瞧得起你们。不介，倒回二十年，你就是预备海参席爷都不定去！"

几人下了车走过去，肚里直乐。卖焦圈的笑道："那是！您是谁啊，哎，甭说倒回二十年，就算倒回十年，叫您吃这个您也张不开嘴不是？

那么说您也不能吃白食啊，我算算，您白吃了我们哥俩……二十五天啦，一天就算十五大枚，如今多少钱啦？我们都是小本生意，赔不起，您啥时候赏下来啊！"

"嗨，你这猴崽子！告诉你，今儿爷就赏给你。"

"今儿？您还是歇歇吧，您好几天没开张啦，光说嘴不顶用！"

老头露出黄板牙一笑："小瞧我了不是？哼，告诉你，今儿爷不仅能开张，兴许还能碰见贵人呢！"

话音刚落，大头忍着笑过去一拍他："老罗！罗瘸子！你怎么跑这儿来撂地啦！又他娘蒙了几个钱啊，在这儿瞎吹牛！"

老头一惊噎住了，咳嗽几声顺过气皱眉，静听片刻问："谁啊？哦，是赵爷不是？嗬，真是人生何处不相逢！您不是一直在西城玩么，怎么今儿来前门了，又有生意？"

"对。现今就有个大生意。这不是找你给掐算一下我们哥们吉凶祸福吗！"大头笑道，"您这身打扮差点叫我认不出，嗨，赶紧收拾收拾，买卖上门了。您这爪子多少年没洗了，万一有人叫您摸骨，好嘛，还没算出来呢，先给人家摸一头炸油！"

大家哄然大笑，董无忌捂着肚子指着大头咯咯直乐，周少鹏也觉得有趣，站在后头瞧。老头慌慌张张扔了焦圈，摸索了大碗咕嘟嘟喝了两口，咧嘴笑："失礼失礼！今儿赵爷上门，那是财神爷呐！您诸位不知道，武财神头一位就是赵公明赵元帅，不就是赵爷本家吗？来，请这边，您是相面、测字、批八字，还是摸骨、抽签、看风水？细批八字流年看大运，咱是手拿把攥！"

罗半仙唾沫星子横飞吹嘘道："咱本门可不是吹的，老祖师爷乃伏羲上圣，开辟之祖，他老人家传下来先天太极，二祖师周文王传下来后天八卦，三祖师大周宰相姜子牙亲得神机妙法，四祖师诸葛亮善演阴阳机巧，五祖师……"

老头一张嘴就是一串词儿，大头哈哈大笑："得了嗨！老罗，在我面前可甭卖弄您那些生意经，我们哥们要出远门，您给瞅瞅。我不在乎这个，您给我们这位小爷瞅瞅。"

"哦，卜占自古源流同，尽在五行八卦中；人命吉凶生和死，不问苍天问老翁！这位爷，您是看什么？"

董无忌笑问："老……罗先生，我瞅您的眼不好，还能看见手相？"

罗半仙一听就笑了:"哎,您说得是,我这不过是江湖生意口,瘸是真瘸,瞎不是真瞎,您瞅。"说完他摘下眼镜露出一只眼,好嘛,原来左眼是个黑窟窿!

罗半仙笑道:"这都是早年烧包显摆,不懂事儿做的孽。江湖上跟我熟的朋友都叫我罗瘸子。我知道,您是信不过我,干我们这行的,说出去难听,骗人的居多,再有五弊三缺,瞅着都不太地道,也难怪人家怀疑。不过我的本事赵爷心里有数啊,虽然我比我们老祖康熙年间的罗神仙差一点,可小小不然的吉凶难逃我的掌握。譬如说您,可还曾记得您这名儿还是打我这来的呃!"

"啊?!"一听这话,除了大头众人都是一怔。董无忌低头想了想,恍然大悟却不说破,只问他:"如今碰上件难事,也说不定吉凶祸福,您给算算吧。"

罗半仙仿佛胸有成竹,哂哂嘴跟大头要了根烟,顺手夹在耳朵边,又要了一支点燃,深吸几口品着味笑说:"您要去个远地方。"

众人笑而不语。

"您去这地方,是为了别人的事儿。"

董无忌皱了眉。

"您去的这地,在北京城西北,说远不远说近不近。"

小伍在旁倒吸口冷气。罗半仙得意洋洋仰头微笑:"可惜啊……"

"怎么说?!"董无忌忙问。

大头看出端倪,一拍他肩膀:"罗瘸子,甭用这江湖口!戏弄我们呢?说实话。"

"嗌!我的赵爷您轻点嗨,我这把老骨头可撑不住您的神力。"罗半仙收敛了些,哂哂嘴叹道,"董少爷,您这命还用算吗?十几年头里我就算过啦,只是今年么……"

他手指掐算,嘴里念念有词,半晌才说:"只是今年么,可万万不能外出去远地。"

"当!"大头扔在地上两块银元,喜得罗半仙龇牙咧嘴:"哎哟,可有日子没见这玩意喽!谢赵爷赏!"

"你老小子给我仔仔细细说,说明白了该怎么走怎么破,钱是你的。不然……哼哼,你可知道我素日是干什么的!"

"明白!我哪敢骗您呃!"罗半仙忙拾起银元揣好,念叨,"董少爷的命相那是没的说！您是年上七煞，《通会》曰：煞在年支有贵气，乃'年逢贵气'之意，不用制伏，喜身旺、印绶、阳刃相合。您身旺得势，坐禄通根，再有阳刃相合，柱中带财，更行财运，发福清秀，聪明灵敏。

"此命主少年得志，杀伐决断，刚毅果断，衣食丰厚，贵气盈身。这是天生的好运，小的能瞎编的了吗？！只是您本命势强，木运仁和，化解了些许坚刚之气，更添温柔平和之象。月、日两柱里还有天德、月德两大吉星护体照命，福运亨通，万事如意，本是大贵大福大富的命，加上这两样，一生更能遇事逢凶化吉遇难呈祥，都在这'福德'二字上头来的，小的不敢乱讲。"

"呵呵，你说得这么热闹，那怎么说今年不易远行，又怎么万万不能去远地？"董无忌被逗笑了，瞥了眼呵呵直乐的大头。

罗半仙装模作样掐算道："这么，也不是小的瞎说。上头说的是大运，还得看流年运。今年是庚辰年，庚辰为金，您本命属木，哎呀不好……"

"怎么不好？！"大头忙问。

"确实不好。"罗半仙渐渐变了颜色，手指飞动掐算，沉吟道，"今年太岁在西北，您年柱上有阳刃，再带七煞，金克木，非得有水缓补，还不能是大水，水小不济事，水大则冲了。更可虑的是，今年董少爷又走庚辰运，年柱阳刃七煞必然冲克岁君，虽然古人说弱者忌冲，冲则拔；强者喜冲，冲则发。然而您月柱上尚有吊客临身，喜、忌之神如再调配不利……"

"甭啰嗦！直说吉凶祸福便是！谁听你背书呢！"大头急问。

"哎，岁运并临……这、这后面的话我就不说了，这钱我也不赚您的，您快走吧。"刚才还神采奕奕眉飞色舞的罗半仙像瘪了捻的炮仗，低头嘀嘀咕咕不知道说的啥，慌慌张张从怀里掏出两块银元，双手捧给赵大头。

其他人不懂，只听他吐沫星子横飞说得热闹，咋一会儿蔫了？大头见多识广，闻言心里猛地一沉，劈手"啪！"就是一巴掌，抽得罗半仙捂着脸打了个磨旋歪倒在地。

董无忌皱眉赶紧拦住："大头！住手！你这是干啥！"

"你个驴王八的臭嘎嘣儿的！老子临出远门叫你老小子算算，说几句吉利话冲冲喜！你他娘敢妖言惑众吓唬我们小爷？！你说，你刚才是不是胡说八道？！是不是算得不准？！爷拿出来的钱你敢往回送！我看你老小子活得不耐烦啦！"大头不知怎么了，火冒三丈急赤白脸跳脚大骂。众人一时呆了，谁也不知道这瘸子半仙算卦不收钱咋把这位爷气成这模样。

小伍过去拉住了兀自暴跳如雷的大头，劝道："赵爷息怒，他一个撂地的，您跟他一般见识干啥？您瞧，周围这么多人瞅着呢。"果然，周围卖豆汁、炸焦圈、卖豆腐脑的小贩，连带摊上的老少爷们都伸着脖子来瞧热闹。

"我跟他一般见识？！姥姥！你问问他，收不收钱！妈的，找不痛快寻到老子头上啦！我们小爷的命是你给算的，要是出了半点……你老小子看看你有几颗脑袋！"大头一把拽起罗半仙，不管不顾地怒吼。

这当儿，罗半仙吓得魂不附体，破眼镜掉了，破鞋也丢了一只，异常可怜地拱手作揖："赵爷息怒！赵爷息怒呐！不、不是我矫情，也不是我诚心给您添堵，是、是祖师爷留下来的规矩啊！我有几个狗胆敢坏了本门的忌讳？您横竖是知道……"

"我知道个屁！"大头怒火又起，抄起巴掌又要抽，被董无忌死死拉住。"行啦大头！你在这儿惹什么事儿！把钱给他，我要问他几句话。"好容易劝住了赵大头，董无忌叹口气给罗瞎子拾起眼镜递过去，又扶他一拐一拐坐好。

大头一顿嚷嚷把四周的人都撵走。董无忌问道："罗先生，我不问你为啥不要钱，其中有什么忌讳，也不问我的命什么岁运并临，你告诉我，你怎么知道我为了别人的事要去西北方？还说远不远说近不近，莫非这也是猜的？"

"谢小爷！您是厚道人！"罗半仙喘了几口粗气缓过神儿来，也不接银元，思索片刻说，"这倒不是胡说瞎猜的，混江湖的都有些眼力见儿，我是从诸位行程看出来的。您想，平常人谁坐车？定然是非富即贵。这早晚出城，您这么年轻，后头跟着威武侍从，定然不是为自己的事儿，既坐车出去，也不能很近，所以小的就顺口胡诌了几句。不过您确实不宜远涉，小的出师以来算过无数人，只有回来说神算的，绝没有个错。"

"你还胡说！"大头又急起来。

董无忌大悟，更觉有趣，笑问："哦！怪不得呢，罗先生可谓看人看事细致入微了。那么你直说,我们此行有什么危险,能不能平安归来?"

"这……"罗半仙心里一紧,看看大头虎视眈眈的目光,想了片刻说,"请少爷赐个字,小的一测。"

董无忌略一思索说:"你给我算过命,咱们有缘分,这次我去,也算救我的老师,你就测我的姓吧!"

"是。"罗半仙也不含糊,片刻抬头说,"董字千里草,您要去的是千里之内、水草丰茂之地无疑,草字头下一重字,危难重重。有戴帽子的大人掌控,有危有难,吉凶各半。里字为田土,如在水草丰茂地遇见田土之地,要谨记安全。儿行千里母担忧,令尊令堂在家里日夜不安呐。"

"不错。"董无忌被他说中心事,心下骇然,没想到这罗半仙真有两下子!连一旁的大头、周少鹏和小伍也听住了。

董无忌转了转眼珠儿说:"再问一个字,罗先生铁口直断,那么测个'口'字。"

罗半仙思索片刻点头说:"口字四方,董少爷张嘴脱口而出,乃为'口'外,您去的地方定然在宣化张家口之外,您本木命,加木为'困'字。哎,去了那就是一个'困'象,诸事不利困难重重,与方才的董字字意相似。口字四方空荡,荒芜寂寥,您去的那里定然荒凉无比没有人家。少爷用'口'占一卦,则是'口一卜',乃是个'吓'字,您这一去,必然会受到惊吓,不可避免。而口字密不透风,四面结实,嗯……是有惊有险无伤本命的意思。只是切记,去了那儿一不要用刀,二切不可救人或带人回来。"

"嗯?!这是什么意思?"董无忌听得很仔细,闻言不禁摸了摸怀里的素光刀。

"口字用刀则是'召',刀在口上,有口舌之争,血光之灾,凶险莫测。若是救人或带人回来,则是人在口中,是个'囚'字,大有身陷囹圄百口莫辩之兆。"

"你老小子这么一解说'口'字,我们肯定回得来?!"大头一挑眉问。

"嗯,一'口'为口,赵爷再问一'口',乃是个'回'字,回是回得来,只怕要伤人口。"罗半仙淡然道。

"扯淡！"大头啐了口唾沫骂道，"你就不会说点好听的！"

董无忌止住大头问："要多久才能回来呢？"

罗半仙细细打量了他许久，叹息道："'口'字为四字缺笔，此事不到四十天就能回来。"

说罢，罗半仙忽然笑了："小董少爷宅心仁厚，虽聪明顽皮，可千万当心，一是注意季孙之忧，二是小心前车之鉴呐！"

董无忌听话心里猛地一惊，还没开口问，罗半仙揉揉脸，从耳朵上取下那根烟卷，借了火点燃若无其事抽了起来。

"你说的是谁？！你怎么知道的？！"董无忌、大头扭头，却是小伍和周少鹏异口同声大声问话。

周少鹏冷冷飞快看了眼憨厚笑着的小伍，肃然问："罗先生，你都知道些什么！不要再装神弄鬼的，老实说出来或许……"

罗半仙也不看他，嗤笑道："我知道什么？您该问天知道什么。岂不闻人在做，人看天也看，先前也有人来求神问卜，不过听声观色，那人虽文星灿烂，却是心性歹毒之辈，我不过略微预测先机，随便给他说了几句而已。长官何必跟我一个落了魄的江湖术士、瘸了腿的睁眼瞎子一般见识呢？呵呵，天不早了，您诸位请上路吧。赵爷，您是知道本门忌讳的，这钱我也不敢领，不要又失了您的面子。来，二位爷，一人给你们一块，算我欠你们的饭钱吧！"说话间，罗半仙摸索起两块银元，扔给了卖豆汁、卖焦圈的各一块，往墙根里一坐，戴上大墨镜子，晒着温暖的太阳，片刻打起呼噜跟周公下棋去了。

第十回

玄机

大头无奈摇摇头,拉着沉默不语的董无忌上了车,周少鹏迟疑良久才上了车,一行人疾驰而去。卖焦圈的得了银元,高兴得眉开眼笑,笑问:"嘀!我说罗爷,真有你的!两袋烟工夫,就是两块袁大头!您真不要?"

良久,罗半仙闭着眼随意说:"这钱我怕沾血扎了手,师门里忌讳。"

"喊,您又来!没钱的时候想钱,有了钱往外推!您这都是啥规矩呐。得嘞,这一块钱,您放开了吃俩月,我伺候您。您甭说,您算的那位小爷脸色都变了,看来真准呢!您老得空也给我看看哪天发大财!"

"你?哼,你就是干这个的命,还敢跟人家比?哎,那小爷倒是好人,只可惜好人不长命啊。"

"咦?"卖焦圈的皱眉问,"敢情您刚才说的那些大富大贵的话都是蒙人家的?!您老这张嘴可真够……"

"蒙人?蒙鬼吧!我为啥不要他的钱?你小子懂个屁!赶紧揣好了银元自个儿乐呵去吧。这孩子……"

"什么?您说啥?"卖焦圈的侧耳倾听。

半梦半醒的罗半仙阴阴笑着小声嘀咕:"人在做,天在看……攒凶聚煞……七杀临身……死绝重……"

片刻他猛然惊醒，看看脚下大喊："坏喽！你俩瞅见我摊上的那个脏包裹没有？！"

"啥包裹？您这摊上还有值钱的物件？"卖豆汁的嗤笑道。

只见罗半仙热锅蚂蚁似的翻腾了半天，尘土飞扬咧着大嘴疯了似的对着四处哭嚎："天呀天呀，谁他妈手欠！这是老天要绝我啊！"

车在前门车站停了，一下车，川流不息的人群熙熙攘攘，董无忌板着脸大摇大摆跟着周少鹏往前走。大头在后头小声絮叨："小爷，你甭听他瞎说胡咧咧，他那张嘴，简直能把死人说活活人说死，整个一个九国贩骆驼的坑蒙骗！"他一面劝解，一面把罗半仙八辈祖宗都骂了一遍。

董无忌仿佛充耳不闻，几人上了火车，入住了刘副官命人准备的高级卧铺车厢。车厢里一水儿的精铜饰件，各色烟酒香茶，水果点心摆了好几桌，连过来伺候的乘务员都一脸恭敬，低头哈腰伺候着几位。董无忌顺手抄起一个大苹果啃了一口，边吃边说："行了，你退下吧，有事再招呼你！"

"是！"那人乖觉出去。

董无忌边吃边嚷嚷："哥儿几个甭客气！都是大帅和科大人的招待，放开了吃！"

大头觉得他有些奇怪，刚点了根烟，就听这位董少爷懒洋洋躺在下铺冷笑："大头，我叫你一声哥，这些年我也没白跟你见识江湖吧？难道连算命的这点忌讳我也不懂？呵呵。"

帮小伍收拾完行李，周少鹏解开外衣扣子坐下，瞅着眼前少爷羔子模样的董少爷十分不顺眼，想了想问："请问小董先生，这里面有什么忌讳？"小伍也睁大眼静听。

董无忌起身夺过大头手里的烟卷猛吸一口，故意俯在周少鹏脑袋上喷，见烟圈在他又黑又硬的刺猬似的短发中氤氲蔓延，咯咯直笑。

"你干什么！"周少鹏一瞪眼。

"急什么？周大处长，怨不得王大帅说你刚毕业不久，跟咱们老中国习俗传统尿不到一个壶里呢，你是洋面包吃多了。没听过算命卖卦的有忌讳，算完卦有'三不要'，头一个忌讳就是不要死鬼的钱，对吧大头？"

"你……"大头倒吸了口冷气，惊诧瞧着换了个人似的发小，结结巴巴说，"小爷，你都知道了。"

"嗐，还不是跟你到处瞎逛，你认识的那些三教九流的朋友，说的那些古记儿，我多少也懂点，嘿嘿。我说哥，你也忒小瞧我了，真要是那样，咱们还不如在北平城里等死，颠颠儿跟着周大处长跑到热河干什么？"

"想开了就好，我是怕吓着你。他们那群东西，胡沁胡侃的话你甭放在心里，等咱回来我再收拾他。你是大富大福的命嘛，呵呵。"大头心里一块石头落了地，小伍点点头。

周少鹏摇头笑道："这都是迷信！你们还当真？"

"迷信？"董无忌冷笑，"这罗半仙可不简单，他肚子里还藏着事儿呢。周处长，我请问你，《论语·季氏篇》中'子曰：吾恐季孙之忧'，后面是什么？"

周少鹏眉头一挑，玩味一笑："好像是'不在颛臾，而在萧墙之内也'，不知对不对？"董无忌笑了："没想到周处长还有点国文底子呢。是啊，'萧墙之内'，北京城就是一座萧墙，咱们傻兮兮跑到热河去，这京城里可不知道唱的哪一出哦！"

周少鹏心中一震！他有些悚然，打量着眉目清秀嬉笑自若的少年，竟然有点懵懂。作为高级警官，自然明白董无忌说的话是什么意思，那个神秘的算命老头罗半仙的话当时也令他一惊。意外的是，从昨天开始，他就对眼前这个看起来有些吊儿郎当、牙尖嘴利、胆小怕事又异常聪颖的董少爷产生了兴趣。

其实周少鹏到现在都不明白，喜怒无常大权在握的王大帅，怎么会看上这么个玩世不恭胆小调皮的少爷羔子，难道就因为他是古玩世家的继承人和老北京的玩家？乃至于大总统和曹老帅还联名签署下发了最高级别命令，就叫这么个狗屁不通的少爷羔子一起去查那样重大的案子？在他眼里，这完全是天方夜谭般的荒唐闹剧和笑话！不对，肯定哪里不对劲儿，包括昨天燕大发生的神秘死亡案件……

董无忌喝了口茶："都把'季孙之忧'比出来了，周处长，你说这事背后的水得有多深！"

"多深也得查！"周少鹏不以为然，"这是一桩很怪异的案件，按照我们的专业来说……"

"等等！"董无忌很没礼貌地打断他，笑道，"你说这是个案子？我胆小，你甭吓唬我，在我看，这不是啥案子，就是个谜题！你想想，你一个高级警官，大头是江湖人，伍哥是古玩铺的伙计，我呢，在你眼里整个一纨绔子弟，咱四个凑一块堆，还有'萧墙之内'说不明白的事儿，跑到千八百里地外找失踪之人？哦，还有那尊神像。你还查案子？！做梦呢！"

"谜题？"周少鹏沉默了。

"对，我劝你，就当这事儿是个大谜题！你现在千万把你查案子的心思扔到爪哇国去！不然咱们这趟必然前途渺茫，空手而归。回来我就擎等着杀头！咱可是一根绳上拴的蚂蚱，你也跑不了。要想解谜，必得审时度势随机应变，一切行动都得商量着来。咋样？"

周少鹏冷着脸问："你的意思，我还得听你的？"

"不是听我的，而是不能全由你说了算。"董无忌露出个坏笑，"我得给你换换你那洋脑筋，在咱们老中国，还得用老中国的法子去解谜。不然误入歧途，咱们全得玩完！"

"没错！"大头一拍大腿深以为然，"周处长，您得听劝。我们小爷这话才是实话。我也这么想，您若一脑门官司查案子，就错了路，咱就得大费周章啦。"

"闻所未闻！你们这是乱弹琴！什么谜题不谜题，这种失踪悬案，肯定有特别诡异之处，我们要从刑事调查的角度，科学性地全盘考虑，比如失踪人群……"周少鹏大步在车厢里走动，如数家珍掰着手指滔滔不绝，半晌，没人理他，回头一瞧，气得他鼻子快歪了！原来董无忌早侧身闭目呼呼睡了，大头抓了一堆好吃的低头正风卷残云大口咀嚼，只有小伍手里握杯香茶，满含歉意微笑望着他，似乎一句没听懂……

火车颠簸中，董无忌醒了，打了个大大的哈欠，发觉车厢里还有暖色的灯。周少鹏挺拔的身姿如洋人的雕塑，坐在小桌边一面细心整理带来的所有资料文件，一面皱眉思考。他悄悄过去，一手拍了出去，"啪"被周少鹏稳稳托住，一下拽到身边。

"嗬！身手不错啊，你脑袋后面长眼了？"董无忌挣脱开，灌了两杯果子露，又开始瞎摸吃的。周少鹏让他坐正了，冷着脸问："小董先生，我也随他们叫你'小爷'。你能不能正经一些？咱们谈谈案子。"

"小爷我不正经吗？我见了姑娘立马脸红，哈哈。"董无忌眨眨眼笑了,"周处长,你说案子我可不认,不管你学的啥专业,还是从德意志法兰西毕业,跟我没关系,我也不懂你那些玩意儿。我白天说了,从始至终,在我眼里这都不是一个案子,是有人给咱们出了一个谜。"

"收起你那些稀奇古怪乱七八糟的想法。"周少鹏看了看窗外沉沉夜色皱眉,"这怎么会是一个谜?很明显是一桩离奇失踪案件!董小爷,如果我们不能统一调查案件的思路,而是胡思乱想,不用科学调查方法去探究,怎么能完成调查任务?"

董无忌无奈苦笑,反问:"周处长,你知道怎么看古董吗?"

"鉴赏古董?我不懂。跟咱们调查的案件有关吗?请直言。"

董无忌眼光雪亮:"说太细你也不明白。简单来说,有人拿来一件古董,甭管他说得天花乱坠,你得靠着自个儿眼力鉴赏真伪,除了眼力,还得要心态。譬如说,古董摆在这儿,你来鉴赏辨别,首先你心里得认定这就是假的,然后,你得靠着你的眼力一点点从假往真里看,看到九成九都不行,稍微有一点瑕疵与不合规矩,那么这件东西就是假的,我们行里叫'赝品'。"

周少鹏有点匪夷所思,张嘴要问又忍住了,静听他说。

"假比说,别人拿来一件古董,没等看呢,你凭相信他个人,心里先就认定了这东西是真的,那就坏了。为什么呢?有了这种心思,你的眼力再高,可你心里已然认定这玩意就是真的,靠眼力本事一点点从'真的'往假里看,即便看到十成,这玩意儿身上所有的瑕疵和不对,你都会认为是理所当然,它就是真品!我没学过你学的那些,可打小我就知道这两种鉴赏辨别古董的法子,用对了当然一通百通,用错了,即使你眼力再高也是个棒槌,等着挨骗吧。"

周少鹏渐渐开了窍,可还是不明所以。

"我说的是,古董行里,真东西往假了看,一点点推出真来,稳妥谨慎,能看出它的本来真相;如果假东西往真了看,越看越像真的,越看越迷糊,反而冒失,即便你有天大的本事和眼力,它还是个假的。"

周少鹏沉默不语,脑海里显出一幕幕乱如麻线的场景。董无忌笑道:"我想,鉴别古董如此,咱们这档子事儿,也是如此。为什么说你的想法不对,你看到的是'案子',我看到的是谜题。什么是案子?你老琢磨着失踪?诈骗?抢劫?杀人放火?见财起意?被害人是谁?凶手是谁?杀人动机?失踪原因?失踪人的下落?周大处长,你不觉得这事儿忒蹊跷了吗?"

"什么?什么蹊跷?"周少鹏被说中心事,忙问。

"你记得王大帅和科大人是怎么吩咐的吗?"董无忌眼中波光流动,"他们说'你们的任务有两个,一是找到那尊怪异的神像带回来,二是找到失踪的人,不管死的活的,调查清楚他们失踪的原因……即便第二个任务完不成,第一个任务也必须要做到!那件怪异的神像必须要拿到手。对吧。"

"不错,他们是这么说的。"

"周大处长,你没琢磨琢磨,你们王大帅和科大人软硬兼施又是摆鸿门宴又是要挟,又是放电影又是说军事秘密,又是赌咒发誓又是声泪俱下,闹了归齐,就是要照片上那件怪异的神像!什么失踪的人啊,查案子啊,都是搭上的借口!"

仿佛一个晴空霹雳裂石穿云凌空劈下,炸得一向稳重的周少鹏一个激灵差点发抖!周少鹏心里冷颤不已,脑子一阵阵发蒙,也许他潜意识里早就意识到董无忌刚才的直言,可从没这么明明白白被点醒。饶是他清明在躬、专业精通、文武双全,此刻也有点手足无措。

董无忌侃侃而谈:"我说这件事背后很深,指的就是这个意思。我虽然胆小,可并不傻。此事盘根错节错综复杂,劝你千万别当什么案子办,咱们就找那尊神像,同时找人,找到了算完,找不到呢,算咱倒霉。你可别傻不唧唧去查什么案子,你那上司也根本不在意!我那柳老师是位方正君子,唉,希望他不会有啥三长两短的。事情的疑点还不止于此,你想,哪有那么巧,考察团一失踪,这边燕大就出了凶杀案,我们仨就被你救了,拉到会贤堂看了那么一场鸿门宴?"

"这个我保证绝不是我和手下所为,那件凶案很特别,我已经委托同事开始调查。王大帅和科大人当时也很惊诧啊。"

董无忌看他一本正经的模样笑了:"自然不是你,如果是你,咱俩今儿就不会一块坐在这儿说话了。再者,热河现在归奉系的人管,咱们千里迢迢跋山涉水跑到人家地盘上找人找宝贝,你心里可得有数。你想去了怎么开始找?"

"这个我想了,"周少鹏有了精神,"咱们到了当地,按图索骥,按照考察团落脚的地方,从时间、地点、相关人物开始严密查访,把能找到的线索……"

董无忌撇嘴直乐："看看，看看！又犯傻了不是？周处长，你真是个不开窍的棒槌！"

"棒槌？什么意思？"

见周少鹏懵懂模样，董无忌乐得前仰后合："就是傻蛋！咱们这是去承德府，不是北京城！光靠着你那套按图索骥，一个猛子扎下去，大海捞针似的，等找到点眉目，黄花菜都凉了！"

"那，你说怎么办？"周少鹏眼神炯炯。

"咱们行客拜坐客，我虽然从不愿结交官府，可事儿逼到这了，不得不如此。到了那儿，先得去见见当地的'土地爷'，人家是坐地虎，咱们是外来户。俗话说：强龙还难压地头蛇呢！我就不信，他们手里没一点消息！不找他们找谁问？万一瞎猫碰上死耗子，有个消息啥的，就比咱们傻兮兮瞎蒙乱撞强得多！你想想，是不是这个理儿？"

周少鹏盯了他良久，缓缓点头，突然露出个转瞬即逝的笑："可以。或许你的方法更适合老中国。但这个案子我坚持我的想法，希望你也得配合。"

董无忌打了个哈欠，随意说："配合，当然配合。王大帅不说了嘛，'有主有配，干活不累'。放心，我只要我柳老师的下落，其他的全是你的功劳，我这个配角绝不会抢了你的风头！"

第十一回

董少爷的妙法

自康熙四十二年起,仗着国库充盈,康熙皇帝下旨圈地设桩,修造了一座口外最大的避暑行宫——避暑山庄,围着山庄修筑城池,增设街巷商铺。历经数十年不断扩建经营,到了乾隆年间,这座气势宏伟千门万户的避暑离宫,便成了天子在塞外的夏都。统管沿途十六处行宫,由专设的热河都统总管守卫,宫中专称"热河园庭",和北京城外西郊被称为"御园"的万园之园圆明园一起,成了清帝心目中并驾齐驱日月双辉的两座夏宫。

围绕山庄修筑的城池也日臻完善,绵延数十里蔚为大观,城墙高耸规矩严整。城里各按方位,修造了各蒙古王公大汗、台吉贝勒及朝廷皇室亲贵、文武大员的府邸宅院。南来北往的客商行者也看中此地,蜂拥而至。不几年的工夫,昔日荒凉旷远的热河变成了繁华都市,城里百工齐聚,商贾云集,车马喧嚣,人烟辐辏,酒楼茶肆鳞次栉比,乃是当年塞外热闹繁华第一处所在。

雍正年间,为表达"承受先皇福德"之意,雍正皇帝改热河厅为承德州,归直隶总督直辖。乾隆年间,好大喜功的乾隆皇帝将承德州升格为承德府,由此承德成为仅次于北京帝都的塞外夏都。康雍乾嘉四朝除了雍正皇帝,其余皇帝岁岁到此秋狝游猎,接见蒙古诸王公外国使节,将威震与怀柔融为一体,成就了承德辉煌的盛况。

只是道光年间起,内忧外患,民不聊生,道光皇帝下旨废除木兰秋狝大典,从此不再来承德巡幸。及至咸丰十年,英法联军攻入京师,咸丰皇帝带着嫔妃朝臣凄凄惨惨逃难到此,染疾驾崩。两宫回京后,皇室再也没有来过承德,避暑山庄中那些恍如仙境的山水丽色,便永远被封存在厚重高大的宫墙内,年复一年朱颜剥落玉色蒙尘,倒塌无存。

民国肇始,设立热河省,承德府便成了省会,北洋政府常把热河作为"赏赐",封赏给各大将军都督。走马灯似的督军大人们你来我往。刮地皮种鸦片,可算把当地老百姓害苦了。头些年,张大帅和曹老帅两系大战,停战之日,热河被划归张大帅管辖,作为补偿,张大帅也不再觊觎北京城,两下里算是化干戈为玉帛。然而表面上两拨人马称兄道弟来往不绝,暗中却都招兵买马积草屯粮,乌眼鸡似的恨不得再大打出手。

热河督军是东北鼎鼎大名的虎将军,此人乃张大帅的把兄弟,战场上英勇绝伦,平时欺男霸女无恶不作,大字不识几个,也办不了公务,且不喜欢塞外荒凉,虽然就任热河督军,却一直率领精锐,驻在东北给张大帅看家护院。奉系只好任命了几个文官来治理,虎将军也不愿放弃自己的一亩三分地,便在当地设置了警备队替自己看守老窝,平时虽不怎么管当地的大事小情,可没他的发话,谁也不敢胡乱拿主意呢。

周少鹏带着董无忌、大头、小伍问了几个人,才转到都统府大街,原先的热河都统署,现而今成了警备大队的队部。门口几个叼着烟卷的大头兵眼瞅几人过来,嚷嚷道:"站住站住!干什么的?"

周少鹏器宇轩昂道:"我们是北京来的,要见你们警备队长。"

几个大头兵上下打量几人一番,撇嘴道:"北京?要是奉天来的好说,北京来的,等会吧!"

周少鹏一瞪眼没等说话,大头凑过来笑嘻嘻一人塞了一块大洋,小声嘀咕几下,有个当头大胡子的进去禀报了。董无忌笑道:"周处长,还是咱的法子管用吧?你那副公事公办的脸且得收一收呢!"

工夫不大,大胡子出来点点头:"我们大队长有请!"

四人这才进了大院。嚯!院子里头别有天地,全是青砖壁垒,四周厢房,正中大堂,依然保持着大清风范。足有半亩地大小的院子当中竖着一杆大旗,上头浓墨写着个"虎"字。大堂里摆着桌椅案台,窗明几净，空荡荡的。众人顺着东边进了个院子，只见那院子格局不大，上头也是五间厅堂。

大胡子报告："队长，人来了！"

"进来吧！咋？还得我出去请嘛？"只听一个豪横声传出来，董无忌立马提起了心。一进门，几人就发觉这根本不像个军官办公室。好家伙！四壁全是紫檀硬木雕龙凤纹家具，墙上古色古香的画卷依次挂了好几十幅，博古架、书架上密密麻麻摆放着数不清的各色青铜、碧玉、玛瑙、青金的古玩陈设。大理石大画桌、方桌、琴桌上摆满了琳琅满目各色御窑官窑瓶尊杯盘，地上的青花大画缸里插得全是犀、玉、象牙轴画轴，角落里塞满了一摞摞的各色绢面的古书，地上东一堆西一摊的鼻烟壶、玉扳指、珐琅金表、象牙梳子、玉佩、宫扇、如意、玉碗和各种精巧的小件珍玩，连个插脚的地儿都没有。

董无忌是古董世家出身，打小耳濡目染惯了，一入眼心下大骇：全是珍品！大头、小伍也被眼前不计其数的古玩珍宝惊呆了，张着大嘴说不出话。屋里的东西虽多，摆的位置却根本不通，既不像古董铺也不像玉器行，说雅不雅说俗不俗，满眼望去，就跟京城鼓楼西大街那些乌漆麻黑卖旧货零碎的挂货铺和隆福寺地摊差不离。

"进来吧，京城也往咱这旮旯派人啦！啥事呀！"西间的人嗓门大得跟驴叫一样，一嘴大碴子味儿，震得人耳朵嗡嗡直响。

说话那人身量中等，穿着中校军服，小干巴脸，招风耳，小黑胡，额头上贴着块纱布，两只斗鸡眼凶光四射，腿搁在办公桌上，懒洋洋斜靠在太师椅上，手里握着个鼻烟壶故作严肃盯住四人。办公室不大，墙上挂着张大帅半身照，太师椅前有一张新的写字台，电话满桌，还摆着一只流云百蝠异常精美的红缎锦盒，里头彩光隐隐。南窗下一排西洋沙发，北墙上挂着一幅古画，看格局比外间屋好些。

"你们是北京哪儿的？咋旮旯到咱这嘎哒来了？有冤告状可不归我管。"军官漫不经心把玩手里的鼻烟壶，连眼皮都没抬。半响才抬头，"我是承德警备队大队长，姓郑。有啥事别磨叽，赶紧说！"

周少鹏似乎没在意他的失礼，忙递过证件，掏出命令公文说："这是我的证件，此次我们是奉大总统和曹老帅命令，特来贵处，调查不久前那支文化考察团失踪一事，请……"

"知道了知道了！"郑队长跷着腿满不在乎，"不就找那个啥玩意儿考察团嘛!命令?啥玩意儿命令?有我们奉天张大帅的命令吗?文化?文化算个鸟!你们巴巴儿跑这儿来,拿这片子和公文吓唬谁?"

周少鹏脸色阴沉:"我们王大帅说,已经通过电报通知奉天的张大帅,请协助调查,张大帅也回电答应,难道命令没有传达?"

郑队长懒洋洋打了个哈欠冷笑道:"什么王大帅曹老帅?全不好使!俺们这旮旯只认张大帅和虎将军,只有他二位的命令在这儿才叫得响!我瞅瞅。"

他在文件堆里胡乱扒拉出一份文件看了看:"没错,是有这么个事儿。我已经知道了。"

"知道了?那请问您如何开展调查工作?考察团出发前在承德哪里下榻?您派了什么去调查,有没有什么最新消息?"周少鹏立马追问。

郑队长两眼一瞪:"咋?!你小子这是审问起我来啦!我瞅你小子活腻歪了!妈拉个巴子,这是热河!不是你们北京城!那么大的热河省,丢了十几个人,几天工夫就想找着?老子是给你家当差的啊!想挨削啊!老子没空管闲事!滚犊子!"

周少鹏气得青筋直爆,没想到一直狂傲的奉军如此傲慢跋扈。正要反驳,那个奉军大胡子赔笑劝道:"队长,您这是何必呢!医官不是说了请您静养。"

"滚犊子!把他们全给我撵出去!你也滚!"郑队长大怒,"甭搭理他们,拿着鸡毛当令箭,跑热河撒野来了,让他们自己去找什么狗屁考察团!快滚!"

这下一呛茬儿,众人都闹了个大红脸,周少鹏转身就走,仨人跟着。刚到门外,董无忌一拉他,摆摆手不顾仨人愕然表情,转身又进了屋,一脸微笑对着暴跳如雷的郑队长说:"郑队长,有个事儿我忘了告诉你。"

"嘛玩意儿?你他妈谁啊!有啥资格跟我说话!"

"是,我是没资格,不过不告诉你,你就成了大棒槌!"董无忌一指他舍不得放手的鼻烟壶坏笑道,"你这壶是假的!回见了您呐。"说罢扭头就走。

郑队长傻愣愣一怔,张了嘴呆住了,片刻大喊:"胡子!大胡子!快,快把那几个人追回来!不,把那个贼漂亮的小伙,请,请回来!"

丈二和尚摸不着头脑的大胡子,看看前倨后恭的大队长莫名其妙,赶紧小跑追了出去。

承德街里最大的酒楼名曰松鹤楼，跟二仙居一样驰名远扬，打前清那会儿起，便是王公贵胄、富商大贾们到承德府吃美食必来的馆子。门上描金的匾额已然尘土覆盖，依然没挡住南来北往爱吃的饕餮老客们的脚步。今儿不同，楼下尽自满座，楼上却是一片肃静，连掌柜的都目瞪口呆啧啧称奇：从不轻易跑到外头吃饭的暴虐傲慢的警备队郑大队长，此刻正陪着四个穿戴不俗的年轻人在雅间里谈笑风声，本店伺候的人一个不用，执壶劝酒的都是他的大胡子马弁。

　　"好嘛！那四位好大的势派！连热河省各厅长见了郑队长都吓得腿肚子转筋，今儿这是唱的哪一出？伙计，可得小心伺候啊！赶紧去后厨催催，叫他们手脚都利索点！"掌柜的低声吩咐。

　　小伙计一缩脑袋："得嘞！掌柜的，您就放心吧，谁敢拿脑袋开玩笑？！"

　　此时，楼上的郑大队长已然喝了酒，满脸通红眉开眼笑吐沫星子横飞，搂着董无忌称兄道弟说："哎呀，我说兄弟呐！你就是我亲兄弟！你咋不早来啊，不是我埋汰这旮儿的人，连个看古董的都没有！那些老头见了我吓得瞎咧咧，嘴里跟塞了驴毛一样，尽说些咱听不懂的话！唉，谁叫你哥我是大老粗呢！大胡子，给咱兄弟倒酒，倒满啊！"

　　大头肚里偷着乐，小伍默然。周少鹏沉着脸气鼓鼓的，望着方才还趾扈嚣张的郑队长跟嬉笑自若的董无忌有说有笑，他绞尽脑汁也闹不明白，这人属狗脸的，怎么说变就变，俩人刹那好得跟一个妈生的一样，这都哪儿跟哪儿啊！

　　桌上全是有名的本地佳肴：五香鹿肉、大炒山鸡卷、平泉冻兔肉、青龙鼋鱼、烧狍子、红焖鹿尾，中间一个什锦八仙火锅热气腾腾香气扑鼻，周围一溜粉彩小碟子里摆放着狍子肉、山鸡脯、野兔肉、冬笋、口蘑、青椒。旁边还有一个小桌，上头摆满了本地有名的点心：油酥饽饽、烧麦、二仙居碗坨儿、莜麦面小饼、南沙饼、鲜花玫瑰饼，五颜六色引人垂涎。

　　董无忌和大头毫无顾忌，提着筷子大快朵颐，吃得一脸热汗。大头煞有介事吹嘘道："队长！您这事儿啊，包在咱小爷身上！他打小就生在古董堆里，三岁读书，五岁就会看各种珍宝瓷器，八岁，咱还撒尿和泥呢，人家就被段大帅请进府里鉴赏古玩。甭说天下九州见过的，就是没见过的珍玩宝物，都能给你说出个四五六！"

"是啊？！"郑队长斗鸡眼瞪得铜铃大小，咧嘴大笑，"哎呀妈呀！你真叫老哥宾服！俺十五岁当兵上战场，斗大字不认识几个，就佩服读书人！快，再干一个！"

酒过三巡，菜过五味，又擦了把热汗，董无忌这才搁下筷子，冲他笑了笑："郑老哥，您不就想往上送点古董珍玩作晋升的礼物？这不难，小弟愿意效劳。"

郑队长咧嘴拍拍他肩膀："不错啊兄弟，咱也跟随大帅南征北战多年了，现在才是个中校！这不，好容易靠着我大侄媳妇的二姑妈的三小姨嫁了我们虎将军做九房姨太太，才被派了这么个差事，弄到热河做了警备队长。唉，老哥我年纪也大了，实在不想坐在热河这旮旯吃沙子，想调回去吧，上头不搭理咱，想往上升一升呢，谁叫咱上头没人！最近呢，张大帅过寿，虎将军的小儿子满月，奉天几个老将那里也得打点打点，我想活动活动。可从行宫里找来那么些玩意儿，咱一脑袋高粱花子，看不懂呐！"

董无忌在京城活了这些年，虽然才十几岁，可打小跟随父、祖来往见识的都是王公亲贵、显官大员，内而各部总长，外而督军省长，耳濡目染，这些人蝇营狗苟暗地里的腌臜事儿门清儿。知道这小子为了升官送礼，遇上难题，因此董无忌胸有成竹问："郑老哥，甭着急，老弟来了，保管这事万无一失。那盒鼻烟壶带来了吗？"

"带来了，带来啦。快叫我老弟瞅瞅。这是预备好送给张大帅的寿礼，可咱看不懂！"一挥手，大胡子解开杏黄绫子包裹，捧过来那只流云百蝠的锦盒，一掀象牙别纽，登时瑞气隐隐。三十六枚鼻烟壶全是铜胎鎏金画珐琅，一瞅就是当年大内造办处不惜工本做出来供御前赏玩的物件。

董无忌顺手拿起一个仔细看了半天问小伍："伍哥，你瞧瞧。"

小伍双手接过去皱眉细观：鼻烟壶底子为灰白色，用海蓝色勾出轮廓纹理，面上开光，上面是工笔细线勾出来的花鸟花木，填的是大红、宝蓝、豆绿、真紫色的珐琅料子，一律平涂细抹，丝毫不见砂眼。而山石、花叶、树木筋脉全是用真金细线勾描出来的，五颜六色浓艳豪华，富丽堂皇中透着秀雅大气，加上秀美壶身和大红宝石嵌金丝盖，流光溢彩小可盈握，绝然是雍乾两朝的精品。

小伍翻过底款一瞧，果然是篆书"乾隆年制"四个字，便憨厚笑笑：

"小爷，这物件是宝贝，我可看不懂。您见识的多，您给说说。"

董无忌接过鼻烟壶指点道："这物件，叫铜胎鎏金画珐琅，原先中土没有，是大清康熙年间从外洋进口的技艺。雍正年间宫廷皇室大为流行，雍正爷喜欢精巧玩意儿，特意下旨造办处制作出比西洋珐琅料子色彩更为鲜艳多姿的釉料。乾隆年间，宫中更是大兴，乾隆爷是个喜爱奢侈富丽别出心裁的，所以此物有金胎、铜胎、玻璃胎、瓷胎……"

董无忌也不看众人，指着鼻烟壶滔滔不绝，把鎏金画珐琅的来历源流、技艺特点、传承、宝贵之处说了个明明白白，听得郑队长和大胡子一愣一愣鸡啄米似的连连点头，刚才那点矜持劲儿早扔到爪哇国去喽。

"我老弟不愧是古物世家出身！太叫我宾服啦！不过，这物件既然如此宝贵，老弟怎么说是假的呢？"郑队长疑问道。

"老哥，您有所不知，我们中国工匠做东西，会把诗书画艺结合在一起，还得用吉祥数字，比如这盒鼻烟壶有三十六枚，就是天罡之术，最是神妙至尊，如果是三十枚，那就是一月之数，前朝时国家豪富，讲究雅贵，主人每天换一枚鼻烟壶，一边使用一边鉴赏，这是大贵大富的主儿才能做到的。您瞧瞧，这三十六枚鼻烟壶虽然画得差不多，可每一枚上头的花鸟都稍有不同，不仔细看根本瞧不出来，这就是咱们老中国古董文化的深厚了。"

"嗯嗯，老弟接着说。"郑队长吸着凉气摸出两枚装模作样欣赏。

董无忌说："这鎏金画珐琅就是因为料子金贵，所以外工即便仿制，也没这么精美漂亮的。制造珐琅料和烧制器物，最忌讳有砂眼，越是釉料细腻，工艺精湛，填料烧制后越是平静如水，发色浓艳，且内廷制造器物有皇家风范，不惜工本，用的金子大多数是九成九的赤金。不用我说，你瞅瞅这几枚。"

说着话董无忌指点盒中的几枚。郑队长拿起来贴在斗鸡眼上左看右看，果然有些极其细微的小斑点，不注意几乎看不出来，上头金色也黯淡无光。"哦，原来如此！这一枚就是我刚才手里拿的那枚，老弟你不说，我是瞪眼瞧不出来呀！佩服佩服！比承德这耷晃老头子说的又脆又明白！那些老瘪犊子，比我老弟差老鼻子啦。可是，这鼻烟壶不对，其他物件老哥我也不懂，你就费费心，给老哥掂对几件！"

董无忌凭着回忆，给郑队长指点了几件他办公室的古董珍玩，果然令他异常满意，拉着他的手当时就要磕头拜把子。"老弟啊，甭说了！咱虽是大老粗，也知恩图报。这盒鼻烟壶，你要不嫌乎，你就拿着，当老哥我送你的见面礼儿。你说的那事，要咋帮忙，说！老哥给你办！"

"那我就却之不恭了，哈哈。"董无忌坏笑一声，接过了黄绫包裹，故作皱眉，"可考察团失踪这事儿太大，我怕麻烦老哥，影响了老哥前程……"

"啪！"郑队长一拍桌子大笑道："哈哈哈哈，老弟，你是我亲弟！你爹就是我爹，你爷就是我爷！你也太小瞧哥哥我啦，不就是失踪了什么考察团，全包我身上。热河这屁大点地方，都是咱说了算呐！你啊，就在承德好好玩几天，吃喝嫖赌抽，都挂我账上，老哥我派人给你找。找得着找不着，都算哥哥我的！咋样？"

周少鹏气得鼻子快歪了，好嘛，这是来办案子还是旅行？那么大的事儿，董无忌少爷羔子似的大说古董，对案子闭口不谈。郑队长一肚子升官发财心思，这算什么事儿。他瞅着谈笑自若的董无忌，隐隐觉得这小子没憋什么好屁。

"那我先谢谢老哥了！"董无忌心满意足抱拳作揖。

酒醉醺醺的郑队长大叫："大胡子！"

"有！"

"传我的命令！通知咱的热河警备大队、各地警备分队、承德警察总署、各地分局，即刻搜索北京城来的文化考察团失踪人员！不能有片刻延误怠慢！有任何考察团消息立即报我！违令者军法处置！"

"是！"

第十二回

街头奇遇

酒宴已毕,大喜过望的郑队长喝多了,被大胡子马弁和司机搀扶下楼。董无忌伸伸懒腰,打了个大哈欠说:"郑老哥,您先回去歇着吧,带我们周处长一起回去收拾一下住的地方。""老、老弟,你干啥去?别乱跑,出去玩,叫、叫大胡子陪着你!"郑队长大着舌头嘟囔。

"不必,我们随便逛逛,呵呵,回去再找老哥唠嗑!"董无忌一使眼色,叫小伍抱紧了杏黄包袱,自己举着半包鲜花玫瑰饼边吃边客气。

眼看董无忌仨人朝街里走,正要上车的周少鹏趁人不注意转身一把拉住他,皱眉问:"董少爷,你撇开我单独行动,要干什么?"

"随便遛遛,周处长!怎么,你还要管我出来玩玩?青天白日的,甭怕,他俩跟着我呢。对啦,给俩钱花花,甭小气。今儿若不是我用了妙计,你就等着吃瘪吧!"董无忌坏笑着朝他伸手。

周少鹏气得攥着拳无可奈何,只好狠狠瞪着他掏出一叠钞票递过去,转脸嘱咐大头、小伍:"我回去跟郑队长谈谈下一步需要他帮助的具体事项,你们二位可看好了董少爷!在这儿惹出事来可有麻烦。"

"得!周处长把心搁在肚子里吧,包管小爷安安全全!"大头答应道。

周少鹏这才上车,正启动呢,董无忌在远处招手笑着大喊:"周处长,回去您别忘了叫他们预备好茶和干净铺盖!屋里打扫干净,不介我住不习惯!"

"开车!!"周少鹏头也不回咬牙大喊。郑队长和大胡子吓得一哆嗦,不明所以地瞅着这位满脑门官司的年轻警官。汽车屁股里嘟嘟冒出一股浓烟,转眼不见。

董无忌笑容渐渐消失,转头沉了脸伸手从小伍的怀里拿了两块鲜花玫瑰饼,一面吃一面说:"问询个屁!这小子整个一石头脑袋,还调查呢。"

"怎么?小爷,你不是带我们出来玩?"大头点了根烟惊讶问。

"玩儿?我的大头哥,再玩咱们的脑袋快没了!这味儿倒是真地道!"董无忌咂咂嘴叹道,"你没听过十里不同俗,百里不同风?要问当地事儿,还得找当地人。那小子一肚子案子,屁!今儿跟郑队长这种兵痞杠上了,不是我灵机一动爹着胆子想出这办法,咱们就吃了大憋!"

仨人进了街里,四处店铺林立,人烟辐辏,随意游逛了几处,看看买卖铺户跟老北平差不离。董无忌找了几个有年纪的问了几次啥叫"庙里的宫殿,宫殿里的庙宇"。不料老少爷们都没听说过,一路下来,竟是一点线索没有。他有些意兴阑珊。大头笑嘻嘻小声问:"我说小爷,我可看出来了,你撇下周少鹏,也不是单为了找线索吧?"

"哼,就你机灵,来根烟!"董无忌撇嘴一笑说,"大头,你都瞧出啥来了?"

大头屁颠屁颠上烟点火,低声问:"你刚才紧着给我使眼色,这盒鼻烟壶……是不是全都真?"

"全真?"一旁的小伍呆了,忙问,"小爷,不会吧。您、您……"

"怎么不会?嘿嘿!大头哥,你是我肚里的蛔虫啊,哈哈。"董无忌得意冷笑道,"这种傻棒槌想拿这么珍贵的古董送礼升官?去他娘的吧!不坑他这个棒槌一把,还不叫他小瞧了咱?"

"我的娘!小爷您连他们都敢坑!"大头一怔,咧嘴大惊,"万一他们瞧出来,咱们的身家性命可完喽。"

"你怕个屁。瞧?怎么瞧?找谁瞧?大头哥,这盒烟壶值上万银子,几百年的宫廷物件,白叫他们这帮高粱花子脑袋弄到奉天去,给那些狗屁不通的督军大人们塞狗洞!坑他们一把,咱们拧崩一走,他找谁去？难道为了这玩意从热河追到京城去？你没瞅见他们奉系和直系斗得乌眼鸡似的，到时候还不定谁下不来台呢！"

"高啊！小爷，我咋一直没发现你心眼儿这么厉害！"大头撇嘴咂舌说，"以后我可得离你远点，不然被你卖了还帮你数钱呢！"

"屁话！"董无忌又摸了两块鲜花玫瑰饼边吃边说，"咱哥们什么交情？连上小伍哥说，都是一家人！这年月遇事儿都得后脑勺长眼，心眼里再藏个心眼呐。你以为我胆小就不懂事？再有，这鼻烟壶我不要，算小伍哥捡的漏。伍哥，你别忙推辞，听我说。你是明古阁的大伙计，来了这些年没少照顾我，咱们行里规矩，出师前都得收点珍贵物件，讨个好彩头，这套壶算我送你的彩头，也是我的情意，你不收可伤我的心！"

小伍激动得抿嘴憨憨直乐，泪花在眼里闪了又闪，使劲儿点头。

"大头，按老规矩，见一面分一份，这里头也有你一份儿，等伍哥把这套壶出手，给你个硬份子。咋样？你没白跟我跑一回吧，哈哈。"

"那敢情！"大头乐开了花，"贵爷、董掌柜两位高人教出来的少爷到底够份儿！我啊，跟我姥爷在玉器行归了包堆是个稀松平常……"

几人边走边说得热闹。"吱吱吱吱……"几声怪叫，由打路边大树上"嗖"飞来一个矮小毛茸茸身影，"啪"一把抓住董无忌手里大半个鲜花玫瑰饼，"嗖"一声又跳到大头脑袋上，一个海底捞月一把薅住小伍怀里杏黄绫子包裹"嗖"窜上大树，几个窜蹦跳跃就到了远处。

"烟壶！我的烟壶！"董无忌吓得咧嘴大叫起来。电花火石间仨人手忙脚乱不择路，看都没看清楚是什么抢的，手里的宝贝就没了！

"追！在那呢！树顶上！快追！！"大头一声暴怒，纵身跟着就跑，小伍架着吓变了颜色的董无忌也一溜烟追了过来。刹那间大街上可有的看喽，仨年轻人大呼小叫暴跳如雷跟着个蹿房越脊蹦跳自如的毛茸茸身影紧追不舍。

这顿跑呐，差点叫仨人把承德府里三街六巷转了个遍。大头是江湖人，常练功夫身子骨好，小伍架着董无忌连跑带追差点把肝儿颠出来。仨人追到个小巷口，那东西从房檐上纵身一跃，进了巷子。

大头喊："在这儿呢！"说着也跟了进去。等小伍、董无忌呼哧带喘地转弯刚拐进来，"嗖——"一块黑漆漆的东西正迎面砸中了大头。

"哎哟！什么玩意儿？"等大头把粘在脸上的东西撤下来一瞧，是一摊新鲜马粪！仨人这个气哟，紧走几步一瞅"叽叽叽叽，吱吱吱！"一只一尺大小的金毛小猴儿崽子，一手举着杏黄包裹，一手把鲜花玫瑰饼往嘴里塞，正龇牙咧嘴冲仨人傻乐呢。

猴子尾巴高翘，长得异常精神，跳跃灵活，小巴掌脸两只绿豆大小的眼珠儿滴溜溜乱转，左右两手摇摆像故意气人，冲着仨人叫了片刻，纵身又往里头蹿。"追！真倒霉，打哪儿来了这么一只调皮猴子裹乱！"仨人紧走几步。小伍突然指着前面叫道："小爷，赵爷，你们看！那是个死人不是？"

不远处墙根果然有个身材高大的人脸朝下倒卧在地，光着两脚，身穿又脏又烂腌臢不堪的破烂僧衣，身上血迹斑斑伤痕累累。小猴儿跳到那人身边，吱吱乱叫，双手挥舞，脸上露出惊慌恐惧的表情，还把手里剩下的玫瑰饼往他嘴里塞，见他不动弹，片刻叫声更急，冲董无忌仨人直咧嘴。

"先别过去，小爷。"大头一把揽住要冲过去的董无忌说，"这年月怪事太多，哪救得过来！我看那人穿着像个喇嘛，也不知死活，万一带着病气传上咱们可不得了！你俩在这儿，等我过去抓住那死猴子，弄过东西来咱回去就得啦。"

董无忌皱眉一推他："大头，哪能见死不救？你没见那猴子都通了人性，眼里还挂着泪呢！墙脚那人说不定是他主人。"拉着迟疑的大头和小伍到了跟前儿蹲下一瞧，地上那人光头大脑门，约莫五十来岁年纪，紫红色一张大方脸有些伤痕，长眉阔口，眉宇间透着慈和英武之气，真是个喇嘛。

小猴很机灵，将杏黄包裹一把扔给小伍，纵身蹿到董无忌身上，搂着他脖子倒挂胸前，指了指地上的喇嘛，"吱吱吱"也不知说的什么。董无忌摸摸它的小脑袋，小猴儿忽然眼圈一红，蹿到地上，竟然冲仨人抱拳拱手作了几个大揖！

"你、你是叫我们救救他，是吧？"董无忌惊诧地问猴儿。

大头噗嗤一笑："咋了小爷，这猴子还真是孙大圣吗？它能听懂……"话音未落，就见猴儿听懂人话似的点头如鸡啄米，"呼！"一声抱着董无忌脖子指手画脚叫了起来。

大头和小伍惊得目瞪口呆。董无忌心念一动，抱着猴子拍了拍，说：

"大头，伍哥，赶紧的吧！咱们不能连只猴子都不如。快救人！"

"小爷，这哪儿是救人的地方？"大头不情不愿拉起昏迷不醒的喇嘛，按按脉搏说，"嗯，还活着呢。看这伤不轻啊，真命大。不介咱们把他带回警备大队，叫郑队长找个大夫看看？"

"别！"董无忌思索道，"他来历不明，咱们本来就惹了一身麻烦还没弄清楚，弄回去怎么办？再说老郑那帮奉军心狠手辣，万一出点事儿岂不是咱们的罪过？我看，在这儿找个医院。"

"医院？"大头嗤笑说，"又不是在京城，小爷，咱们在这儿两眼一抹黑啊！"

仨人正说话呢，就听身后"吱呀"开门声，由打一座规矩的小门楼里，露出个老头脑袋，冲几人喊道："大天白日的怎么啦，还叫人安生吧？你们是干吗的？在这儿胡闹！"

老头嘴里埋怨着，慢慢踱了出来，仨人一瞅，"噗嗤"一下忍不住全乐了！这老头六十出头年纪，穿身洗斜了纹的罗纱大褂，小矮个，罗圈腿，没了牙的嘴里叼着根精致的紫竹旱烟杆，老鼠眉小眯眼，皱纹堆累，一手抠着大块黏黏糊糊的眼屎打了个大大的哈欠。最可乐的是脑袋后头垂着条拇指粗细、二尺长短的灰苍苍的小辫！打眼一看就知道，这位是前清的遗老。

董无忌见状冲大头一努嘴，大头立马会意，过来就请了个双安："您老好啊，您老吉祥！"那请安礼又势派又好看，老头一愣，激动地："哎呀"一声，立马还礼不迭，嘴里念叨着："您吉祥！您、您是在旗的？多少年没见这么边式（漂亮）的老礼儿啦！"

"在旗，在旗！"大头过去一把搀住老头咧嘴赔笑，"我们家正经的正黄旗满洲！上三旗。这不，我们这朋友受伤倒在您门口啦，您老行行好，在您家歇歇脚成不？"

"正黄旗？咱们不远呐！"老头一抹眼屎抱着大头兴奋问，"我是满洲正白旗呐，不敢问您的旗谱？您满洲老姓是？"

董无忌着急上火，随口说："老爷子！咱们过会再盘问成不？我这朋友重伤，请您行行好！"

老头过来上下打量了一下伤者，又疑惑地看了看仨人，脸色一变："你们仨是旗人？怎么跟个喇嘛是朋友？说实话！甭折溜子蒙我！"

大头赔笑："是啊，我老姓乌拉那拉！打京城来的准儿没错。您瞅……"说着话他摸出几块大洋递给老头:"您快着点吧。不介我们可得抓瞎。"

"吆!那怎么好意思叫您破费,嘿嘿。我一个孤老头子,家里也没别人,您几位进来吧。"老头死死攥着大洋请几人进了院儿。

院不大,挺规整,北边正房五间,东西厢房各三间,一水儿的青砖铺地,只是多年没修整过,屋檐墙壁灰尘堆累,西厢房也塌了,院里野草疯长,四壁倾颓,屋顶上的灰瓦都被风吹日晒酥成了灰白,一片荒凉没落景象。

有了几块大洋,方才还有点矜持的老头也不再拿腔作势问什么八旗出身,赶紧让仨人抬着喇嘛进了正屋。光秃秃的屋里阴暗腌臜,到处堆着破木头家具,就东侧间还挺干净,一盘土炕上铺着脏兮兮的棉褥子,又骚又臭的气味还夹了些奇异的香气。一看炕头摆的大烟盘子,仨人明白了:老头是个瘾君子。

董无忌抱着可爱的猴儿坐了炕边,老头带着小伍烧了一大锅热水,大头给喇嘛擦了身子,又喂了几口,喇嘛喉头咕噜噜松了几下,慢慢恢复了平静,看着比刚才好多了。

"他这外伤不轻啊。看样子是被人打的!"老头思索半天说,"现而今这些狗屁大夫,看这种伤,不骗你个七八十大洋算好的!等会儿。"他转身去了西侧间,翻箱倒柜了很久,拿出个青花小瓶龇牙乐道,"福气!这是我叔叔当年在都统府做群牧总管得上好金疮药!内廷的秘方,只要不缺胳膊没腿,保管几天就好了。"

小伍接过来轻轻给喇嘛上药。老头端了一个红漆茶盘,里头几只缺盖磕边儿的茶碗,笑道:"家里没茶叶了,哎,大清国没了!咱们的日子实在不好过,将就喝点热水吧。"

董无忌松了口气,赶紧请他坐了,问询之下才知道,这老头姓关,满洲正白旗人,老姓瓜尔佳氏,六代祖宗就是康熙爷驾前的八旗都统,屡立战功,修避暑山庄那当儿被封为热河驻军总管,在此护卫山庄。可惜黄鼠狼下崽子一代不如一代,老关头他祖爷爷还是围场总管呢,到了他爷爷,只做了个山庄内管领,官不大,油水不小,专门负责皇室来避暑时内廷及外八庙日常的粮油米面酱醋柴草差役供应。可惜道光爷以后永远停止了巡幸大典,承德府再也没了昔日的繁华,他阿玛又抽上了大烟,不到两代人,原先家资富豪贵盛的关家家道中落,凋敝衰败如冰山消融。

到了他这代，头些年还能靠着当当卖卖家里的古玩字画过日子，媳妇儿受不了穷，带着儿子跑了，现而今只剩了这座小院。他孤身一人，靠在街里卖点烟卷过活。

老头一边说一边抹泪，嘴里发泄着对民国的不满，掏出块帕子擦擦眼，有些得意地吹嘘："哎，说这些个陈芝麻烂谷子干嘛，叫你们笑话，呵呵。北京城我去过！那还是光绪初年，跟着我舅舅去的，真是天子帝都！咱也是有身份的人，咱这儿的佟王府你们知道不？那是我舅舅家呢。铁杆庄稼一没，咱们旗人也就完了！都说受恩深重，你说说，当年祖宗万岁爷咋也不叫咱们学学手艺啥的，起码种地都能吃上饱饭。"

啰嗦了半晌，当老关头得知仨人不认识这喇嘛，叹息说："你们仨甭看年轻，真不赖！这年头别说喇嘛，就是百姓倒在大街上有谁敢管？是非只因多开口，烦恼都为强出头哇。三位小爷，等你们到了我这年纪，就知道啦。快看，喇嘛醒了！"

第十三回

古庙秘事

一直挂在董无忌脖子上的猴儿早一纵蹿到炕上,轻轻摸着喇嘛的脸。喇嘛哼哼了几声慢慢睁开眼,望着几人有些迷糊,闭眼片刻才缓缓开了口,可在场的除了老关头都是一怔,这喇嘛说的是藏语。老关头不慌不忙凝神细听,片刻咧嘴笑了:"哦,他说他会说点汉语,就是现在脑子昏沉想不起怎么说。他叫丹增加央,是青藏噶达素齐老峰扎陵湖人,是塔尔寺剃度修法的喇嘛。如今来关内各地游历拜佛,遇到了事故,感谢你们救了他和色楞欢,愿佛祖保佑你们平安吉祥!"喇嘛听他说得准确,微笑点点头。

关老头得意笑道:"哎,这还是我小时候跟着玛法常去普陀宗乘、须弥福寿几座大庙给喇嘛们送粮饷偷学来的藏语。那当儿着实认识几位上师呢,没想到今儿派上用场啦。"

"色楞欢?哪还有这么个人?"大头丈二和尚摸不着头脑。

董无忌捂嘴笑着指点床上欢快蹦跳的猴儿:"那不是!色楞欢指的是它!看来这喇嘛还真有点福气,没白养活这猴儿。"

猴儿听到夸奖,纵身跳到董无忌脑袋上拉着他耳朵手舞足蹈,看得大家都乐了。大头乐呵呵又给了老关头两块大洋请他去买点吃的,等他抱着一大包点心菜肴回来,喇嘛都能坐起来了。小伍给喇嘛下了一大海碗热腾腾的鸡蛋挂面,看他吃了,大头才合掌笑道:"喇嘛师傅,你可真壮实!这么重的伤竟然半天就恢复了,别是真有啥神功护体吧,哈哈。"

正腻在董无忌怀里大吃果子的猴儿闻言忽地跳到炕上,冲几人作揖,逗得众人大笑。董无忌合掌笑道:"大师不必客气!咱们是有缘才聚到这里,还得感谢这位关爷。"

老关头正咂嘴品味刚买来的小叶茶呢,笑道:"有缘有缘,喇嘛啊,我跟你们真是有缘呢,打小我就跟着玛法常去外八庙送供果粮饷。不过你打青藏过来,怎么不去咱们承德府几座大庙挂单?都是一个宗门的,他们住的庙那么多房子,也不穷,总该有三餐、卧房供给吧?"

"是啊,"大头也问,"喇嘛师傅,不是我多嘴,你这身伤怎么弄的?我看这里民风还好,还能有人敢打你们修行的?"

哪知不提还好,丹增喇嘛闻言长眉低垂,闭目不语,半响才缓缓摇头用汉语说道:"业障业障!也是我自己夙世的业障。虽说我早已皈依三宝,修法多年,一心虔诚,可还是没脱开业障之苦啊。"见众人不解,丹增这才缓缓说了几天前的一桩隐秘。

原来丹增喇嘛在青藏等地受戒之后,修法精进,又得数位上师指教,已然深通秘典,颇想入中原一面游历拜佛,一面寻访高僧大德学习显宗各门。不久前,他慕名来到承德,跟驻锡普陀宗乘庙里的上师索诺木达相谈甚欢。清廷灭亡后,外八庙粮饷不济,承德府也归于平静,来拜佛学法的人日渐稀少,更别说远自青藏的喇嘛不远万里入关求学,因而索诺木达上师与丹增喇嘛异常投缘。

一天夜里,俩人正在谈论藏传佛教各家内典经籍,说得颇为投机。谁知霎时大地隆隆震动,片刻起了阵怪风,普陀宗乘大庙里登时黑雾弥漫飞沙走石,几股水缸粗的旋风铺天盖地从四面八方猛吹了进来。众喇嘛都吓得手足无措面无人色。一向沉稳镇定的索诺木达上师也大惊失色,慧眼遥观,知道这风来得不善,立即派人关门闭户躲藏。

说来也怪,一袋烟工夫,怪风停息,月朗星明,众喇嘛露头露脑出来查看,四处并无异状,便没放在心上,各自归寝去了。哪知到了半夜,丹增喇嘛突然听到上师传唤,进禅房一瞅,勃然大惊!

只见前半夜还神采奕奕的上师,脸色死灰地躺在榻上,已是气息奄奄病入膏肓。上师的大弟子卓索达隆喇嘛面色紧张,阴沉严肃地盯着丹增，上师断断续续说了原委。原来怪风过后，下半夜值夜喇嘛查夜，突然发觉一直秘密供奉在庙中大红台"权衡三界殿"密室里的一件流传数百年的镇宫之宝不翼而飞，当即引起了一众喇嘛的极大惊慌。

没说几句，索诺木达上师一命归天，继任为寺主的卓索达隆当场翻了脸，指着丹增喇嘛大怒。普陀宗乘大庙近日并无外人来访，庙里的喇嘛僧众一向规规矩矩，不可能去开启密室盗宝。当年这件稀世之宝奉乾隆皇帝旨意，秘藏于权衡三界殿密室中，因为其过于珍贵，当日的上师特意在大殿里下了"玛哈金刚固地秘咒"，别说普通人绝对找不到开启密室的机关，即便找到了，如果解不开秘咒，也断然不可能打开密室。而丹增喇嘛在青藏久修秘法，颇有神通，所以卓索达隆一口咬定，肯定是他趁怪风偷盗宝物。

受了极大冤屈的丹增喇嘛不服，跟卓索达隆辩解，可一人难敌众人，众僧侣也都指摘他是盗宝的小偷。正闹得不可开交，不知是谁将此事报告了热河警备大队，奉军郑大队长带着兵丁冲进庙宇，不问青红皂白就要抓丹增喇嘛，丹增被打得头破血流，卓索达隆却领着几位当家喇嘛不管不顾。好汉不吃眼前亏，末了丹增喇嘛见他们要下毒手，便仗着自己身强体壮会点武艺，又深通秘法，当即使了个"招风障眼法"，抵挡住乱兵，乘乱逃了出来，昏死街头，被董无忌几人所救。

"什么？镇宫之宝？"大头一听宝物眼中发光，忙问，"什么宝贝？！"

丹增喇嘛闭目良久才说："不知道。只是听他们说，那宝贝有数百年了，还是乾隆文殊师利大皇帝万寿，布达拉宫大喇嘛上贡给大皇帝的神妙礼物，奉圣旨秘藏在权衡三界殿密室内的。哎，我也不知道这番来热河，怎么会碰到如此多业障！宗门误会我，我并不在意，只是此事太过蹊跷，我想必有内情。索诺木达上师临终时言语隐晦，但嘱咐我一定要追回此物，封存秘藏，不然流传世间，被心性险恶歹毒之人利用，会对众生带来巨大灾祸！"言下感慨良深。

"被心性险恶歹毒之人利用？"董无忌脑海里立即想起那尊诡异的神像，但细琢磨，不可能是，就闭口不提，笑笑说，"原来如此！郑大队长头上的伤，原来是大师秘法弄的，我说今儿见了，他气不顺呢！大师佛法高深，这还有什么看不懂的？无非是人心险恶，内外勾连，嫁祸于你！"

老关头却道:"这事儿奇怪!就外八庙来说,打小我就跟着玛法四处去送供果米粮,喇嘛师傅说的权衡三界殿我门清,挺阴森的,光藏佛就供着上千尊,还有不少唐卡、法器和陈设,都是金银珍宝制作,大都是乾隆年间的布置,没记得有啥密室呀。要说陷害,为啥这时候陷害呢?"

聊到这儿,董无忌灵光一闪,忽然问:"关爷,看来您老对承德很熟啊!"

"那不是我吹!"老关头立马得意,脸上发亮笑道,"从我老祖那会儿,就在这儿伺候历代万岁爷,甭说承德府,即便是避暑山庄里头千门万户、亭台楼阁我闭着眼都知道哪朝哪代修的,什么格局什么摆设,连外八庙、口外十六路行宫、热河围场内外各处、山岭湖泊野地丛林,凡是叫得上名儿的,我全明细!"他拍着手说了一串名词,果然如数家珍。

"有门儿!真是踏破铁鞋无觅处,得来全不费工夫!"董无忌惊喜,冲大头、小伍眨眨眼,忙一把拉住老关头问道,"我问您个事儿,您可不能藏着掖着。"

"说吧,这些陈芝麻烂谷子,您要喜欢听,我给您念叨个三天三夜都成,只是,嘿嘿,要有点烟酒才好哇。"

"有!"董无忌脱口而出,"我问您,咱们承德这儿有没有一处地方,叫'庙里的宫殿,宫殿里的庙宇'的所在?"

"啥?"老关头一愣。

大头大声说:"老爷子,我们小爷问您,咱们承德这块有没有一座建筑,也不管是官名儿还是俗称,叫'庙里的宫殿,宫殿里的庙宇'?您要知道跟咱们念叨念叨,咱们必然重谢您!"

关老头闻言眼皮豁然一跳,细密的皱纹拧成一团,好像有点不知所措,昏黄的眼珠儿滴溜溜转了几圈,若明若暗地坐在椅子上开始嘀咕:"'庙里的宫殿,宫殿里的庙宇'?永佑寺?珠源寺?还是殊像寺?……"说着陷入了尘封已久的回忆之中。

一直微笑静听他们说话的丹增喇嘛不知念了遍什么经,从董无忌身上招回小猴儿,慢慢坐了起来,双掌合十盯着董无忌仁人良久,说"三位善良的年轻人,我刚才诵念了一遍福德经文,可惜此地不能撒隆达,愿佛祖保佑你们!你们是有福德护身的人,不过这一位近期会有些不祥。"说完,他一指一脸惊诧的董无忌。

大头一急刚要问,丹增摆摆手对他说:"我和他有善缘,今日之事,有因必然有果,因缘际会,相逢有日。"说着他从脖子上掏摸出个长条牛皮筋儿拴着的小小藏银卷筒递给董无忌。

"您这是?"董无忌双手捧过来,那是一枚很精致的小银筒,镶嵌了不少绿松石和红珊瑚,还细细篆刻了不知什么符咒,轻轻一摇,里头仿佛封着什么东西。

"吽!此善为主三世善,回向为利无边众,愿诸一切能速得,金刚萨埵之果位!此物是时轮金刚秘符,内有藏经,历经几位法王、上师加持过,有神慧光明,无量威德,最能护身避险,保命平安。此次我大难不死,想必也有它的功效。大恩不言谢,请你日夜佩戴在身,必有效验。"

"这么珍贵的礼物,您给了我,自己怎么办?"董无忌顿觉手里的物件千斤重,他从不迷信,在京城也不过四时八节跟着爷爷去各处有名的寺庙道观烧烧香布施一二,可今儿丹增喇嘛一说,让他顿时想起临来之际罗半仙说的那番话!

"我有佛祖保佑,如今此处业障已完,不用这个了,你先戴着,来日方长,等以后我会去取。"说着话丹增亲手把牛皮筋给董无忌戴在脖子上,将小银筒塞进衣服里,伸手在他头顶摸了一下,做了个奇怪的手势,微笑道,"我该走了。"

"您走?上哪儿去?您还伤着呢!"董无忌拉着他的手忙问。大头此刻也觉得这喇嘛有些怪。丹增看了看光着的脚微笑道:"普陀宗乘大庙丢失秘宝一事,我要追寻追寻,想必是佛祖查验我的修为,也许有歹毒凶徒得了秘宝危害世间。再者我已答应了索诺木达上师,一定要追回此物封存,方是保障众生利益,所以不能再耽搁。诸位,我们相逢有日,不必挽留!"

"那好啊!"大头笑道,"我们北京城喇嘛庙也多着呢!东黄寺、西黄寺、白塔寺、妙应寺、雍和宫,可够您拜的!到时候您去了京城,我和小爷带您四处玩玩。不过您一个人带只猴儿,没钱不说,连双鞋也没有,咋去四处找寻啊?"

董无忌赶紧掏钱,却被丹增拒绝,还是老关头明白事儿,立马找了两身旧衣服和鞋子捧过来叫丹增换上。

"嗡嘛呢叭咪吽！多谢关爷！既是盛情，我就留下了。"说罢他仔细盯住老关头看了半天，忽然说，"关爷，你……最好离开此地，跟我一起去礼佛吧。"

"礼佛？"老关头瞪大眼咧嘴，"我的佛爷！您还是饶了我吧，您行踪不定，随遇而安，到了哪里都能化缘，找个地方就能睡觉，我可不成啊，我这把老骨头还得守着这点祖宗的基业呢。"

"你真的不跟我去？"丹增异常认真问。

"不去，呵呵，您要收我当徒弟？还是甭介了。我是吃喝嫖赌抽，样样不差，想必佛祖也不喜欢我这样的，哈哈。哎，六七辈子住在承德府啦，就是死我也得死在这儿不是？"

丹增喇嘛轻叹一声："嗡嘛呢叭咪吽，既如此我去了。色楞欢，咱们该走了。"一招手，那小猴儿正腻在董无忌身上吃果子呢，见状不情不愿上了丹增喇嘛的肩头。走到院里，丹增又回头看了看老关头，冲众人合掌致礼，飘然而去。

第十四回

怪异的生还者

老关头望着远去的丹增喇嘛叹气:"哎,这喇嘛图个啥?被人冤枉了还不赶紧跑,寻什么秘宝?人生地不熟的,我看够呛!我啊,哪也不去,就守着我这一亩三分地喽!"

"是啊,您可不能乱走,万一在路上犯了大烟瘾,上哪淘换去?"大头笑着打趣儿。董无忌摸着胸前的小银筒心里空落落的,一直跟使劲儿在丹增肩头蹦跳的猴儿招手。

大头问:"您别含糊啦,到底想起来没有?那地界是个什么所在?"

老关头揣起袖子摇摇头:"这事儿诸位得容我两天。您琢磨啊,承德府别的不多,就喇嘛庙多,您问的又是几百年头里的地方,到底在不在还两说着呢!这么着,容我点工夫好好想想,不是我拿大吹嘘,这档子事儿,承德府凡是活着的,除了我,别人还真不明细!"说着话他盯着董无忌鼓囊囊的裤兜,有点抹不丢儿的脸红。

董无忌会意,立马掏出钞票顺手塞给他一把,嘱咐道:"关爷,老话说一事不烦二主,我瞧得出来,您是场面人,我们兄弟的安危祸福可全靠您了。我们还得在承德住几天,再来找您?"

"嘿嘿,不敢!小爷,我也跟他们叫您一声爷,您够份儿!好啦,包我身上。您不用来这儿,偏街陋巷的,您想找我就到上宫门外都统府大街街里，我在那儿有个小烟摊，街面上人都认识我，准能找得着！"老关头露着黄板牙握着钞票，笑得皱纹都开了，一个劲儿道谢。

看看天色已晚，仨人回了都统府大街的警备大队。收拾好宿舍的周少鹏早等急了，见了仨人狠狠训了一顿。董无忌肚里暗笑，也没好意思跟他吵吵，晃悠到郑队长那院，跟刚醒了酒的他打了个招呼。郑队长自然不敢怠慢，又请四人吃了顿丰盛晚饭。眼瞅着快七点了，几人才回了宿舍休息。

说是宿舍，其实就是一间西厢房，摆了四张破木床。勤务兵倒是很巴结，又是送茶又是送热水，暖壶毛巾铺盖都是新的。别人倒还算了，董无忌瞅着黑漆漆的屋子和简陋的铺盖，发了少爷脾气，边打哈欠边埋怨："好嘛！这狗窝真够劲儿。老郑也忒小气，外头大旅店那么多，咋把咱们安排在这儿住！真是的！"

"这是我请他安排的，住兵营里最安全！外面万一出点事怎么办？"周少鹏一脸不满，"咱们是在调查案件，不是旅行。请收起你的少爷脾气。"他脱了外衣，白衬衣衬得身材挺拔匀称，浓黑剑眉，目光阴沉的问，"你们一出去就是半天！到底在干什么？我们是来……"

"得了得了！去哪儿你管得着嘛！在这儿找不自在呢？大头、小伍哥，甭搭理他！"董无忌懒洋洋躺在床上，双手垫在脑后。小伍端茶倒水铺床忙完，赶紧端了盆热水，给他脱了鞋,让他把脚泡进热水里，轻轻揉搓。

"让他自己洗！"周少鹏顶看不惯董无忌这副少爷羔子模样，扔了毛巾过来，死死盯住他半晌。

冰冷刺人的眼光看得蹲着的小伍都有点憷，讪讪笑道："周处长别生气，我们小爷打小就由我伺候，习惯了。"

董无忌闭眼一梗脖子："伍哥，甭搭理他。怎么？你看不惯？！"

"不习惯！我没时间跟你斗嘴玩！咱们来了承德一整天，你都在干什么？"

"看不惯就闭上眼！谁请你看了？"董无忌冷笑道，"就凭你？傻不唧唧木桩子似的差点叫人家撵出去，你查个屁！"

"你！"周少鹏眸子里射出两道寒光，说来也怪，就他这地位、手段、功夫，等闲人见了都得矮三分，可不知咋回事，面对这个少爷羔子，竟像金刚掌打在棉花堆里，不仅吓不住这个年纪轻轻的少爷，还老是自己气得一塌糊涂。

"得啦得啦,小爷,你甭气周处长啦,没瞧他也急着呢。咱们自己人可别乱了!"大头一通和稀泥。

董无忌这才闭眼不言语,小声嘀咕:"我犯不上,为了这事儿跟个兵痞子又笑又说应付半天,我不累?周处长,有话赶紧说吧。"

周少鹏平缓了一下,端坐了说:"对不起,小董先生,我不该冲你发火,你的方法很……不错,郑队长已经答应,提供我们去围场需要的地图、马匹和给养,至于从行的警卫,他不方便直接派警备队士兵,可以叫警察总署出面。这几项我还是很满意的,事不宜迟,我们明天就启程!"

"明天?!"大头接过小伍递过来的热茶喝了半杯,咧嘴大惊,"这么急?"

周少鹏点头说:"对!我们不能耽误了,时间拖得越久,越难确保考察团人员安全。"

迷迷糊糊的董无忌打了个大哈欠:"我的周大处长,你又来了。我问你,档案里说的'庙里的宫殿,宫殿里的庙宇'在哪儿啊?好嘛,你一声令下,请问你知道围场多大?离承德多远?里头山水形势如何?都有什么险恶之处?"

"这个你难不倒我,这几天我都在认真思考此事,热河围场……"周少鹏如数家珍刚要说数据。

董无忌道:"求您了周处长,别满肚子官司啦,让我先睡会儿吧。两天!咱们再休息两天,等打听清楚了'庙里的宫殿,宫殿里的庙宇'咱们再去围场。"

周少鹏看他那副少爷羔子样儿,皱眉轻叹一声只好闭了嘴。不知过了多久,夏虫嗡鸣中隐隐约约夹杂了一阵急促的脚步声。"小董先生?周处长?"周少鹏立即起身,听出门外是大胡子马弁的呼叫。

"什么事?"

"郑队长请董少爷和您赶紧过去,有紧急情况!"

周少鹏心知有变,立即穿衣起身,叫起迷迷糊糊一脸不乐意的董无忌,拉开门出来。董无忌打着哈欠埋怨:"还叫不叫人睡觉!"他揉了揉眼,冲也想出来的大头说:"你和伍哥等着,看好了咱们的东西。"

几人转了俩弯走到正院,万籁俱静,除了隐蔽的几处岗哨,宽敞的院落里一片漆黑。郑队长摸着小黑胡来回踱步,一旁站着个瘦高挑有点驼背的中年汉子,正点头哈腰一脸谄媚地笑。

"兄弟!周处长!咱实在不好意思这么晚打扰!太巧了,今天中午传达了命令,警察总署半夜就有了你们考察团的消息。"郑队长一板一眼说完,一指中年汉子,"这是警察署的王署长,专管咱们这旮旯治安,是他的手下发现的,咱兄弟一边走一边听他汇报。"

"有消息了?!"董无忌目瞪口呆,这也太神了!怎么半天工夫这么快?

"王署长,有什么情况请尽快说。"周少鹏十分沉稳。

"报告董少爷,不、不对,报告董先生!"王署长挥手敬礼,他长着一张长条葫芦脸,八字眉煤球眼,下巴跟个大铲子似的,一说话就哆嗦,"请跟我来。"他十二万分恭敬地伺候几人上了车,才说了原委。

原来王署长是奉军的一个连长,不知哪辈子修来的"福气",做上了省府的警察署长。他手下警察虽然不少,各县府的警察分局也归他管辖,他却大事不敢管,小事不愿管,毕竟上头还压着警备大队和省府。他也乐得中饱私囊,寻花问柳,贩点热河有名的大烟土赚钱,平日里不过给上头当碎催。

前几天接到寻找考察团命令,这帮子老官油子并没当回事,那么大的热河省,光围场附近就上千里地,找人,上哪儿找去?反正又不是张大帅、虎将军失踪,派几个人随便走走过场,给上头说没找着也就应付过了差事。谁知今儿接了郑队长的紧急命令,王署长慌了神,张大帅、虎将军离得远,县官不如现管呐,他赶紧一咕噜从烟榻上爬起来,吩咐文书写了公事,立即传令围场等处各旗及各县警察局赶紧找人。

不料发了信儿也就一顿饭工夫,他表侄儿隆化县警察局局长就打来了电话,说是头天听围场县的警察说,骑警队顺着围场边巡逻时,在八道岭发现了一个昏迷不醒重伤的文化人!骑警们不敢怠慢,想带回围场县,可县里缺医少药,见这人伤势太重,县太爷也怕担责任,一道命令送到了条件好点的隆化,不知道命令上说的失踪的考察团里有没有这人。

王署长一听大喜过望,这下正好能在郑队长面前立上一功,便下令叫表侄儿严密保护，立即连夜把人送到承德来。等这人来了，王署长兜头一盆冷水！这还叫活人吗？他便赶紧报告了郑队长。

听他絮叨完，郑大队长哈哈大笑说："老王啊，你可真给咱争脸！老哥我今儿还给我兄弟夸口呢！行！等我升官了，咋说也把你拉上！"

"嘿嘿，多谢大队长！我就是给您办事的，您荣贵高升了，可别忘了咱。您指到哪儿，我老王打到哪儿！"

"人呢？"周少鹏看看王署长。他赔笑道："人伤得很重，已经送到城里陆军医院了。咱们拐个弯就到。"

夜晚的承德府很安静，夜色沉沉，轿车大灯昏黄，周围的黑暗里也不知潜伏着什么，令人心悸。

陆军医院在都统府大街往西，原来是一座郡王府邸。奉系得了热河省，为了军事需要，虎将军特意下令拆改了王府，建成一处此地少有的医院，专门为驻扎此地的奉系高级军政人员治病疗伤，由警备大队负责看守。

此时正值午夜两点半，大门口铁栅栏两边的奉军望见轿车，立即敬礼，开门迎候。等众人到了五层楼前的住院部，胖墩墩的陆军少校石院长早已恭候在楼前。

郑队长下了车就叫："老石！你他娘又吃胖了！快，瞅瞅，这是咱兄弟！北京城来的董少爷，这位是北京警察厅刑事调查处副处长周少鹏。这位是咱老乡，日本留学，也去过德国，承德陆军医院院长，老石，叫他石胖子就行！"

"欢迎！董少爷，周处长。只是太不是时候，呵呵。我刚为送来的伤员进行了全面检查和初步治疗，遗憾得很呐。"石院长看他俩这么年轻人，有点冷淡。

"人死了？！"来不及寒暄，周少鹏闻言一惊。

"不、不，你要相信我的医术，不比你们的调查手段差。你看看就知道了。"石院长擦擦头上的热汗，说着一口流利不带东北味的汉语，客气地冲董无忌伸出手，"哦，董少爷，不知你怎么跟郑队长交上了朋友，哈哈，你跟我儿子差不多年纪，比他更俊秀！欢迎你，请进。"

董无忌瞅着他酒桶似的身材，伸手碰了下他的手说："我这种长相到处都有，算不得什么，您这身材能做到少校才是奇迹。"

"哈哈哈哈，一个奇迹，你说得对。我在日本待了十几年，回国后在北京城待过几年,咱们中国的美食确实令人发胖!"几人进了大楼,到了三层,楼道里来来往往全是忙碌的医护人员。

"这个伤者很奇怪,"石院长皱皱眉,"如果不是亲眼见到,我自己都不相信伤到这个程度的人,会活着。"

周少鹏问:"请问,他是什么伤?"

"复杂,极其复杂,实话说我在医学界半生,大概是第二次见到如此奇怪的伤者。"石院长笑着看看疑惑的董无忌,"董少爷是不是想问第一次在哪见的?哈哈,我会告诉你的,那是另外一件极为怪异的往事。请!大家请安静一点。胆小的先生要做好心理准备哦。"

门开了,四白落地的病房很大,一瞅就是高级病房,医疗设备看着也比较先进:氧气瓶、心电图仪器和大大小小的瓶子,像被检阅的军队一样整齐有序地摆在三四辆推车上。

董无忌本来就胆小,被石院长一提醒,故意落在后头隔着周少鹏、郑队长、石院长的肩膀往里瞧,可前头的王署长太高,又左右摇晃着,他便慢慢踮起脚凑了过来。刚踮起脚,就听众人无不倒吸凉气,闪目观瞧:白色被单下,盖着个不到四尺长的条形物,脑袋上裹的纱布像个大马蜂窝包着大半张脸——如果那算脸,一只眼露着个黑洞洞的窟窿,眼珠儿不翼而飞,另一只眼不知是睡着了还是没睁开,竟是一条细缝儿!

"他的四肢很奇怪,非常奇怪,请注意看。"石院长慢慢揭开了被单。董无忌往前一伸脖子,等看清了便发出"啊"的一声惨叫,登时昏了过去。

"董少爷!董无忌!无忌!"董无忌睁开眼对了焦,眼前是一脸焦急的周少鹏抱着他连声喊叫。石院长不慌不忙地用酒精给他擦拭额头和腋窝,王署长端着杯热水一脸谄媚,而郑队长却背身在研究床上的人。

"你太紧张了所以导致受惊,董少爷不要怕,在医生眼里,这算不得什么,就当是看一种人体更加奇怪的表现。来,喝点糖水。没有加镇静剂,你的脉搏很正常。"石院长安慰道。

"你感觉怎么样?"周少鹏急问。董无忌摇摇头,躺在温热强壮的怀抱里舒服得有点想睡,猛然想到自己一个大老爷们被这么抱着,太不好意思,立马努着劲儿要起身,身子一软又瘫了,便沮丧地说:"扶我坐起来,咱可没那么娇贵!"

董无忌喘了几口粗气坐起来,兀自头晕,怕被人笑话,喝了口糖水问:"石院长,你、你确定这是个人?"

"没错儿!是人。兄弟啊,你胆儿太小啦!战场上这路人见得多啦!来,瞅瞅。"郑大队长似乎有些幸灾乐祸,举着手里一张残了的小蓝本晃晃说,"证件上有,他就是你们要找的文化考察团的团长、北洋大学教授张文达先生。"

董无忌被周少鹏、石院长架起来,壮着胆忍着巨大的惊悚,再次走到了病床前。被单下的细长条确实是人体,上面的衣服早已被剪掉,长度不到四尺,像只大萝卜被扔在蒸锅里蒸干水分又晾晒好久似的,完全成了干巴条!皮肤表面也不知是涂抹了药物还是原来的样子,呈现出一层灰绿色的稀糊状,长满了密密麻麻深紫色麦粒大的脓包,看得人毛发森然,直起鸡皮疙瘩。有些脓包已然像天花一样饱满,浆汁跃跃欲出,顶出星星点点的紫黑色脓浆。石院长饶有兴趣地用棉棒轻轻一碰,浆液流出,顿时散发出一股令人欲呕的腥臭味。

董无忌捂嘴强忍着,再看张文达的四肢:两只胳膊也像身体一样收缩干枯缩小了好几倍,像两根麦秆唧当在肩膀两侧,早已扭曲变形。两只手大小、颜色仿佛酱鸡爪子,时不时还轻轻抽动一下,上面也满是麦粒大的灰绿色脓包。左腿跟两手一模一样,右腿正常点,缩得不是那么厉害,也短了一截,上头没有脓包,而是布满了灰苍苍的毒蛇花纹状的褶皱,令人头皮发麻,触目惊心。

这么个奇形怪状的"人",简直分不出男女老少,只有胸口还在微微起伏。石院长盖上被单道:"幸亏大家都是见多识广的,不然肯定会以为是《聊斋志异》里的佝偻鬼喽。哎,这种伤太怪异了!刚才我们的医生和护士被吓得简直要疯了。"

周少鹏沉思良久,让王署长退了出去,看看董无忌一脸惊惧之色,转头问石院长:"石院长,我们可以找个地方谈一下吗?这里的环境……"

郑队长打着哈欠说:"老石,兄弟!你们聊吧,我就不掺和啦,回去抽两口就睡了。有啥事打电话联系。老石,我这兄弟你可照顾好喽!"说罢他出门拉着王署长回去抽大烟了。

跟随石院长进了办公室,等喝了两杯热茶,董无忌才缓过神。

石院长和气热情,倒是不拿大,看看一脸肃然的周少鹏和不安的董无忌，缓缓说："按常理说，无论是日常还是战时，伤者无非是烧烫伤、枪伤、打伤、撕裂伤、骨骼伤等等，它们都有不同的表现形式。但是这位张文达先生却很奇怪，非常奇怪……"石院长皱眉想着形容词。

"哪里奇怪？"周少鹏探身问。

"他身上，哦，也就是表皮皮肤，没有任何人为的伤口伤痕，没有中毒痕迹，我们所知道的毒素，没有一种会对他造成如此伤害，他的内脏器官却已经几乎完全衰竭，变成这副模样。按照常理说，他早就该没有了生命体征，可他还活着！除非……"

"除非啥？"董无忌神色惊悚。

"除非他不是人。嗯，或者说他不是我们一类的人。"石院长自顾自点了烟，笑道，"医生吸烟是不好的习惯，可惜我在想事情的时候喜欢抽一支。"

周少鹏倒吸口冷气，忙道："可从证件上来看，他确实是张文达教授。"

"周处长，您没明白我的意思。我说的是按常理说，他当然是人，我们救治他的时候，用的药全是给人用的，很有效。他的求生意识很顽强，你们看到他的昏迷，是我为他用了镇静剂的效果。他被送来时，还比较清醒，只是不会说话，只能大喊大叫，那样的惨叫大概只有在噩梦中才会见到吧。但是我至今搞不明白的是，到底是什么样的环境和创伤，才能让他变成这样子，所有已知的伤情没有一样符合。这才是最棘手的。"

"还有救吗？他的大脑怎么样？"周少鹏恢复了冷静问，"我的意思是，他还能说话或者写东西表达他的真实意思吗？"

"可以，要等他的伤情安定一些即可。除了他的伤情比较怪异，还有一点，就是他身体的变异和那些令人恶心的疱疹。我们可以确定他的内脏在不断衰竭，但是他的四肢变异以及那些疱疹，更令人头疼，也就是说直到现在我们也无法确定是什么引起了他四肢的变异和那些疱疹，他的内脏衰竭跟他的四肢变异、疱疹之间有没有联系。那不是天花，不是水痘，不是梅毒，不是已知的任何皮肤病……"

石院长聊了半晌。董无忌偏着头想了很久，忙问："石院长，如果不能用现在已知的医术解释，那么是否是什么法术或者魔咒造成的呢？"

他大笑道:"哈哈哈,真是少年特有的奇思妙想!董少爷,您该去写小说,太异想天开了。那是迷信,法术怎么会让人变成这副模样!"

周少鹏狠狠鄙视了一眼董无忌,要求去检查一下张文达教授身上的物证。他眉头紧皱,望着几件东西沉默不语:一个沾满灰土被烧残了的皮夹子、一个扭曲变形的金戒指、一套破烂不堪野外旅行穿的深色帆布服、一支裂了的木头铅笔和那本残了的证件。上头的黑白照片已经被泥水沾染得模糊变形,好似地狱里的恶鬼。

"这能看出什么来?周处长?"董无忌有点无聊。

周少鹏摇摇头:"石院长,这些都是原始物证吗?这些东西都是真的,我想我们更应该立即去围场了,如果张教授都是如此惨状,我真为其他考察团队员担心!"

石院长淡然一笑:"他们送来的就是这些东西,一样不少。不过我同意小董少爷的建议,应该等张教授醒来后,问一问状况,不然你们真不了解那里的地形。"

董无忌忙问:"石院长去过那儿吗?"

"没有,听说那里是以前大清皇帝打猎的地方,太远了,有马匪出没,我这个医生可没有打猎的兴趣。"

周少鹏忧心忡忡:"石院长从专业角度说得很对,我在学习人体解剖时也没见过这种惨状。不过事不宜迟,我们可以分开。这样,小董先生你在承德府跟大头、小伍两位守着张先生,我可以带人单独去围场。"

"你可算了吧!周大处长!"董无忌有些激动,"就你那直筒子脾气,别还没到围场先把自己丢了!不成!咱们现在是拴在一条绳上的蚂蚱,你甭想单独行动!"

石院长笑了:"两位,别急,最迟明天下午,张教授就会醒过来,不会耽误你们的事。"

第十五回

恐怖秘闻（一）

第二天一早，董无忌陪着石院长吃了顿丰盛的早点，没什么胃口的周少鹏一言不发，在张教授病房里像尊雕像般正襟危坐，一面摆弄那几件随身物件，一面盯着张教授那具令人头皮发麻的身体。董无忌有点无聊，忽然想起老关头，便偷偷拨通电话，把大头、小伍叫了过来。仨人一见面，格外欣喜，略微一嘀咕，董无忌冲周少鹏说："周处长，你在这儿守着，我们出去遛遛。"

"遛什么！老老实实待着！"周少鹏面色不善，剑眉一挑说，"这几天出的事儿太古怪，这里的情况又不比北京城，我要负责你的安全。"

董无忌一撇嘴："甭介，我的安全有大头和伍哥呢。您还是好好看着他吧，他的安全现在最重要，他只要能比画出考察团的下落，咱们就算大功告成了一半。"

大头、小伍早被张教授这副鬼样吓得目瞪口呆。大头扯着嗓子就要喊，被周少鹏严厉的目光制止，退出来才大喘气说："我的妈呀！这、这他妈还是人？！我怎么瞅着跟琉璃厂卖的年画上的小鬼似的！忒瘆人！小爷，他这是怎么了？到底受的啥伤？有救没救？没救咱也褶子啦，带回这么个玩意儿去，王大帅、科大人不得气疯了？"

小伍紧紧抿嘴低头不语。周少鹏阴着脸小声说:"小赵先生,这件事先不要急,石院长说今天就能醒,具体的你们不懂,不必深究。等张教授醒了我们就掌握一部分主动权,可以去围场了。"

大头苦笑道:"但愿如此吧。小爷,你不是要出去逛逛?走吧。咦?我记得关……""关什么?"周少鹏厉色眼神扫过来。

"咳咳!"董无忌赶紧给他使了个眼色,若无其事地说:"没啥,周处长你待着吧,没烟了,医院里又没卖的。走!伍哥,一起去买包烟。"说罢,他笑眯眯又伸出了手。

周少鹏冷冰冰递了一卷钞票嘱咐:"我希望你们没有别的事瞒我。你们俩看好了他!"说罢,他冷着脸回了病房。

"什么玩意儿!一个小破处长也跟咱撂脸子!呸!"董无忌嘀嘀咕咕骂着。仨人出了医院,大头笑得前仰后合:"得!你怎么跟小孩儿似的。走吧,昨晚你没回来,我心里不踏实,抽了半宿烟,这会儿也闹饥荒呢!"

医院外头拐个弯就是承德街里的闹市,四周买卖铺户人来人往,很是热闹。仨人找了一会儿,终于在一个街口找着了正捧着俩烧麦,吃得津津有味的老关头。大头笑吟吟过去咋呼道:"闷得儿蜜啊老关!有好烟没?赶紧给哥几个来几盒!"

"哎哟!原来是您三位啊!快请,您看看我这儿,连个坐的地儿都没有,要不咱站着吧,烟卷有的是,都是便宜货,您随便拿!"老关头把最后一点烧麦塞进嘴里,鼓着腮帮子使劲儿嚼动,满脸惊喜热情。

"烧麦有啥好吃的!关爷您不嫌弃,我们请您去松鹤楼一坐!"董无忌冲大头使了个眼色,仨人半哄半劝,拉着老关头去了松鹤楼。一进门,掌柜那双招财眼早瞧见这几位,一溜小跑过来,先给董无忌作揖道:"哟!是您几位贵客,那天吃的还好?谢您照顾我生意,快里面请!"

大头指着关老头笑道:"我们今儿不是贵客,是他!"

掌柜的揉揉眼上下一打量,吃惊道:"这位是关爷不是?!您、您老还硬朗呢!您老吉祥!"赶忙打了个千儿。

关老头不见则已,一见之下强忍伤心叹道:"掌柜的吉祥!我啊硬朗着呢,且死不了呢!就是吃不起你这松鹤楼,撂地儿啦。"

"甭说这个!"掌柜扶着他往里走,感慨道,"头二十年满承德府谁不知道内管领的关家！老交情啦！我不知道您还在街里住着，哎，您是我的老照顾主儿，但凡您能来坐坐，也是我们的福气不是！"

掌柜的一张巧吐莲花的蜜嘴，几句奉承话把个关老头捧得眉开眼笑，好似回到几十年前大清国那会儿。众人上了二楼雅间，片刻上了一席美酒佳肴。掌柜的拱手笑道："您几位慢用，要什么招呼一声！"

老关头掏出块脏兮兮的帕子擦擦手，风卷残云先大吃了一顿，再由大头陪着喝了个五六分醉，小伍在一旁执盏斟酒，既气派又场面，乐得他早已神清气爽，拍着桌子把承德行宫内外典故逸闻说了个详细。

董无忌耐着性子听了半天，不得要领，忙问："关爷！我那天向您打听的那事，您有没有头绪了？"

老关头喝了半杯，喜盈盈说："小爷，您问的那事儿我琢磨了半夜，据我看，就没那么巴宗地儿！"

"嗯？！"仨人面面相觑。

"怎么说呢？外八庙、罗汉堂几座庙不说，即便山庄里头的永佑寺、玥檀林，哪一座也没个'庙里的宫殿，宫殿里的庙宇'的说法。除非……"老关头仰头沉思，"除非就没这个地方。"

"可是我们听说，确实有这么个地方呐。"小伍插了一句。

"怎么？您几位是信不过我？"老关头显摆道，"您不信，问问这儿掌柜的，整个承德府，有我不知道的地儿没有！"

董无忌见他恼了，赶忙赔笑："老爷子，您甭上火，怪我上回没说明白，那个地儿不是在承德本地，或许在围场呢！"

"围场？"老关头一怔，转脸埋怨道，"您不早说！您问得不对啊，不然我哪能搜肠刮肚老琢磨承德府！围场……围场……"他有点懵怔，嗫嚅着自言自语，念叨了半晌，陡然间脸色大变，又灰又苍的小辫和嘴唇颤抖得厉害，眼珠子瞪得老大，好像大白天见了厉鬼似的哆哆嗦嗦刚要站起来，又颓然坐下，"啪"的一声，手里的酒杯摔了个粉碎！

"关爷？关爷！您怎么了这是！"仨人大惊，老关头呆呆扫视了众人一眼，喃喃说："莫、莫非诸位爷问的是、是……庙宫？！"

"哪儿？您说是哪儿？庙宫？"电花火石间，董无忌脑海猛地闪过科大人给他们看的那份第一次考察团失踪前影像资料的翻译文本，"庙里的宫殿，宫殿里的庙宇"，合起来可不就是"庙宫"两字么！

"您老圣明，快跟我们念叨念叨，庙宫到底是个啥地界？有什么典故说法没有？"董无忌亲自给老关头换了酒杯斟满，欣喜地问。谁知老关头傻了一样，昏黄的眸子里死气沉沉，像是陷入久远的回忆，又似激动地忘了岁月，一脸呆相望着对面挂着字画的墙壁，漠然不语。

"嗯？您倒是给个话呀，老爷子！关爷？！"大头给他嘴里塞了根烟，划火点燃。

直到火柴快烧完了，老关头才猛然惊醒，嘴里的烟啪嗒掉了也不在意，只说："这、这事儿您诸位可、可算问对了人！"

"为啥呢？"

他仰头喝干了酒，脸色又灰又白，像是恐惧又似迷惘颤声说："诸位爷，别的地方您问本地人，八成都知道。若是说起庙宫，恐怕除了在大清内廷伺候过差事的头头，任谁也不明细，不仅不明细，连本地的老少爷们，也说不清！"

大头拍手急道："您就别端着架子藏着掖着啦，您知道不，您这番话能救人性命啊！"

"不、不，我不是藏着掖着，你、你们得容我想想，那地儿可是凶魔四出、恶煞险绝之地啊。"沉吟良久，老关头气色好了点，肃然问仨人，"诸位爷，你们可知康熙爷在围场遇险、乾隆爷进庙进香不拜神、嘉庆爷暴崩在承德是咋回事吗？"

仨人闻言顿时莫名其妙，怎么聊着庙宫呢，突然转到几位前清皇帝那儿去了？大头没怎么读过书，小伍也是初学，只有董无忌想了半天才说："康熙爷、乾隆爷那事儿我不知道，记得少时跟着父亲读王益吾先生的《九朝东华录》，嘉庆爷于嘉庆二十五年驾崩于承德避暑山庄，道光爷在那儿接的大位，当时好像还没有找到传位诏书，是……"

"是嘉庆爷的孝和睿皇后由京师传的懿旨，让道光爷继承的大统啊。"老关头点点头，眼神有些迷离，便缓缓说出了庙宫源流和当年发生在避暑山庄、热河围场的一幕幕令人惊心动魄的往事……

大清康熙二十年，康熙爷圣德神功，终于平定为害八年之久的三藩之乱。这年秋天，特颁布圣旨，在承德府外三百里处，设置热河围场。漠南蒙古诸王贝勒哪个敢不来凑趣儿，纷纷献出草场领地，算起来总共宽六百余里，纵一千二百余里，算作诸王"献纳"之地，交给了朝廷接收。第二年康熙皇帝便领兵到此，进行了第一次木兰秋狝大典，一则肄武绥藩，震慑蒙古诸部；一则算是对已然沉迷于京师花花世界的满洲八旗兵进行野外整军，练习骑射，提高士气；一则接见蒙古各部汗王台吉，联络亲藩之情。

由此，热河围场划边立界，封禁甚严，成了天子专用的狩猎之地，官民人等不得擅入。其中设立划分出七十二围，每座围大小不等，整个围场绵延千里，幅员辽阔，山野湖泊沼泽密布，其中更隐藏了无数狼虫虎豹野兽，专供来此围猎的天子及王公亲贵打猎用。这就是围场的来历。

打那以后，康熙爷常常来此行围打猎，扶绥蒙古，官场民间都称之为"打秋围"。每次到此，天子銮驾千军万马浩浩荡荡，内外蒙古各部汗王也各带兵丁齐集此地，所以才使得承德府及周围各县人烟辐辏。

秋狝大典，分布围、观围、行围、罢围四个步骤。且说康熙二十二年，康熙爷全副金甲，骑着逍遥白龙驹，带领侍卫亲军、八旗大军自承德府起驾，入木兰围场行猎。当一行人马走到七十二围的"伊逊哈巴齐"围场近处的牤牛泡子时，已经是正午时分。本来天清气朗，突然乌云密布、电闪雷鸣，黑压压乌云笼罩大地，一道道金光霹雳自九霄轰然而下，四外狂风大起，若明若暗，大雨倾盆，阴森可怖。

康熙爷有些生气，好端端的心情顿时化为乌有，叫来随驾的钦天监官员痛骂了一顿。王公大臣吓得胆战心惊，只好手忙脚乱吩咐侍卫亲军在山岭间支起御用的大帐和诸王百官的帐篷，供大家歇脚避雨。

等了半天，大雨不见停歇，康熙爷心焦，传了膳食也没吃几口，只躺在虎皮榻上闭目养神。半响，康熙爷忽然听见外头自己的白龙驹在瓢泼大雨里大声急叫！康熙爷深知自己这匹马是深通灵性的宝马良驹，顿觉不安，赶紧冒雨出来查看，就见树下拴着的白龙驹表现出从未有过的惊慌失措，左右挣扎仰头尥蹶子，见了康熙爷过来，更是大声悲叫，两只前蹄"啪啪"刨地，霹雳闪电一个接一个。康熙爷大怒，觉得奇怪：往日在战场上，即便见了血腥厮杀、猛虎豺狼，这匹白龙驹也绝不会吓成这样啊，今儿是怎么了？

他摸着马头抚慰良久，白龙驹刚安静片刻，就听到几声震天动地的霹雳惊雷，仿佛打在众人头顶！康熙爷和侍卫们被震倒在地，康熙爷回头一看，只见烟尘滚滚火光冲天，自己刚刚出来的那座金顶黄罗大帐及附近的不少古树早已被炸得粉碎，附近几个军兵早已化成了齑粉！

"万幸！万幸！若不是你，朕早已被天雷打成了齑粉！"康熙爷心里怦怦直跳，抱着白龙驹欣喜不已。康熙爷正传旨命众人收拾呢，忽然见大雨中来了群蒙古武士。这些武士见御驾在此，都纷纷滚鞍下马，山呼万岁。康熙爷叫来一问，为首的说："启奏万岁，蒙古诸王早已在围场附近歇马，恭候万岁大驾亲临呢。特派臣等前来迎驾！"

康熙爷疑惑问："这么大的雨，你们蒙古诸王怎么来的？再者偌大雨势，如何行围呢？"

几个蒙古汉子面面相觑，为首的叩头说："启奏万岁，塔里雅图伊逊哈巴齐围场附近，艳阳高照，并无一点雨星啊。只是不知为何，此地有这么大的暴雨，真是罕见。"

"嗯？！"康熙爷一听就沉了脸，心说自己是真龙天子，兴致冲冲来围猎，怎么走到这块，偏偏自己遇到狂风大雨，别人那儿一点雨不见？难道自己万邦之主还比不上几个蒙古汗王的威势？他不由得上了火，立即传旨叫侍卫亲军预备銮驾，继续往前走。

几位侍从大臣连忙来劝，换了雨服的康熙爷瞪眼就是不听，众人只好遵旨，由前头那几位蒙古武士开道。蒙古汉子们骑马便飞驰而去，御驾走了不远，前边向导处几个侍卫吃惊张怪地大喊："妖、妖怪啊！请万岁速速停下！"

众人闻言大惊，各执刀剑护住中间的康熙爷。侍卫们扑倒在地脸色惨白大叫道："万岁！万岁！前头有、有凶魔作怪，请万岁别、别往前走了！"

"凶魔？！"康熙爷目瞪口呆，沉了脸怒道，"胡说！此地有朕在，哪里有什么凶魔？"

"真、真的！"侍卫领班悚然道，"方才奴才们跟着那几个蒙古汉子刚走到前边的野泡子，谁知几人连带马一起没影儿啦！"

"怎么回事？！"面对龙颜大怒，几个本就吓得心胆俱裂的侍卫更是慌张无措，说不出话来。康熙爷只好一挥手，带了御前侍卫拍马疾驰，后头举黄盖的侍卫亲军大队跟随，片刻来到了一片水泡子边。

这片水泡子当地叫牤牛泡子，水面不大，碧波粼粼，四周乱石野花。康熙爷驻马观瞧，就见蒙古武士一路泥地里的马蹄印，到了这儿忽然没了！他又提马往前走了几步，后头众臣惊叫："万岁不可再往前啊！"

心高气傲的康熙爷并不在乎，等走到水泡子边，咦？雨怎么停了？跟随的御前侍卫也发觉了，四处都是瓢泼大雨，这座水泡子边竟然丝毫没有雨点！

康熙爷觉得奇怪，正琢磨着，忽然胯下白龙驹一声惊叫，一尥蹶子就把毫无准备的他掀翻在地！幸亏康熙爷平日精于骑射，本领高强，落马瞬间顺势一个就地十八滚。众人见状惊呼着冲了上来。

"快、快看啊！"不知谁吃惊张怪地大喊一嗓子，众人闪目观瞧。妈呀！水泡子里碧波荡漾，猛然伸出两只巨大无比的爪子，一把抓住白龙驹，白龙驹被凌空拽进了水里！

"护驾！护驾！！"众臣吓得哭爹叫妈，侍卫亲军一拥而上拉起康熙爷转身就要跑。此刻，九霄中巨雷更为猛烈，一片金蛇狂舞怒海翻涌。满脸泥水的康熙爷毕竟见过大阵仗，按绷簧抽出宝刀，传命道："虎枪营、火器营快来！"虎枪营侍卫各执虎枪布列在前，火器营众军都叫苦不迭，原来带的枪子儿火药全湿了！

片刻，水泡子里涌出一股股浓重的血水，咕嘟嘟开了锅似的。康熙爷悔恨不已：看来白龙驹完喽！可这底下到底是个什么妖物呢？几声巨响，那两只巨大的爪子仿佛一点不惧雷霆，伸出来高高举向云霄，左右摆动，瓢泼大雨随着爪子的摆动，越发猛烈，四处起了一股狂风，吹得众人毛骨悚然。

第十六回

恐怖秘闻（二）

有个随驾大臣颇懂阴阳天象之术，急匆匆爬过来抱住康熙爷的腿大喊："万岁，万岁！这不是寻常妖物，此处乱石嶙峋、野岭巍峨，古人说'山水大泽，精怪生焉'，臣观此怪不同寻常，法力非凡，竟然能行云布雨，招引天雷，万岁速速回驾躲躲才是！"

"胡说八道！你敢蛊惑军心？！"康熙爷怒道，"朕才是真龙天子，天命君主，它是个什么东西，胆敢在此阻挠惊吓朕？哼，我就不信它有什么神通！就算它有本事下血雨，朕也要宰了它，为民除害！"

"万岁不可、不可乱说！"话音未落，轰隆隆几声炸雷登时炸在君臣大队人马附近，轰得地下焦黑一片，火光冲天，硝烟弥漫。大雨越发猛烈，水火竟然同时出现，几簇密集的闪电如飞天金龙，直挺挺轰击在四周，顷刻天光红黄相间，诡异莫名，耀得人睁不开眼！"妈呀！血，天上下血雨啦！"众人吓得魂不附体。康熙大惊，抹了一把脸上的雨水一看，果然是一片黏糊糊的鲜血！

这会儿可炸了营喽，四面八方密密麻麻的腥风伴着血雨轰然而下，打得大地一片血红，人、马、御驾全被瓢泼血雨淋成了落汤鸡，惨红一片。电闪雷鸣腥风怒号，众人面面相觑，好似成了地狱里的恶鬼。

康熙爷吓呆了，登基这些年无论碰上啥场面，他可没这么慌张过，如今进又进不得，逃又逃不得，万一一溜烟儿跑了，这话传出去，说至尊天子跟野兔子似的临阵脱逃，自己这威武圣明的名声可保不住喽。

满头大汗的康熙爷一把拉起那个大臣："爱卿有何良策？快快说来！"这当口说错一句就是死罪呐。大臣是个书生，一遇惊险把平日里读的书全忘光了，憋得满脸通红，急中生智，赶忙说："万岁，以微臣之见，万岁是真龙天子，必有百神护佑，只是血雨腥风，难以护持。此妖虽然凶悍，却并没有伤害圣上，也可见它的恭顺，万岁何不给它个封号，立庙祭祀，日后凡来围猎，先入庙进香，让它永远享受我大清的香火，或许能让此怪甘心降服。"

康熙爷一听，嗯！这话说得滴水不漏，颇为中听，既能保证自己至尊天子面子丝毫不伤，又能不费吹灰之力赶紧渡过难关。更重要的是，随口封个神位，叫这怪老老实实听话，传到蒙古诸王那里，更可见天命神授。康熙爷当即大喜，随口说："好，那、那就封它为'敦仁镇远神'吧！你去宣旨！"

这大臣赶紧磕头，站起来扶着俩侍卫慢慢挪到水泡子边大喊："水里的东西听着啦！我大清英明神武大皇帝，册封你为'敦仁镇远神'，立庙祭祀，命你世守此地，永受大清香火，亿万斯年！"

众人见君臣二人面对这么个场景，嘀嘀咕咕商量了一会儿，来了这么一段，无不腹诽，有的暗笑不止。还有几位肚里酸腐气很重的理学老臣气得火冒三丈，刚要犯言直谏，谁知就见水里那两只巨大的爪子听完封号，登时停住，对着康熙爷方向拜了一拜，伸出右爪向空一举，片刻间云收雨散，风消雾去，天光大亮！

温煦的阳光照射大地，一片金灿灿的暖意，大爪子慢慢缩回了牡牛泡子，水面又恢复了平静。众臣见状无不惊喜，连刚才一直半信半疑的康熙爷也龙颜大悦。众人忙着凑趣，伏地叩首，山呼万岁不已。可这毕竟不是什么光彩事，康熙爷传旨说："著工部、内务府立即相度查勘地形，在此修庙立神位，以后谁也别再提了！违旨者杀无赦！"

"遵旨！"

不久后，朝廷在水泡子边修了一座简陋的小庙，也不施彩绘丹朱，中间有个石头供台。因大家伙儿谁也没见到底是个什么怪物，只以御赐的封号称呼，没有立神像，只做了块楠木神位，上面刻着：敦仁镇远之神位。

据说,工匠们修庙在水泡子里取水时,在水泡子里打捞出白森森的兽骨人骨不计其数,连专门来查勘地形风水的先生们都吓呆了。修庙时一帆风顺,然而一去取水,便狂风大作雷电轰鸣,一到夜晚更是凶魔狞笑鬼哭狼嚎。众人无法,启奏康熙爷,他便下旨宣关外满洲萨满、中原正一派天师道的天师、黄教喇嘛上师,围着此地用各种灵宝法器秘符秘咒,立下结界,暂时控住这位来历不明从未露过真身的"敦仁镇远神"。

此后每逢秋狝大典,打承德府入围场,康熙爷都会小心翼翼不嫌麻烦,先来小庙进香祈祷。说来也怪,打那以后,皇帝确实再也没遇上什么艰险。一直到乾隆年间,乾隆皇帝青年登基,正是雄心万丈,血气方刚之际,每次来围场行围打猎,都得拜这么个小破庙,心有不甘,可此仪式又是皇爷爷留下来的祖制,他是事事以崇敬"圣祖"为标榜的,只得下旨,仿照北京大佛寺规格,花费重金,重修了一座大庙。

这新庙飞檐凌空,雕梁彩画,十分雄伟富丽,将忙牛水泡子全包了进去。好大喜功别出心裁的乾隆爷,还专门在庙东一墙之隔,修了一座规模不小的行宫,专用于行围打猎前后的膳食休息。如此以来,宫中专门称之为"围场庙宫"。

庙宫位于广袤千里的围场之中,被封桩立禁,重重设防,并不许民人出入,所以住在围场附近的老少爷们只是耳闻有这么个神秘的庙宫,并不知道里头到底供的是哪位神仙,更不知道具体位置在哪,只俗称庙宫为"塞北佛石庙",以致以讹传讹。

老关头连说带比画,足足一顿饭工夫,才把庙宫来历说了个清清楚楚,众人听得津津有味,又惊又喜。趁老关头喝茶休息,大头眯着眼问:"老爷子,厉害呀,不是您老说,我们就是扫听遍承德府也是两眼一抹黑!来,我敬您一杯!"

老关头得意中带着沧桑,干了酒,轻叹笑道:"除了您几位,现而今谁还在乎这陈芝麻烂谷子的事?乾隆爷修庙以后,也有点犯嘀咕:自己是九五之尊,犯得上每次行围,拜这么个来路不明的'神仙'?后来乾隆爷便废止了叩拜大礼,只以平礼相待,进去上三炷香就完事。"

董无忌年轻脑子好使,把老关头说的话原原本本记清楚,又叫了两道菜,烫了两壶酒,忙问:"关爷,我先谢谢您!您可给咱们帮了大忙！嗯，如您所说，既然那怪物没露真身，几位万岁爷也安然无恙，后头怎么跟嘉庆爷宾天联系到一块啦？据您所知，这庙里只供着神位？有没有那个什么'神'的金身塑像呢？您老再念叨念叨？"

"金身塑像？"老关头一怔，神色古怪地瞅了瞅他，歪头思索半晌才说，"那可没有！您诸位想啊，我们祖上说的，既然那怪没露真身，谁也没瞅见过它的模样，怎么造像？由我祖太爷传下来的嘛，若是真有那么一座神像，别人不晓得，我还不知道？"

这话一说，董无忌仨人心里一沉。董无忌脸上并不带出来，只是请求："您老再好好想想，是不是后来塑造的？或是道光或是咸丰？"

"那不对！"老关头断然说，"甭说庙宫，就是承德山庄内外各处庙宇，凡内廷塑像，无论神仙佛祖，都有档案可查，我们老祖就是管这个的，哪辈子也没听说庙宫有啥塑像啊。"

董无忌看看大头，点点头说："我信您，那您继续聊！"

老关头沉思片刻，说："按说这是宫廷秘闻，别说小民百姓，就是朝廷大员也不定知道哇。那时候我祖爷爷还做围场总管呢，就是为了嘉庆爷宾天一事，被革职罢官气死在家。哎，我们家祖上有规矩，不许跟外人说这些事，就怕辱没祖宗，揭了皇家的底细，叫外人看不起。如今大清国都没了，你们爱听，我就再啰嗦几句吧！"

且说嘉庆二十五年七月，嘉庆爷带着皇子皇孙、侍卫亲军、嫔妃们浩浩荡荡从京西圆明园起驾，一路到了承德府，驻跸在避暑山庄。按说山庄里山水依依、幽深清凉、烟波致爽，可殿内的嘉庆爷实在凉爽不起来。为嘛？他憋着一肚子气呢！

临来的时候，嘉庆爷的宠臣，一向老成持重、忠直有为的松筠松中堂，不知在哪儿听谁胡说的，说此次巡幸热河，举办秋狝大典，对"圣躬"大有不利。嘉庆脾气虽好，可也是个要面儿的皇帝，听完大怒，跟松筠当廷拌了几句嘴。松筠脾气更犟，硬头萝卜似的只是犯言直谏，气得嘉庆爷随便找了个由头，把他革职罢官，扔到一边凉快去了。

可到了承德府，嘉庆爷兴致勃勃刚要去围场，围场总管老关来报：原先水草丰美、山林葱茏、獐狍野鹿满山出没的围场，这些年因为民间百姓偷着进去砍伐树木、偷捕野兽，加之风雨无常，竟然是野物稀少，山秃湖干，快成空场子了。

两下里一气，把嘉庆爷气得龙颜大怒，便叫来热河都统、山庄总管、围场总管。众官员跪在殿前被骂了个狗血淋头，众人面无人色，只得连连叩头请罪。既然来了，也没个不围猎就回京的道理啊。嘉庆爷传旨，叫当地官员迅速预备，一定要去！

圣旨大如天，众人无法，只好垂头丧气回去准备。围场总管老关可急坏了，本来前几年万岁爷来打猎，就为了野物稀少发火，这次是动了真气。老关回家只好召集手下，十万火急，叫他们或是采买、或是寻找，把热河周围能找到的獐狍野鹿虎豹豺狼，全赶进围场，只要顺顺当当伺候好皇帝这一次，自己就平安喽。

大家领命而去，好歹过了半个多月，野物弄齐全了，皇帝也休息得差不多了。嘉庆爷自承德府起驾，奔了围场。刚到那天，嘉庆爷精神还不错，跟随驾的亲贵大臣说说笑笑，谈诗论文。快到庙宫前，皇帝换了金甲戎装，跨马进了围，在庙宫里进香后用膳。众臣见皇帝高兴，自然放了心。谁知进了围场，围猎好几天，老关总管预备的那些野兽，不知是不服水土跑了，还是怎么了，竟然都没了影儿，连平时遍地跑的野兔子也丁点不见。这下子可把嘉庆爷气坏了，当场大怒咆哮，撤了老关的总管职务，处罚了看守此地的所有官员，怏怏不乐骑马往回走。

一行人走到庙宫这儿，按规矩还得进香。嘉庆爷刚进了庙，有几个眼尖的侍卫亲军面无人色进来禀报，说庙里的水泡子中，竟然涌出了不少兽骨！嘉庆爷更觉上火，他早年跟着父皇来行围，就知道此地庙宫里，供着个不知道什么的"神"。诗书精通的他，老觉得这种怪力乱神，根本就是皇太爷、皇阿玛过分迷信，自己一个天朝大国的至尊天子，对着个不明不白来历不明的"神"一次次进香礼敬，实在丢人。老宫人传说，这神还是个怪物！今儿一听说庙里水泡子竟然有兽骨，更叫他气愤，立即下令叫人往外掏，看看能掏出什么东西。

有几位随驾大臣赶紧劝阻，说庙宫本是圣祖皇帝所建，这尊神也是圣祖册封，朝廷上百年以来，崇敬有加，千万不能惊动。正在火头上的嘉庆爷当然听不进去，派了兵丁侍卫，对着水泡子就捞开喽。众人捞了足足半天，捞出来的兽骨堆成了一座小山！白骨森森，狰狞可怖，吓得众臣都跪地劝阻。嘉庆爷就是不听，叫来火枪营列队布下阵势，一定要查出里头的真相。等捞到黄昏，兽骨堆满了庭院，臭气熏天腌臜不堪，几声巨响，雨来了。

倾盆大雨瓢泼直下，天地间一片雨雾蒙蒙，四周渐渐陷入昏暗，嘉庆爷在殿内急得两眼冒火。好嘛，行围打猎没打着，回去的路上还遇到了大雨，这倒霉劲儿的。一转身看见神台上供的那座泥金神位，气恼中嘉庆爷破口大骂道："你个山林野地里的怪物，竟然跟朕抢夺猎物，违逆天子，还敢蹲在神台上受朕的礼敬和香火？！"说着话他过去一把拿过神位，不顾众臣惊诧莫名，大步走到殿外，对着水泡子咆哮："去你的吧！朕这就传旨废了你的庙宇香火，叫人填平水脉，压上石峰，叫你永世不得翻身！"顺手使劲儿扔了出去。

那木头神位在空中打着旋儿"呼呼"转了几圈，刚要落水，就听空中几下巨响，震天动地。霹雳闪电排山倒海一般在天空形成一张巨大的电网，霎时把庙宫周围笼罩住，水中"呼喇"一声冒出一只水缸大的爪子，一下接住了神位。

"啊？！快、快护驾啊！"哭爹叫妈的侍卫亲军没头苍蝇似的，拥着目瞪口呆的嘉庆爷往外就跑。谁知刚跑了几步，大爪子顺势一扔，神位又转着圈砸向了嘉庆爷。再看大爪子对着九霄招了几下，雷电交加，道道闪电巨雷穿破云层破空而下。大地震了几震，几个亮如极星的炸雷登时击中了嘉庆爷一行！

众人全傻了，足足半袋烟工夫，等吓得魂飞魄散的众人冲过来大哭着扒拉开地面一堆堆碎肉再看，更是毛骨悚然：嘉庆爷周围的侍卫亲军全被炸成了齑粉，连点骨头渣子都没留下。嘉庆爷成了一具黑乎乎焦臭的烂肉，脑浆迸裂，四肢缩成了幼儿大小，股股脓血流了一地，可那个木头神位，正完好无损地摆在他胸口呢！

一场围猎失败变成了惨剧，吓疯了的大臣侍卫不敢怠慢，用黄绸将尸体包裹好，也不顾大雨，一溜烟儿回了承德府，禀报宫眷、皇子。众人闻言慌作一团，幸而皇二子智亲王还算有胆有识，立即下令禁军封锁整个避暑山庄和承德府，内外严禁出入，皇室宗亲在山庄内给嘉庆爷预备后事，三天后，才派人飞马急报京师：皇帝驾崩。这才引来当场没有找到嘉庆爷随身传位密旨，乾清宫正大光明匾后面也空无一物，孝和睿皇后毅然下懿旨命智亲王登基一系列秘事。

智亲王登基后，改元道光。道光爷为了掩盖宫廷秘事，下令史官永远不许把这事写入史书，并将随从父皇围猎的亲信侍从全部诛杀。大臣们也贬的贬，流放的流放，老关也丢官罢职，永不录用。而这桩诡异离奇的惨剧也令当时随驾的道光爷心惊胆颤，午夜梦回更是惊恐万分。打那以后，他再不愿更不敢带人去热河围场行围，战战兢兢地发布谕旨，只是冠冕堂皇说朝廷财力有限，行围打猎耗费民脂民膏太多，以后永停秋狝大典。至此，道光爷一辈子再也没来热河，锁闭了避暑山庄。

这桩离奇的惨剧成了后代皇室谈虎色变的宫廷绝密事件，若不是英法洋鬼子打进京城，咸丰皇帝也不愿长途跋涉跑到承德避难。谁知人算不如天算，他到底暴死在避暑山庄。而热河围场历经上百年兴盛之后，也衰败倾颓，四野荒凉。古老相传的恐怖诡异，加之几十年来确实有放牧、砍柴的在里头诡异失踪，被天雷炸死，七十二围中"伊逊哈巴齐"这一处，在当地百姓眼里，便成了妖魔四伏、夜夜鬼哭的凶煞邪恶之地……

第十七回

夜半鼓声

　　老关头嘴皮子利索，脑子也清楚，边喝边聊，把几代帝王与庙宫的传说逸闻说了个明白。众人听得却是心乱如麻惊心动魄。大头目瞪口呆了半响，看看同样愁眉不展的董无忌，忽然想起北平城会贤堂那个波谲云诡的夜晚，老奸巨猾的王大帅和科大人，第一次考察团留下的那份恐怖夜晚的记录，登时浑身一激灵，打了个冷颤！

　　早已瑟瑟发抖的董无忌猛吸几口烟回过神，挤出一丝微笑转脸对老关头说："关爷！我、我都不知怎么谢您了！您可给咱们帮了大忙！我还有个不情之请。"

　　陶然欲醉的老关头打了个哈欠，拍手大笑："甭客气！咱们是相见恨晚，咱们旗人没别的，就是不能闲着这张嘴啊。吃、喝、说，一点不能闲着！小爷，您说吧。我、我老关虽然落魄啦，当年也是旗下汉子呢！"

　　"您既然对庙宫、围场一带如此熟悉，过几日能否跟我们去一趟？"

　　"去、去哪儿？！"老关头一听就醒了酒，吃惊问，"你、你们要去那儿？！"

　　"是啊，老爷子！"大头一把拉住他，"您想啊，在承德府没比您熟悉那儿啦,我们啊是去找人。您说,要多少钱?多少给个数,必定不叫您吃亏。您辛苦一趟吧!"

谁知方才还拍着胸脯的老关头咋舌瞪眼,刀刻般皱纹挤在一块:"不、不成,不成!那里不是好玩的地儿!就是有一万两银子,我也不跟你们去!不仅我不能去,你们可千万别去!知道你们几个不是凡人,不介咱爷们就不会一块堆儿坐这儿啦。可即便有道行有能耐,也别去那儿找死!您诸位想在承德府吃喝玩看古迹,就来找我,管保诸位满意呐!"

老关头说完起身背起烟筐,冲众人团团作揖:"我啊,老了,还想在这承德府多活几年呢,您几位饶了我吧。真的,听我一句劝:千万甭去!得了,今儿这顿够我好几天享受啦,回见,明儿我还是摆我的烟摊喽。"说罢他哼着小曲,摇摇摆摆下了楼。

董无忌很为难,好容易找着这么个人,人家还不想以身犯险。就凭自己和大头、周少鹏、小伍四人,就有天大的能耐,跑到那么个凶险莫测的地方找什么神像和人,那不是白日做梦!对,塑像!老关头叨叨了这么多,听着算是全交代清楚了,可那尊神像?

"嗨,大头,伍哥,方才老关头说根本没记得有尊神像?"

"神像?"大头一呆。

小伍笃定地说:"没有,小爷,我记得真真的,关爷说没那么巴宗事儿。"

董无忌倒吸一口凉气,自言自语:"是啊,他一直说那个神叫'敦……'?"

"敦仁镇远神!"小伍思索道,"是喽,是这个名儿。他说那怪神根本没露过真身,只有俩爪子!"

"爪子?"董无忌立马想到会贤堂看见的黑白照片上,暗夜里坍塌大殿中那只可怖的爪子,一哆嗦,赶紧掏出一卷钞票,"伍哥,你追上关爷,把这钱送他吧。大头,事不宜迟,咱们回医院瞧瞧,跟周少鹏说一声去。"

仨人分头而去。此时夕阳余晖,金光漫天。董无忌上了楼一问,石院长补觉还没醒呢,便慢慢走进病房。周少鹏还是那副不急不躁异常沉稳的模样,看着病床上半死不活的张文达。

"周处长,有事儿跟你说。"董无忌轻轻拍了他一下。

"嘘。"周少鹏回过头打量他俩,点点头,"回来的正是时候,你又喝酒了?"

董无忌有点着急:"不是我有闲心喝酒,这事儿有眉目啦!"

"小声点,张先生刚刚醒了,现在情况有点复杂!"周少鹏拉着俩人出来,肃然说,"下午他醒了一小会儿,石院长检查了他的身体,非常复杂。他已经完全不能说话,四肢也丧失了书写和表达功能,只是那只眼还能转动,可一时间也搞不懂他要表达的意思。所以我想,咱们再等一天,必须去围场现场勘查了,不然很可能错过最佳时机。"

董无忌一听更着急了,想跟他说老关头那事儿呢,周少鹏却顺着自己思路滔滔不绝。就在仨人在医院说话这当儿,老关头醉醺醺回了自己住的小院,搁下烟筐,躺在炕上望着倾颓的房梁昏然欲睡,好久没吃这么多美酒佳肴了,有点撑。起风了,他乐呵呵掏出小伍塞的一卷钞票,小心翼翼塞进枕头下面,回想起当年关家房舍连云、金尊玉贵、洋洋气派,又有些凄然。迷迷糊糊中,院里仿佛有什么声音,只是此刻他已进入梦乡,回到家势熏灼的岁月,老祖儿、祖父、祖母、阿玛和额娘历历在目,微笑着迎接他这个不孝败家的弃儿……

屋外那棵歪脖树上,几只乌鸦怪叫着盘旋而起,望着死气沉沉的败落院,忽然闻到有股熟悉的味道,令它们惊喜不已,高叫着召唤更多同类来看这幕久违的活剧……

"周处长,病人醒了,请安静一些。"一个漂亮的护士出来嘱咐。

"醒了?"董无忌冲匆匆归来的小伍一摆手,四个人进了病房。病床上的张文达十分怪异,更显可怜,四肢变成那样不说,脑袋包裹得像个大皮球,一只眼没了眼珠,黑洞洞十分骇人,另一只睁开了,眼珠子上不知是血迹还是污秽,颜色红绿不定,有些雾蒙蒙的,死死盯住了进来的周少鹏几人。

"嘘。"这次董无忌学乖了,冲几人做噤声手势。他胆小,实在不愿瞅见这么副怪模样的张教授,便躲在大头、小伍后面,踮脚往里看。

"张文达教授?张先生?"周少鹏忍着各种古怪的药味儿和他身上散发的臭味,小心翼翼俯身说,"您现在能听懂我说的话吗?能听懂的话,您就眨一下眼。"他很有经验对待丧失了一切行为能力的病患。董无忌觉得这办法匪夷所思。大头捂着嘴指着病床,看起来病入膏肓、气息奄奄的张文达嘴里呜呜呀呀发不出声,竟然真的眨了一下眼!

"张先生，"周少鹏有些激动，忙问，"我是京师警察厅刑事调查处副处长，奉王大帅和科大人之命，特意带人来寻找考察团的。您放心，我们一定要找到那些队员。现在我问您几句话，很简单，您眨一下眼，表明是；眨两下眼，表明不是。可以吗？"

张教授眨了一下眼。

周少鹏问："考察团成员是否在热河围场？"张教授眨了一下眼。

"你们是否在围场进行考察时，发生了不测？"张教授又眨了一下眼。

"除了您以外，其他人还活着吗？"这次等了片刻，张教授的眼忽然转了几圈。

大气不敢出的众人一怔。周少鹏思索片刻，换了说法："您确定除了您，其他人有活着的吗？"张教授想了片刻，眨了三下眼。

"不确定？"周少鹏点点头，又问，"那里是不是发生了很不幸的事儿？"

张教授眨了一下眼。

"那么，你们遇到了土匪还是歹徒？"张教授眨了两下眼。

"不是？难道真的是一个……怪物？"周少鹏自己说完都觉得心惊，只见张教授急忙眨了一下眼确认。这下连周少鹏也紧张了，他原以为照片、影像资料上的东西，全是夜晚野外昏暗，考察团进入那种数百年无人烟的古建筑后，面对古老建筑在黑夜中产生的幻觉。看来，完全不是！

董无忌小心翼翼从仨人背后探出头，正对着张文达插了一句："张教授，你好，我叫董无忌，燕大国文系学生，柳教授就是我老师，他还活着吗？你见过那尊神像吗？它还在不在庙宫？"话音刚落，病房门开了。石院长笑吟吟走进来，微笑道："真是幸运，张先生终于醒了，我感到万分高兴。朋友们，能否让我跟他打个招呼？周处长问话要小心，不要让他过于激动哦。哦？对不起，我不打扰你们吧？"

不料情况陡然直下！方才还安静眨眼的张文达，不知怎么了，猛然痛苦地挣扎起来，嘴里呜呜呜呜发出凄惨尖锐、夜猫子一样的叫声，只剩了一只的眼珠儿嘀哩咕噜乱转，几丝浓郁的血污立即从他眼眶里流出来。

张教授透不过气来一般，仿佛要撕咬挣扎，那一刻，他血红的眼珠犹如独眼恶鬼般，夹杂着邪恶、诡异、绝望和恐慌无助，扫视了一圈站在他身边的众人。那目光令人不寒而栗！而更令人毛发森然和费解的是，他缩成幼儿如鸡爪子般的左手竟然慢慢抬起了一点，不知是朝谁，挣扎扭动的指尖颤抖着，歪歪斜斜一点点指向了他们！

"张文达教授！张先生！"周少鹏见状赶紧安抚，可还是晚了，那只鸡爪子似的小手只指了片刻，就再也不动了。董无忌吓得面无人色，赶紧躲到冲过来的石院长身后。院长头上急得顿时冒了冷汗，请众人赶忙出去，连声大叫："医生！快来人！准备强心针剂！氧气！氧气！"现场顿时乱作一团，几位医生赶忙冲进来，护士们也推着仪器呼喇喇一阵风似的往这儿冲。

张文达死了，刚有点眉目的线索，就这么断了。院长待客室内，几人围坐，石院长少有的悲伤，喃喃自语："太可惜了……是强烈激动引发的心血管大出血，内脏急速衰竭。唉！他为什么会突然如此激动呢？真令人匪夷所思。"

董无忌和大头都对张文达临死前那个离奇诡异的动作感到心有余悸。周少鹏低头不语，拿着铅笔在张纸上胡乱画着什么。董无忌叹气说："难道他看见什么被吓死了？真叫人头疼！石院长，看来今夜还得打扰你。"

半晌，石院长点点头："这没说的，小董少爷和诸位，我会为你们安排一个大点的房间。"

周少鹏突然抬头问："院长,请问尸体还在病房吗？我想再看一看。"

"好啊！"石院长露出欣慰的笑容说，"尸体已经移到楼下停尸间去了。周处长，实在是不情之请，我想跟您一起检查一下张先生的尸体，验尸对于我们医生研究异常病状是很有好处的，只是不知您意下如何？"

"十分感谢！"周少鹏起身，微微鞠躬说，"也是我的荣幸。为了弄清张先生的死因，能对我们下一步有所帮助，只得如此了。"

石院长亲自布置了几人的住处后，赶忙去预备一会儿的验尸事宜。他一走，周少鹏立即附耳在屋门上，听他走远了才换了肃容，对仨人说："今晚你们不该留在这儿。这样，小赵先生，我不在你一定要负责好你们的安全，不要随便走动！"

见他说得声严厉色，仨人都呆住了，不就是解剖一具尸体么，值得这么大惊小怪?见董无忌要问,他浓眉一挑说:"小董少爷,相信我,我的直觉告诉我,张先生死得太意外,这件事太离奇了。你们今晚一定小心,我检查完尸体,咱们再聊。"

"可我白天还找到一个线索没跟你说呢!"董无忌嚷嚷。周少鹏摆摆手打断他,检查了一下房间内部结构和门窗,匆匆而去。周少鹏出去了,剩下几人都觉得不安。洗漱完上了床,大头突然问:"我琢磨着,周处长是不是怀疑上了石院长?"

"谁?石院长?"董无忌一愣,随即摇头,"你赶紧睡吧,这事儿我还得想想!"

小伍随口说:"我见周处长刚才在那儿写写画画,也不知写的是什么,赵爷说的有门。"

"那是的呀!你俩不如我有眼力劲。你琢磨琢磨,咱们现在陆军医院,张文达好端端地眨眼呢,看着石院长进来一说话就死了,周少鹏这话不是指着他说,还说的谁?行了,晚上都警醒点,我在靠门这儿睡,小伍挨着小爷在里头,我旁边这床给周处长。"

已经夜半一点多,快俩小时了,周少鹏依然没回来。"小爷,赶紧睡吧。"小伍关了窗拉上窗帘,董无忌点点头闭了眼躺下,屋里安谧,只有桌上的表"滴答滴答"略有生气。大头说是警醒,不大会儿就打起了呼噜。

董无忌却翻来覆去难以入眠,白天听老关头说的围场一幕幕可怖往事海涛般在脑海中涌动,说不清是关心周少鹏安危还是对张教授突然死亡的恐惧,他失眠了。迷迷糊糊不知过了多久,门被轻轻敲了几下,好像是小伍开了门,周少鹏轻轻说了几句,随着他进来,顿时一股浓重的消毒水味充斥房间。听着他洗漱后轻轻上了床,董无忌这才略略安心,翻了个身,睡了。

"嗵、嗵嗵、嗵嗵嗵、嗵嗵、嗵嗵嗵……"不知多久,睡得正香的董无忌耳中倏然传入一阵奇怪的鼓声。鼓声很有节奏感,细听,不是震耳欲聋的锣鼓,不是响彻云霄的大鼓,也不是佛道祭祀的渔鼓,更不是气势磅礴的喜庆典礼响鼓。半晌,鼓声越来越近、越来越响,好像就在医院的大院里敲击。颇有韵律的轻盈鼓声时而嘹亮宛转,时而凄凉忧郁,时而清醇悲惨,时而如咽如诉,时而哀泣绝望,绵密细致层层叠叠如同一张浑天大网,将所有情绪笼罩其中,听得人神摇目眩心凉悲怆。怪了，这个点，谁闲的没事儿大半夜敲鼓玩？

董无忌被搅得心乱如麻，神不守舍，烦躁地喊道："伍哥？瞧瞧谁在外头闹腾，大晚上闹哄着敲鼓，真烦！"叫了几声，没动静。董无忌又叫大头，还是没动静。他慢慢睁开眼，耳中鼓声更是连绵不绝。气得他直愣愣坐起来，怒道："你们都是聋子啊！这么大的鼓声，你们……"他转头一看，咦？屋里四张床上，除了他，空无一人！

瞠目结舌的董无忌大惊失色，赶紧下了床，急出一身冷汗，左右找了找，没有半个人影！他吓坏了，一屁股坐在床上直喘粗气，琢磨着，不对啊，明明记得周少鹏半夜三更带着消毒水味儿进了屋，还听见他锁门，洗漱，上床呢，怎么一会儿的工夫仨人都没影了！

"他们发现真相追查去了？或者让人害了？！"董无忌心里一阵阵冰凉，犹如惊弓之鸟。他又惊又怕又担心他们仨，热锅蚂蚁似的团团转，可窗外的鼓声依然铺天盖地挤进窗户，密密麻麻涌入耳中。不成，得出去看看。穿好衣裳，他豸着胆子轻轻一拧门把手，是开的！"吱呀……"他轻轻开了门。

楼道里昏黄的暖灯有些惨然，董无忌蹑足潜踪踏上冰凉的水泥地面，打了个哆嗦。四周一片死寂，每扇门都关得严严实实，毫无声息。太静了，他只能听见自己急促的呼吸声、心跳声，不敢大声，更不敢一扇扇去敲门。他怕，他怕门后藏着无数小时候看聊斋时深深印入脑海的那些张牙舞爪的妖魔鬼怪魑魅魍魉，或者这医院地下停尸间所有的尸体，此时正缺胳膊断腿，龇牙咧嘴扭曲着一张张狰狞可怖的脸，站在门里，透过厚厚的木板，张开血盆大口，血红的舌头舔舐着獠牙，对着他笑呢！

第十八回

惊变

剧烈的心跳令董无忌有些头晕目眩，刚才在房间里攒足的勇气，此刻荡然无存。董无忌无力地扶着墙，被无边的恐惧和越发清晰的鼓声笼罩。他不由失神地开口哭叫："大……"

"滋啦……滋啦啦……"头顶的灯光不知怎么了，忽然发出一阵阵连电的响声，片刻间忽明忽暗，吓得董无忌一激灵，眼前更加恍惚。若明若暗闪动了一会儿，灯光稳定了下来，可他总觉得哪里不对劲儿！绿！灯光怎么变绿了！董无忌转身想跑回去，可走出来的时候，门早已慢慢关上了，谁记得是哪个门？

"啪嗒、啪嗒、啪嗒"，走廊里响起一阵轻微的脚步声，不，不是一个，是一群。这群人走路很奇怪，好像伴随着不远不近的鼓声，一步步在走廊里踩动。好奇心这会儿战胜了恐惧，董无忌纳闷，怎么光听见脚步声，不见人呢？他努劲儿紧走几步，到了楼道口，朝下一看，果然，楼下齐刷刷走上来一队人。这群人穿着形形色色，有穿白大褂的医生，有的穿着护士服，有的穿着奉军军服，还有的穿着病号服，排着整齐的队伍，好似梦游般呆呆往上走，可即便他再怎么瞅，都看不清楚众人的脸。

上哪儿去呢？董无忌心里纳闷，难道医院在开什么会？他一咬牙，是福不是祸，是祸躲不过！跟上去，总算还有这么堆人在，人多胆气壮嘛。他悄悄跟上队伍，上了楼。

　　楼上也是一层病房，随着鼓声，这群人走到上头，一字排开，脸对着墙壁，还在踏步，"嗵嗵！嗵！"鼓声停止。董无忌蹑足潜踪看着众人密密麻麻排列，也想过去，谁知左右一瞥，猛然瞅见大头、小伍也面对墙壁，隔几个人，赫然是周少鹏挺拔的身姿！

　　一惊一喜，他一溜烟儿跑过去，一把拉住大头、小伍，欣喜中带了哭腔："你俩跟着他们跑这儿来干嘛！都吓死我了！我以为你们出事儿呢！"

　　咦？俩人面对墙壁，就是不说话，也不回头。董无忌急了，使出全身的劲儿拽他俩，谁知俩人任凭他怎么拉扯就是不动窝。一急之下，董无忌狠狠捶了大头一拳，"砰"的一声，用了十分力道。可大头依然不动。董无忌憋着气靠过去要揪他耳朵，此刻又传来"嗵嗵"的鼓声，面对墙壁的队伍"唰"的一声，直直对着他扭过了头。

　　几十，不，几百双血红的眼珠儿直直对上了他的眼：这群穿着各色衣裳的人竟然都长了一张同样的脸——是、是燕大吊死在厕所里的庄副校长那张吊死鬼的脸！

　　"啊！"早已吓瘫在地的董无忌魂飞魄散，惨叫一声，眼前一黑，猛然坐了起来！他大口喘着粗气死命挣扎，摸了摸满脑袋热汗，揉揉酸涩的眼，还在客房里。原来是南柯一梦！他看看桌上的表，两点五分。喘息了很久，心脏终于恢复了平稳，他陡然一激灵，觉得有点不对头，他这么大喊大叫，屋里的仨人竟然没动静？

　　扭头一看，他顿时失魂丧胆！旁边三张床真的空无一人，大头、小伍、周少鹏踪迹皆无。就在他慌里慌张掀开床单、打开洗漱间四处找寻之刻，"嗵、嗵嗵、嗵嗵嗵、嗵嗵、嗵嗵嗵……"窗外幽幽地传入一阵哀婉幽怨、细密轻盈的鼓声……

　　董无忌一屁股瘫在地上，不知所措，从未有过的恐惧无力贯穿了他。尽管自小机灵，可生在温柔富贵乡里的他哪经历过这个？那鼓声也奇怪，跟梦里一样，细致绵密，时而凄凉忧郁，时而清醇悲惨，时而如咽如诉，时而哀泣绝望，隐隐带着无尽的怨、恨、凄、悲。忽一转调，董无忌就觉得像喝了好几斤老白干似的头疼欲裂，脑袋瓜子忽地一下天旋地转,眼冒金星,俩眼皮似灌满了铅水,有千斤之重,怎么也抬不起来!

"坏了!这鼓声有毛病!"他使劲攥紧拳头,咬牙盯着不让自己闭眼,可越来越响的鼓声仿佛就在窗外,密密麻麻的音符一个劲儿往耳朵眼里钻,脑神经被一波波巨大的重压覆盖。片刻间,他身上所有力气被全部抽走,脑门上晕乎乎带着刺痛如紧箍咒一样一点点挤压他的脑瓜子。"噗通"一声,董无忌直挺挺歪倒在冰凉的地面上,眼皮也一点不争气地慢慢合上。

"不能闭……不能闭……"董无忌心里仅存的神志提到了嗓子眼,那点神志告诉他,一旦闭了眼,不知道还有什么更可怕的事发生。就在眼皮还有一丝儿要闭上的刹那,"嗡!"的一声,董无忌胸口猛然一热,瞬间像有只温暖的大手一把推在他的胸口,猛然发力,一股巨大而温暖的力量霎时以胸口为原点,刹那间放大,再放大,越来越强,越来越猛!浓郁而舒适的暖意迅速冲破了一切外来的束缚,透过四肢百骸直冲玉堂百会,又从百会汹涌奔流而下,冲向四肢。半支烟工夫,董无忌全身像充满了暖气的皮球,又像抽足了极品大烟一样,神清气爽精神百倍。他大口喘息几下,一翻身轻轻松松站起来了!

"嗯?怪事!"连他自己也不相信,自己怎么会一会儿难受,一会儿又安然无恙呢。他摸了摸胸口,里头有个小东西暖洋洋的,扯出来一看,是那枚丹增喇嘛送的小小的藏银经桶!上面散发着幽幽的蓝灿灿的神秘光芒。哦,原来如此!

他知道是经桶救了自己,赶紧握住经桶,稍稍安心。此时窗外鼓声越发强烈,他不敢耽误,赶紧收拾一下要开门出去找大头他们,不经意一瞥,发现周少鹏那张床上,落了一张纸,上面密密麻麻写满了字。他赶忙捡起来一看,上面曲里拐弯画了无数的圈圈箭头和枝枝蔓蔓的名字:张文达教授、柳玉庭教授、科大人、郑队长、石院长、大头、小伍……最后也是笔迹最大还被画了一个浓重大圈的"董无忌"三个字被朱红色的铅笔涂了好几遍,写了又划,划了又涂,旁边还画着一个巨大的"?",笔锋凛冽中带着些意味深长的犹豫。

"这小子真不是东西,还把我列为重点嫌疑人!"狠狠骂了一句,他把纸叠好顺手塞进口袋里,拉开了房门。像梦境里一样,楼道里很安静,空无一人,除了连绵不断丝丝缕缕从外头闯进来的细密鼓声,整栋医院大楼犹如一座矗立在荒山野岭的巨大坟墓。此时，心跳声已成了董无忌唯一的安慰。

所有的门都关得紧紧的，他不敢敲，更不敢开，怕门口真的有什么，走不多远，后面自己住宿的那间房门，轻轻关上了。头上明亮的灯光很刺眼，越明亮，却显得前面越有凶恶之极的险境。抽了抽鼻子，一阵阵浓重的消毒水味伴随着一丝隐隐的腥气，让他的心再次哆嗦起来。

此时头顶的灯不知怎么了，有气无力忽明忽暗，最后"噗"的一下，灭了。董无忌一怔，尽管早有心理准备，还是被吓了一跳。他想起梦里的诡异，赶紧背贴着墙站住，四周是一片伸手不见五指的黑暗。

突然，楼道响起一阵细微的声音，像是谁蹑足潜踪偷偷摸摸过来了！可仔细听，那声音又消失了。董无忌心里一阵发急，刚张开嘴要喊几声，猛地意识到，深渊一般的黑暗中，对方不知道是敌是友，万一自己不慎暴露，后果难说。他轻轻俯身，把耳朵贴在地面上，果然，那诡异的蹑足声又出现了，"嗒嗒嗒……"越来越近，越来越轻，等他反应过来才发觉，声音已然停在了他的面前！

心陡然缩紧，他赶紧贴着墙壁大气不敢喘，一只手在黑暗里触到了他的脸……他活蹦乱跳的心已经到了嗓子眼儿。那只手带着点消毒水夹杂着烟味儿，摸索了片刻，一个惊慌失措的声音问："小、小董少爷？"

"石院长？"董无忌一颗心好歹落了下去，一把抓住他，忙问，"院长，到底怎么了这是？医院的人呢？我的哥们弟兄和周……"

"嘘！"石院长一把死死捂住了他的嘴，全身抖成筛糠，哆哆嗦嗦附耳说，"别、别出声！"

被胖手堵得喘不过气来的董无忌歪了歪头焦急问道："到底怎么了？人都跑哪儿去了？"

石院长还是那副慌不择路的声调，贴在他耳朵上哆嗦道："别说话！有、有鬼！"

董无忌一惊差点咬住了他的胖手，登时不知所措地转身要跑，被他一把拉住："别跑！一出声儿它就知道咱们在这儿了。小董少爷，你稳、稳住，我去办公室打电话叫卫兵，千万别跑，一点儿声音别出，太、太可怕了……"气喘吁吁的石院长没头没脑地说了这么几句，又开始悄悄挪动步伐。董无忌想跟他一起去，却被他推回了墙边。

四周又陷入一片黑暗，只有连绵不断的鼓声还在阵阵传来，像穿着丧服的恶灵在空荡荡的楼道里肆无忌惮地东游西荡，睁大眼张开血盆大口，寻找着一个个可以吞噬的生命。石院长走了半晌，董无忌急得头上冒了汗。这老小子怎么还不回来？卫兵？卫兵能驱鬼？最起码赶紧把电力恢复啊，不然这么乌漆麻黑的地方，别说鬼，自己都能把自己吓死！他想到石院长没头没脑的话，鼓声……闹鬼……人都失踪，觉得这哪儿跟哪儿啊！什么鬼会半夜里敲鼓？还能把一群大活人弄走？能把见多了死人的石院长吓得失魂落魄？

董无忌总觉得哪里不对劲儿，心念一转，猛然激灵灵打了个冷战。不对！刚才自己听见鼓声难受得差点死过去了，怎么石院长丁点儿事没有？！再者，既然碰见了令他无比恐惧的"恶鬼"，他自己怎么没事呢？难道刚才摸索自己，又说了一通话的不是石院长！可那人是谁呢？莫非……

不冷的天气，董无忌被自己的胡思乱想吓得哆嗦成一团。他无助绝望地背靠冰凉的墙壁，想哭不敢，想喊更不敢，无边的黑暗排山倒海般就要把胆小的他压垮了。"嗒嗒……嗖嗖……"黑暗里又响起一阵细碎的声音，起初像是有人蹑足潜踪，后来却像在地面上滑动，那声音时断时续，由远及近。嗯？董无忌咽了口唾沫，以为石院长回来了，小声喊："石院长？石院长？我、我在这儿……"

声音忽然没了，董无忌怕他找不到自己，半是焦急半是埋怨，他连个手电筒都没有。董无忌又张嘴喊："石……"话没出口，他一怔，发现那声音竟然瞬间到了面前却戛然而止。

董无忌小心翼翼问："石院长？"四周有些异样，跟刚才石院长偷偷摸摸蹑足潜踪不同，这是一种黑暗里被怨毒眼神死死盯住的感觉。他立马寒毛直竖，又问了一声，没人答应。他只好慢慢伸出双手摸索。

上、下、左、右，空气犹如凝固了一样，一片虚无。他往前迈了一步，指尖终于触到了什么。再往前伸过去，终于摸到了一个矮矮的人，他松口气骂道："石院长你个老家伙！吓死我了！知不知道人吓人吓死人啊！电话打了没有？咋还没人来啊？你赶紧的叫人把电恢复了，大半夜谁在外头敲鼓敲得人头昏脑涨，医院里所有的人都吓没了影儿。你怎么不说话？你……"

面前的人一言不发，不对劲儿！这人身上没有烟味儿，全是浓重的消毒水味儿和腥臭。"石院长？是你吗？你怎么变小了？"一边问，他一边摸索：面前这人头包得跟大粽子似的，一圈圈纱布，胳膊细得麻秆似的，也是纱布，身上更是层层叠叠的纱布，仔细一闻，还有股子令人作呕的腐烂腥臭……腿还没摸到，董无忌的手猛然顿住了，面前的人根本不是胖墩墩的石院长！

纱布？纱布！包得跟大粽子似的，整个医院就只有一个人：是被救回来皮肤却变异成令人恶心的癞蛤蟆皮一样，昨天白天就突然暴死的张文达教授！

腐烂令人作呕的臭味忽然从四面八方包围过来，董无忌一阵痉挛，已经站不住了，因为一双包裹了纱布透出黏稠液体的鸡爪子一样的手，已经摸上了他的脸！腥臭的黏液正顺着他的脸一点点往下滴，巨大的恐惧让他暂时忘了反胃，那只缠满了纱布的脑袋正咧着腥臭的嘴慢慢靠近了他，一尺、三寸、一寸，等吓瘫了的董无忌感觉到那张脸离自己只有半寸时，终于忍不住瞥了一眼。

果然，在透出血污的纱布上，只剩下一只的眼珠儿带着一丝绝望死死盯住了董无忌，臭嘴里跟戏匣子断了电似的，发出一阵撕裂声，犹如厉鬼怪叫。突然细密的鼓声层层而来，那只眼一晃换了狠毒，爪子随即下了死力。

"诈、诈尸啦！来人啊，救、救命啊！"再也忍不住恐惧的董无忌拼尽全力大喊出来。怯急生勇，一拨拉面前不知是人是鬼的张文达，闭眼没命地往前跑，耳边鼓声和风声呼呼作响。他跑了不知多久，身子"咣"撞上了一扇门，一推冲了进去，回身死死顶住了门。

第十九回

凶尸

"呼呼……呼呼",喘成一团的董无忌缓缓靠着门瘫坐着,精疲力竭再也没了力气。屋里一片漆黑,除了心跳,就是那阵如影随形的诡异鼓声还在从门缝里钻进来。他绝望了,不知道自己在哪,也不知道如今到底是梦里还是现实,更不知道接下来这座恐怖医院里还有什么凶险。

大头、小伍甚至一向被他讽刺打趣的周少鹏踪迹皆无。他心乱如麻焦急万分,担心大头、小伍安全,却希望那个看起来一本正经、不苟言笑但沉稳果敢的周少鹏赶紧出现,仿佛每次遇险,那小子总能带来点"幸运"和力量。

"你们在哪啊!"胆小、惊慌、无助的董无忌咧嘴哭出了声,抽着鼻子强忍着泪。良久,门外并没有什么声音,他小心翼翼地站起来。四周像是个无底洞,如墨的黑暗裹挟着无边的恐惧肆无忌惮地冲击他本就缩成一团的心。

他想喊,怕招来张文达,想四处摸索,又怕摸到什么可怕的东西。可老靠着门也不是那么回事儿啊,正当他进退维谷之际,灯亮了。一片刺眼的光亮照耀如白昼，董无忌被吓得哆嗦了一下。本以为光明能驱散一些恐惧，等看清了这间屋子，他又是一激灵！

怎么没头没脑一阵乱跑，慌不择路跑进了重症治疗室。周围一股消毒水味儿，窗户开着，屋里空无一人，张文达躺的那张病床还在靠中间位置。董无忌回头看看已经插好了门，想隔着门缝瞧瞧外头，又怕看见什么，楼道里惨淡的灯光也亮了。他大口喘息了几下，终于定住了心。他拍拍胸脯，恢复了少许神志，赶紧扫视了一圈，治疗室里没电话，就是些医疗器械，怎么办呢？

董无忌跑到窗边往外看，整个医院一片死寂，除了四处飘荡的鼓声，不远处黑黝黝的群山也如暗夜中潜伏的怪兽，正舔舐着爪牙虎视眈眈。奇怪，守夜的卫兵去哪了？他眼力很好，发现大门口的岗哨上，竟然一个人也没有。难道都被石院长叫来了？可人在哪儿？

鼓声对于他来说，已经不起什么作用了，但刚才在楼道里碰到的到底是什么东西？他心里还是噗通乱跳，老觉着要出事。咋回事呢？门是插上的，窗户外头虽然传进来鼓声，对他却一点不起作用，不知怎么了，那股惶惶然从脚趾头直往脑门上窜，头皮一阵阵发麻，脖子后头也一股股冒凉气……

不对劲儿！越发浓重的恐慌感包围了他，他的直觉一向很准，尤其是对倒霉事儿。他看见墙角有根硕长的木拖把，便一把抄起来攥紧，紧紧盯住了门口，生怕那不人不鬼的张文达破门而入。

半晌，门外并没有动静，然而那种恐慌感变成了恐惧。实在奇怪，他又扫视了一遍屋里，药柜、氧气瓶、柜子、吊瓶杆儿、小药桌、床、窗户……床！董无忌揉揉眼瞪得老大，这才发现恐惧的来源是那张床！按说白天张文达暴死以后，尸体早已被移去了停尸间，周少鹏还跟着一起去解剖了啊，可此时此刻，他分明看见，明亮的灯光下，床上惨白的床单盖着个人！董无忌自己先吓瘫了，手里举着拖把抖成筛糠。他狠狠掐了一下自己胳膊，发觉自己真是醒着呢。

这倒霉催的，怎么落到这绝境了！他咧着嘴拄着拖把慢慢站起来，小心翼翼往前凑。实话说，他真想大吼一声跑过去掀开床单瞅瞅下头到底是个什么东西，反正伸头是一刀，缩头也是一刀。可他浑身一点力气也没有，两腿哆嗦成一团。

跑出去？说不定张文达正咧着臭嘴在外头等他呢。他手里的拖把指定了床，又慢慢移到门口，歇着眼往外瞅，外头还是一片死寂。正当他要回头时，忽听除了隐隐约约的鼓声，屋里簌簌啦啦又出了一种声！他爹着胆子回头一看。老天！床上盖着被单那人，竟直挺挺坐了起来！"来、来人呐！有个喘气的没有！！快来人啊！"董无忌吓得魂不附体，举着拖把四处挥舞。

床单底下那人被严严实实遮盖着，白乎乎的形体，脸、胳膊、腿，都不像张文达那副鬼模样。董无忌怕他"诈尸"，一边哭喊着挥舞拖把一边靠近窗户，可等快到窗户边，他侧面看床单底下的人形，猛然觉得有点眼熟！

恐惧中这就有了好奇，老话说好奇害死猫。他一边抽泣一边跳脚瞪眼瞧，那白床单实在碍眼，越发想不起这是谁。正在迷糊呢，外头的鼓声忽然幽幽然停了片刻，随后又猛然响起，白布下的人形一颤，床单滑了下来，露出一张死气沉沉苍老铁青的脸……

"啊！老、老关头！"董无忌失声尖叫。床上那人可不是昨儿白天还在松鹤楼一起吃饭说围场庙宫典故的老关头！此时，老关头半低头，两眼泛白，脸色又青又灰，毫无声息，僵尸般正直愣愣地坐在床上，仿佛根本不是人间的活物。

这当儿真是叫天天不应，叫地地不灵，董无忌哭咧咧地一面对着老关头身体哭诉："关爷，您、您到底死了还是活的？要是活的您赶紧说句话，要是死……"话音未落，就见老关头猛地抬头，泛白的两眼咕噜噜一转，显出一片血红，脆骨断裂似的抬起双手，僵硬一转头，正盯住了丧魂落魄的董无忌！

"妈、妈呀！"见此异状，董无忌预感老关头凶多吉少，哭喊着扔了拖把，扒住了窗户拼着死劲儿骑了上去，转身要往下跳，可不看还好，一看顿时头晕目眩！这是三楼！窗户离地至少好几米，一跳下去非死即伤。早已方寸大乱的他也顾不得喽，偏过一条腿，壮着胆儿刚一伸头，顺着窗户仿佛有什么东西往上来。窗户亮，底下黑，他颤巍巍伸长脖子往下瞧，心想：莫非是救兵来了？

声音越来越近，黑暗中慢慢显出一只缠满了绷带的脑袋，接着就是一只闪着血红恶毒的眼珠儿！"妈呀！张文达！"董无忌心里一慌，一个撑不住顿时一歪，掉进了屋里。此刻，张文达那具不人不鬼的尸体，像一只巨大的壁虎全身紧贴大楼的外壁，爬了上来！

摔了个大马趴的董无忌哆哆嗦嗦还没爬起来,后头老关头早已伸着僵硬的胳膊,嘴里流着腥臭的口涎一蹦一蹦地冲他跳了过来,吓得他尖叫着四处乱滚躲避。还好,老关头身子僵硬不灵便,他滚来滚去,看见插上的门,登时想骨碌过去逃。哪知刚骨碌到门口,"嗖"的一声,不人不鬼的张文达早已从窗户蹿了进来,如青蛙般一纵落到了他背上!

浓重的腥臭味儿和消毒水味儿熏得董无忌要死,背上一沉,他吓得一哆嗦瘫在了地下,老关头一蹦一蹦也冲了过来,一把抓住了他。又是两张腥臭的嘴和血腥的眼珠,他此刻三魂七魄早飞了两魂六魄,抖成筛糠似的任人摆布。

只见张文达"咔咔"扭了两下脖子,"嗖"的一百八十度一转,脖子突然暴涨出五六尺,脖腔子里似长出条怪蟒,前头的脑袋咧着嘴围着董无忌绕了好几圈,狠狠捆住了他,对着他脑袋瓜子猛扑了下来!

老关头不管不顾,狠狠掐住他脖子,腥臭大嘴对准了就啃!"完喽,我命休矣!"董无忌哀嚎一声闭眼等死。就在张文达那诡异的脑袋和老关头的大嘴就快让他死无全尸之际,董无忌觉得右腰火烧火燎得热,烫得他肚皮生疼。

越发猛烈的高温烫得董无忌一哆嗦,他微微一收腹,从他上衣里飞出一道紫莹莹耀人眼目的蓝光,满屋里登时光华四射。那道蓝光冷飕飕如冰锋飞电,一下直射入张文达的脑袋瓜子,将他死死钉在了天花板上。蓝光的力道之大,连老关头也被震开了!

"素、素光刀?"急切间,松了口气的董无忌精神一震,这才想起临来承德前爷爷把镇店之宝素光刀叫自己带来,他一直贴身藏着,此刻果然有了用处!张文达半人半鬼的身子遭此一击,脖子忽地缩小,被素光刀的大力带到了天花板,像只脑袋被死死钉住的巨大变异壁虎,缩小的脖子左右拧动挣扎了片刻,不动了。老关头的身体如同人偶一样蹬腿抽胳膊。董无忌喘着粗气摸到了方才丢掉的拖把,抡起来跟砸兔子似的就是一阵猛砸,一边砸一边喊:"叫你老东西吓唬我!"也不知多久,外头鼓声戛然而止,老关头的身体也顿时烂泥一样不动了。

董无忌挂着拖把喘了很久,接连一阵猛烈的咳嗽,震得全身没一个地方不疼,抬头看看钉在屋顶的素光刀还在淡淡散发冷森森幽蓝的煞光,终于安了心。他举着拖把想把刀打下来,可精疲力竭哪还有力气,胸口一疼,涌上来一股甜腥腥味儿,一抹嘴巴却是一手叫人眼晕的鲜血。慢慢靠在门上，脑袋一片空白，他不知道现在自己是活着还是死了，时间像过了百年那么漫长。隐隐地，楼道里响起一阵慌乱的脚步，几个声音在叫："无忌、无忌？小爷？董少爷！"

门外猛地撞进来一个人，狠狠抱住了他。再一次躺在那个温暖宽厚的怀里，他精神松懈立马瘫了，那人身上有清新好闻的肥皂味。两眼一翻昏过去的刹那，董无忌心说：哎，又是你……

董无忌睡得很沉，这次什么噩梦怪梦也没做。不断有人给他换药、擦身，还有人在哭咧咧念丧似的说话，也有人不断逗小孩似的呼噜他脑袋，闹得他想立马起来对众人臭骂一通儿。可他实在没劲，力气被抽光了不算，仿佛还预支了好几年的，只想躺在软绵绵舒坦的被窝里睡他个地老天荒，好好补补这程子的觉。不知道多久，他翻了个身，慢慢醒了。董无忌打了个大大的哈欠，迷迷糊糊地想伸个懒腰，猛然胸口一疼带动了全身四肢百骸都针扎似的刺疼。

"我这是在哪儿啊？"

"小爷？小爷！你可他妈醒了！"大头哭咧咧一下冲上来抱住了他。

小伍急得大叫："赵爷，您当心点！别压着他！"俩人都两眼红肿，一脸惊喜瞧着醒过来的董无忌又想哭又想笑。一旁闪过胖墩墩的石院长，大眼镜框里也闪着泪光："万幸万幸！小董少爷你终于醒了！如果你再不醒，恐怕周处长要把我抓走啦！哈哈，护士呢？快把我熬的参汤送过来！"

董无忌咽了口唾沫，这才觉得身子跟羽毛似的轻飘飘的，嘴巴又干又苦，由小伍伺候着喝了碗参汤，片刻工夫，身体里如同输入了无穷力量，熨帖舒坦，一会儿就神清气爽缓了过来。石院长擦擦眼笑道："这是我关外老家出的野生人参，三十批叶，好多年我都没舍得吃，不知效果如何。"

董无忌翻翻眼皮憋着气问："我说石院长你个老家伙！你昨晚在楼道里说得好听，叫我等你，你后来干啥去啦？单把我扔在那儿，我差点被害死！""什、什么？"石院长大眼镜框里透出疑惑，"我？我叫你在楼道里等着？"说完，他莫名其妙看看面面相觑的大头和小伍，又瞅瞅病床上的董无忌，指着自己说，"不可能！没有的事儿啊！""不可能？"参汤补得有点过，董无忌火气立马窜了上来，问，"不是你还能有谁？昨晚……"一想起昨夜的惊心动魄，他就头晕目眩，赶紧压住火气问，"昨晚你在哪？还有你们！大头哥、伍哥，你们在哪！周少鹏那小子也不见了！就他妈剩我一人，胆战心惊在楼里四处找你们，碰见张文达的尸体和老、老关头！差点就没了命！要不是有喇……素光刀，小爷昨晚就在这儿交代了！"他把丹增喇嘛那事儿咽了回去，猛地想起宝刀，一摸怀里硬邦邦的松了口气。

一时众人都哑口无言目瞪口呆，半晌小伍才缓缓说："小爷，您、您这是魔着了还是吓坏了？您到底在说什么呀！昨晚我们一直在找你啊！"

"啊？"董无忌看看一脸无辜的几人，忽觉毛骨悚然。他呆呆说不出话，片刻急问："周少鹏呢？"

"凌晨之后，我和周处长一直在验尸，他还在验尸间，让我先来看看你。小董先生，我刚才检查了，你的神经系统没有发生什么状况，为什么说出这么奇怪的话？"石院长示意大头、小伍都坐下，慢慢跟董无忌说了昨晚发生的事。

昨天夜里，石院长和周少鹏一直在医院地下停尸间解剖张文达的尸体。他们惊奇地发现，张文达内脏内壁组织几乎长满了麦粒大的小脓包，也就是说，这些脓包不仅长满了他的表层皮肤，更渗透进了他的内脏，可经过切片化验，实在看不出这种脓包和其中的液体有什么毒素或病毒。而尸体表层皮肤经过解剖化验表明，除了脓包，张文达还很可能被雷电或者强电流击中过，所以造成了身体外表的诡异状态。这种尸体，别说周少鹏，即便经验丰富从医数十年的石院长，也毫无头绪。

俩人围着那具尸体摆弄了好久，大概两点多，大头和小伍忽然在值班护士的带领下闯进了停尸间，俩人都惊慌失措，说董无忌不见了，哪儿哪儿都找不到！正在验尸的石院长大惊失色，周少鹏更是又急又惊，气得脱了白大褂，当场发了火，请石院长下令封锁医院，将众人分成几拨，务必找到失踪的董无忌。

找了一会儿，不知是供电系统出了问题还是人为原因，医院停电了，整个医院陷入一片黑暗！石院长只好又命令总务赶紧分发手电筒，派人检查电路。这一忙乱，就出了事。本来离开停尸间时，他派了俩值班医生看着呢，正找董无忌的工夫，忽然俩医生来报告：张文达尸体也失踪了!

这下连一向沉稳的周少鹏也慌了,叫石院长找来卫兵,提着手枪领着大头、小伍一层一层寻找。黄灿灿的手电筒把整个医院大楼照得通明,不少伤兵和病号乱作一团,到处风声鹤唳,鬼气森森。

找了半天,就在大家伙儿以为董无忌身遭不测的时候,忽然来电了。有人报告说重症治疗室有怪声,周少鹏一马当先,踢开门,众人一看,都惊骇莫名:董无忌一脸惨白嘴角带血,精疲力竭一头栽进周少鹏怀里昏死过去。屋里一片混乱,地上躺着个陌生老头的尸体,一旁扔着个拖把,天花板上赫然是张文达那具诡异的尸体,正被一柄直刃短刀死死钉在上头!

还是周少鹏稳重果断,一面叫石院长赶紧抢救董无忌,一面叫人放下张文达的尸体,仔细检查了,送到停尸间严密看守。这会儿,他还在停尸间忙活呢。

听完石院长的话,董无忌犹如做梦般不可思议,昨晚明明是众人失踪,他去寻找……董无忌看看大头、小伍,俩人连连点头,添油加醋又补充了一些,认证了石院长的话。可同一天晚上,同一座医院的楼道里,众人遇到的事儿怎么会大相径庭?难道自己昨夜做了两次不同的噩梦,在梦游?大家都是清醒地在找他?还是说别人都在梦里,当时只有自己清醒呢?

一转念,看言之凿凿的石院长和大头、小伍的认真劲儿,聪明机灵的董无忌彻底蒙了。莫非真的有鬼?他一激灵,汗毛又竖了起来。

"小爷?小爷!"大头摸了摸他的头问,"你没事吧?真他妈吓死我了,昨晚小伍把我叫醒说你丢了,我们俩急得火上房了快!赶紧醒醒神儿,我瞅你还懵懂呢。"

董无忌长舒口气,皱眉寻思片刻忙问:"伍哥,你昨晚怎么发现我不见了的?"

小伍仔细回忆道:"昨晚起夜,刚撒完尿出了厕所,我一瞅,你不见了。赵爷睡得呼呼的,就赶紧叫他起来了。"

"屋里有别人吗?"

"当然没有,屋门是从里往外上了插销的。这事儿透着怪,所以我和赵爷立马儿叫上值班大夫,去停尸间找周处长和石院长。"小伍笃定地说。

"你记得准？"

"我记得真真的。"小伍一点不犹豫，指着大头说，"昨晚我们差点把医院翻过来，大家都看着了。小爷，您真是叫梦魇着了？还是……"

董无忌叹了口气，大头说话有时候夸张点他心里有数，可老实敦厚的小伍说的话，让他不得不信了。

石院长眨眨眼说："小董少爷，恕我直言，虽然你的精神状态很正常，不过请问你们家里老人有没有神经异常或者……"

"没有！"董无忌断然说，"石院长，这个我绝对可以保证，我爸妈、爷爷奶奶都很正常。"

"那没错，"大头也连连摆手，"院长，我姥爷跟小爷他爷爷是老哥们啦，我们是世交，从没这种事儿。"

推了推眼镜框，石院长苦着脸摇头不已。董无忌问："你们记得昨晚几点停电的吗？"仨人一愣，石院长回忆道："大概在三点多吧，对，不到三点半！"

"三点多？"董无忌心里默算：他起来发现大头、小伍失踪，桌上的表显示才两点五分，等出了门直到楼道里停电，根本到不了三点。也就是说自己和大家伙儿遇到的停电根本不是一回事！

"那老关头呢？我怎么杀的他？"董无忌掀开被子想起来，被小伍一把搀住。

石院长认真地说："你杀他？呵呵呵，小董少爷，经过尸检，在你拿拖把揍他的时候，他早已经死了。他的死亡时间，可以确定在昨天下午三点半到四点钟左右。"

"什么？"这下连大头、小伍也惊呆了。三点半？昨天在松鹤楼吃完饭，也都两点多了，也就是说老关头在背着卖烟筐子回家不久，就变成了一具冰冷的尸体！

"他怎么死的？"

石院长摇摇头叹道："不清楚，没有外伤，没有中毒，也不是窒息，好像没有原因。"

"没有原因？！"董无忌冷笑道，"您和周处长俩人都没搞清他的死因？"

"是的，很抱歉。"石院长头上见了汗，喃喃说，"啊，太不可思议了,最近出的事情太怪,我真的无法用医学解释,嗯……或许是一种意外的'自然死亡'。"

"意外的自然死亡?那么他的尸体怎么跑到医院来的呢?张文达不是自然死亡吧?他又是怎么从地下停尸间跑出来的?"说到这儿,董无忌猛地一怔,叫道,"鼓声!"

第二十回

走为上策

众人正不寒而栗地想象着深夜里,四面街上伸手不见五指,一具早已死亡的尸体慢慢在家坐起来,穿大街过小巷往医院而来,还能穿过岗哨,毫不费劲儿地跳上楼梯,找到重症治疗室,小心翼翼地蹦到床上,慢慢露出一个诡异而恶毒的微笑,一面躺下一面把白色被单缓缓盖上,忽听董无忌叫了一声"鼓声",都莫名其妙看着他。

"小爷,你说什么?鼓声?"大头一头雾水看看小伍。小伍迷惑不解地看了看同样蒙了的石院长。

"是啊!"董无忌瞪眼说,"昨晚不知道谁,大半夜的在外头敲鼓!足足敲了半宿!你们难道没听见吗?我觉得昨晚出现的事儿,都跟那神秘的鼓声有关!"

大头哆嗦了一下,赶紧冲石院长挥挥手。石院长走过来摸了摸董无忌额头,又要翻开他的眼皮瞅,被董无忌烦躁地制止道:"干什么你!我没疯!"

小伍眼窝有些湿润:"小爷您到底怎么了,您可别吓唬我们!"

"你们真的没听见?难道真有鬼?!"

"小爷,你真该好好休息休息,准是这些天又惊又吓闹的。昨晚大家都在,谁也没听过鼓声啊!好嘛,您还当在北平城里唱堂会呢,还锣鼓点带打?"

董无忌一个头晕差点摔倒,好在被小伍架住,这会儿才是真的欲哭无泪,根本说不明白喽。他忽一转念,那天丹增喇嘛临走前奇怪地盯着老关头半晌,叫他跟着一起去拜佛修法,莫非丹增喇嘛看出了什么?!或许就是他下的毒手?也不对,既然如此,丹增为什么要送自己一枚护身银经筒,又叫老关头离开承德呢?他细一琢磨只觉头疼欲裂,根本理不出头绪。

"小董少爷没说谎,这件事当然有'鬼',但肯定不是闹鬼!鬼没有这样的心机手段,更没有这种神通。"门一开,周少鹏大步流星进来,又带进一股刺鼻的消毒水味儿。

"你听见鼓声啦?"董无忌眼一亮。

周少鹏摇摇头说:"没有,但是我信你,不会在这种时候说谎话。我第二次检查了张教授的尸体,他的脊椎里,有些小小的疱疹类脓包或者是别的东西。而你们说的那个老关头,是'自然死亡',他的尸体需要进一步检验。这两具尸体为什么会半夜出现在这儿,还袭击你,真的不可思议。"

周少鹏转头对石院长说:"请院长先出去一下,我要跟小董先生谈谈。"

石院长见他肃然,知道有秘事相谈,便带着医护人员告辞而去。董无忌早知道他想问什么,也不必隐瞒,就把怎么认识的老关头,他所说热河围场庙宫秘闻竹筒倒豆子说了个清楚,只是略略隐去了丹增喇嘛的身份。

本以为周少鹏又要作色训人,谁知他听完默思良久,竟然点了点头:"小董先生,你提供的信息太重要了,为破解考察团失踪事件非常有利!我得感谢你。昨晚的事你受惊了!我没有保护好你,向你道歉!"

大头还准备和稀泥呢,一听这话放了心,便哈哈笑道:"感谢不必,不必啊。周处长,咱们如今都坐在一条船上,同舟共济呢。这也是我们小爷有福,不然哪能来了这儿就碰上老关头。哎,老关头可怜。"

"是可怜,死了还作妖儿,以后到了清明、中元想着给他烧点纸吧。"董无忌怏怏不乐,拉开窗户往外看了看太阳。众人不解,他戏谑道:"今儿太阳打哪儿出来的？咱们周处长转了性儿！"没等大家笑出来，他忽然换了肃容，压低声音说："周处长，大头，伍哥！此地不能再留了，事不宜迟，咱们必须马上走！"

大头一惊："马上走？"

"对！马上走！周处长你别拦我，"董无忌忧心忡忡，"把你查案子验尸的那套心思赶紧丢掉，再耽搁下去，我怕还有什么危险发生！而且事贵从权，张教授、老关头的死亡，其幕后必有现在不得而知的缘由，我怕再待几天，夜长梦多，围场那边不知还会发生什么呢。"

片刻，周少鹏罕见笑了笑，大声说："好！这下我们想到一块去了。承德府里发生的事，可以日后再查。嗯，事不宜迟，咱们分头行动！可是你的身体……"

"放心，"董无忌笑笑挥挥胳膊，"我可是喝了三十年的老山参汤呢！"说罢，几人分头开始准备。周少鹏跟石院长打了招呼，先将张教授和老关头的尸体寄存在医院停尸间，石院长自然满口答应。老关头好说，张文达教授毕竟是京城北洋大学知名人士，俩人约定以后再将两具尸体移回京师。

而董无忌强打精神，去警备大队找到郑队长，说明去意。老郑也惊出一身汗，安慰一番，很爽快仗义的送了地图、指南针、通行证、枪械、粮食和几匹骏马，供他们去围场应用。老郑见董无忌体弱，上不得马，又送了他一匹菊花青大走骡。这骡子油光水滑长得十分漂亮，颇通人性，董无忌骑上去一试，果然平稳。郑队长和石院长亲自坐车送四人出了承德府北门，董无忌四人拱手告别，一打马风沙烟尘四起，疾驰而去。

往北是几条千百年崎岖不平的"官道"，一路拐弯西南可通滦平，一路顺伊逊河直通隆化。所谓"官道"，跟"关内"早已修筑成的小石子马路、黄土夯实的土路不同，大部分都是前清那会儿，为了方便千乘万骑的皇帝大驾浩浩荡荡顺顺当当去围场，热河都统衙门派工在野地里修筑的道路。这道路平时不怎么维护，每次圣驾来秋狝，再派人紧急抢修，圣驾一走，道路就扔在那儿不管了。如果赶上这里潮湿炎热，四处野草野花疯狂生长，只要多半年不修，这官道就跟老北平城一模一样：晴天有点影儿，雨天便成了泥巴窝子，一脚下去准得陷两脚泥。

后来幸而因为清帝们巡幸承德夏都，给这座城带来了无限的商机和繁荣，北疆蒙古一带进贡、朝贺和做买卖的台吉、诸王贝勒及客商三天两头来往，沿途又有行宫、馆驿和客栈，所以乾隆中期，好面子的乾隆爷为了显示大清帝国的"体面"，总算沿着伊逊河修了几条官道，以便于身在围场，依然可以随时接到避暑山庄转奏过去的军国大政和紧急要务，这里的交通才算好起来。

道光以后，皇帝们不再来围场，国事衰弱，也没钱顾及这些。那些道路再也没人维护，仔细看，牛马羊蹄印和无数大车小车的车辙印记，像是给这处塞外通衢陈旧破败的脸上增添了悠悠岁月的皱纹。

几人骑的马都不错，四匹骏马一色枣红，身高体壮，棕黑色的马鬃，健壮的四蹄钉着铁花马掌，鞍鞯皮活儿做得很地道，都镶嵌着晶亮的黄铜扣，显见是蒙古匠人的手艺。脚下马镫稍稍一催，那马扬脖四蹄放开，如飞似电，眨眼就是二里地，比汽车快多喽。

只可惜，大头、小伍、周少鹏仨人不敢放开缰绳飞奔，后头还跟着骑了匹骡子的董少爷呢！董无忌算是倒了霉喽，他在北京城哪受过这个呐！吃喝玩的都是当日少爷羔子们最时兴的玩意儿：穿的是绫罗绸缎，吃的是各色佳肴，玩的也全活——看电影、溜冰场子、吃西餐、跳舞、参加宴会、打撞球、开汽车。他出门，不是叫洋车，就是骑贵爷给他买的老英国三枪自行车，跟一些少爷羔子们在大街小巷横冲直闯，时不常跟着大头去打场群架"练练胆儿"。即便如此，他还三灾八难不断，小小不然的感冒发烧，磕着碰着。

如今在这旷野山地里，崎岖道路上，董无忌屁股下头这头菊花青大骡子不知道是调皮还是故意的，在道上专门找沟渠车辙跑，低着头旁若无人不紧不慢跟老大爷遛弯儿似的，那屁股还一扭一扭的。闹得董无忌仿佛坐上了摇煤球的大簸箩，晕头转向东倒西歪。董无忌一路走一路骂，要是他使劲儿捶骡子几下，那骡子气性还挺大，当即屁股朝上一颠，给他来点"颜色"瞧瞧；若是不言语，它就会远远跟在大头仨人后头，好整以暇地迈步。偏偏骡子头下挂了个大铜铃铛，头上又给戴了枚红绸大花球！不知道的看了，还以为这俊小伙儿是去乡下接新媳妇儿的呢。可把董无忌气坏喽，连骂带打，却毫无作用。

大头嗤笑道："我的小爷！你今儿也算饶上了！有马不骑，弄这么个玩意儿，哈哈哈，也算一景儿啦！"

董无忌瞪着他大喊："说就说！谁知道咱哥们落到这步田地啦！

伍哥，我记得你也从来不会骑马啊，今儿一看，好家伙，你骑得比大头还溜，啥时候学的？"

小伍憨厚咧嘴笑笑："小时候跟着家里放过羊，养过猪，我都骑过。我觉得骑马跟骑猪没啥不一样呐！"

"你快点成不成啊！照你这样，赶到围场得猴年马月啊。"大头骑在高头大马上故意逗董少爷，不断拿马鞭子俯身捅咕骡子的屁股。半晌，那骡子被捅烦了，大叫几声，撒开蹄子就跑。可坏喽！吓得董无忌趴在骡子背上"哎呀"乱叫："救人啊！救命啊！"后头大头、小伍也大惊，挥鞭打马往前追，一头追一头喊周少鹏。

周少鹏正在前头信马由缰。他骑术高超，得了好马心里有点高兴，后面驮行李那匹马的缰绳也拴在他的马鞍上，踢嗒踢嗒慢慢走。他从背包里打开军用地图，拧着眉一面看图一面观察周围起伏山峦和旷野，忽听后头几声大叫，回身一看，顿时哭笑不得，大喊："小董少爷，抓紧了缰绳！脚别离开镫子，身子贴着骡子背，叫它停下。"

呼喇喇一阵风似的骡子往前不管不顾直撞，董无忌吓得哭爹喊妈，脸都绿了，喊道："停？怎么叫它停？"

周少鹏提马慢慢开始追，叫道："你喊'吁'，身子往下沉，脚蹬夹住它。使劲儿！"

"驴？"董少爷搂住骡子脖子回身大骂，"你才是驴！你全家都是驴！"

"不是驴！是'吁'！"周少鹏气笑了，喊道，"你听错了！快、快停！看前面！"好嘛，这通折腾把董无忌五脏六腑颠出来喽。前头正好是个小坡，那骡子故意捣蛋似的到了坡前头猛地一停，前蹄子一扣屁股一使劲儿，"啊！"董无忌惨叫一声，身子像面口袋似的飞了出去！

仨人骑马片刻就到了，下来围过来一瞧，都忍不住要笑。董少爷这么个漂亮体面的哥儿，一头栽进了泥地里，满脑袋臭泥，一身脏土，还在里头挣扎呢。大头、小伍把他提溜上来摩挲前胸捶打后背，半晌他这口气才缓过来，哭咧咧骂道："这畜生真坏透了！敢摔我！哎哟，我这屁股！"

大头笑得前仰后合："小爷，你这是犯了骡子星！"

"呸！大头，都是你捅咕的，你还装！快扶我起来！"董无忌刚站起来，菊花青大骡子慢悠悠走过来，大脑袋对着他直摇晃，嘴里龇出大白牙，"咴儿咴儿"直乐。

董无忌再也不敢骑骡子，马也骑不了，只好由周少鹏抱上他的马，俩人骑一匹。众人并缰而行，董无忌坐在前头舒舒服服靠在周少鹏身上，这下子得劲儿多了。众人瞅着四面灰苍苍的天穹下，一片空旷寂寥，漫山遍野光秃秃的没什么树木，也不见行人，天高云阔，微风轻拂，甭说，还真有点提缰冶游的意思。

又是一条人命……董无忌想起老关头当日在松鹤楼说的庙宫秘闻，忍不住打了个寒颤。还没到围场呢，已经白白死了这么多人，而老关头信誓旦旦说根本不记得有那么一尊神像，到底是传说有误，还是老关头根本就是瞎吹？想起临来时罗半仙那云山雾罩的一番"占卜"，瞅瞅四面空寂破败残山剩水，越发感到前途凶险莫测，老师柳教授生死未卜，他忍不住叹了口气。

周少鹏歪头看了看他，问："小董少爷，在想什么？"

"我？我在想这些天发生的奇怪事儿，脑仁疼。"

"别想了，身体刚恢复，休息休息。"

"现在哪能休息得了？我是迷迷糊糊瞎操心，不如周处长清醒呐。"董无忌玩世不恭地笑笑，"比如说你，一头说相信我说的那天夜里医院发生的事儿，一头在后头算计我，算什么？"

"算计你？"周少鹏剑眉一挑问，"这是怎么说？我不懂。"

"我虽然胆小，可并不傻。"董无忌回头见他一脸正色，无所谓地笑笑，"别藏着掖着了，小爷都看见了，我这儿还留着你……"

"胆怯是人类的本性，对于未知的事物和环境，人都会胆怯，这是源于史前人类对于黑暗未知的本能。不过你说我算计你，这话我不懂。你在找什么？"

"你算计小爷的证明！嗯？上哪儿去了！"董无忌左右掏摸了很久，又掏裤兜。那天夜里，他从周少鹏床上明明找到一张写满字的纸，上头曲里拐弯画了无数圈，明明记得叠起来塞进口袋里了，怎么没了？他翻了半天，除了几张钞票，火柴烟卷，什么也没有，登时发了火："好啊，周处长，你趁我晕了，把那张纸偷走了吧！说！为什么在我名字上画一个大圈！"

周少鹏没言语，细长剑眉拧了一下，半晌才靠近他耳边，冷峻地问：

"你怎么知道的?"

"从你床上捡的啊!当时我做了个噩梦,你们仨都不见了,急得我在屋里到处翻,就在你床上!"

周少鹏想了想从内兜里掏出一张纸在董无忌眼前晃了晃:"是不是这个?"

看到那一笔严整规矩的汉字和红圈,董无忌气得转头骂道:"你还说不是你偷走的!"

周少鹏看了看,把纸折好装起来,沉吟片刻才说:"小董少爷,这张纸上有你的名字,请相信我,绝没有恶意。但如果我说这张纸那晚从未离开过我的口袋,你根本不可能看到,你信吗?"

"啊?"董无忌惊愕地叫出来,看着周少鹏冷峻的脸直摇头,良久说道,"那、那我看到的到底是什么?那晚我们都在医院里,可遇上的事儿却大相径庭!我可真蒙了!到底是你们在做梦,还是我在做梦?谁的遭遇是真实的呢?"

"或许,那晚我们都没有做梦,我们的不同遭遇都是真实的。"周少鹏眼神闪过几道锐利的光,意味深长地说完,若有所思。

第二十一回

荒山夜宿

到了隆化县城休息一天,众人再次上路。周少鹏在马上打开军用地图,指点道:"前面还有两百多华里,喏,这是张三营,过了这里是唐山营,再往西北顺河转过去,到鸡子山,穿过八道岭就是围场了!"

"啊?"董少爷回头咧嘴苦笑,"还那么远!求求如来佛祖、玉皇大帝保佑,千万别出什么事儿!小爷我可再受不了累!"

周少鹏看他为难叫苦的模样,又气又笑:"临时抱佛脚可没用,这叫什么累?"

大头捂嘴大笑:"瞅瞅,瞅瞅你这什么样子!行了,我的小爷,咱现在不是赶着去救你柳老师,八十八拜都拜了,还差最后这一哆嗦?你就先忍着吧。我琢磨着,贵爷、董大叔、小柳姑娘在京城也提心吊胆等着呢。咱早赶过去,也早救人不是?"

"话是不错。可、可我哪辈子也没受过这个呀!"董无忌愁眉苦脸揪住大头,"多预备点好吃好喝的,不介真走到荒郊野外的,饭跟不上不成!"

"那敢情!"大头摸着他脑袋瓜笑道,"您是爷!想当年我小时候跟着于三叔混黑道，一天一夜连走两百多里，逢山开道遇水搭桥，又是黑松林又是野荒山，甭说吃的，就连水都没一口，还不是撑下来了？您呐就是没遇过大事，老被宠着，甭看哥哥糙，可真舍不得叫你受罪呢。放心吧，风干羊、熏鸡、熏肉、果子干，带的多呢，绝缺不了你的嘴。"

一路还算顺畅，过张三营那当儿，董无忌还专程去坍塌的行宫遗址看了看，捡了几块青砖。当地老百姓们都晓得那遗址，顺着河一指，大片大片的青砖瓦砾和上下马碑那块就是。据史料记载和当地传说，这里也是前清皇帝们从承德府出发到围场之间最大的一处行宫，早先康熙年间，跟初建的避暑山庄差不多大，建筑规模宏伟，附属宅院数以百计，里外七八层大院，全是青砖壁垒，灰瓦覆盖，看起来朴素，实际里头也是金玉满堂。

后来康熙爷大修热河园庭，避暑山庄独树一帜，成了第一，张三营行宫才渐渐衰落，然而在口外十六路行宫中，也是仅次于避暑山庄的行宫别院，乾隆、嘉庆多次驻跸。道光以后，年久失修，道光爷又不再翠华秋狝，任凭它风吹日晒，早成了瓦砾堆喽。

张三营镇上比较富裕，周围群山环绕，地势平坦，老百姓们并不像沿途市镇那么穷困潦倒，镇子上驻扎了一小队奉军。"嗨嗨，干嘛的？说你们呢！"一个歪戴帽子的小队长横眉立目冲着几人喊，"下马，接受检查！"

周少鹏提马向前，也不说话，从兜里掏出郑队长开的通行证扔给他。那小子捡起来一瞥，顿时吓得立正敬礼，吐了嘴里的烟卷满脸赔笑："原来是几位长官！长官好，一路辛苦！"

"问你点事！"

"您说！您吩咐！小的一定万死不辞。"那小子哈腰像只摇尾巴的癞皮狗。

"听说这里离围场不远了吧？附近安静不安静？最近有没有什么事儿没有？"

"安静！自打这里归了咱们张大帅，这里可安静啦！老百姓安居乐业，都过得不错！再者咱们这地儿，本就是个富裕地界，您瞧，咱们这儿四周有莲花山、谭山、锣鼓山、盘山，中间是块大平原，种啥长啥！从这儿去唐山营也就半天工夫，再往前，您得顺着河往西北走，过了鸡子山往前就是围场啦。您放心，这一路过去都是顺当的。"那小子笑道,"都是我们驻扎的,有大队有小队,大路很平顺,绝没有马匪,您就敞开了往前走!"

"围场里有座庙宫你听说过吗?在围场哪儿块啊?"董无忌冷着脸问。

"庙、庙宫?嘶……"那小子听了竟跟老关头一样,一愣神变了慌乱神色,哆嗦道,"哎哟,我的长官!您、您诸位是要去那儿?!我的妈呀,您可留神呐!"他神秘兮兮凑过来哈腰道,"那是块凶地!听老人们传说,几百年啦,横死在那的人没数!大白天都没人敢去。我听我爷爷说,有那放羊、砍柴的,进去不大会儿'嗖'一下就没了影儿,连尸骨都找不着!那可真是妖魔四出厉鬼横行!"

大头不耐烦他满嘴唾沫星子横飞,呵斥道:"没问你这个!我们爷问你庙宫在围场哪里。"

"这、这我可说不清啦,四里八乡的都没去过那。听上头说,前阵子有队京城来的啥考察团去那,可生生不见了!您说,这地邪不邪乎?我劝您诸位啊,到了鸡子山,在八道岭那儿仔细瞅瞅再进去,不然可不得了!"

"也就是说,庙宫离八道岭不远,是吗?"周少鹏问。

"有那么一说,可咱也没去过不是?嘿嘿。"

那小子奴颜婢膝的样儿实在碍眼,董无忌挥挥手:"赏他一根烟!咱走!"

大头扔给他一根烟,那小子眉开眼笑双手捧着乐坏了,望着几人远去的背影高喊:"谢长官!长官一路走好!"

张三营果然是个好地方,一路平顺,大道四周山峦苍苍,河流缓缓,高天远阔。众人又走了半天,下午过了唐山营,那河流转弯便有些湍急起来。大头见董无忌闷闷不乐,问:"小爷,你在张三营捡砖头干啥?莫不是要当家伙使?"

董无忌坐了半天马,屁股生疼,说:"当什么家伙啊,咱不能白来一趟不是?那砖头都是前清用桐油浸透了的,又硬又生性,做成砚台,不涩不滑,很下墨,等把柳老师找回去,孝敬他一块,孝敬我爷爷一块,再给你姥爷做一块,也算咱没白来不是?这叫商不走空。"

"哟!谢您啦,小爷,还惦记着我呢!"大头乐滋滋夸道,"周处长,您还没见识过我们小爷的本事呢,他那雕刻手艺,那是得了琉璃厂仿古高人马大爷的真传！那……"

周少鹏看看面前董少爷的硬茬短发，轻声问："小董少爷，我还真想见识一下您的手艺呢，嗯，可否帮我……"

"您甭开口，周处长。"董无忌头也不回，"等咱们办完了事儿再说吧。呵呵，若是有命回去，救回柳老师，即便你不说，我也送你一块。可要是咱们都陷在这儿……"

"不会，有我在，请你们放心！即便我的命不保，也会保证你的安全！"周少鹏提缰加快了速度，像是跟自己发誓，又像给大家吃定心丸。

几人一路马不停蹄，日夜赶路，也多亏人强马壮，又有郑队长的特别通行证件，穿城过镇，竟是一路畅通无阻。足足走了一天一宿后，这天下午，众人终于顺着伊犁河到了鸡子山。董无忌一路由周少鹏护持同骑在马上，吃喝还有大头、小伍照顾着，饶是如此，其他三人身子骨还过得去，只有他这位少爷累得精疲力尽叫苦不迭。末了，连大头都揶揄道："我说小爷，您这身子骨太差啦，瞧瞧，我和周处长不说，人家小伍也没出过远门，怎么就那么结实？提缰过岭，上下翻山，比我都强些个！"

"谁知道这道儿这么老远？好嘛！在京城也没说清楚啊。"董无忌耷拉着脑袋要过水壶咕咚咕咚喝了一通儿，喘得满脸通红，一头说一头埋怨王大帅和科大人。周少鹏轻轻笑着接过水壶，双腿轻轻紧了紧马镫，那马颇通人性，越发慢了下来。此时正值夏末，四处塞外微风吹拂，山峦耸立，左边河道里流水潺潺，晶亮润泽发出"哗哗"声响，一直曲折绵延顺着山势直奔远方。碧水清亮，岸边怪石嶙峋，不少游鱼摇头摆尾吐着雪亮的泡泡，打个旋儿顺流而走。

天上一轮残阳缓慢西沉，金红色的身躯在山峦之巅发出万道金红光芒，倦鸟昏鸦层层叠叠围成一团团嘶鸣着展翅飞旋，翩翩归林。众人目光尽处，四野广袤的荒芜大地萧索不堪，隐隐约约前头一座高山矗立眼前。这种塞外旷野景色，若细细品味，比燕京八景之一的金台夕照还美，只是众人前途未卜，哪里顾得上看？

"妈呀！"大头惊叫一句，"这山瞅着那么老高！老话说，'望山跑死马'，咱们今晚能穿过去吗？"

"你没听张三营那小子说，得在这儿下来好好瞅瞅再往里去！我看今夜就在附近找个镇店歇了,明儿一早再进去。嗯?你说呢,周处长?"董无忌在马上摇晃着身子实在不舒坦,撇嘴问后头。

周少鹏正看地图呢,招手叫过马上几人,沉稳地说:"这儿离八道岭很近,我看咱们也别耽误,今夜穿过去正好。"

"怎么说?"大头问。

"你们看,"周少鹏指点地图示意几人,"这里是鸡子山,北面看起来陡峭难行,其实南面就缓了,翻过山就是八道岭,如果留在这儿过夜,看起来平安,我怕耽搁路程。"

"你就不怕在山里遇上什么?"董无忌挠挠头:"八道岭!听听这名儿就够难走,万一咱们夜里进山,遇上危险咋办?再者迷了路可坏喽!"

"是啊,咱们人生地不熟的,周围又没人家。我觉得还是小爷说得牢靠。"大头在马上捅了小伍一下。小伍憨憨地笑了笑:"怎么都成,我听我们少爷的。"

周少鹏无奈摇摇头,实在不愿跟这位少爷吵吵,只得答应,夜晚在山根下野营,第二天一早再走。

大头说得果然不虚,等几人到了山根下,太阳早已落山,只有几丝泛红的余光照耀得四处山石密林影影重重,十分苍茫。在哗哗流水声中,等看清了山势,董无忌倒吸了一口冷气。原来这鸡子山近处看,山峦并不比周围高,可山脉来龙甚远,去势悠长高大,大势峥嵘,一目不能了然。山峦巍峨高峻,峰岩重叠,沟壑万千,古洞深涧,令人目不暇接。这边丛丛簇簇荆棘遍地,那边合抱粗大的老树虬根一片片遮天蔽日,像鬼剃头似的斑驳陆离,只有走近了才觉黑压压乌沉沉十分骇目。几条弯弯曲曲的大道,中间一条便是穿山而过的古驿道,地面也不知被车辙压了多少年代,痕迹宛然。

周少鹏叫几人在河边宿营,自己骑马先去八道岭探路。夕阳终于落在了山后,苍苍茫茫的夜幕终于降临。山下比平原黑得早,几丝余晖迫不及待地消失后,空气顿时变得冰凉幽冷,一阵阵朔风夹杂着潮湿、阴寒立刻涌了出来。细听,风声中好像还有些莫名的龙吟虎啸幽咽之声,苍穹上点点的星光也被几团不知哪来的云团围拢上来,附近晶亮的河水也变得不再平静,泛着缤纷的荧光,增添了些许不祥。

董无忌哪见识过这些?他有些惶惶不安地挪动着脚步,跟着小伍到处找树枝子野草。大头从行李中拿出带来的干粮熟食,看看河边有了主意:"小爷,吃鱼不吃?人家说地上跑的不如河里游的。我看那鱼不错。我还真会这手艺,烤几条你尝尝?"

"随便你。"董少爷有气无力地摆弄着柴火。小伍小心笼起了火,团团火光,终于在月黑风高旷野地里,给人带来了些许温暖,只是这捡来的柴火有点湿,那蓝盈盈的火苗子显得有气无力,远远看真跟鬼火似的。

不大会儿马蹄声响,周少鹏回来了,跳下马眉头紧锁走来,胡噜胡噜马头,把几匹马的缰绳拴在河边一块大石头上,把那头调皮的骡子搁在一边,任由它撒欢。董无忌见他回来,松了口气,忙问:"怎么样?"

周少鹏蹲在河里洗了洗手,帮着大头抓了几条鱼回来,一面清洗内脏,一边说:"不太妙,前头的路确实不容易走。难怪张先生大难不死,会被骑警队在八道岭发现。"

"这话说的!这就够不好走了,前头还怎么难行?"董无忌心里一紧,望着不远处黑黢黢的大路,老觉得不安。

"没事儿啊,我说几位爷,这路当年总也是圣驾走的驿道,这些年虽说没了皇家打猎的大队,来往客商总算不少,怎么会不好走?小爷别怕,快来尝尝我的手艺!"几条插在树枝上的鱼里外焦黄,香味儿扑鼻。大头早在地上铺了块干净布,上头摆着熏鸡、熏野兔、熏肉、腌鸡蛋和不少大饼。小伍扶着董无忌坐下,几人围坐一处,大吃了一通儿。

饭后,周少鹏打开地图靠着篝火查看。董无忌凑过来刚要说话,周少鹏忽然想起什么便叫道:"小赵先生,请把马灯和手电筒递过来。"

"得嘞!"大头乐呵呵地拿过马灯,又送来一支手电筒。

"你还没回我的话呢!"董无忌更着急。周少鹏还是那副不紧不慢的样儿,只看地图,眼皮也不抬地说:"别问了,明天白天再走你就知道了。今晚咱们不能都休息,小董少爷除外,我、小赵先生、小伍先生,三个人轮流值夜。"

"值夜?"一向不说话的小伍疑惑道,"这荒山野岭,咱们围着多点几堆篝火就成,有这个必要吗?"

"哦?"周少鹏认真地盯着小伍片刻,问,"小伍先生对野外露宿很有经验嘛!"

"不、不,我只是听人说起过。"小伍憨憨笑道,"一起还是听周处长安排。"

"一定要值夜,我们离目的地越近,越要注意安全。再说八道岭那边……"周少鹏看看董无忌,又把话咽了回去,冲大头说,"上半夜我和小赵先生,下半夜我和小伍先生。现在是八点半,请你们赶快去休息。另外,今夜大家警醒一些,即便上厕所也要两个人一起。"

"不是,我说你到底藏着掖着什么呀!"董无忌见他说得义正辞严,感到莫名其妙。

"小董少爷,尤其是你。"周少鹏一板一眼说,"你千万不能乱跑,一定要跟我们在一起,上厕所由大家轮流陪同。"

一听这话,大头噗嗤笑道"娘哟!周处长,我们小爷也不是娘们家,你这么安排,也太蝎蝎螫螫啦。"

小伍却道:"这时候越小心越好。小爷,这儿没热水,您将就些,洗洗脸睡吧,我跟赵爷他俩看着。"

这下董无忌不得不听了。小伍很会伺候人,他在篝火旁把行李打成卷当枕头,又在地上铺了一层军毯,让董少爷舒舒服服躺了下去。他卷起袖子也不嫌麻烦,开始给董无忌按捏小腿。大头叼着烟卷装模作样陪周少鹏仔细研究地图,俩人时不时小声嘀咕几句。

噼噼剥剥的篝火声、马匹咴咴的叫声、骡子项下叮叮当当的铃铛声、呼呼而来的风声和大山里奇奇怪怪的各种细微声音,交织成一首并不舒适的催眠曲,董无忌迷迷糊糊睡着了……

第二十二回

血祭

也不知过了多久，忽然传来一阵阵马匹扬蹄的怪叫声。起初声音还小，不大会儿声音越发大了，闹得董无忌实在受不了。董无忌烦躁地翻了个身，一转身抱住个东西嘴里念叨："伍哥？快去瞅瞅，那些马怎么啦！还叫人睡不睡了！"话音未落，怀里这东西直往他脸上吐气。嗯？他顺着往上摸，光溜溜还带点毛，这脸咋这么长？鼻子这么大？还有两只长耳朵！"妈呀！"他尖叫一声，一骨碌爬起来瞅，那物事咧着大嘴露出大白牙，头上红球颤巍巍抖动，嘴里哼哼嗤嗤对他直笑。

是那头骡子，惊魂未定的董无忌气得顺手给了它一巴掌，揉揉眼，这才发觉，刚才那骡子不知怎么了，钻到了他怀里用脑袋顶他，这会儿却摇晃了脑袋，项下铜铃叮叮当当，在当地急了似的又蹦又跳，直冲董无忌做鬼脸。"你这畜生！大半夜不叫人睡觉！大头？伍哥！"连叫几声，不见有人回答，董少爷立马想起前几天承德陆军医院的异状，登时身上起了层鸡皮疙瘩，惊慌失措四处打量。

漆黑的苍穹里，星光点点像无数冷漠的眼睛一闪一闪地发出幽幽的光芒。苍穹下的远近群山隐约可见。当地的篝火燃烧得还旺，橘黄色的光映着潺潺河水泛起一片金光。篝火旁还有展开的地图、马灯,看似安谧如常,可其他人呢?!不远处四匹马颤声乱叫,蹿高蹦跳抖成一团,仿佛想挣脱缰绳!旷野冷风吹得他清醒了很多,立时发觉安静中隐藏着巨大的危险!

"少爷!少爷!我在这儿呢!"一听见小伍的喊声,董无忌乱跳的心总算放下了。小伍急匆匆满头大汗从远处黑暗里跑了出来,语气急促地说:"坏了!赵爷和周处长不见了!"

"不见了?!"

小伍过来一把拉住他,疑惑道:"奇怪!我伺候你睡了,刚躺了一会儿,方才起来正准备值下半夜,谁知他俩不见了!"

一听这话,董无忌差点一屁股瘫倒,抓住小伍大声问:"他们干嘛去了?"

"不、不知道啊!"小伍苦笑道,"我怕你着急,跑到四外找了一圈,谁知一点瞧不见人影儿!对了,我刚才迷迷糊糊听赵爷说撒尿,是不是周处长跟他一起去解手了?"

"不对不对。"董无忌慌了神,一指不远处那些马,惊悚地喊,"伍哥,你瞧、瞧瞧那些马!听老人说马通人性,这可不像好兆头!咱们得快找!你估摸他们去了多久了?"

"大概半个多时辰吧。"

"都、都一个钟头啦?!"董无忌被马匹的怪叫声闹得更心神不安。俩人跑到几匹马那儿一看,几匹马挣扎着乱作一团,嘴里直吐白沫,显见是见了什么可怕的东西。可俩人放眼望去,四野苍茫幽深,确实什么东西都没有。小伍使劲儿抽了几鞭子也不管用,也一筹莫展。正这时候,那头调皮的骡子扑簌簌抖了几下,对着不远处的官道哼哧了几声,转身蹿了过来,一下躲到了俩人的后头,还直拿脑袋顶董无忌的后腰。

"骡子,别捣乱!你……"他刚骂了一句,身边的小伍一把抱着他的膀子就是一震!小伍压低声音指着不远处说:"小爷,你看那!"董无忌目力很好,听话音不对,顺着小伍手势,往通向鸡子山的官道上瞭望。果然,离他们一射之地,影影绰绰地像是从地里钻出来似的出现了一队人马!

"嘘!"小伍做了个噤声的手势,拉着他悄悄靠近篝火,趴在了地上。

"伍哥，你这是要？"

"小爷，趴下看！"小伍左手握着匕首，紧紧盯着远处。董无忌趴下瞭望片刻，才发觉那队人为什么走得怪异：前后左右是几个骑马的人，一身戎装盔甲佩刀挎箭，像清朝战图里的武士；中间一群人蔫头耷拉脑不情不愿，跋拉着脚步；马上的人不时地挥动鞭子，狠狠抽在下头人身上。可煞奇怪，如此长的一溜队伍，在静谧的夜里，竟然没有一点声音！

"伍哥，这、这是什么？！"

"嘘，小爷，您转到这边来。"小伍轻轻挪动他的肩头，转到篝火旺的一侧。董无忌脸被火烤得发热，再细看远处，咦？那队人平地消失似的，根本没有！他轻轻挪到火堆远处再看，妈呀！那队人又出现了。这可真是怪了！董无忌拉拉小伍问："伍、伍哥，咱这是遇上鬼了？！"

"不一定！我过去瞧瞧！我担心赵爷和周处长在那边。"

"别！"董无忌浑身哆嗦，"我一个人害怕！我跟你去！"

小伍深沉地点点头说："小爷甭怕，跟好了我！"说着话他一哈腰，拽住董无忌一溜儿顺着追了下来。快到山口，天色渐渐阴了，大块大块的云浓淡不一，从四面八方团团绵绵涌了上来，山口里的山风刮得四周黑黢黢的荒丘野地里簌簌啦啦，好似暗夜幽叹，吹得俩人遍体冰凉。

转了个弯，那队人不见了，董无忌有些着急，拉着小伍的手哆嗦得厉害，忙问："坏了，他们不见了。"

"小爷别说话，你看。"暗夜里，小伍身子异常灵活，脚步轻盈，力气也大，一手拉着董无忌往前跑，官道上坑坑洼洼的地面硌得董少爷脚底板生疼。小伍竟毫不费劲，蹦蹦跳跳，逢沟过槛，如履平地，把董无忌看了个呆。路边森森树丛丘陵匆匆而过，不知名的花香草香混合了夏天特有的气息扑面而来。俩人奔驰在山道上，惊得树丛中早已安歇的飞鸟扑簌簌拍着翅膀盘旋在半空，盯着这俩不速之客。

果然，转过苍茫大山，借着越发惨淡的月光，那队人还是不紧不慢在往前赶。两侧巨大的山体近在眼前，黑压压遮蔽了星光月华，山里不知名的虫兽的叫声时断时续，越发令人悚然不安。奇了怪了！董无忌上气不接下气呼呼直喘，发现无论俩人如何撒丫子追赶，那队人影影绰绰就在前头,可就是追不上。

不知追了多久,小伍抹了把热汗,放慢速度回头说:"小爷,不对劲儿!你发现没有,咱们快,前头那队人也快,咱们慢,他们走得也慢。沉住气,慢点。"就在董无忌两条腿灌了铅一样实在跑不动之际,就觉小伍猛地一个停顿,他来不及缓下来,结结实实撞在小伍厚实的后背上。小伍伸手一抱,俩人就势歪倒在官道上,一下骨碌到道边草丛里。遍地石子儿硌得董无忌快吐了血,疼得他龇牙咧嘴,一口气没叫出来,被小伍一下捂住了嘴!

"小爷,千万别出声!"小伍低声嘱咐。

这里并不是峡谷,也不知是不是过了鸡子山,眼前很开阔,夜色晦暗,冷风扑面,莹莹如豆的星光十分诡异,半明半暗,照得四外群山青白不定,变幻莫测。不远处是一道绵延起伏的土岭,从西北上来龙,高大厚实的身躯横跨官道一侧,直往东南伸展而去,星光下一片阴气森森,犹如一只亘古矗立的怪兽,虎视眈眈地瞪着来往人马。说来也怪,岭上并不像两侧山体古树虬枝枯藤茂密,而是散发着一层紫褐色幽光。官道并没有穿岭而过,一条大道被密密层层树藤泥土覆盖,另一条则顺山岭盘旋成曲曲折折的山路,犹如一条条"之"字小道,幽暗荒芜,也不知是不是通向前路。

此刻,离他们只有百十步远的那队人马,并没走被植物遮盖的大道,而是顺着"之"字小道上了山岭,悄无声息地停住了。嗯?董无忌气喘吁吁地细瞧,马上四个人恶狠狠地挥舞鞭子,仿佛在呵斥被牛羊一样赶到岭上的一群人。这群人被分散开来,一群被带到了正东,一群被带到了正南,还有两拨人,走到了正北、正西。因岭上崎岖坎坷,不少被押解的人惊恐万分,眼瞧着哧溜溜掉下了山岭。

那四个押解的毫不在意,指挥众人在山岭上忙活着什么,看见不听话或者干活慢的,挥手就是一鞭子,看得人心惊胆战。星光越发惨淡,面前山岭中慢慢涌出了一层层淡紫色薄雾,氤氤氲氲,半遮半掩,半明半暗,显得那边场景格外离奇。

"伍哥,他们在干什么?"草丛里,董无忌露着半张脏兮兮的脸问。

小伍似乎一点也不怕,皱眉看了半响,随口说:"挖坑。"

"额……挖、挖坑?!"董无忌眼皮一跳,狠狠抓住小伍咧嘴带了哭腔,"这、这地界挖坑干啥!"小伍没言语,紧紧握住他的手扬了扬头，俩人再看就觉一股凉气从脚趾头直窜到脑瓜顶！原来那些人确实挖了一些坑，挖好了却一个个跪在了坑前面，马上的人也不说话，伸手抽出雪亮的长刀，对准跪下人的脑瓜子，挥刀猛劈！

"我的娘哟！"哆嗦成一团的董无忌吓得魂飞魄散，抱住小伍就不撒手，一脑袋拱进地里。小伍头也不回，像看戏一样喃喃自语："那些站在一旁的怎么不动呢？小爷别怕，你看，被杀的掉进坑里了，剩下那些把先死的埋了，又开始挖坑。"

"伍哥、哥，你别说了。咱们快跑吧！这是遇上什么东西啊！"董无忌心里怕得厉害，又忍不住好奇，露出俩眼，看着不远处一幕幕惨剧。那些被杀的人被另一拨看似痴呆冷漠麻木的人弯腰铲土埋了，剩下的人又开始挖坑……

一袋烟工夫，最后就剩下了四个埋尸人，他们仿佛实在受不了这种残酷场面，跪在四个骑马人面前磕头如捣蒜，隔着这么远似乎都能感到他们的绝望与无助。然而马上的人连看都不看，手起刀落……他们提溜着被砍下的人头，按东南西北分别挂了四个橡树又像木杆子的东西上，便欣然提马下了岭，冲着董无忌和小伍对面而来。"趴下！"小伍沉闷果断地喊了一嗓子。董无忌把脑袋拼命往土里钻，大气都不敢喘。小伍匍匐在地，紧张地盯住骑马的四个人。似乎一阵风，四个人转眼就到了近前，薄雾飘荡，眨眨眼，片刻不见了踪影。

小伍见董无忌这副模样，想了想一把将他背上，撒开腿朝岭上而去。摇摇晃晃中，董无忌更蒙了：小伍平日就是在铺子里点头哈腰伺候自己一家人和客人们的大伙计，没看出来，他着实有胆量和身手呢！

这岭果然奇怪：表面泛着紫褐色幽光不说，走上来虽说崎岖，可并不难行，每到拐弯的地方，好像总会出现一根孤零零的小木杆，越往上，木杆越高，像京城里电线杆子似的，上手一摸，不知是什么木头，竟滑不溜手坚如钢铁，敲敲还带点响动！更奇特的是，岭上寸草不生，丁点草叶树叶都没有，方才山里的夏虫鸣叫，在这儿竟是丁点不闻。董无忌提鼻子一闻，空气中带了些说不清的味儿，咸涩腥臭。他们越往上越觉得冷森森，一层层薄雾涌了出来，耳轮中全是嗖嗖的风声，整座山岭却如一座巨大的死亡坟墓，阴郁而恐怖。

到了刚才骑马人杀人埋尸的地界，小伍指着地上说："就是这儿！小爷，抓好了我，千万别乱跑！"

"得嘞！伍哥，快看看，到底杀的是什么人？"

可煞奇怪，俩人在附近找了半晌，地上别说埋尸的坑，连点血迹都没有！

"不对啊。"小伍蹲下，用匕首四处划拉，发觉地上全是旧土，好像还被人为夯实过，根本没有翻新出的泥。血迹呢？他趴在地上猎犬似的又闻又摸，好半天脸上都见了热汗，还是一无所得。

"伍哥，难道是我们的幻觉？"

"幻觉？"小伍看着他问，"幻觉是不是幻象？""有那么一说，也就是咱们的眼睛看到的并没有实体，而是被某种环境刺激发生的场景。或许，这是在数百年前发生过的场景，在某种特定环境中再次出现，周而复始。"董无忌苦笑，"这还是听燕大理工科同学说的，具体我也不懂。"

小伍点点头："那么很久之前，这通衢大道为啥变成杀人场呢？"董无忌猛一抬头："我想起来了，骑马人是按照东南西北方位杀人埋尸的，咱们也按方位找找！"俩人转到正北，果然找到了一根高高的木杆子，可残月薄雾，实在瞧不见上头有什么。董无忌灵机一动，一把抱住碗口粗的木杆说："伍哥，咱们摇一摇试试！我就不信什么也找不到！""别摇晃！"小伍大惊，想阻止可已经晚了，就见董无忌上下左右开始摇晃起来。这木杆子也不知被插入地下多深，纹丝没动，董无忌怏怏不乐说了一句："哎，我把吃奶的劲儿都用出来了，这杆子怎么不动弹……"

正说着，只听木杆子顶上说不清是什么声音，一串串传了下来，董无忌刚一抬头，黑漆漆半空中"噼里啪啦"糖葫芦似的掉下来一串串东西。小伍一个箭步拽住董无忌往后拉扯，还是晚了，傻兮兮张着大嘴往上瞅的董无忌被噼里啪啦掉下来的东西砸了个晕头转向，歪倒在小伍怀里。烟尘四起暴土扬尘，熏得他直恶心。他又揉眼又胡噜半晌，嘴里呸呸直吐口水，说："姥姥的！什么玩意儿！伍哥，伍哥？"小伍不言语。等董无忌睁眼瞧，正好掉落在地的东西摔得四散开来。他小心翼翼地抓过一个，拿到眼前看，不看还好，等看清了顿时"妈呀！"惨叫一声，把手里的玩意儿扔皮球一样丢出去。那东西落了地。俩人目瞪口呆，面面相觑。惨淡星光下，薄雾被风吹开一层，眼前是一地黑漆漆的骷髅头！

那些骷髅头在幽蓝的星光下泛着黑黝黝的光,早已风干脆裂,两只眼窝黑洞洞犹如深渊,恍惚间挤眉弄眼瞅着被吓傻的两个不速之客。透过薄雾望去,俩人这才发觉其他三根木杆子上,风灯一样残存着婴儿胳膊粗的吊绳,一串串糖葫芦似的,吊的全是整整齐齐的人脑袋,在暗夜里随风摆动,密密麻麻不可计数……

"不好,快走!"小伍大喊一声,背起吓呆了的董无忌往岭下就跑,越跑越快。俩人来到"之"字小道那一撇,眼看要下岭了,对面陡然哗啦啦吹来一股阴风,薄雾从四面八方团团涌了过来。在前头的小伍抬头一看,顿时脸色大变,原来岭下头薄雾里影影绰绰出现了一大队人马,像刚才一样,悄无声息,前后左右骑马的甲士,押着一大群蓬头垢面看不清脸面的人上了岭,正冲俩人过来了!

暗夜里,那群不知是人是鬼的东西,丁点声音没有,就那么黑压压一片上了这道死气沉沉的山岭,马上的人似乎在训斥和谩骂,而走路的人一步步沿着崎岖的路,踏上了死亡。只远看这副鬼气森森的景象,胆大的都得吓尿了,何况身临其境。董无忌一个撑不住瘫在地上,抖如筛糠,冷汗如雨。小伍手疾眼快,一把扯住他往路边躲避,可山岭上道路崎岖狭窄,哪里躲得开?!

"小爷?小爷!你可沉住气,不,憋住气,趴在地上,千万别出声!"小伍也有点慌神,周、赵那两位活不见人死不见尸也罢了,如今形势危急万端,眼前这位少爷再有点三长两短,他可也别活着喽!董无忌早已吓得神志不清,一脑袋摁在地上跟穿山甲似的,两手抱头不住抖脑袋,也不知听见没有。眨眼间,那队人马上了岭,人群缓缓走了上来。小伍赶忙缩紧了身子,抱着董少爷屏气凝神,大气不敢喘。

俩人耳边仿佛有细微的脚步声,但仔细倾听,却又什么都没有,到处是夹在风声里的若有若无的呻吟声,吹响四方。董无忌缩成一团,浑身冷汗浸透了衣衫,又湿又凉,一阵阵起栗,就是不敢抬头。幸好他知道自己背上那只温暖的大手是小伍的,给他突突乱跳到嗓子眼的心带来些许勇气。可老这么趴着不是事儿啊,问也不敢问,半晌,他实在忍不住了,慢慢抬起了头。

咦?贴着地面看却是空荡荡的!莫非是小伍说的幻觉?可视线再抬起一寸,没等他眨眼,小伍一只手猛地捂住了他的嘴!他的眼前是一双双瘦骨嶙峋的脚:有的穿着破烂草鞋,露着血淋淋的脚趾,绝大多数根本没有鞋子，光脚露着森森白骨踏在山岭……不，踏在离地三寸的空气上！

董无忌眼泪鼻涕流了一大片，眼珠子快瞪出眼眶了！他发现，这群"人"直愣愣停住了，停在了他和小伍趴着的地方，正在拐弯处，前后左右全是密密麻麻的踩在空气上的脚……

"呜……呜……"董无忌憋得难受，冲一旁的小伍挤眉弄眼，实在受不了这种心理和眼前恐怖的震撼。小伍怕他一嗓子嚎出来，哪敢松手。说来也怪，这群人停了半天，并没有继续上岭。正迟疑呢，队伍后头忽然蹿上一匹高头大马，马上的甲士人高马大，四周散发阵阵阴惨腥气，提着佩刀，弓箭插在弓壶里，正一点点顺着"人群"往前走。"呜？！"董无忌瞪圆了两眼指着骑马甲士示意小伍。果然，那马蹄子不管怎么踏动都没声儿，原来也是踏在离地三寸的虚空上！

"小爷，他、他在数数呢。"小伍贴在他耳边说。这一句好似晴天霹雳，震得董少爷裤裆一松，差点尿了！

"数数？"董无忌帅气漂亮的脸扭曲成一团，五官挪移侧眼看，妈呀！马上的甲士果真顺着"人群"，用刀挨个数着人数！

"玉皇大帝、如来佛祖、观音菩萨、耶稣基督、天爷祖奶奶救命哇！若是保得住我的小命，等回北平给你们烧香朝拜！！我还没娶媳妇儿呢！可不能死在这儿啊！求求各位尊神大慈大悲救苦救难千万别叫那家伙看见我俩！"此刻眼瞅那甲士离他俩越来越近，阴风浓重，董无忌比医院那次还虔诚，肚子里把漫天神佛求了个遍，就差当地磕头喽。

"啪"，正满肚子求佛的董少爷就觉得脑袋顶上被轻轻拍了一下，他哪里敢抬头看，一个劲儿往泥土里钻。"啪"又是轻轻一下，他浑身一颤，只是不理。等脑袋瓜第三次被敲，他肚子里一冷，就觉龙虎不合，肠子动了几下，"噗"，放了个又臭又响的屁！

"坏喽！"刚一警醒，一股腥风呼啦啦由地而起打着旋儿围住了当地，董无忌从土里露出一只眼偷瞧：眼前是双牛皮战靴，铜活儿锃亮，一点点往上，满布铜钉的蓝色战裙……镀金虎头大带……弓壶……宝蓝镶红边甲胄……宝蓝战盔……头呢？

"妈呀！！救命啊！！"眼前身高马大一身戎装的甲士蓝色头盔里黑黝黝空荡荡的，竟然没有脸！一把雪亮的长刀带着凛冽肃杀犹如电光瞬间劈了下来，早已忍不住神魂飞荡的董少爷终于憋不住一嗓子喊了出来。

说时迟那时快,小伍眼疾手快一纵身跳起来,一脚踢飞了长刀,拉起董无忌没命地往岭下跑,也顾不得面前这群蓬头垢面的"人"到底是什么东西喽。说来也怪,面前这群"人"被俩人身影一撞过去竟然毫无阻力,化作了半片雾气飘荡开来,随即又复原如初。俩人前头跑,后头无声无息地竟射来几支雕翎羽箭,吓得董无忌鬼哭狼嚎呜哇乱叫,嘴里白沫直涌。等跑下来山岭,小伍回头一瞅,大叫不好,几匹马上的甲士纵马追了上来!

"小爷,小爷快来,我背你!"一把背起董无忌,小伍俯下身顺着大道迈步猛蹿。董无忌放声嚎哭,大叫:"快、快跑啊!伍哥,追上来啦!这是什么鬼玩意儿啊!怎么连活人也不放过呐!这是发丧连送殡的一勺烩啊!妈呀!追、追上了,快快!"饶是小伍腿脚利索,连蹿带跑,可哪里禁得住董无忌大半夜这么叫喊,几匹马眨眼到了后头,小伍腿脚一软,一下连背上的人摔了出去。董无忌被摔得七荤八素头晕目眩,"哇"一声吐了一地。小伍一个箭步过来护住他,几匹马围了上来,情急之下,小伍猛地想起什么,大喊:"小爷,快拿素光刀来!"

"啊?啊!"抹了一把臭烘烘的污秽,董无忌手忙脚乱从怀里拽出宝刀扔给小伍,就见四五个没脸甲士团团围过来。小伍抽出短刀,刀光熠熠如冰似水,他大口喘息了几下,扫视了周围一眼,沉住气突然做了个奇怪的动作:一把捏住刀尖,对准最右面的甲士抖手射了出去!

凛冽寒光如星似月在空中划出一道非常漂亮的弧线,素光刀打着旋儿回旋飞舞,正中最右面甲士的脖颈子,嗖然而过,无声无息竟是一片虚空!圆弧划过第一人,似雪刀锋顺势划中第二、第三、第四个甲士!眨眼打着旋劈开薄雾,素光刀寒光熠熠飞回了小伍手里。

"回、回旋刀?!"董无忌大惊失色,连怕也忘了。他跟着大头见识过不少四九城打把势卖艺、练武收徒的武师,略略懂点,这种功夫别说一般人,就是练武多年的老师傅也不一定用得好。不料貌不惊人的小伍在万分危急之刻,竟能使出如此刀法。

素光刀在深夜里光芒闪烁,诡异莫名,小伍大口喘者气,边慢慢往后退,边掩护着董无忌。空气仿佛停滞了,四个骑在高头大马上的甲士还是保持着举刀要劈砍的姿态,仿佛中了"定身法"一样被死死钉在了马上，胯下骏马也不再扬蹄跳跃，呆若木鸡。"呼呼……"董无忌颤抖着被小伍拉起来，俩人慢慢地往后退。直到退出去三丈远近，董无忌才长舒口气，眼睛不敢错开悄声问："伍哥，好身手！什么时候练的？从来没见你用过啊。你还给我藏着掖着？"

"嘘！"小伍十二万分紧张地摆摆手，随口说，"小时候家里放羊，漫山遍野散养的，怕羊丢了就用石头砸羊头圈羊，其实算不上什么功夫。小爷，你看！"不远处被素光刀刺中的甲士，片刻间头盔掉落在地，细瞧脖腔子里果然没脑袋！一阵阵"噼里啪啦"的脆响传来，刹那间从他们甲胄内冒出一股股腥臭而浓郁的黑紫色烟雾。那烟雾丝丝缕缕氤氲不断，这些甲士连着弓箭弓壶长刀战靴，像一幅幅年代久远的工笔人物画突然被扔到大火中，焦黑、酥烂、卷动、震颤，朔风吹来，自上而下片片化为飞灰，随风而逝。

几匹马消失之际，暗夜山中仿佛回荡起几声悲咽的嘶鸣，听得俩人毛骨悚然。"真、真够玄的！"董无忌此刻才觉得身上臭烘烘黏湿冰凉，嘴里也黏糊糊难受，看看手里这把才二尺长短的宝刀，禁不住想起爷爷和父亲的身影和他们关切的目光，忍不住凄然落泪，郑重地将刀藏进怀里。

"哎，幸亏有这么柄宝刀。小爷！咱们命不该绝！不然可麻烦了。快，咱们往回走。"小伍扶着悲喜不定浑身瘫软的董少爷回身走了几步，俩人猛然就听见身后山岭上起了一阵巨大的旋风声！惊魂未定的俩人赶紧趴在草丛里观瞧，只听风声愈急，隐隐夹着凄厉的哭嚎绝望死亡之声，岭上陡然暴起一股蓝幽幽阴沉沉的绿光，那堆木偶一样非人非鬼的"东西"，眨眼间随风而化，变成了一簇簇幽暗的光斑，红的、绿的、紫的、青的、白的，密密麻麻不计其数，活像一只只怪兽的眼眸，刹那四散飞溅，顺着越来越大的朔风铺天盖地拥了过来！

"鬼火？"董无忌尖叫一声。巨大的山岭犹如一头远古的怪物也活了过来，身上飞溅出不计其数的光斑。大地轰隆隆一阵阵摇动，岭下好似有无数蛆虫冉冉蠕动，要破土而出！一片片"鬼火"拼命从山岭中往外蹿跃，半空中纷飞乱舞的"鬼火"也像在召唤同类，随着汹涌肆虐怒号的暴风，"鬼火"霎时汇集成几道密集的光晕。

大片乌云似污秽可怖的裹尸布一样流转飘移，遮盖了整个天穹，只剩下苍穹上寒月残星瑟瑟发抖，让人避之不及。四外杂树草木在刺骨阴风里使劲摇曳身姿，暗夜里仿佛无数魔怪鬼魅在欢歌。层层叠叠的"鬼火"翻江倒海般搅得半天飞沙走石，声响响彻寰宇，无数道阴风光晕拧成巨大的阴霾，长了眼似的带着鬼哭狼嚎之声，以排山倒海之势横扫过来！

"小爷快跑啊！"小伍吓呆片刻反应过来，厉声大喊，背上董无忌就跑。后头阵阵山崩海啸般的阵势哪里是这俩人能顶得住的？刚跑到鸡子山南麓，背后血腥阴风就追到了屁股后头。董少爷咧嘴大哭："这回可完蛋喽！"就在这千钧一发之际，前头忽地响起"叮叮当当"一阵铃铛声。

"嗯？"小伍也纳闷，就见不远处悠悠然跑过来一个黑影，菊花青大骡子！那骡子摇头晃脑，闲庭信步似的在大道上遛弯儿呢。这下可把小伍高兴坏了，几个箭步蹿过来牵过缰绳，把董无忌拦腰搭在上头，自己飞身跳了上去，一拽缰绳，伸手在骡子屁股上狠狠揍了几拳。骡子鼻孔里恨恨地哼了两声，对着大道撒开四蹄一路跑开喽。

后头巨响紧一阵满一阵，上至山峦下至道路被汹涌而来、横冲直撞的飓风吹得东倒西歪震颤不已。那骡子不含糊，一路冲出了鸡子山大道，顺着伊逊河好不容易到了刚才扎营之地。骡子哼哧了几下，一撅屁股把魂飞魄散的俩人摔在了地上。

董无忌没头没脑被小伍摁在地下。那股飓风呼啦啦冲出鸡子山，刚出北麓，风势顿减，半空里星星点点的"鬼火"骤然没了凭借，渐渐黯淡无光，随即在山口处丝丝缕缕化为奇形怪状的黑色飞烟，冉冉消逝，细听还有无数冤屈哭嚎痛骂之声，也随之化为乌有……

第二十三回

鬼抬轿

月亮出来了，柔和的银光淡然温馨挥洒在山川大地河流上，显得异常安谧。刚刚凶险诡异的场景仿佛是场梦魇，梦醒后了然无痕。小伍见昏死在地上的董无忌这位原本顶漂亮的哥儿，此时蓬头垢面又是汗又是泥，黑漆马虎成了灶台边上的灶王爷，遍体脏兮兮污秽不堪跟摇煤球的一般，心疼不已，瞅瞅自己也一样，赶忙抱着他走到伊逊河边，擦洗了一阵，总算现了本相。

"伍哥？伍哥！"董无忌被清凉的河水激醒，见小伍正揉搓着黑乎乎的手巾冲他微笑，刚才那番惊心动魄恍如隔世，撑起身子忙问："咱们这是在哪儿啊！刚才……"

"刚才？小爷，您就当做了个噩梦吧！咱们这不又活了！快，擦擦。"掀起上衣，小伍仔仔细细给他擦了遍身子。董无忌越发清醒，晃晃头，这才闹明白，俩人确实安然无恙。看看夜空如银，幽蓝的篝火早已烟尘四散，奄奄一息，行李散落一地，潺潺河水逶迤而去，想着少了俩大活人，他长叹几声心灰意冷，又急又难过，鼻子一酸掉了泪。小伍跟他并排坐下，拍拍他的肩头，默然无语。董无忌看看他的侧脸，熟悉而又陌生。

"小爷,别掉泪了,咱们该找找他俩去呀。"小伍还是那副憨厚模样。

董无忌抱着头苦恼不已:"哎,伍哥,这、这可上哪儿找去啊!这地儿凶险莫测,那些火器咱也不会用,郑队长送的地图我可看不懂,指南针被周少鹏随身带着呢!找来找去一准儿抓瞎!"话音未落,"叮叮当当"一个长脸脑袋一下钻出来拱进了他脖子里。被热乎乎的舌头一舔,董无忌吓了一跳,一瞅原来是那匹救驾的大骡子。

哪知这骡子仿佛听懂什么似的,低头"嘀嘀"怪叫几声,那长脑袋对着董无忌胸口狠狠撞了一下,甩着尾巴冲一旁山麓撒腿就走。"哎哟!"被撞了个仰面朝天躺倒在地的董少爷,捂着胸口骂道,"你个长脸畜生,刚夸你几句就尥蹶子!伍哥,快扶我一把!"

小伍扶他爬起来,就见那菊花青大骡子摇头摆尾回头冲他俩直哼哼。小伍凝神片刻,突然叫道:"小爷,有门儿!这骡子听懂了!"

"懂?懂什么?"董无忌莫名其妙看着欣喜的小伍。"嘻!就是你冲他说的话啊!"小伍一指,"那不是,它是不是想带着咱们去找人?!"

"啊?"董无忌吓得一哆嗦,拍拍脑袋哭笑不得,"不会吧?这、这玩意儿有那么厉害?还真成了精啦?"话音未落,菊花青大骡子见俩人嘀嘀咕咕,不耐烦似的又撒腿跑了回来,一张大嘴咬住了董无忌的袖子,嘴里"嘀嘀"直哼哼,晃脑袋拽着董无忌往山上走。"哎哟哎哟!你这是干什么啊!"董无忌被拽得跟跟跄跄,脚步停不下,小伍抓起俩手电筒随即跟了上来。

到了大道一旁的山下,骡子撒了嘴,对着俩人哼哧了半晌,又转头对着大山直扬头"嘀嘀"几声。惊得董无忌下巴快掉了,一把拍在骡子屁股上大叫:"妈呀!你真能听懂人话?"

"懂不懂搁一边,小爷,您没听过'老马识途'的老话?我觉乎着,这骡子上半夜肯定看见了什么!所以才叫咱们跟它上山。"

"伍哥,人家老话说的'老马'!这可是货真价实的大骡子。"董无忌啼笑皆非地说,"难道骡子也'识途'?还懂人话?天爷哟!这地儿可真邪性,连骡子也不得了。就再信你一次,咱们走吧!要是找不着瞎指寻,小心爷宰了你吃肉!"那骡子听了竟直冲董无忌龇牙咧嘴,掉过屁股悠闲地甩了甩尾巴,迈步上了山。俩人目瞪口呆,只好跟在骡子腚后头往上爬。

山势并不十分险峻，可没有上山的道路，坎坷难行。尽管有月光，薄雾也渐渐散去，冰凉的阴风依旧四处吹拂，山野间阴暗幽深。俩人打开手电筒，惨白的光晕照射出很远，却显得光芒更加诡异幽冷，而光晕外的黑暗，也更加深重无边。那头大骡子悠闲自在地领头前进，在山上东一头西一头围着密密老树虬根藤蔓也不知转了多久。俩人觉得眼花缭乱，只见前后左右全是高大挺拔的树，乱草野花密匝匝团团簇簇根本扎不进脚，一面踩，一面还能听见里头窸窸窣窣不知是什么虫兽的暗夜叫声。小伍一手拿着手电筒，一手提溜着一根长树枝，顺着草丛"啪啪"抽打，回头叮嘱："小爷，可注意脚下啊。"

紧走几步，俩人总算走出了密林，这里也有树木，比起方才密林插天的高大树木，长得又细又矮，一人就能合抱，稀稀拉拉，抬头能看见星月，地下绿草如茵，仿佛密林里割出来的一块场子似的。树林那头依旧是一眼望不到头、插天蔽日、黑黢黢、碧沉沉、幽暗漆黑、纵横起伏的树海林涛，似乎比这边更茂盛疯长。骡子鼻子里"溜溜"喘气，停在了林边，悠闲地低头寻觅着嫩草。

见它摇头摆尾，俩人放了心，跑过来细细打量了四周，安谧平和，并没有什么危险。深深吸一口午夜空气，又清又爽，实在舒适。董无忌浑身放了松，忍不住眼皮打架，说："伍哥，这里哪有人啊？我都有点困了。伍哥？"

却见小伍拧开手电筒左右看了许久，不言声蹲在身边一棵大树下端详什么。董无忌刚凑过去，就闻见一股恶臭。小伍急忙拉着他问："小爷你看，这是不是赵爷抽的那种烟的烟把儿？"

"三炮台？！"董无忌叫道，"是啊！没错，周少鹏不抽烟，这荒山野岭的，烟把儿是新的，可不就是大头留下的？那臭味是？"

"大便。"小伍紧紧盯着四处，眼神炯炯，"我知道了！一定是赵爷来解手，周处长不放心一块跟了来，他俩就在这儿丢的！"

"丢？不至于拉个屎就丢了啊，那么大的人了……"董无忌正嘀咕呢，四外天垂云低，月华隐隐，渐渐起了一层薄雾，轻纱一样慢慢地笼罩过来，草丛里方才叽叽咕咕的虫子也没了声儿。小伍一把抓住董无忌躲在了一棵树后，凝神好像在关注什么。

董无忌疑惑，刚要开口，猛然就听由打树林那头乱草密林间，传出一阵阵诡异的鼓乐声!

浓重的夜幕,飘忽隐隐的薄雾,阴风呼呼,山中怎么会有如此响亮的鼓乐?!董无忌一哆嗦,立马想起承德府陆军医院那诡异的鼓声,可细听却不是:医院里的是一种单调的鼓,说不清是哪一种。可这阵鼓声里,夹杂着唢呐、喇叭、笙箫笛管,悠扬悦耳婉转动听,是迎亲的鼓乐!然而在这地界,怎么会有人半夜成亲呢?

"当……当……"密林里隐约传出一阵锣鼓声,在旷野山林中显得幽深而诡异。小伍奇怪地问道:"小爷,这黑灯瞎火荒山野地有人成亲?莫非周处长和赵爷看热闹去了?"

董无忌一激灵哆嗦道:"我的伍哥!你想什么呢!就是编故事也不敢这么编啊!这、这分明是有异常,快、快跟上去看看!"俩人也不顾正吃草的大骡子,一哈腰顺着锣鼓声追了下去,过了面前稀稀拉拉的树林子,前头又是一片幽暗密林。追了半响,俩人都见了汗,幸而小伍身子棒,拉着董无忌飞奔。俩人手里拿着手电筒,一直没敢关,摇摆不定晃晃悠悠的光晕在黑暗里格外晃眼。怪事!那锣鼓点仿佛故意引着俩人往深山里走,"当"一声,前头锣鼓点停住了!小伍立即一把拉住董少爷,掩在身后,透过半人高的野草,往密林深处观望。

这一看可了不得,董无忌惊得眼珠儿外瞪,被同样大惊失色的小伍一把捂住。俩人屏气凝神,心里突突直跳,却见不远处,是一队结亲的队伍,一拉溜足有半里长,吹拉弹唱班子齐整,当中八个穿着十分怪异的人,抬着一顶彩金流苏猩红大轿立在当场!

俩人惊得目瞪口呆,面面相觑,前头锣鼓队伍静悄悄地停了,黑黝黝阴影里看不清面孔。当中穿着怪异的八个轿夫却直挺挺只在原地抬腿跳跃,动作轻缓。这八个汉子头戴猩红穗子大帽,身穿金线团寿字花褂,脚下玄色薄底靴子,脸色惨白嘴唇血红,八人脸上却挂着喜怒哀乐惊恐悲忧八个表情!一阵阴风陡起,哗啦啦刮得四处草木皆惊,大轿泥金大红窗帘被吹开一条缝儿,小伍抱着遍体发抖的董少爷眯眼往里瞧,登时吓得魂飞天外!原来里头并排坐着俩人,正是周少鹏和大头!

原本一脸正色的周少鹏傻呆呆瞪眼似哭似笑,大头一脸淫笑地流着口涎,俩人僵直坐在大轿里一言不发。片刻,就见大头脖子"嘎吱吱"忽然扭过头,冲躲在树后头的董无忌和小伍如同夜猫子怪叫般笑了。

此时,密林深处,一大群红眼乌鸦扑棱着翅膀忽地飞起,带起一片阴霾。

董无忌挣脱开小伍的手,俩人异口同声小声惊叫道:"鬼抬轿!"

"嘘。"小伍压低声,问,"小爷,这可怎么办?跟当年老掌柜救大掌柜那事儿差不离啊!您想想,有什么法儿救他俩没有?"

董无忌掏出素光刀想了想,问了一句:"这可坏了,伍哥!我从没听过这事儿怎么解!横是不能冲过去叫他俩吧?"话音未落,那边一阵阴风,队伍又缓缓而行,直奔密林深处而去。小伍来不及细想,一把拽过素光刀,垫步拧身就直冲过去。董无忌没办法,又惊又怕地跟着往前跑,追了几步觉得不对劲儿!眼前越来越近的仪仗队伍,竟然原地踏步,并没有出发,惨淡月光下就见抬轿的、吹拉弹唱的一众校尉仆从忽地冲他俩转过脑袋,发出夜枭般尖利的狞笑!那笑声又细又尖,声声入耳,如迷魂鬼音。董少爷就觉得脑袋一下子眩晕了,身子不由自主竟然动弹不了,被吸了过去!

小伍略微撑得住,也是身不由己,举着素光刀被牵魂摄魄似的一步步牵着往大轿那边走,说是"走",其实脚下根本没沾地。眼瞅着离一张张喜怒哀乐形形色色面目可怖的面孔愈来愈近,小伍大吼道:"小爷!快跑啊!"

"啊?我、我动不了啦,伍哥!"董无忌体如筛糠面无人色,刚要惨叫,就听后头几声"嗨嗨、嗨嗨"大叫。"噌!"一下从后头树丛里钻出一个家伙,撒开四蹄不管不顾冲着那群不知是人是鬼的东西猛然撞了过去!急促的"叮当叮当"铃铛声犹如惊雷,瞬间把两人惊醒了,是那头菊花青大骡子!那骡子像是暴躁勇猛的公牛,头上的大红花在风中扑棱棱摇动,露着大白牙咧嘴大叫,横冲直撞过来。小伍见机也壮了胆,一纵身跳到它背上,挥着素光刀嗷嗷大喊着冲进了队伍。

只听"轰"一声巨响,整个队伍像是被巨雷击中,一阵铺天盖地的旋风呼喇喇吹得草木惊悚,董无忌俩人东倒西歪。小伍被风一下掀翻在地摔了个结实,大骡子围着几人又跳又叫。董无忌这会儿机灵了,趴在地上许久等风停了才起来,冲过来一瞅,大头和周少鹏脸色铁青茶呆呆傻坐在当地,呆若木鸡嘴边流下口涎。小伍跑过来连呼:"万幸万幸!小爷,您福大命大,不介咱们可完喽。"

"不是我福大,是那头骡子立了大功!没有它那么一撞,咱们可想不出来怎么救他俩!"董无忌胡噜半晌脑袋,一手揪住一人耳朵憋着笑,"他俩命大,伍哥你看,这可怎么办?"

"可惜没水,听说喷点水就好了。"小伍笑笑答非所问。

"伍哥你这是瞎蒙,他俩是撞了邪,不是中了暑。你试着掐掐他俩人中。"董无忌一面说一面对着周少鹏人中狠狠掐了下去。

谁知掐下去一寸多深,这人除了呆呆的,还翻起了白眼儿!小伍那边也是一样,大头犹如癫痫般抖了起来。俩人围着转悠了片刻,董少爷鼓着腮帮子想了想,骡子也凑过来直哼哼。"咦,有了!"说罢,董无忌脱下脚上的鞋,对着周少鹏那张刚毅英俊的脸相了相,猛然就是一鞋底子!

小伍吓得一哆嗦:"小爷,这、这成吗?"

"怎么不成?我记得小时候老街旧邻有小孩撞客了,他们家老人都这么办,你没听过么:鞋底子抽脸,专治撞邪!"董无忌一头说,一头左右开弓对着周少鹏脸"噼里啪啦"就是一顿猛抽。不料被抽了十几下,周少鹏全身剧烈哆嗦了一阵,"哇!"吐出一口又臭又腥的黏液,长舒口气,竟然慢慢缓了过来!

"你、你在干什么!"浑身酸软的周少鹏就觉得脸上火辣辣的疼痛,只见董少爷金鸡独立单着一条腿扶住小伍,一手举着一只臭烘烘的软底皮鞋正冲他挤眉弄眼憋着笑,一摸脸颊,肿了一大块。"干什么?救人!就您这样的下半晌还叫我保重。哼!你倒是文武双全,连自己也保不住。"董无忌说罢又对着大头抽了十几下,大头哇哇大吐,这才醒了。

俩人面面相觑目瞪口呆,互相搀扶着站起身,这才发现早已不知身在何处。董少爷这下露脸了,嘲讽道:"好嘛!您二位爷还信誓旦旦要护着我,这下怎么说?!大头就得了,也算走南闯北这些年,心里连个成算也没有,周处长还是留洋回来的,不是伍哥和我出手,你俩准得一人娶一个鬼媳妇儿!"

大头哭笑不得,自己抽了自己俩巴掌,笑道:"该!我说拉个屎就在河边拉,周处长说到山边,没想到怎、怎么中了邪?!"

周少鹏又气又急又尴尬,摸着红肿的脸直运气,不好意思开口,忍了半晌才问:"这里太凶险了!咱们赶紧下山,可好端端的怎么会中邪呢?"

"中邪?嘿嘿,这可不是中邪,这叫'鬼抬轿'!看见这头骡子了吗？！今儿若不是它，咱们准得褶子啦！"董无忌大大打了个呵欠，把刚才之事简短说了一遍。俩人半信半疑，周少鹏忽地想起什么，问："难道跟前头八道岭那里的异常有关？"

"还提您那八道岭呢！周处长，我们都杀了个七进七出，您还陷在长坂坡里出不来！下午你一回来我就觉得你心里有事。怎么样？露馅了吧！你早看出八道岭不安全，还憋在肚子里憋宝！早说能出这事儿？！"

"怎么可能？怎么会？我、我是怕你……"周少鹏捧着脑袋嘀咕上了。

董无忌牵着骡子只往前走了几步，猛然站住，倒吸口凉气，冷笑一声头也不回，指着前头幽幽说："怎么不可能？你是怕我害怕吗？可现在晚了！你们看！"

仨人挤过来睁大了眼睛，陡然间无不惊骇莫名！原来方才"鬼抬轿"队伍前头十几步，看着是密林深处绵延无际，谁知这会儿竟变成了陡峭险峻的悬崖峭壁！众人走到悬崖边上往下一瞧，不禁神魂飞荡，只见陡峭千丈，藤萝密布，四处薄雾纷纷，下头黑黝黝深不见底。再往不远处俯身遥望，周少鹏惊得勃然变色：眼前竟然就是那座黑压压横跨东西的八道岭！回想到刚才身不由己被"抬"到这儿，只要往前再走片刻，俩人都得葬身千丈深渊里。

饶是大头见多识广也不禁毛发森然，颤巍巍说："天爷！这、这是咋回事？！难道咱们真是遇上了邪祟？千算万算明儿走大道的，怎么今夜里从半山腰绕过来了！周处长，那些木头杆子是什么？"

此刻阴雾惨惨，星月隐晦，八道岭上头星星点点簇簇绿火幽幽，仿佛无数人头在攒动，而各按方位插天峻立的几根楠梃木高杆上，一串串泛着磷光的骷髅头被朔风吹得东游西荡，九天怪蟒一样，呼呼啦啦传来隐隐鬼哭凶嚎之声，令人不寒而栗。董无忌这会儿不知怎么了，盯住了下头的木杆子和鬼气森森的山岭不言语。小伍趁机赶忙给大头周少鹏说了方才在八道岭的奇遇，俩人听得惊诧不已。

"真是凶险的地方！"周少鹏连连摇头，忙问："小董少爷？你、你没事吧？"

董无忌不言语，在悬崖上小心翼翼左右走动，目不斜视，举着手对准了八道岭，一会儿变个手势，一会儿歪头蹲下，似乎发现了什么。

周少鹏也跟着举手、歪头，就见不远处八道岭上高大木杆子和星星点点的"鬼火"确实奇特：都是按一定方位排列，不仅整齐，而且排成了一个巨大的怪异图案！

"小爷？小爷！你干什么呢！"大头赶紧过来拉他，董少爷被拉回来蹲在地上，眉头紧锁，手里比比画画，嘴里念念叨叨，仨人看了个呆。他又起身跺跺脚，回身看看来的路，鼓捣了半晌，倒吸了一口冷气感到有些惊怖，猛一转身指着下头说："我明白了！"

"明白什么了？"仨人异口同声问。

董无忌一拍手脸色大变说："这是血祭阵，难怪难怪！周处长，咱们快回去，今晚无论如何不能再待在这儿，务必等到明儿白天再上路，不然可惹了大麻烦！"

"血祭阵？"众人莫名其妙，见他说得严厉，知道其中有内情，也来不及细问，赶紧转身，牵着那头菊花青大骡子匆匆往回赶。山里的朔风阴风一股股凝合成刺骨的冰冷。等走出密林，到了先前稀稀疏疏的树林子，大头嘀咕："怎么这儿的树林子跟那边不一样？小爷您看，这里的树全是榆、槐，怎么像个大圈子似的？前后左右都是松树啊。这骡子也是，真是成精了，你好好的，等回去爷们好好养着你，报答你的……"

"大头，你说什么？！"董无忌猛地一震，一手拍得骡子脖子直响，疼得骡子怪叫了几声。大头从没见他如此面目，赶紧说："小爷，没错儿啊，您瞅瞅，这里的树这么稀疏，全是榆、槐，前后左右的密林都是野生松柏，这场子像是故意留出来的，我、我没说错啊！"

这话刚说完，董无忌脸上可见了汗喽，豆大的冷汗淋漓。小伍以为他害怕了，不想他一脸惊惧，忽然蹲下，顺着四周往外细瞧，又起身手搭凉棚左右看了一大圈，片刻神色大变，激灵灵寒颤不已，大叫："快、快走！！"

"走？这不正走着呢吗？你到底怕个……"大头嘴里还没说出"什么"俩字，却感到黑压压山野里一片死寂，刚才草丛树堆里的草虫声陡然听不见了，四周像是遮下了一幕巨大的罗网。周少鹏扫视一眼，登时惊得手脚冰凉。已经晚了，一阵阴风，也就刹那工夫，这些榆、槐树木间，每棵树下影影绰绰出现了八个直挺挺光脊背的大汉。这些大汉背对众人，面对大树，黑暗中看不清脸色，虚空中仿佛嘀嘀咕咕在数着什么,"一、二、三、四……"

片刻间这片稀疏的林子里全挤满了人,只是毫无人气,也没有任何活物的声响。呆若木鸡的四个人被堵在了此地!董无忌哆嗦着靠近了小伍,颤抖说:"要坏事!伍哥,大头,周处长,千万、千万别惊动他们,咱们穿过去。"

"奇怪,这些人是怎么出来的?"周少鹏还纳闷呢。

满脸冷汗的大头一把拉住他:"我的爷你小点声!听小爷的,快走!"董无忌忍着巨大恐惧,看看前后左右树下的人,迈不动腿,被小伍架着,一点点穿过树和树之间的空隙。刚走几步,众人就觉得脑袋"嗡"一声眩晕,那些人竟僵硬地扭动摆布,蹦蹦跳跃间仿佛跳起了奇怪的"蟒式舞",又像在跳大神,渐渐开始移动!

"快捂住耳朵!别看他们,低头往前冲啊!"董无忌大叫了一声,拉着小伍就跑。几人这才猛然惊醒,周少鹏在后,大头在前,四个人发了疯似的撒腿就跑。瞬息间,一股浓郁令人恶心的腥臭从四面八方扑面而来。树下的大汉们齐刷刷转过了身子,别人不敢看,周少鹏余光一瞥,只见大汉们一水儿的没有人头,全是无头尸身,遍体鳞伤血污一片,蹦跳着冲四人围了上来!

"快跑!周少鹏你个傻蛋看什么啊!"董少爷气得骂了他几句。四个人可遭了罪喽,被一群非人非鬼的东西赶鸭子似的漫山遍野乱跑,也分不清东西南北,天地星月都不见了,只剩下黑漆漆的密林和崎岖的山峦,逃跑中不是这个崴了脚,就是那个掉了鞋。周少鹏算稳得住的,也是心动神摇,掏出手枪对着身后快速游动跳跃的无头人就是几枪,火光迸射,硝烟味儿刺鼻。董无忌一面跑一面大骂不止:"你个臭嘎嘣儿蠢蛋,别开枪!那不是人,你把树底下的东西全招出来啦!"

果不其然,几发子弹像是射入深不见底的黑暗深渊里,那些团团绵绵的影子不仅没少,反而炸了窝一样蜂拥而来,稀疏树林下头"咕噜噜"开了锅似的发出一阵阵剧烈震颤,一处震、处处震,看来山里还有不少这种人造的"树林"。随风而来的鬼哭狼嚎震得人脑仁剧痛,阴风大起,逃难的四人急匆匆如丧家之犬,眼前全是一晃而过的古树藤蔓,都像活了般扭曲颤动,草木惊悚,连其中隐藏的野兽草虫也如惊弓之鸟一簇簇四散奔逃,跑一处一处风声鹤唳,风声叫声哭喊声、兽鸣声鬼哭声,不知道的人,真以为身落鬼窟喽。

这一跑真坏了，周少鹏、大头刚被救醒本就神情恍惚，正是神思匮乏之时，也不知山里到底有什么，被董无忌几句话吓得没了主意。前头董无忌被小伍一把推上了大骡子，小伍狠狠一脚揣在骡子屁股上，那骡子大叫几声，惊了似的死命飞奔，眼见跑没了影儿，后头仨人歪七扭八只顾低头逃命，哪还顾得上？不知跑了多久，众人穿过一层层杂树密林，摔得头昏脑涨满眼金星……

第二十四回

围场谈怪

周围很静，董无忌睡得很舒服，不知多久，只觉得脸上一股温热的舔舐，一条又粗又大带点异味的"抹布"在他脸上舔来舔去，那东西还哼哼唧唧"嘀嘀"声不断，终于舔到他眉毛了，一阵阵瘙痒打断了他的美梦。他一激灵缓缓睁开眼，眼前竟是那头菊花青大骡子在摇头摆尾，歪嘴露着大白牙"嘀嘀"哼唧，头上的大红花还嘟嘟直颤，仿佛很高兴。

几个人东倒西歪爬了起来，看看全是一副逃难的模样，忍不住互相苦笑不已，带着劫后余生的欣喜。董无忌抱着骡子又哭又笑，周少鹏、大头、小伍扫视周围景色：眼前是片一望无际的广袤大草原，碧空如洗，犹如一块碧蓝的宝石覆盖穹隆，四面八方的空气清新凉爽，全部被晶莹的宝石笼罩其中，触目便觉天地之大。几丝白云飘飘荡荡悠闲游走于九霄，阳光明亮而温煦普照大地，一条条低矮的小丘陵连绵起伏，遍地绿草如茵，满眼翠色极目四方直到天际，仿佛一个绿色的世界，不知名的野花点缀其间，开得格外茂盛。大块大块的小团湖泊仿佛无数海蓝宝石般镶嵌在大草原上，澄净通透光芒四射，映照着天际，倒影中又是另一个神奇安谧的世界，好似鸿蒙之初就如此祥和静谧，内外无相,在天地间变成了一块块五彩缤纷的澄明碧玺,鲜艳明媚。飞鸟扑棱翅膀轻盈地点点碧水,了无痕迹。一群鹧鸪轰然飞起,柔声叫着盘旋飞翔到更远的绿茵地。

草丛里,欢快游动跳跃的是螽斯,蟋蟀和蝼蛄叫得欢实,仿佛迎接远来的客人。几只铁嘴金爪的雄鹰从容地舒展着翅膀,风一样翱翔于九天。伊逊河水在这儿拐了个大弯,湍流激越,明如水晶,似一条宽阔银带涌动着朝向远方。清风徐来,众人深深呼吸,顿觉心旷神怡天高地阔,好一片安宁美景。董无忌傻子进城一样呆立了半天,脑子一锅糊涂,回首远望来处,一座巨大山岭横跨东西,隐约间还能看见寸草不生的山岭上的高大木杆子,如插天利刃,怪兮兮矗立,令人心悸。

"难道这里就是围场?!"大头欢快叫道。周少鹏拉着几人去河边洗了洗,甩着手压不住兴奋:"没错!虽然地图落在八道岭那边了,但我记得清楚,这就是闻名遐迩的天子围场!"他立即做出部署:自己带大头去八道岭那边把失落的行李马匹牵过来,小伍在这儿伺候董少爷等着。

"返回去?你疯了!"董无忌怒道。

大头却摇头:"得听周处长的,不然武器、粮食和地图全丢了,咱们怎么去庙宫?小爷,咱这不是过了一关又一关,好赛关二爷过五关斩六将嘛。只求神佛保佑,千万别再出啥事!不过罗半仙说你福德深厚,能扛住,哈哈。"

"都是罗半仙那张乌鸦嘴!回去非得砸了他的摊子!"狼狈不堪的董少爷只得瞅着他俩结伴离去,躺在暖洋洋的草甸子上,任由小伍用头发细细给他挑破脚丫上的血泡按摩。见他龇牙咧嘴疼得出了一身汗,小伍笑着宽慰:"少爷,甭担心,周处长和赵爷都有功夫,再说这大天白日,这么大太阳,能出啥事?您忘了,您在郑队长那儿讹来的那套鼻烟壶还在马背上包袱里呢,不带回来,您舍得?"

"你不说我还真忘了!"董无忌感慨道,"佛祖哎,你可保佑咱平平安安的吧。"阳光很暖,小伍的手艺又好,董无忌迷迷糊糊不知睡了多久,正懒洋洋休息的大骡子叫了几声,不远处响起了"嗒嗒嗒"的马蹄声。董无忌跳起来远望,果然见来了三匹马,登时高兴大叫:"伍哥快看,他们回来了!"

说到就到,大头得意洋洋拉住马缰,纵身跳了下来,接过周少鹏扔下来的水壶，俩人大步流星牵马过来，神采奕奕。他边走边喊："小爷！这趟走得顺溜，佛爷保佑，安安全全。"

"只是跑丢了一匹马，我们回去找到三匹，粮食和行李还在，手电筒就剩了俩，地图被踩坏了，只好将就用。"周少鹏一脸认真指了指马，又珍惜地找出他常用的皮包，"幸好这里的资料没丢。小董少爷，你确实有福气。"

"哈哈，这会儿咱们周处长也信了吧！"董无忌晃了晃手指。大头赶紧和小伍卸下些食物，众人一面忙活晚饭，一面商议。周少鹏看看表，下午五点，虽然累可精神挺好。

董无忌追问大头沿途怎么样，大头咧嘴大笑："你猜怎么着？那官道其实还好走，就是被老树藤蔓遮掩了，我们没敢走八道岭，顺着官道一路就回去了。"

"有那么容易？"董无忌半信半疑。

"我是这么说！你瞅瞅。"大头一伸手，全是血泡，他满不在乎脱了鞋，顿时一股脚臭熏得董少爷直恶心，笑道："全是泡！官道上树枝子、泥巴、乱石什么都有，我们俩一边走一边爬，幸好倒不崎岖，不然也难说。周处长身手好，总算没伤着。我得多吃点补补！"说着他拿过一只熏兔大口啃了起来。

周少鹏打开破烂的地图托着腮左看右看不得要领，只喝了几口水，转脸道："不幸中的万幸，我们已经进入了围场，只是不知道具体在哪个位置，庙宫也没有标注，只好慢慢找了。不过昨晚我实在不明白，若说是'鬼怪'，我坚决不信，我们要相信科学，但若不是，'鬼怪'又怎么解释呢？"

董无忌沉默良久，点了根烟，回首望着不远处巨大的八道岭身影，幽幽笑了笑说："周大处长，遇上事儿就这科学那科学的，您还给我上课呢？你自己都稀里糊涂昏昏然不知所以然，还教我呢？！我小时候跟着我们沈老师读《论语》《左传》《国语》时他就说过：'干啥事切不可师心自用，不然就会弄巧成拙。'"

"那小董少爷有什么高见？难道这一切都是'鬼神'作祟？那也太令人难以置信了。"周少鹏肃然说，"科学的意义就在于追求一切事务的规律和本源真相。如果被约定俗成的迷信所迷惑和歪曲，那事物真实形态和本源就不可能搞清，比如您说的血祭阵和什么'鬼抬轿'，还有那些无头影子。"

"是啊，既然你可以用科学解释，你解释一个我听听？"董无忌反唇相讥。

"这，实话说我对中国古老文化不了解，我们这个文明在中古时期是好的，在近代有目共睹，它太老旧、太保守、太陈腐、太……"周少鹏一连说了几个"太"，听得其他仨人都沉了脸。

"你太扯淡！"董少爷忍不住断喝一声，想骂人，看他十分劳累，又有些舍不得，只说，"你这人对咱们老中国文化丁点不懂，竟然敢对一个从来不懂的文明大放厥词！我看呐，你们就是跟着那群西洋鬼子学的！一身的傲慢跋扈无知无礼。煌煌华夏千古昭明，岂是你们这些不中不西不土不洋的玩意儿乱扯的？血祭，我就问你什么叫血祭？"

仨人都摇头不语，周少鹏一副请教的模样。董无忌装模作样咳嗽几声，解说了八道岭的诡异场景真相。

血祭，又叫人祭，大概是华夏三代以前就有的习俗。当年三皇五帝时期，万物周流，而今流传的普天神圣尚未出现，各部落供奉的大都乃本部族的图腾，如龙虎凤凰之属。由于战乱，各部落俘虏了其他部落的兵丁男女，当然自己部落也会杀人一万自损三千，为了祝祷亡灵和祈福图腾，由通灵巫者摆下贡品，舞蹈通幽，将俘虏来的兵丁大规模或是斩首、或是坑杀、或是火烧，杀戮一空，以此供奉上神和逝者。此种传统一直延续到夏商周，历代尊奉无违。商代又将其分为祭先祖宗庙、战胜之典和大王贵胄死后殉葬之典，其中尤以战胜之典和死后殉葬之典杀人最多，只因那时大商抚有四海，战场之外，本族奴隶也众多，往往一次祭典杀人千百。

后来，殉葬之典被称为"人殉"，划在祭典之外，周代时因礼乐大成，"五礼大备"，祭祀宗庙改以海内九州之各州特产名物上贡天子的贡品作为祭祀贺礼，无论酒、酢、香草、果品，都可以上祭，因而将人祭之典废除，但活人殉葬之典，历经春秋战国秦汉魏晋不废，其实后代之典跟先代之典本意已经不同。直到北宋以后，礼制大兴，无论朝廷大祀中祀群祀和各类祭典，则遵循"吉、凶、宾、军、嘉"五礼预备，活人殉葬已不属于礼制大典，往往随兴随废。

然而，人祭之典虽废，但此类血腥祭典在民间传统祭典、乡野边远之地中却依然存留，历朝以来遇到不可预测的天灾人祸及怪异事件、战场之地，也多用血祭来"压胜"，其法寓意驱邪避凶，镇伏邪祟，史不绝书。如古代战场中发生的"惊营"，民间发生的"海啸""山崩""地裂"或"群尸""闹妖""镇邪""祛祟"之种种怪异，士绅官僚常常不可解决，只能施之以古老的血祭之法，杀戮大量活人，用血腥凶煞幽怨狠毒之气来抵抗和镇伏乱象，掺杂以各类阵法，其效果说法不一。

然而此类血祭太过血腥，又过于凶残，无论朝廷地方，即便血祭成功，也往往不敢记载于官书和地方志内。明清以来，中原早已不见血祭，在四海极边和天涯海角之地，尚有此类习俗，而往往被官府称为"邪祀"，严厉禁止……

这次董无忌和小伍在鸡子山内八道岭遇见的看起来虽阴森骇人，可细想起来，并不是什么山魈山鬼山精水怪野狐的怪物作祟，小小不然的山精水怪哪能有这般凶煞气？明摆着，既然清代从承德府直到围场大道通衢，连自蒙古西域来的客商们都走的这条路，当日人烟稠密又有兵部专管驿道衙门清理，怎么会有这么大的凶兆置之不理视而不见？可见，八道岭的怪异，必然是人为的血祭！而其根源，则跟"庙宫"有绝对联系。

董无忌口说手指，侃侃而谈，说得详详细细，倒把众人听了个呆。周少鹏摇头问："你怎么知道是血祭呢？再说那岭上也没有标识，难道又是猜的？"

"猜？周处长,你给我猜一个试试！"董少爷目光炯炯，肃然说，"我虽不是通才，也拜过名师，又跟着爷爷、老爹在北平城认识多少奇人异士？更别说小爷还在东岳庙、雍和宫寄名过，也有半个和尚道士身份，嘿嘿。不用专门学，就是小时候听也灌满了耳朵。昨晚救了你们，在山岭上看到千丈悬崖，我为啥趴下对着八道岭看来看去？"

"难道岭上真有怪异？"正摆弄饭食的小伍插了一句。董无忌点点头，随手用树枝在地上画了片刻，大家闪目观瞧，却是一幅看不出模样的图：中间是个等边四方形，外面被一个大圆圈围绕，里头还有个小小的"卍"字符。他边画边想，又从八道岭两侧山崖画出一柄勺子把形的大漏勺图，严严实实堵在了鸡子山山口，随即扔了树枝问："你们看，昨晚咱们在悬崖上见的，是不是这两幅图？"

大头、小伍看不出所以然，只有周少鹏学过地理勘察，是半个地图行家，他打眼一看登时惊出一身冷汗！他皱眉细细琢磨，果然是昨夜被救之后，在悬崖上遥望四周看到的大概景象。他惊诧地瞥了眼从容淡定的董无忌，心里翻了个儿：这少爷羔子还有两下子！

董无忌扫视众人一眼，对着周少鹏缓缓说："如果昨夜我没看错，这山岭间，被人为地下了无上四金刚坛城血祭阵和北斗镇魔血祭阵！"

周少鹏绝然不信，脸色铁青疑问："这何以见得？据你所说，这种血祭用活人做祭品，如此凶险残忍，怎么会用教派的法阵再去镇伏呢？"

"呵呵呵呵，您真是执迷不悟。"董无忌笑笑说："你怎么老是会把事情混为一谈呢？其实，昨晚你都看见了。"

"看见？看见什么？"大头莫名其妙。

"你也看见了，大头。你看看图上那正方形四个角，想想八道岭上有什么？"

"四个角？"大头盯住两幅图看了半晌忽然一拍脑袋，"小爷你是说，那上头的四根最高大的木杆子！！"

"木杆子？你是说……"周少鹏一怔，想起那四根穿了无数脑袋的高大木杆。

"不错，那就是阵符里用的。"见众人不解，董少爷解说道，"凡施用血祭阵法，先要堪舆地脉，大凡遇到'地裂''群尸''镇邪''祛祟'，必须勘察出此地来龙去脉，各按周天方位，将涌出源源不断'地气'的地脉中心打穿，再用宝物或阴晦之物打入地穴，以鲜血浇灌，然后按堪舆出的风水眼儿布阵。譬如八道岭上的无上四金刚坛城血祭阵，它的阵眼就在这儿！"说着，董无忌一指那个"卍"字符。

"天方夜谭！你在讲故事么，小董先生！这不符合科学！"周少鹏有点上火。

"去你小舅子的'科学'！"董无忌也火了，被大头一把拉住，他挑了眉头大声开了骂，"你脸上那俩大眼珠子是擤鼻涕用的？昨天看到的八道岭上除了那些大木杆、小木杆，你没发觉异常？！"

"异常？！"小伍猛地警醒，"小爷，您是说那岭上寸草不生，连蚊虫都没有，半夜散发紫莹莹的光，还有一股子陈年腥臭？"

"着啊，伍哥！"董少爷站起来显得有点激动，"周处长也不琢磨琢磨，这荒山野岭，那么长的一道山岭，怎么连草都不长？野地里的虫子都不生？不仅如此，这荒野哪来的那么大腥臭气？

"方才说的布阵，必须由密教上师来施法完成，然后再诵经，使之成为一道完整的'结界'，其余各处风水眼、阵眼和阵位，就得大用血祭了。据说，必须得各按方位，杀掉活人，埋尸于内，令尸体的怨气随鲜血常存地下千秋万载，跟整个法阵融为一体，阴魂常驻，不得超生，也入不得六道，只能生生世世在那做守土之魅……所以，这种残忍的法子，历代以来就算朝廷也不敢轻易用的。"

"原来如此！"小伍叹息道，"我说咱们昨儿在那挖出来的东西很像镇墓的呢，说不定就是把那当作一座大坟？就像《呼家将》里说的'肉丘坟'一般？"

"有这么一说，伍哥，你想啊，那么大一座山岭，布阵还罢了，血祭杀人得杀多少！那些死了的冤魂怨灵不计其数，便有了巨大的恨怨凶煞气，加上鲜血浇灌，其手段何止狠毒，那是惨绝人寰了，恐怕此处法阵的作用有两种。"

"两种？"

"对！一则为了形成'结界'封闭住这里，二则还可以就势镇住山岭中的凶煞怨气，使之不离不散，不涸不化。这种一箭双雕的法子，不是深通内典玄门的人，绝然想不出的。昨夜我和伍哥在八道岭看见的，也许就是几百年前朝廷特意血祭时的离奇景象。伍哥，记得那些'鬼火'吗？"

"当然啊！那些'鬼火'冲过鸡子山就烟消云散了，也就是说，它们的禁锢范围就是八道岭，过了鸡子山就没用了？小爷，您这么一说，那些不是幻觉，是真实以前发生的事儿？！那些被杀的人都是什么人呢？"

董无忌点点头："不是没用，还有一种可能：咱们误打误撞，把法阵的封给破了，数百年的凶煞怨气都跑了。"

这话一说，仨人浑身一凉，只听董无忌继续言道："被杀的人应该是些囚犯，也许是被抓来的百姓！无论如何，也太刻毒了。"

"你们看，"董无忌指着地面的北斗七星图说，"这里我起初也没瞧出来，等破了那个劳什子'鬼抬轿'，这才有点印象！北斗群星不说了，只看这勺子头，正好设在鸡子山右麓山顶，那座小树林也必然是当年布阵的人故意留出来用来血祭的。"

"这怎么讲？"大头急问。

"明摆着啊,大头,你想想,那么大的山,怎么偏这块种满了榆木、槐木?树下头一晃还有无头人影?这不,正在北斗七星图的勺子圈中间么!再有,老年间说法,榆木、槐木都有聚阴招鬼的特性,在树木栽种下后,用鲜血浇灌,把人在树下杀掉后脚朝上埋进去,这树还不是阴中聚阴,鬼气森森?所以我想,那'鬼抬轿'不过是整个阵里的障眼法!根本就是用来骗人的!其本身一是为了封住两侧的山麓,再一个融合血祭之法,也是镇伏魔怪的寓意。这布阵的高人,还在里头用了障眼符咒,整个阵法有交有融,浑然一体,必是当日的玄门高手所设!"

"这、这也太出人意料了。莫非咱们不从右边山麓,从左边山麓上去,还会遇到这个?"

"那是自然。左边山麓是北斗七星图的勺子把,那头还不知道怎么设的呢!这种人力物力财力,除了当年朝廷奉旨办的,一般人哪有这么大势力?"

周少鹏疑惑:"好像有些不对,嗯,小董少爷,请问下面的官道还是在八道岭一侧,我们回去取东西并没有遇上什么。按你所说,这些层层布防,防的是些什么人?就为了防止外人闯进去?"

董无忌望着远处幽幽地说:"你说错了,这些层层布防也好,血祭法阵也好,并不是防止外面,而是防备围场里头!"

"啊?里头?!"三人大惊失色。

"没错,我想这些阵法本来的用意,就是为了防止围场里头的东西跑出来!不然,为什么还留着官道这条通衢供人行走?如果是防外面的人,难道故意留了官道这个大缺口吗?"

"那里头的东西也可以从官道这儿过啊!"周少鹏不忿。

董无忌摇摇头沉了脸:"不可能,里头的东西一旦到了这儿,便会激发两层大阵,到时就会玉石俱焚。因为……"

"因为什么!"

"因为那东西本来就不是人……"

第二十五回

紫金罗盘

听了董无忌丝丝入扣的分析,大头和小伍一脸敬服。周少鹏还是对这些"怪力乱神"半信半疑,只默默思索着他话里的意思。众人饱餐一顿,收拾马匹行李,可往哪儿走呢?这座围场绵延千里,宽也有四百多里,找一处建筑,岂不是大海捞针?现在地图也破了,上头斑斑泥土,众人实在找不着可以落脚的村落,可又不能像无头苍蝇似的到处乱窜。

周少鹏举着那张破地图看了半晌,实在有些眼晕。董无忌提醒大家,在京城会贤堂看的无声电影资料里有白杨树林,众人找了一大圈,还是没发现什么。

董无忌笑道:"周处长,你想啊,张文达教授一个文弱书生,身负重伤,怎么会爬到八道岭被骑警发现?"

"说明庙宫离此不远!"

"着啊!"马上的董无忌回身一拍他,"孺子可教!影像里,第一次考察团是进了一片林子,又被怪风吹到庙宫的,既然庙宫离此不远,那白杨树林应该也在附近。赶紧的,你看这伊逊河,从我们进了围场,就顺流往北而去,在承德府,老关头说的庙宫典故中,有个水泡子,深不见底，水势不大不小，是否跟这条河有关系呢？综合这三点，咱们去北边闯一闯。真是幸运的话，瞎猫碰上死耗子，也算我命里没白带着两大福星，哈哈哈。你不是带着指南针了吗？快找！"

其实周少鹏一直认真瞅着手里的指南针，一边注意伊逊河的走向。众人走走停停，一个多钟头过去，并没有发现什么白杨林子，举目四望，还是一眼望不到头的草原和星星点点的水洼团。夕阳来临，草原上万道金光笼罩了连天的苍翠，金红绿三色光芒莹莹融融，仿佛在极目之处融为一体，极为炫目而震撼。整个围场草原，此刻似乎变成了一座巨大空寂的舞台……

又走了半个多钟头，刚才还信心满满的董无忌心里打起了鼓，清凌凌的河水涌动荡漾，反射的金红色渐渐变成了墨绿色，像一块静置的璞玉。他东张西望，幻想着不远处突然出现一片白杨林，饶是视力这么好，找了无数圈儿，除了绿草还是绿草，慢慢地也没了刚才的兴高采烈。

小伍突然问："周处长，能、能看看你手里的指路的家伙吗？"

周少鹏奇怪地看了他一眼，便递了过去。董无忌笑道："小伍哥，这东西是军用的，咱们看不懂。"小伍鼓着腮帮子想了片刻，递回指南针仿佛自言自语："我怎么觉得咱们又走回来了？您瞅瞅，那上头指路的大针，咋不对劲儿呢？"

就这一句话，别人不懂，周少鹏握着指南针仔细观瞧，陡然间脑子"嗡"一声，心里突突直跳，差点从马上一头栽下来！他这才发现，指南针玻璃盘里的大针似乎是一直不动，可一行人离着伊逊河越来越远了。他随手晃一晃，天爷！那正中的大针不知怎么了，竟然随着他的手慢慢转起了圈！

"坏了！"他纵身跳下马，赶紧找个平稳的地方站直了不动，急得一脑袋热汗。果然，那枚大针似乎有人随手拨动一样，一会儿朝左一会儿朝右，片刻竟中了邪一样嗖嗖转成了圆圈！

天边忽然涌来一片浓重的火烧云，浓墨重彩快要遮蔽了苍穹，浓郁鲜血似的给人一种大凶在即的梦幻离奇神秘之感，空气又潮又湿，大团大团红、黑两色相交的云团在天穹上肆意游走。远极之处，黑压压乌云翻滚如影随形，太阳挣扎着释放了自己最后一片热度，片刻，天就阴黑了。

如果说白天的草原是一片安谧祥和的美梦之乡，那么此刻身在草原的众人，都觉得这里是名副其实的"噩梦之处"。周少鹏握着指南针足足一刻钟没说话，任凭他怎么摆弄摇晃，手里的军用指南针，失灵了。

他不敢想象四个孤零零的人在这么大片幽深苍凉的草原上会遇到什么危险，被他视如寻找庙宫的最大支柱轰然倒塌，白天还好说，他学过野外训练，实习的时候在郊外旷野里能根据太阳的方位准确找到目标，可这会儿太阳也没了，怎么办？迅速整理思路，周少鹏不得不得出一个结论：并不是指南针出了问题，而是这里附近有强烈复杂的地磁引力或者铁矿、宝石矿和极端怪异的地形作用，才让军用指南针成了废物！

董无忌不惯骑马，连连叫喊："到底咋回事？周处长？你别告诉我你那指南针坏了！"

大头一听就急了眼："啥？坏了，我的娘哟！这会子你说指路的家伙什坏了，你还不如跟我说咱直接回八道岭再碰上'鬼'得了呢！"

"很遗憾地告诉大家，指南针没有坏，而是附近有特别怪异的地磁或者地形……"他简短地把指南针的功能跟大家描述了一遍。

小伍一直眨眼，大头听不懂，只有董无忌唉声叹气大叫："这玩意儿不就是咱老中国人发明的'司南'嘛！不过是被洋人学了去发扬光大，可也不能太丢了祖宗的人，这可麻烦啦。"

天色越发阴暗，急得董无忌左右转悠，想埋怨，见周少鹏已然憋着气脸色铁青，便不好开口。小伍若有所思扫视四周，只有大头跟他抽了两根烟。大头用褂子扇风，一摸一头热汗，不满意地搓了搓油乎乎的大脸，嘟囔道："早知道这样，还不如多带点指路的家伙什呢，我记得西交民巷就有卖这个的，老毛子的、德意志的，小爷你记得吗？前年咱还买过一个送了你那整日介子曰诗云的小师兄，白叫你那启蒙师父沈老夫子训了一顿，说是什么'奇巧淫技'，差点大嘴巴抽你！"

"得了吧，大头哥，你说这些有什么用？哦，你老哥会孙大圣的筋头云，一个筋头十万八千里，腾云驾雾再飞回北京城买那个去。赶紧想想现在怎么办！"董无忌白了他一眼，却见大头闻言猛地一震，俩大眼珠儿贼兮兮叽里咕噜转了几圈，狠狠抽了自己一个大嘴巴！

仨人傻了，董无忌赶紧拉他："大头，怎么了你这是！"

大头顿足捶胸失悔大喊："哎！我这脑瓜儿平日里挺机灵的，今儿怎么糊涂了！有办法有办法！咱有办法啦，嘿嘿！"见众人傻呆呆莫名其妙，他急得脱了外褂，伸手解开裤腰带，从裤裆里开始掏摸，惊得董少爷和小伍面面相觑。片刻就见他掏出个烧饼大小脏兮兮的手巾包，也不知多久没洗过，银灰色纺绸早已黑乎乎的，满是油脂麻花，提鼻子一闻，还有股子尿骚臭味儿！

大头系好裤子，捧着小包乐呵呵献宝似的往董无忌面前一递，熏得董少爷连连后退。董无忌骂道："你大爷的！大头你个孙子，这、这不是你擦腚用的吧！这会儿拿擦脸的都没用！快拿走！"

"哪儿啊，我的小爷！"大头乐得眉开眼笑，唱了句戏词，"哎呀，天无绝人之路呐。有了这宝贝，咱还怕啥迷路啊！快打开哇小爷，瞅瞅，快瞅瞅。"

"什么玩意儿啊，你还在裤裆里憋着宝呢？"董无忌哭笑不得。周少鹏也不知这位看起来豪爽痞气的赵大头葫芦里卖的什么药，凑过来扭开了手电筒。小伍不嫌腌臜，小心翼翼地解开手巾包，四个人八只眼往里瞧，别人不懂，只有董无忌盯了一眼，登时"啊"一声呆住了。

手巾包是两层，脏手巾里裹了一层大红织金锦缎，在手电筒光芒下明晃晃金灿灿耀人眼目，里面竟是一只烧饼大小通体蓝瓦瓦紫莹莹、宝光内蕴、满满篆着赤金小字的风水罗盘！

"你、你哪弄来的！"轻轻捧起罗盘，慢慢抚摸上头温润如脂的包浆，董无忌大惊失色。他们家明古阁遵循老礼，虽从不买卖这些法器，但毕竟是古董世家出身，入眼上手他就大骇。这东西绝然是数百年前的古物，看工艺、材料，来历绝然不凡。

"嘿嘿嘿嘿，小爷您忘了？咱们那天开车在前门罗半仙那里算卦，他个老棺材瓤子胡说八道，气得我不行，正好见他摊上摆着这么个玩意儿，趁他给你测字，大爷我就顺手牵羊给顺了来，一直藏在裤裆的暗兜里，本想着给他个厉害尝尝，回去再还他，嘿嘿，没想到今儿用上了！小爷，你跟着沈老夫子启蒙，不是念过《易经》，又跟着梦珊他爹柳教授学过点阴阳八卦？你赶紧试试，这玩意儿好使不？"

"大头，你个孙子哟！"董无忌又气又急又高兴，狠狠揍了他一拳，抱着罗盘就不撒手了。他用手托着沉甸甸的罗盘笑道："你可真够损的，那老头全靠这个吃饭呢，你咋把人家吃饭的家伙给偷来了！你知道这玩意的来历吗？"

"那可不知道了，只听江湖上说，他手里有个宝贝家伙，没想到是这么点儿。咋样，值钱吗？"大头一边揉肩膀一边瞪大眼笑问。

"你可捞着喽，这罗盘正格儿是紫金的！上头还篆着赤金字儿。甭说卖年头，就是光卖金子也够吃好些年的！"

"是吗？！还别说，这会儿真够本了。"大头笑嘻嘻招呼小伍也来看，四个人围着罗盘研究了半晌，刚才还兴奋的董无忌不一会儿又蔫儿蔫儿直叹气。

周少鹏没见过这个，更不懂什么风水，见他们一会儿高兴一会儿吵吵，认真端详罗盘：这罗盘烧饼大小，整个圆盘面上被两条"十字"朱砂线等分，内心是一个镶了天然水晶片的"指南针"，被镶在紫金圆盘中间，里头也有顶针、磁针，底层是一幅太极阴阳鱼。里头箭头一端指定了北，乃是赤金篆字，两侧各有一枚小米粒大的朱砂点，另一头指向南，也是赤金篆字。磁针四周并无军用指南针那种细微刻度，而是密密篆着赤金小字——东北、西北、东南、西南，还有细小的五彩螺钿镶嵌的各种神异图案。

外面第二层是朱砂填彩河图洛书之数。第三层是描金的三元、四象、五行、六合、七政之图。第四层一目了然，乃是赤金篆字乾、坎、艮、震、巽、离、坤、兑，分别对应休、生、伤、杜、景、死、惊、开。第五层是甲、乙、丙、丁、戊、己、庚、辛、壬、癸十天干。第六层是子、丑、寅、卯等十二地支。第七层是立春、雨水、惊蛰、春分等二十四节气。第八层是华盖、龙楼、直符、玉叶等二十四天星。剩余的外圈也看不清有几层，都有刻度及密密麻麻篆金小字和对应方位，整个紫金罗盘最外层一圈正好是周天三百六十度，周流化育生生不息。

周少鹏咬着嘴唇沉思：这玩意儿别说用，就连看他都看得晕头转向，里面的意思更是一无所知，只有中间的指南针他觉得还有用，可怎么用呢？董无忌脑袋上也渗出热汗，嘴里嘀嘀咕咕不知道念叨啥呢。他小心翼翼地把紫金罗盘递给周少鹏，说："周处长，你先试试里头的指南针，能不能定准方位？"

周少鹏万分珍惜地接过来捧在怀里，对着左右转了片刻，中间的指南针还真不乱转圈，直直定准。他再掏出自己的军用指南针试了试，还是嗖嗖转圈！怪事，莫非这现代军用指南针，还比不上几百年的老古董？他深沉地点点头："小董少爷，小赵先生，这真是件能用的宝贝！只是这个罗盘方位跟咱们现在方位能不能校准？再说上头的字我可不看懂，得请教小董少爷。"

"哈哈，周处长，这回您可明白了吧？咱们老中国奇珍异宝法器多了去喽！小爷，赶紧的啊，你看看。"大头乐得眉开眼笑。

董无忌结结巴巴说："这、这叫我怎么看？这物件包罗万象奥妙无穷，你就用罗盘里头的指南针吧。"。

"那可不行。"周少鹏故作深沉一本正经地说，"这种古老的罗盘文化太深厚了，现又没别的校正，上面还有那么多吉凶'符咒'，万一认错了，我们会遇到更大的麻烦呀。"

董无忌一头热汗尴尬不已，咧嘴苦笑："《易经》我虽会背，可那是书啊，咱也没干过这个。这罗盘我瞅着有点怪，跟一般的不太一样。再者，大头你知道，这东西是人家江湖八门'金字门'里的不传之秘，跟儒家用的蓍草占卜不同，我上哪儿学去？"

"啊？！"大头目瞪口呆，"可我记得你跟梦珊他爸爸柳教授不是聊过什么阴阳八卦？"

"那都是地理学问，我的大头哥。"董无忌快哭了，解释道，"最多就是咱们老北京说的'大游年八卦''河洛之数'，跟这紫金罗盘风水堪舆差远了！咋能用在这玩意上！"这话一说，大头气得又骂又嘲讽，小伍好歹劝住了。在周少鹏的关切鼓励下，面皮紫红的董无忌这位一瓶子不满半瓶子晃荡的少爷，只得赶鸭子上架，捧过赤金罗盘嘀咕道："我也不是全不懂，我倒是知道这玩意有三元三合、玄空飞星、金锁玉关、龙门大八局什么的，只知道各派说法局势是咋回事，我想想……天一生水，地六成之；地二生火，天七成之；天三生木，地八成之……不对，不是这个。嗯……戴九履一……左三右七……二四为肩……六八为足……也不对……"

幽暗草原上，小伍大气不敢喘，一直给董无忌递水擦汗，周少鹏沉稳地关切注视着这位俊秀少爷，本身就是一种无形的鼓励，大头也不敢再笑话他，一会儿递烟一会儿提醒着，此刻仨人的希望几乎全落在了这位少爷羔子身上。巨大的压力和劳累，加上几人沉重的期冀令董无忌不堪重负，脑海里平日熟悉的词句典故，此刻仿佛都成了半熟脸儿，而罗盘上密密麻麻的赤金篆字像无数蚂蚁透过眼珠儿钻进脑海，更是搅得他头疼目眩，一塌糊涂。他的脸色由紫变红、由红变白、由白变苍，汗水淋漓，透出粉莹莹鲜润，神色阴晴不定，犹如害了场大病。周少鹏无声地叹了口气，赶紧找出毛巾跑到河边浸泡了一会儿，回来亲自给他按在额头上："小董少爷，先擦擦脸，冷静冷静。"

"谢谢。"董无忌有气无力地闭目凝神，一股透心凉直入心脾，舒服多了。

大头小声问："小爷，您说的大游年八卦我仿佛听见过，对，好像是给京城王府大宅门看风水用的，您想想，咱们这会儿说不定用得上。"

"恐怕不合适。"董无忌忧心忡忡，"京城王公府邸大宅门都讲究制度和格局，大游年八卦看的是阳宅风水，不外乎'八门''九星''八命'的生克制化，四正四隅阴阳合顺之道，这里纵横千里，宽阔四百里，上哪儿找格局呢？等我想想，嗯，乾六天五祸绝延生……"

也亏他杂七杂八懂得多，强打精神捧着紫金罗盘，把肚里不知何时何地听来学来的东西，也不知正反对错，一股脑儿煮大杂烩菜似的全掏了出来。他一面对着远方不停转动罗盘，一面从阴阳生化开始念叨，至三元四象五行六合七政八卦河洛九星，又至十天干十二地支，二十四节气二十四天星，什么帝出乎震，一水合六，二七合火，三八合木；又是什么一卦统三山，乾龙不立午，坎龙不立辰，坤龙不立卯，足足念叨了大半个钟头。最后，他头昏脑涨气息奄奄实在支撑不住，一把抓住周少鹏胳膊，脸色惨白大汗淋漓，随手指着右边脱口而出："往、往右边去！"

"右边？你确定吗？"周少鹏一把扶住他，关切急问，"小董少爷，你没事儿吧！是不是……"

"别、别打断我！"董无忌强撑着身子气喘吁吁喊，"咱们用的是'相地'，就得看这一层，这边是坎位正北。"他抖手指了指斜前方，让周少鹏看罗盘，又指定了右边断断续续说，"这里是艮位，则三劫由始，少男其昌，其门为生，天市坐宫，先天阳雄，得土为旺，喜见坤、兑，来水朝堂，在天为云霞，在地为山林。再看奇针，地道始平，针动为阳，针有小转，虽止却不归中，主、主……"

董无忌的气息越发微弱，周少鹏虽听不太懂，却看着紫金罗盘中的大针真的对着右侧方位某个地方，来回摇摆，细微跳动，似静不静，似跳不跳，一直不归中线，急问："董少爷，您说主什么？"

"主、主……恶邪入冲，又主神坛古庙……"剩下的字董无忌实在累得说不出来。

小伍气得冲过来架住董无忌怒道："周处长，别问了！没见小爷已经累得不成了！"

话音未落，"伍哥，头好疼啊！"眼睛半闭半合摇摇欲坠的董无忌哼了一声，身子一软，两眼一翻竟是昏死过去，重重倒在周少鹏怀里。"快拿水来！"大头咋呼着跟小伍手忙脚乱，忙活半晌，终于令董无忌安静下来。周少鹏沉稳地一把将他抱起来放在马上，自己飞身上马搂紧了，冷峻地吩咐："上马，顺右边走！"

第二十六回

庙宫

夜色深沉,地面上不断出现的斑驳水洼和小团湖星星点点,反射苍穹上的星光月华,四外旷野安谧,空气湿润而凉爽,方才那滚滚的乌云,仿佛回了洞府,一丝不见,如碧色琉璃的九霄澄清透明。这个时节如果身在京城,那街市上早已出了五颜六色的瓜果梨桃,来一壶茵陈露,配一碟冰镇雪藕,坐在四处花香的小院石桌旁静听虫鸣,仰观苍穹,真是一种不错的夏秋享受。

可惜此时几人都没心情欣赏美景,少了董无忌的说笑打趣儿,整个队伍陷入了无声世界。大头懊恼,小伍沉默不语,董无忌半合着眼,软塌塌靠在周少鹏怀里,只有那头菊花青大骡子发出点哼哼唧唧不满的声音。

周少鹏不敢大意,左手举着罗盘十分小心,生怕中心大针偏离方位,右手揽住董无忌腰身,他不时看看怀里精疲力竭、紧锁眉头、嘴角紧抿、仿佛承载了万斤重担和说不出委屈的董少爷。呼吸间,有股少年人身上特有的干净清爽气息,那是朝露、大海和阳光混合起来的暖洋洋淡淡香草气味儿,曾几何时,周少鹏记得自己身上也有过。

他突然警惕地摇晃了一下脑袋,觉得自己走神儿了,不该想这些,看看董少爷软塌塌的蓬松头发，他忍不住伸手轻轻按在他太阳穴上，轻轻按揉。

"到哪儿了？"董无忌晃晃脑袋半闭眼问。

"还在路上，你感觉好些了吗？"

"用脑过度，呵呵，学到用时方恨少，我要是大考时用这么大劲儿，还能好几门挂科？哈哈。"董无忌微笑哼了一句，只听大头大喊："小爷！周处长，你们看，往那儿看！！"

"什么？！"几人立即来了精神。

大头满脸大汗，激动不已："那边小丘上，有、有块石碑！在那儿呢！右边！"几人仰头远望，果然不远处影影幢幢的小山丘上，一块巨碑耸立。

"快！"董无忌大喜叫道，"赶过去！"

夜空晴朗，墨琉璃似的澄光盈盈。大头引路，几人骑马牵骡顺着伊逊河西岸走了大概不到一里地，忽见两旁山岭陡起，高大雄伟卧龙伏虎般绵延起伏向前，河由西边入谷，两旁山崖高峻耸翠，直插云霄，气势磅礴，漫山绿树老根盘结似虬，远处重峦叠嶂层层。董无忌盯住紫金罗盘，罗盘磁针在水晶心里静静停住，则直直指定了西北乾位，却一直不归中线。按八法来说，这还是个"侧针"预兆，说明前头确有"神坛古庙"。

天上月华挥洒，几人下马小跑上山丘，手电筒光铿亮，直到能看清四周。董无忌脑袋"嗡"的一声，被小伍架着冲到前头定睛细看，真是一块巨大的石碑！众人蒙了，只有董无忌哆嗦得厉害，面前石碑高足有一丈多，乃是四角攒尖碑顶，上头细雕着云龙江水，下头是阔大的方形须弥座，中间碑文历经风霜，漫漶不清，仿佛满汉两种文字，碑额上篆着"御制"两个大字。董无忌凑过去从头到尾看了一遍，起头处是：御制木兰记，落款处乃是：嘉庆十二年。他退后两步，嘴里念念叨叨，再看罗盘，果然还是岿然不动，便顺手指着西北说："快！从这儿往西，再加把劲儿！"

众人下了山岭顺着土路继续往前。周少鹏问："小董少爷，看出什么了？"

董无忌兴冲冲地说："这是嘉庆皇帝专门写的围场源流来历和清代皇帝来这儿的原因！这处崖口，就是直入伊逊哈巴齐围场的大门呢！

再往前那不是！"他一指右侧的山岭顶端惊喜道："看见了么！"

众人遥遥远望，山巅上一座黑黝黝的石碑，比这一座还大还高，仿佛还有碑亭。董无忌回头说："周处长，看见了没！那一座应该是嘉庆皇帝御制碑文里提到的乾隆爷御制诗碑！可惜太高了，咱上不去，转过去就是庙宫喽！万幸万幸！记着点吧，甭看这石碑风化老旧，可关键时候能'说话'呢！"

转过乾隆御制诗碑山岭，又往前走了几里路，众人的耐心都快磨没了。小伍眯眼对着不远处叫道："那儿，小爷快看！"果不其然，四处林野繁茂，不远处重山叠嶂，怪石嶙峋，眼前不到二里地处，一条早已漫漶不清的青石大道起伏不定，被岁月风雨消磨得只剩痕迹，野草野花疯狂浓密，遮盖了大半，仔细看还是能瞧出当年繁华平整的景象。再往前，一座黑黝黝山岭下平坦之地闪出一片黑压压幽暗阴森的残垣断壁，腐烂成泥的梁柱、碎裂迸歪的青砖瓦砾，连同昔日的辉煌与神秘都被沉沉的历史年轮和周围疯长的参天古树、枯藤湿枝严严实实封闭在了这处杳无人迹的隐秘之地。

起风了。

几人不敢再骑马，纷纷跳了下来。越往前，地下的泥土越湿，乱草缠枝，萧索阴冷。走到近前，董无忌激动地看看左右，心里突突乱跳，对着罗盘瞧，只见上头磁针果然还是"侧针"。"庙里的宫殿，宫殿里的庙宇！"他边念叨边狂喜不已，把紫金罗盘顺手揣进兜里。

高大的宫门早已坍塌，四周全是断壁残垣，巨大的砖墙也显出一道道碎裂长痕，若明若暗中，犹如一张张饕餮巨口，面对着来人。周少鹏小心翼翼地拧亮略显昏黄的手电筒。在门外残砖断瓦间，有两块迸裂的汉白玉石桩，一块一人高的长条汉白玉石碑断成两截，倒在野草枝蔓里。

"这、这是上下马石！"董无忌几步跑了过来，喊，"快！手电筒！"亮光闪过，他哆嗦着手指点倒下的石碑大叫，"这是下马碑！"周少鹏几人围过来，果见地下石碑上有几个颜体大字：文武官员人等至此下马。

"庙宫！老天！这就是庙宫！"董无忌抹了把又黏又湿的热汗，似悲似喜念叨了几句，忽然转身抱住同样欣喜的周少鹏大喊，"咱们找到了！找到了！"

四人站在庙宫门口，面对古老残破又幽暗神秘之地，个个兴奋中带着欣喜与莫名其妙的惊惧和担忧，一路上艰难险阻坎坷伤痛，终于到了目的地，却望着人迹罕至诡异莫名的废墟，有些望而却步。

　　周少鹏一直很清醒，方才就对附近地形成竹在胸，这里看似荒凉，却背靠如太师椅的高山，面对宽阔平原，左右都有群山环绕，犹如椅子两侧把手，伊逊河在不远处弯曲，霖霖水汽扑面而来，地下好像还有当年浅显的河道回环而来。他不懂什么堪舆风水，但按董无忌的一瓶不满半瓶晃荡的"说法"，这处地势还真不凡，就连自己站在坍塌无存的大门口，立时能感到磅礴大气的雄伟与四野高峻叠嶂的群山融为一体，让人越发觉得天高地阔巍峨壮丽，个人显得弱小与无助。或许，这就是古建筑给人带来的另一种震撼作用。怪不得当年第一次考察团费教授留下的影像里，他如此惊诧失常与慌乱无措。

　　董无忌正踮脚瞅着山门上残损的青石匾看，徐徐读道："敕、建、敦仁、镇远神、祠。没错！就是这儿！"

　　"咱们进还是不进？"大头拍着董无忌的肩头问道。周少鹏看看表，凌晨一点半，正是夜半最黑暗时刻，便冷着脸搓了搓手，目光一个个扫视过其他仨人，毫无表情地说："我们的任务可以说到此完成了一半，小董少爷，我得向你致谢！没有你，我承认，我确实不可能在这么快时间里找到这里。"

　　见他脸色又恢复成了当日在京城的模样，又说了这么顿开场白，仨人都是一愣。周少鹏缓缓说："我想立即展开调查，可这里面的情况应该非常危险，为了你的安全，你还是跟小伍先生到远处等我。大头先生，你……"

　　大头摸了摸下巴，笑道："来都来了，我还真想瞅瞅那金晃晃的神像到底是啥宝贝！小爷，你和小伍在这儿等着？"

　　"狗屁！"董无忌急眼了，张嘴就骂，"好容易到这儿你俩想把我撇下？！好，过河拆桥卸磨杀驴这是！周少鹏你可真成！"董无忌刚骂了一通，就听身后"嘀嘀"叫唤，那菊花青大骡子仿佛听懂了似的，直拿脑袋拱他腰。董无忌气得一脚踢过去："去你大爷的！"那骡子哼哼两声，委屈地跑到一边溜达去了。

　　周少鹏面色不改。小伍忙劝："小爷，不是那么回事！周处长也是为了你好，一是你的安全重要，再一个……"小伍咂咂嘴，没说出声。

"小伍先生听懂了我的话。"周少鹏一字一句冷脸说,"还有一个原因,你没有野外生存经验,一旦遇到危险,很可能会成为大家的累赘,你的怯懦和软弱,会让大家为你分心,从而造成不必要的损失。这下你听明白了吗?"

"你……周少鹏你个孙子!!"被如刀似剑一针见血说中心事的董少爷,气得差点一口血喷出来,跳脚大骂。董无忌正嚷嚷呢,忽见宫墙外不远那头大骡子"嗬嗬"跑了过来,故意报仇似的对着他肚子一头撞了过来!

"哎哟!"董无忌被撞了个仰面朝天七荤八素,疼得五脏扭成一团,脸都变了色。他被惊慌的小伍扶起来捂着肚子,如被火上浇油,抄起根树枝对着大骡子没头没脑狠狠抽起来:"我叫你个孙子瞧不起小爷!我叫你顽固!我叫你轴!我叫你不服!我叫你狗眼看人低!"董无忌打得那骡子围着他直转圈,头上大红花扑棱棱作响,项下铜铃"叮叮当当"乱响。

小伍见他疯了似的又骂又打,心疼不已。看看不是事儿,便一把夺过他手里树枝抓着他肩膀皱眉喊:"小爷!醒醒神!您这是干什么!忘了那夜在鸡子山了?这骡子是不是看见啥要说?"

"说?说什么?"董无忌气呼呼骂道,"连它也来欺负我!还有什么可……"他激灵灵一转念,猛然醒过味儿,想起那夜鸡子山外骡子的异样,大惊道,"对啊,伍哥,赶紧跟它去瞧瞧,这骡子可真有点意思呢!"

片刻,就听跟着大骡子跑到宫墙外不远处的小伍惊叫道:"小爷,周处长,赵爷!快过来啊!这里有死人!"

几人跑了过去,也就不到五十米,入目便令人惊骇欲绝,大概百十米范围内,全是湿漉漉水洼、藤萝枝蔓和野草,有的地方焦黑,大部分野草藤萝密布,尸体几乎没有一具完整的……

董无忌吓得浑身哆嗦,其实心里早怕得要命,可为了撑面子,他故意捡了根小树枝,装模作样憋了气在那儿像挑虱子一样在尸堆里左捅一下,右捅一下。小伍沉着脸不言语。周少鹏被他这副假模假式模样气得只想笑,可看见这么一堆零散骇人的尸体,那笑立马被压了下去。

"小董少爷?你在干什么呢!"周少鹏走过来一把拉住正偷着换气的董少爷。谁料刚一回头,董无忌便"哇"的一声,还真没浪费,一嘴臭烘烘的胃液全喷在了一向干净利索、特别注重仪表的周少鹏胸前。董无忌脸色登时涨红,一面干呕一面说:"周、周处长,我不是故意的,我是、是让你瞅瞅,咱也不是孬种,哇!"话未说完,董无忌又一口喷了出来。周少鹏哭笑不得一把给了他个拐脖,实在顾不得胸前被吐的污秽,大声吩咐:"小伍先生,请把他带到那边,呼吸一下新鲜空气!"

望着面前惨状似乎若有所思的小伍点点头,架着董无忌躲到了一边。周少鹏这才警惕地倒退几步,目测了一下庙宫到这的距离,蹲身下来,叫大头把自己的皮包递过来,开始摆弄起他的专业工具:橡胶手套、尺子、大钳子、小钳子、小刀,还有几小瓶看不出什么玩意儿的药水。

董无忌吐了半天,缓过气张望叫喊:"周处长,刚才对不住,吐了你一身,要、要不我给你擦擦吧!"

"擦什么呀!小爷,您可现了!这儿哪有纸?"大头赶紧扔了根烟过来,捂着鼻子说,"妈呀,这味儿怎么跟六国饭店臭鲍鱼和臭大粪混起来似的,不是我见得多,也得喷喽!"

周少鹏一直不理他,对着一堆尸体端详了半天,顺手抄起一根人的大腿骨开始摆弄。董无忌忙问:"这、这是干嘛?!"

"嘘,周处长这是验尸呢,小爷。"小伍目光炯炯,小声说,"跟咱们这儿老年间仵作验尸差不离儿。"

董少爷一脸厌恶,恶心不已,抽了几口烟,捂着嘴说:"得!这下子终于用上他的专业喽。不过伍哥,你看出来没有,这里的死人瞅着那么怪!"

"小爷说得不错。"小伍点点头缓缓扫视一圈思索道,"看样子他们有点像被雷劈死的。""啊?!"大头大惊失色,跟董无忌面面相觑。此时阴风大起,在辽阔的旷野上肆虐怒号,刚才还淡然的月光倏然躲进了滚滚而来的云层,地上星星点点的水洼斑斓映照变幻莫测,仿佛一只只恶毒的眼珠在晃来晃去。董无忌望着面前横七竖八的腐烂尸体焦黑扭曲而狰狞可怖,更觉毛骨悚然。离几人最近的那具尸体扭曲成麻花一样,半个身子不协调地缩成焦黑一团,烂乎乎的四肢跟鸡爪子差不多大。由于水泡时间久,上头皮肉吹气似的蓝绿相间,黑洞洞的眼窝里透出蓝灰色的死光,残缺不全的嘴巴只剩下半个,龇牙咧嘴。小伍脸色有点苍白,不经意地紧盯着托着下巴面无表情、正一块块拼凑尸块的周少鹏。大头咽了口唾沫颤声说:"妈呀,天、天雷?!跟咱们听老关头的一样啊。"

大头哆里哆嗦划火柴,刚要点嘴上的烟卷,寂静的夜里响起了一阵细微的啪嗒声,又细又轻,就在几人周围。董无忌起了一层鸡皮疙瘩,赶紧拉住小伍,正忙碌的周少鹏急速拔出枪警惕地望着四周。片刻,就见大头被什么吸引住了呆立不动,董无忌刚要叫他,谁知大头一转脸满是惊怖,大嘴一咧烟卷也掉了,五官扭曲,扑通一屁股瘫在地下,指着面前发不出声。几人小心翼翼过去一瞧,董无忌"啊"的一声喊了出来。那具离他们最近的尸身骷髅半个黑漆漆大嘴巴,残缺不全的上下牙床竟然"啪嗒、啪嗒"动了起来,"嗖嗖"吐着又长又细、鲜红的舌头,好像要说话……

"别动!"周少鹏断喝一声,并不理会变了颜色的大家,拿着锃亮的长柄钳子悄悄靠近。他手疾眼快,银光一闪便夹住了牙床,顺手一提。"嗯?"周少鹏不满地晃晃头,示意几人观瞧:骷髅嘴里露出一双亮晶晶的绿豆眼儿,慢慢伸出了身子,拳头般大小,五颜六色鲜艳无比。这东西蹲在那儿莫名其妙看着众人,腮帮子一鼓"呱呱、呱呱"叫了几声,翻了个大白眼儿,似乎很厌恶众人打扰了它的美梦。

原来是只癞蛤蟆。大头一屁股爬起来臭骂道:"你个臭玩意儿差点吓坏了爷,滚你的!"他一脚踢出去,却被周少鹏拦住了。

"小赵先生,别冲动。这是案发现场的物证。"周少鹏说完又回头问如释重负的董无忌,"小董少爷,怎么样?这世上并没有那么多魔鬼巫术。你瞧,就是一只蟾蜍钻进了人头骨,事实就是如此简单,所以有些时候不要把什么事都用'迷信'解释。"

"嗨!你在这儿等着我呢!"董无忌见他略微得意的样儿,又笑又气,可没话反驳。他摸了摸胸口,放了心,赶紧嘱咐大头、小伍帮着周少鹏摆弄那些尸体,自己躲在边上一面抽烟遮臭味,一面扯闲篇插话。不大会儿,零碎的尸块摆了一地,十分骇目。

周少鹏起身要过皮包,收起那些精致的钳子、剪子、小刀,掏出一个黑色笔记本,翻了几页,一面对照地面的尸体,一面嘴里念念有词,用铅笔在上头一笔一画记录:费教授、茹教授、米教授……写完,他长叹一声:"诸位,这就是第一次考察团的全体队员尸体了。毫无遗漏。"

董无忌问:"我能看看你的本子吗?"周少鹏想了想不言声递过去说:"只看这两页吧。"

只见上面密密麻麻写满名字,名字下面还有国籍、身高、体重、特点,可见他的用心,只是此刻所有的名字上都画了个令人不寒而栗的黑色圆圈。死亡,终究是一个绕不开的圈。

"周处长,你验出什么没有?别老憋着呀,说说,说不定我们还能帮你琢磨琢磨。"

周少鹏长长舒口气道:"说多了诸位也不懂,我只简略说一下,经过初步检验和物证显示,这些尸体确实是十几年前第一支由科大人资助的文化考察团的队员。他们的死因很奇怪。"

"奇怪?"

"是的。"周少鹏斟酌道,"从尸体粗略来看,他们没有明显致命外伤,比如刀伤和枪伤,而是皮肉糜烂,有烧焦痕迹,尸骸有些露出的骨头也有酥黑的状态,有几具因为时间太久,已经腐烂,无法检测,剩余的大多如此。另外,他们的四肢有大片瞬间高温造成的严重烧烫伤,已经严重扭曲萎缩,胸口、背部和胳膊的皮肉上,还有电击痕迹。喏,比如这几具,上面的纹路隐约可见。"众人似懂非懂,他一面说,一面对董无忌指点稍微完整干燥的几具尸体。董少爷怵目惊心,对这些一知半解,然而一听"电击、烧烫伤和纹路",便捂着鼻子仔细查看。

果然,有几具胸口、脊背腐烂的尸体上,有些断断续续如同"古篆文"的奇怪纹路。董无忌问:"瞬间高温?那这几具怎么看不出来?跟泡发了大肥肉似的?嗯,好像有点眼熟!"

周少鹏点点头:"瞬间高温,比如说电椅你知道吗?就是美国人发明的一种死刑?"

董无忌摇摇头。周少鹏继续说:"就是被强大的电流所伤害的外伤。那几具自然看不出来,因为他们死亡后,体内细菌受到自然潮湿环境的影响,已经变成了'巨人观'后期状态,没有相应的系统解剖,所以看起来跟在水中溺死的尸体状态类似。这几具尸体上的'篆文',想必诸位应该比较熟悉,我们在承德陆军医院见过的……"

"是张文达教授?!"董无忌大吃一惊,忽地想起令人头皮发麻的张教授身体:长度不到四尺,身上长出密密麻麻的脓包,四肢仿佛被吸干了皮肉骨髓的干尸,扭曲变形,皮肤上布满了毒蛇花纹样灰苍苍的褶皱。

"但这些尸体虽然扭曲，却不太像张教授那具尸体恶心。"小伍托着腮仔细打量。

"那是因为时间和自然环境。"周少鹏小心指点面前的尸体，"这些尸体已经在野外潮湿的环境里待了十几年之久，当然会受到影响，其原始死亡状态肯定要比张教授更萎缩可怖。张教授的身体是刚受到损害就获救，而且有其他因素损伤，经过解剖发现，虽然有严重烧烫伤但并没有电击和大规模烧焦的痕迹，因而外伤表现还是有所不同的。重点在于，我发现这些尸体的骨头有严重的电灼和不少黑色碳化痕迹，比如这儿，但是张教授那具外表和骨头并没有，这就比较奇怪了。"

董无忌转了几下眼珠儿忙问："也就是说，张教授尸体跟这些尸体看起来差不多，但其实并不一样？"说完，他突然想起什么似的，一面说一面捡了根小树枝忍着恐惧一个个检查尸骸的嘴巴，都看完了也不得要领，仿佛仔细思索着什么。

大头笑道："小爷，您找啥呢？刚才那小蛤蟆？早吓跑了吧。"

董无忌摇摇头，看向周少鹏。

周少鹏点点头："是的，小董少爷的确很敏锐，在没有经过详细解剖研究之前，只能说他们的伤势看起来差不多，有些类似的地方，实际上并不太相同。"

"那么周处长现在能确定他们的死因吗？"

"如果我的判断没有错误，他们是雷击致死的。"周少鹏笃定言道，却令几人勃然惊骇，无不毛发悚然惊惧莫名。尤其是他们仨，想起当日在承德松鹤楼听到老关头讲述的那个离奇恐怖的皇室秘闻故事，难道都是真的？！董无忌看看惊惧的大头，转脸问周鹏："你那么确定？！这、这跟老关头说的一模一样！莫非……"

周少鹏并不在意，肃然说："不是'莫非'，我使用的方式和我们看到的证据就是证明。你们跟我详细说过老关头说的故事，综合我们看到的影像资料和几处怪异传说，我认为我的判断是正确的。这件事本身是野外作业时的雷击死亡事件，跟妖魔鬼怪没有任何关系。请看这里的环境。"

他英姿飒爽地指了指四周："这里是山谷中的旷野，四周有群山，中间是盆地，那边是伊逊河，围场的气候和茂盛的草原我们都看到了。

在这种本身就潮湿、空旷和植物茂盛的环境里，一旦遇到雷雨天气，雷击是极为容易出现的。还请注意，我们携带的军用指南针失灵，可以确定，四周除了复杂的地理环境，就是有强烈复杂的地磁引力或铁矿、宝石矿，这些地质特点，也是吸引雷击发生的重要条件。"

"你说的这些我也不大明白。"董无忌有点头疼，"可老关头说的那些离奇典故也不像是假的啊，原原本本有鼻子有眼儿，人家祖上可是正儿八经的围场总管！"

"这很简单，"周少鹏拍着他的肩膀说，"因为我说的是科学，你说的是离奇故事。小董少爷对文学有研究，对吗？所有的文学故事和神话，都有一个源头，有个成语叫'追根溯源'，那么在近代科学出现之前，人们对于无法解释的怪异现象，都会用一些灵异诡异的说法去解释。久而久之，这些传闻本身就脱离了事实真相，变成了被无限夸大的谣传和以讹传讹的奇闻。比如欧洲的神话和中国的神话，就是这么来的，它们本身的传承表现了时代和社会文化的变迁与承继。"

"按你说，这些故事传说都是捕风捉影编出来的假话？"董无忌不服气地反驳。

周少鹏轻轻点头："当然也可以这么认为，比如老关头说的秘闻，简单解释就是清代皇帝们把这里划定为天子的围场，因为他们不清楚这处地方本来就是容易引起暴雨和雷击的自然环境，所以在康熙皇帝遇到了不明原因的诡异天气和雷击时，当时在场的人无法解释，又由于科学不发达，思想迷信守旧，就认为是怪物作怪，后来经过历代皇室的渲染和口口相传，就制造出了这么一位'神'。之后的嘉庆皇帝在这处容易招引雷击的环境里遇难，更加证实了传闻，所以才流传下关于围场庙宫的恐怖秘闻和种种离奇故事，但是它却与本身的真相越来越远了。"

董无忌还是不服气："可我总感觉老关头说得不假，还有在会贤堂看到的影像呢！"

沉默片刻，周少鹏望着面前执拗的董少爷，无奈地笑了："这或许只是当年的考察团在阴森环境之下，由于心理、神经过于紧张劳累，被某些现在不得而知的图画、文字、塑像甚至树木阴影恐吓后，诱发了他们潜意识里的恐惧，造成了轻度的意识紊乱，从而引发了某种幻觉，这在实证中有过先例，并不少见。说太多了你也不明白，所以我们不要争论这个了,小董少爷。"

周少鹏冲尸堆鞠了三躬,此刻却带不走,只好在附近找了个比较显眼的地方,挖浅洞埋了进去。几人顺原路回了庙宫遗址外,周少鹏这回终于不阻拦了,却异常严肃地对董无忌嘱咐:"小董少爷,咱们可以一起进去,不过你可千万小心,我们的目的是里面的人和神像,如果有什么危险和异常,你自己要保护好自己,不要跟我们一起冲在前面。这是为了你好,请注意。"

"啰嗦什么呀,我懂!"董无忌表面上大咧咧不在乎,其实早躲在小伍后头喽。等小伍把三匹马和大骡子牵到一旁,找了块大石头拴好了,四人这才一起迈步进了坍塌的庙宫。

满地月夜碎影,衰草荒烟,断壁残垣。悄无声息的巨大庭院里,四处一丁点声音都没有,连方才外头蚱蜢鸣虫声都丝毫不闻,仿佛早已糜烂的门槛内外连接着两个不同的世界,外面是生机勃勃的现实,里面却是阴森可怖的幽冥。董无忌走了几步,就觉脚下湿漉漉的,水汽氤氲,也不知怎么了,恍惚中,他忽然有种特别熟悉之感,仿佛多年前不知何时,自己一个人来过这儿,流连行走于这处处是疯长的野草、老树和起伏不定坑坑洼洼的地面上,遍地拉拉秧和枝蔓在阴沉潮湿的空气里一年年腐烂衰败,跟潮气掺杂一起,却有了别样的味道。

"小心脚下,小爷。"小伍警惕地左右打量。

董无忌颤了一下,右眼皮陡然突突跳了起来。"左眼跳财,右眼跳灾。"一股莫名的恐慌涌了上来,趁大家不注意,他立马在手上吐了口唾沫,偷偷抹在了右眼角上,这是老北平传下来的破解"法门",谁知道这会儿管不管用!

"怎么了?"周少鹏头也没回,似乎脑后有眼,觉察到了什么。

董无忌想咧嘴笑,可浑身的不舒服令他十分尴尬,只好悄声答道:"没啥,你那手电筒多照着点前头,甭担心我!"

话是这么说,可在这片寂静荒芜的庙宫里,谁也没心思逗乐,都提心吊胆。夜色如墨,一丝风也没有,九霄上的月亮隐隐躲在了云层之后,黑漆漆的庭院里,不少地方仿佛吸光的黑洞,把仅有的手电筒光隐隐吸了过去,空荡荡显得虚幻迷离。

第二十七回

又见尸堆

  片刻后,众人眼睛适应了庙宫里的光线,终于看清了眼前的景象:大院足有五亩地大小,单檐歇山顶正殿五间,飞檐残破,琉璃落色,矗立在檐角的蹲檐兽缺头少尾,配殿各三间,早已坍塌无存,零落的青砖瓦砾堆成了小山,被密密麻麻的藤萝包裹得严严实实。满地青砖酥裂崩毁,具有强大生命力的各色野草拱出脑袋,七零八落的各色残砖断瓦和不知名的烛台、腐烂的箱笼、沾满泥灰的瓷碗瓷盘、看不出什么材质的供器,撒落得到处都是。看起来,四周原来的墙壁很高,此刻却塌陷得只剩墙基,外面繁茂的植物顺藤拥来,交织成草洞草摊。钟鼓楼也成了一堆瓦砾,一口硕大的铜钟泛着黑紫色的暗光,在灰土藤萝里任由岁月侵蚀。

  院子中间,果然是一方两亩大小的池塘,残垣断壁遍地碎石残瓦,地下疯长的野草夹杂了红黄紫赤的不知名野花肆无忌惮舒展着身躯,几株丑陋老树盘踞在旁,树底下还有被潮湿气熏染出的一簇簇异常鲜艳五彩斑斓的蘑菇。

  说是池塘并不准确,看样子,原先水源充足时,应该是处清澈流动的小湖泊，地下隐约可见残存的石砌成的水道掩映在枝蔓下，湿润而斑驳，像极了京城西郊玉泉山引水到圆明园那种细细的石头沟渠。如巨蟒般纠缠的藤萝疯长肆虐，遮盖了大部分池塘，里面并没有多少水，黑乎乎绿油油结了一层腥臭扑鼻黏糊糊的烂泥。

此刻那轮又大又圆的明月终于从云层后显露出真身，银辉玉宇，挥洒大地，周围如同披上了一层薄薄的银纱。水塘中，一些奇形怪状的骨头半隐半现其中，有些长了绿油油令人恶心的绿苔，有些沉在泥中，只露出个小小的脑袋，还有些与烂泥一起乌黑酥烂，纵横交错不计其数。眼前的情景唬得董无忌倒吸了口冷气，他小心翼翼瞪眼细细查看，半晌也没瞧出到底是人是兽是牛是马，不知是无意间偶然闯入这里，还是被什么东西啃噬而死。蓦地，他心里涌上一股不安。

众人顺着青石板道路往里瞧，似乎大殿后院还有一两进深，碎石残瓦遍地堆积，死寂一片，显得四周更加荒凉破败。大头很紧张，提着机头大开的双枪，小声问："周处长，这是什么骨头？"周少鹏静静看了片刻，头也不回说："有鹿骨、牛骨、狼骨和狐骨，喏，那一节一节的好像是蟒蛇骨，还有……"他顿了一下："人骨。"

"人、人骨？"董无忌立即冒了汗。

"碑！石碑！"大头失惊张怪地一叫唤，吓了众人一跳。顺着他手指的方向，在水塘左边不远处，果然出现了一座众人脑海中熟悉的巨碑：一丈五尺高的石碑又厚又高，底座的赑屃足有四尺高，在月光下栩栩如生，透着大清王朝时期那种得意威严与安逸昂扬，刀法大气古朴。上头字迹残损斑驳坑坑洼洼，爬满了藤萝枝蔓。碑帽还算完整，两条五爪巨龙盘绕着中间贴金篆字。尽管金漆剥落，残损的金色还是星星点点彰显着它的至高无上。

"小爷，您快来瞧瞧啊，这是啥时候的，有啥说头没有？"大头直嚷嚷。董无忌早到近前，小伍不含糊，用大头送的利刃划开密密层层的枝蔓，不多时，巨碑显露了真身。别人都不懂，只有董无忌上了，他想起会贤堂看的影像里，那个大鼻子费教授上蹿下跳，便咬咬牙也被小伍托着，一迈步上了碑座。

"御制"碑帽上两个硕大的篆字他认得，下头的字是从右往左竖着读的繁体，一看笔锋他噗嗤一乐：能把董其昌、赵子昂两位名家笔体融合成软绵绵烂巴巴富贵风流体，写出来到处招摇过市的，除了脸皮厚的乾隆爷自然没别人。

"怎么了？小董少爷笑什么？这碑是费教授影像里的那块吧？"周少鹏不明所以。

"没错，您呐。"董无忌皱眉端详，嘴里念叨，"在会贤堂就没瞧真着。我瞅瞅，这刻的是：皇天眷佑，我国家显谟盛烈，圣圣相承，武功威震，远迈前代。太祖太宗肇基东土，世祖混一寰宇，凤兴鼎固，我圣祖仁皇帝神武英睿，立君师之极，大德广运，如日如天，首建围场，亲巡塞外，肆武绥藩，本非为游猎之幸，乃彰经文纬武之志，扶绥外藩之德矣……朕敬天法祖，缵承丕基，克享大位，未敢一日忘怀……是事以记之……康熙二十年秋，圣祖仁皇帝大驾亲幸木兰围场，于伊逊哈巴齐围内，偶遇异兽……当事时也，天降血雨，雷电四野，有蒙古勇士为异兽所吞，臣僚惊悚，龙颜震怒，圣祖仁皇帝神威镇远，万乘浩荡，振军前驱，异类当即伏地叩首，恭迎大驾，不敢为乱……圣祖仁皇帝念兹虔诚降服，归于王化，特遣使御赐封号曰：敦仁镇远神，立庙祭之，命其世守此方，我大清亿万斯年，永受香火。嗣后果臣服归命，常显灵迹，无不真验……每逢秋狝，风雨顺遂，安稳如初，朕亦感铭，特重建庙宇，后葺行宫，铸像以祝祷之，像成之日，颇有神迹，朕心甚悦……铭曰：唯我先祖，神武……"读到这儿，后面的文字实在看不清了，董无忌累得喘息良久，说："伍哥快扶我下来，乾隆爷这文章写得……真是老太太的裹脚布！"

"又臭又长！"大头咯咯笑道，"小爷，得亏有你，不介叫我们瞧？等明儿也看不懂写的啥！"

"那敢情，咱学的就是这个嘛。"董无忌跳下来有点小得意，把碑文翻译成现代话跟大伙说了一遍，几人连连点头。

大头听完忽然收了笑，疑问道："咱在承德府听老关头说典故，怎么听你念叨的意思，说的不一样啊。"

"这个么，也不算疑问。"董无忌解释道，"正史官书里记载的神武圣文马屁奉承话头，全是写史书的文人笔下粉饰的，哪有那么多的允文允武神圣英明？不都一个鼻子俩眼儿？孔夫子都说：'为尊者讳，为贤者讳嘛。'"

周少鹏忙问："哦？请小董先生说说。"

董无忌思索说："老关头说的和碑文记载的差不多，不过一个是朝廷的说法，一个是民间当事人的说法而已。这碑文让我们最起码搞明白几个事：这里就是伊逊哈巴齐围场的庙宫，康熙皇帝建庙祭祀，等到乾隆登基后，铸造了一尊神像，年深日久，后来的外人不明底细，就以为只有神位，他们根本没有亲身来过这儿，当然不知道神像的实情，事实上神像是有的。碑文里写了，有异兽，当年康熙皇帝第一次来围场就遇上了，虽然文章里写得康熙神武英明，仿佛是异兽臣服，不过这事儿肯定是被美化粉饰过的，这才显得皇家至尊。当日确实下过血雨，这异兽仿佛有呼风唤雨招雷电的能力。至于符不符合你说的'科学'，还是一种自然现象，我就不晓得了。康熙皇帝御赐异兽神号之后，常有灵验，乾隆皇帝铸造神像后，还有神迹出现！那么这些灵验和神迹到底指的是什么呢？难道他们当时就见识过这些奇奇怪怪的'灵验'，还是说故布疑阵在遮掩神化自己？这个我也不知道，你得自己琢磨。"

周少鹏沉思良久，摇摇头又点点头："这和我的推理想法不一样。我不信，世界上怎么会有这些迷信类的怪物？"

"刚才咱们在外面可是亲眼见了那些被雷电劈死的尸体！难道康熙乾隆俩皇上都在撒谎？"董无忌不服。

小伍插话道："小爷，我琢磨着撒谎倒不至于，老关头说的是嘉庆皇帝被雷电劈死，但他扔的不是神像，是神位。"

"先别管这些了，既来之，则安之。既然到了这儿，咱们挖地三尺，也得把这神像翻出来。对了！趁着月亮大，赶紧找找失踪的第二拨考察团啊。"董无忌说完，就听"呱呱"几声脆响传来，一低头，咦？几只拳头大小五颜六色鲜艳无比的小蛤蟆，瞪着亮晶晶的绿豆眼儿不知打那跳了出来，腮帮子一鼓一鼓叫着慢慢跳到他脚下。

"嗬，咱们别是进了癞蛤蟆窝了吧？"大头一乐。董无忌也纳闷，一瞧这蛤蟆长得挺可人疼，蹲下身子就要抓。

"别动！"周少鹏厉声喊了一嗓子，说："这些蟾蜍来历不明，很可能有毒，你不要碰。"

"倒是，咱们那的种儿可没这么好看。不过小爷你可小心些吧，听说深山野岭，凡是长得五颜六色顶漂亮的家伙，都不吉利。咱们快去正殿瞧瞧那神像在哪儿。"大头挤眉弄眼递眼色，他哪里在乎什么考察队生死，听说真有一尊金像，早动了心。

这年月，什么都是假的，黄金白银才是真的。几人绕过脏了吧唧臭烘烘的水塘,借着月色往里走了几步。前头的周少鹏猛然站住一摆手:"停!"说完,他自己头也不回小心翼翼踩着残砖断瓦走了过去。

皮靴踩得青砖地上瓦砾"嘎吱嘎吱"响,三人莫名其妙。只见离着倒塌了一半的大殿一丈多远,周少鹏不知发现了什么,慢慢蹲下查看。董无忌好奇心大起,拉着小伍往前走,嘴里嘀咕:"喊!这人说我装,自打找到这庙宫,他就蝎蝎螫螫神神叨叨跟中了邪似的,伍哥你说……"

话音未落,小伍眼神一震也猛然收住了脚,一巴掌捂住他的眼,附耳小声说:"小爷,前头你还是甭过去了。"

"又咋了?怎么伍哥你也成这样啦?"董无忌扑棱摇晃脑袋,谁知小伍手法很高明,就是不让他看。大头沉声喊:"得啦,小伍,他也不是孩子啦,叫他见见这些没啥。小爷,前头又是一片死人,看见可别怕啊。"

"啥?!一、一片死人?!"刹那双腿发软的董少爷头上立马又见了冷汗,小风一吹冷飕飕起了一身鸡皮疙瘩。他眼前的手慢慢滑了下去,等他模模糊糊看了个大概,登时心里一紧,一把抓住小伍胳膊就不撒手了……

董无忌一眼望去,地上并没有大头嘴里说的"一片死人",周少鹏直立的背影遮蔽了一片黑漆漆的"黑影",只是那黑影太不寻常:像是一个老北京早餐常见的油炸肉盒子在热油锅里炸得焦香酥脆,正出锅时,失手不小心一下狠狠砸在地上摔了个四分五裂,满身的肉馅儿和油脂就此深深嵌入地面时留下的影子。

不过,此"肉盒子"并非彼"肉盒子",贴在地上的油脂烂肉足有半尺高,有脑袋、四肢的形状,两只鞋子仅剩了扭曲的铜扣,腰部也有乌亮的金属扣子,身旁几米大小的地面上,散落着乱七八糟的零碎:钢笔、手表、戒指和看不出形状的小玩意儿。这些东西全像过了电烧了不知多久一样,烂乎乎黑漆漆,跟它们主人差不多。

"额……"董无忌等看清了,忍了半天,还是吐出两口酸水。他胃里实在没东西可吐了,颤巍巍指着地上的东西说:"周处长,这、这是什么!"

"人。"

"人?!"

周少鹏毫无表情,点头招呼小伍把验尸的家什拿来开始验尸。他冲几米外一努嘴，董无忌揉揉眼，瞠目结舌：地面上横七竖八全是尸体，躺着的、趴着的、坐着的、跪着的，形态各异，狰狞可怖。有的像这具尸体一样，成了"肉盒子"；有的全身除了零碎饰物，竟然成了人形状的黑漆漆齑粉平摊在地上；还有些比较完整的尸体，全都缩成了少儿大小，全身软黑，脑袋上光秃秃的，皮肉焦烂，露出酥黑的骨头，一脸意外的惊慌恐怖之色，身上尚存皮肤，有手掌大小的浮皮和紫莹莹的篆文痕迹。四处地上全有漆黑炸烂的痕迹，提鼻子一闻，淡淡腐臭气中，似乎有点硝烟气还未散尽。

"考察团？！"董无忌失声尖叫，猛地扑了过来，心里陡然一缩，疼得眼前一黑！柳教授！董无忌瞪大了眼眶摸柳教授的影子。可地上的尸体实在太凌乱，他满脸悲恸一脑袋冷汗，嘀咕道："大褂，柳老师穿大褂！大头，你傻了！快、快找穿大褂的！"他一面嘀咕，一面疯了一样用手去地上抓灰烬和尸体。

"住手！小董少爷！"周少鹏极为冷峻，一把抱住大喊大叫方寸大乱的董无忌。

董无忌回头就是一拳，然而被周少鹏稳稳扣住了手腕子。尽自拼命挣扎又哭又闹，他哪里是训练有素的周少鹏的对手，被他紧紧禁锢，脸上的鼻涕眼泪倒倒没白瞎，抹了周少鹏一身。

"小董少爷！你冷静一下！不然我可对你不客气了！你在破坏现场！"周少鹏没放开董无忌，在耳边说，"你认真看，这些尸体里，没有一个穿大褂的。化成齑粉的那一具，身高和散落的佩饰都不像。听我的，不、要、再、发、疯，好好站到一旁去。我要验尸了。"

"是、是吗？"犹如梦中的董少爷呆住了，迷迷糊糊身不由己，被他一把推给了大头。天上穹隆似无边黑幕，潮湿闷热，四处远近，听不到一丝儿虫鸣鸟啼。董无忌浑浑噩噩失神地瞅着周少鹏和大头在那儿忙活，那些令人心悸、带着死亡气息、亮闪闪的验尸工具刚刚被搁进皮包里，此刻又在周少鹏灵巧的手里上下翻腾，在一具具早已没了生命的躯体上肆意纵横。

"小爷？您咋了这是！"小伍很不安，他以为眼前的少爷被吓坏了。董无忌自己知道，这不是吓的，是疼的，心里突突跳得厉害。他万难想象，跟自己有半师情谊，数天前还在一起谈经论道、纵论古今、切磋棋艺、鉴赏古董、品尝京城美味的柳教授，或许此刻已经变成了地上一具灵魂离体的尸首！他根本没经历过这种猝不及防的巨大悲哀和伤痛，刹那的悲恸差点就击垮了他，随后而来的，就是惶恐和茫然无措。打摆子似的颤了很久，董无忌才慢慢恢复平静。他抓住最后一点希望，慢慢蹭了过来，小声问一直忙碌的周少鹏："周处长，你确定这儿没柳教授的尸体？"

"暂时还没有。"周少鹏头也不回，嘱咐大头轮换着递工具，地上的尸体他没有全部检验，因为他发现这里的尸体也很奇怪。董无忌焦急地等待，时间一分一秒过去。周少鹏再没说话，半个多钟头后，他长舒了口气，站起身摘下手套，一件件工具被他用棉纸擦拭干净，放回皮包。然后他这才拿起笔和本子，借着越来越暗的手电光，却迟迟不下笔，仰着头似乎在思考什么。看着自己一丝不苟的笔记，周少鹏心中的疑团愈来愈大，可不能跟身边任何一个人吐露，换了个思路，他看向了董无忌。

那是一张惶恐不安中夹杂着茫然、恐惧和使劲儿装出坚毅的脸，上面还带着焦急期冀、鼻涕泪痕，董无忌像只可爱伶俐的小宠物狗可怜兮兮瞅着自己。他并不像以往那样讨厌这少爷羔子了，思索片刻安慰道："放心吧，小董少爷。"

片刻，周少鹏又恢复了那种惯有的冷峻："这片尸体里确实没有柳教授。"

"太好了！"董无忌一蹦三尺高，刚要高兴，就听周少鹏说："不过也别高兴得太早，他没有在这儿遇难，说不定……"

"没什么说不定！你可别乌鸦嘴！"董无忌使劲儿用袖子擦擦脸，合掌嘀咕，"我们柳老师福大命大，跟我差不多呢！伍哥，你也来听听。"

"尸体的检验细节就不跟诸位细谈了，只说一点。"周少鹏神色异常凝重，"这里的尸体，跟外面的尸体一样，也应该是被雷电击中身体，瞬间产生的强大电流与高温造成了死亡。这一具已经被高温化成了肉泥，骨肉脱离，脂肪融化后，沁入地下。那两具化成齑粉的，似乎瞬间就被高温蒸发了，骨头里的磷和其他物质变成了粉末状。那几具尸体严重扭曲萎缩，尸体的胸口、背部和胳膊上，也有电击痕迹，这些烫伤纹路和电击痕迹，比庙宫外的更加清晰明显。他们的死亡时间，在二十天之内。"

其实三人早已看出来了，大头张张嘴没出声，小伍还是那副憨厚样儿，两眼亮晶晶地只看着周少鹏。

"二十天？"董无忌默算时间，正好是报纸宣告考察团失踪的前两天，时间很吻合。不过直觉和蹦跳的右眼皮却令他心慌意乱，忐忑不安。他想了想，问："周处长，你确定这些人跟庙宫外那些考察团队员是一个死法？"

"科学，小董少爷。这是经过无数实证检验了的。你可以来看看。"周少鹏领着他走到一具比较完整、缩成一团的尸体前道："你看，这跟庙宫外的尸体没有区别，只是外头的尸体经过十几年的腐烂，死亡后的体征跟这些略有不同而已，这是必然的。"

董无忌忍着巨大的恐惧恶心，捂着鼻子蹲下，看了半响，发现果然跟外头的尸体几乎如出一辙，便问："能用用你的小刀吗？"

"你要看什么？"周少鹏示意小伍递过长柄小刀，提醒道，"我已经检查过了，大体差不多。"董无忌小心翼翼用小刀撬开尸体扭曲的嘴巴，大头有眼力见儿，立马用手电筒照了过来。看完这具尸体，董无忌不知怎么了，神色狐疑，又看了几具尸体。周少鹏瞧着他装模作样有点可笑，难道自己一个专业高级刑事警官不懂验尸？

然而董无忌看了剩下几具尸体歪歪扭扭龇牙咧嘴的嘴巴，脸色越来越惊疑，一把抹掉额头上的冷汗，不断揉眼。又看了几具，缓缓起身，冷冷地把刀递了回去。

"看出什么了，小爷？"小伍掏出几张棉纸，周少鹏擦拭着刀具，都等面前的董少爷开口。董无忌直愣愣瞪着周少鹏："周处长，我再问你一次，你真的确定这里的死尸跟庙宫外的，都死于雷电轰击？"

"小董少爷是在质疑我的专业能力？"周少鹏不明所以，回瞪着他。

董无忌摇摇头："不，我是问你，按照科大人和王大帅的指示，咱们的一个任务算是完成了吧？"

周少鹏瞬间会意，微微叹息点头："也算是吧。不过柳教授生死未卜，神像也没找到，也不能算完成。这里的情况，可以记录下来，回去汇报了。小董少爷有什么意见？"

董无忌忽然冷笑道："意见？你这专业高级警官，还问我的意见？你那些专业都白学了，还什么留洋归来的高材生呢！我看也是浪得虚名！"这话一说，周少鹏莫名其妙，正待问，就听大头大声惊叫："哎哟！这、这什么玩意儿？"

第二十八回

异兽

　　话音未落,当地起了阵猛烈的旋风,地上乱草瓦砾堆中仿佛有什么东西在大力蜿蜒游动,惊得草木簌簌,藤蔓萧萧。几人大惊失色,周少鹏喊了句:"小董少爷,趴下!你后面!"
　　"后面?"
　　还在茫呆呆的董无忌身后陡然显出一只湛青色大如车轮的爪子,"砰"地一把抓住了他,将他凌空甩了起来!身子上了天的董少爷坐秋千似的被摇晃得头昏眼花,刚反应过来,已然离地几丈高,一只又粗又大臭烘烘沾满黏糊糊绿色黏液的大爪子,正死死抓在他的腰间!
　　"妈、妈呀!救命啊!"一嗓子喊出来,吓尿了的董无忌可惨喽!如此景象惊得众人手忙脚乱束手无策,纷纷大叫。
　　"小爷!"
　　"董无忌!"
　　"小爷!"小伍手疾眼快一纵身跳到爪子跟前,一扬手,雪亮的匕首就要往下刺,哪知地上黏糊糊全是臭烘烘的液体,"啪"一下摔了个狗吃屎。一骨碌爬起来的小伍大喊:"快开枪!"
　　大头眼珠子早红了,手里的双枪对准了爪子就要搂火,被周少鹏一把压低:"疯了你!打下面!"

"下面?"这会儿大头才惊醒过来:慌乱中万一打不准,一枪打在董少爷身上可坏醋啦。可下面在哪儿呢?仨人热锅蚂蚁似的乱作一团,等看清了,仨人无比惊骇,原来那大爪子灵活异常,摇晃着董无忌哇哇直叫,一直往池塘那边拽!

小伍离得近,这才发觉,爪子后头乃是一只遍布五色麟甲幽光闪烁的"手臂",这只"手臂"隐藏在藤蔓缠绕的破砖瓦砾里,圆咕隆咚像根长满花纹的大木头。可陡然起伏中,快如闪电猛如怪蟒出山,足有成人的大腿粗细!

"砰!砰!砰!"电花火石间,三颗子弹飞火流星般射入那只大腿粗细的"手臂"!本以为这玩意儿再厉害,被火器击中也能撒爪子,不料三发子弹如泥牛入海,只在那"手臂"上擦出一溜火光,打出仨小眼,小眼里咕嘟嘟往外冒的并不是血,而是臭烘烘蓝绿相间的黏液。

周少鹏不可思议地瞅瞅手里还在冒烟的手枪。大头一把扯开他:"你快歇着去吧!"说罢,他举起双枪,"砰砰"一阵乱射,"手臂"终于抖了几下,可还是大力抓住董无忌往水塘里拽。董无忌被捏得胸口闷疼,四肢散了架似的有气无力,内衣湿漉漉一片。巨大的疼痛让他口歪眼斜,眼珠子通红,脖子上的青筋涨起来老高,冲着仨人手刨脚蹬,眼看脸色发紫,慢慢没了知觉。

仨人心急如焚可不知怎么办好。还是小伍灵敏,脑子里突然灵光一闪,对着爪子上的董无忌厉声大叫:"小爷!快、快用素光刀!"这声喊如大旱云霓,眼皮越来越重、身上越来越沉的董无忌闻言眼中一亮,强努最后一丝力气,从怀里艰难地抽出了素光刀。他积攒起最后的力气,胸口不由一阵剧痛,嗓子眼甜津津的,"哇"的一口血喷在爪子上,抄起素光刀,顺着爪子粗壮的"手臂"猛然砍去!

蓝瓦瓦寒光闪烁,几人没看清呢,爪子上的董无忌就觉身子一轻,脱离了禁锢。那只巨大的爪子竟然被素光刀从"手臂"处切豆腐般切了下来,顿时一股股蓝绿相间恶臭脓液喷涌而出,"嗖"的一声,"手臂"如巨蛇般在草丛里甩了几下,颤抖着缩回了水塘。周少鹏手疾眼快纵身伸开双臂扑了过去,一把接住摔下来的董无忌,抱在怀里就势在地上打了好几个滚儿卸了力。

"小爷!"大头、小伍飞奔过来。周少鹏心都提到了嗓子眼怦怦乱跳，又急又痛，拿手给他呼噜满头满脸的恶臭脓液。半响，董无忌才慢慢有了动静，咧嘴"哇哇"吐了一通儿，说："姥姥！这、这到底是啥玩意儿啊！呜，别动我，想吐！"等吐干净了嘴里的黏液，还死死抓着素光刀的董无忌大口喘息着被扶着坐了起来。

"小爷，你可吓死我啦！"大头抹了把热汗惊惧道，"这庙里看来不干净！咱们得快撤！"

"不是不干净，"小伍撕下内衣小褂子当手巾，给董无忌边擦边紧张打量四周，"老关头说的那个故事，八成是真的！"

"啊？"董无忌此刻昏头涨脑，猛然听小伍一说，吓得魂不附体，哆嗦道，"坏了醋啦！要是真的，咱们可得快跑！不、不成，柳老师和神像还没找着呢！哎哟，我这脸上怎、怎么这么痒啊。"

一说痒，满脸竟是奇痒难忍，董无忌忍不住用手挠，刚举起来就被周少鹏拦住："不能抓！小董少爷，咱们都中毒了。"

大头拿着已然快没光的手电一照，登时头皮都炸了！董无忌漂亮俊秀的脸上呈现出一层稀糊状灰绿色，长满了密密麻麻深绿色麦粒大的脓包，有些脓包已然像天花一样饱满，浆汁跃跃欲出，顶出星星点点的紫黑色脓浆，提鼻子一闻，腥臭无比，连方才给他擦脸的周少鹏手上也蜂拥长出一层脓包！

"小董少爷身上的脓包跟张文达教授尸体上的很像，这是一种剧毒！咱们得快出去，我背你！"周少鹏也痒得厉害，刚搭上董无忌的手，却见他两眼血红，双手强力捂着腹部，冷汗直流，蜷缩在地上，嘴里说："我不成了……肚子、肚子疼死了！哎哟！"

说罢，董无忌嘴里乌突突冒出股污血，剧烈的腹痛令他打起了滚儿，死死抓住小伍、大头的手，努着劲儿喊："快，快拿素光刀……杀出去，回去，伍哥，回去照、照顾我爷、我爸……"头一歪，他软塌塌晕死了过去。

"小爷，小爷！你死不了，你不能死！"大头哭喊着要扶董无忌，被周少鹏一把推开。

周少鹏怒不可遏，使劲地拍董无忌的脸："董无忌，你还没完成任务！你不能死！"小伍悲愤不已，一把捡起刀，直奔水塘。

此时，原本平静死寂、黑乎乎绿油油烂泥一片的水塘，仿佛在被什么东西搅动，水面上的藤萝、烂泥和长满绿苔稀奇古怪的骨头慢慢沉了下去，一圈圈打着旋儿向下陷进去一个巨大的深洞。周围被拽进去的碎砖烂瓦野花野草嗤嗤啦啦直响，"哗啦"一声，又一只巨大的爪子猛然伸了出来，如巨大怪蟒横扫面前一切。

顿时，水塘周围所有的地界都被它扫了个遍，仨人竟被严严实实挡在了大殿前，根本不能前进一步。"妈呀！这、这就是老关头说的那玩意儿出来啦！兄弟们，跟他拼了！给小爷报仇啊！"暴怒的大头双枪对准爪子齐射，火光闪烁，一阵硝烟，那爪子仿佛被激怒了，直冲大头抓了过来！

"赵爷，快闪开！"小伍身形极快，纵身躲开了肆虐的爪子。一阵腥风扑了过来，大头也不含糊，一个就地十八滚躲到瓦砾堆旁，看看不中用的手枪，急得抄起断裂的青砖就是一串飞射！

只可惜周少鹏本来手上中了毒，又抱着董无忌躲闪不及，被狠狠扫了一下，登时站立不稳歪倒在地，手里昏迷不醒的董少爷飞摔尘埃。小伍回头一瞪周少鹏："周处长！快把小爷搁在角落里，咱们干掉这玩意儿再说！"说罢，他飞身到了爪子跟前儿，左躲右闪脚步竟是极为灵活，瞅准了爪子后头的"手臂"，挥手狠狠就是一刀！爪子掉落，腥臭脓液喷了一地，小伍单手撑地一个后空翻跳出老远，没沾上毒液。

那爪子也怪，像没了身子的毒蛇脑袋，掉在地下还咪溜溜上下直蹦跶，被又气又急的大头举着大砖头死命砸了十几下才不动了。周少鹏提枪在手冲了过来："小心！水塘里的东西要出来了！"

果然，水塘里打着旋的臭水深洞越来越大，搅拌得越来越猛。仨人紧张地死盯着黑漆漆深不见底的黑洞，不由怒火万丈热血沸腾。"哗"的一声，臭烘烘脏水烂泥如同天女散花飞溅了一地，由打深洞里"哗啦"又伸出来两只比方才还巨大的爪子！

"啊？！"大头浑身一颤，望着同样惊诧不已的小伍、周少鹏，大喊，"这到底啥是玩意儿啊！周处长，咱们的家伙都在庙宫外头呢！我看普通的火器对付不了它啊。赶紧想辙，不介咱得死在这！"

"这不符合科学啊！"周少鹏刚要张嘴说出来，登时呆了，这么多年受到的教育，什么科学、知识、逻辑，全叫这水塘里的东西给颠覆了！他狠狠抽了自己一个嘴巴，喘着粗气道："小赵先生，咱们不能硬拼！小伍先生手里的刀太短了，只能伤它，不能杀掉它！那边的砖墙有裂口，咱们先从那里逃出去再说！"

话音刚落,四周发出一阵震天动地的巨响,大地颤了几颤,四处残损的残垣断壁几乎全被震塌了,裂口子的宫墙成了巨大的瓦砾堆。这下跑都跑不出去了。

这会儿又伸出来的两只巨大爪子对着仨人扑面抓了过来,院里陡然又起了一阵阴惨惨的朔风,吹得几人站立不住东倒西歪。

"快躲开!"周少鹏撤到半爿坍塌的正殿门口,两只爪子冲他过来了。大头急得嗷嗷直叫,不断用碎砖断瓦甩过去。小伍瞅准机会,纵身又是一刀,砍下了一只,剩下那只横扫着拍中了小伍!被击中的小伍身子在空中翻了几个滚,一招"夜叉探海"借势把刀甩了出去,一道银光打着旋正切中爪子后头的"手臂",恶臭脓液飞溅,爪子又断了!素光刀银光闪烁,扎在了角落里一段木柱子上,刀身直入还颤巍巍抖动,可见用力之大。

小伍摔在地上,忍着剧痛仰头大喊:"周处长!快拿刀!"周少鹏早已拔刀在手,仨人惊魂未定死死盯着湿漉漉没了水的水塘。

"哞!哞!"深洞里猛然传出一阵阵犹如牛叫的吼声,大地又开始震颤,夜黑月沉,阴风肆虐,残垣断壁上黑紫色的团团污点斑驳陆离,十分瘆人。四周旷野连绵不绝传来一阵阵铲沙子声,像地下黑暗里无数蛆虫冉冉蠕动要破土而出。

"看!那是些啥?!"大头举着两块硕大的青砖惊叫。众人放眼望去,周围山谷、林地、荒野中,影影绰绰显出些烛光似的亮点。不,不是烛光!那些青的、红的、绿的、蓝的五颜六色密密麻麻令人头皮发麻的光斑亮点,竟把庙宫严严实实围住了。

"哞!"深洞里又传出一声怒吼,周围的光亮闻声大盛,如惊风密雨般急促而来。大头叫道:"坏喽,这里头的东西是不是把它的徒子徒孙叫来了?!"

"不对!"小伍瞭望许久,脸色大变,直直盯住大头、周少鹏道,"不仅仅是'徒子徒孙'!咱们得快干掉里头这家伙,不然后患无穷!"

"轰!"一股水缸粗的腥臭黑气好似黑龙腾空张牙舞爪喷薄而出,直冲云霄!深洞里的东西终于忍不住,牛吼几声慢吞吞摇头晃脑挤了出来,震得四周惊风陡起草木瑟瑟。被震倒在地的仨人定睛一看,无不被唬得毛骨悚然!

原来深洞里钻出来一只遍体五色麟甲鲜艳夺目、头如水缸、双目如碗口金光直射、嘴如血盆、舌如怪蟒、身高一丈如野象、体生六只前爪四只后爪、摇头摆尾面目狰狞的十足金蟾!金蟾尽自六只前爪没了四只,却异常灵敏,二目蓦地睁开,两道碗口大的金光"嗡"的一声直射九霄,渐渐化作脸盆大小,光华夺目熠熠生辉,几乎夺了皓月之色!它晃晃脑袋,天地四野如同罩了一层赤金光芒,亮如白昼,"哞"的一声高叫,声如洪钟响遏行云,四处片刻铺天盖地涌上来方才密密麻麻五颜六色的光亮。大头惨叫道:"妈呀!这、这玩意儿就是'敦仁镇远神'?!原来是只成精的大蛤蟆!快看外头!"

庙宫外开了闸的像洪水般涌来无数拳头大小的五色蟾蜍,它们张牙舞爪跃跃欲试往里冲。不少花花绿绿扭曲滑动的毒蛇也夹杂其中,个头大的碗口粗细,晃动身躯嗖嗖吐着毒信,也跟着站脚助威!本来两种天敌的生物,不知怎么回事,竟然成了一家子!那金蟾对着仨人张牙舞爪,一对金眼"嗖"一下照过来,晃得仨人头昏眼花目眩神摇站立不住。周少鹏急得脸都青了,捂脸大喊:"别看它的眼!"话音未落,大头几块石头扔了过去,霎时激怒了它。它大嘴一张,一条紫莹莹的红舌头像怪蟒般凌空飞旋过来,直把大头卷了起来,轻轻一拽,大头竟然被它一口吞了下去!

"赵爷!"小伍惊怒交加,滚到周少鹏身边。俩人看看手里的家伙,竟是山穷水尽穷途末路。周少鹏手里就剩一把素光刀,可惜太小,手枪又不顶事,小伍还有大头送的一把攮子,可也太短。就凭这点家伙,甭说干掉金蟾是白日做梦,就是对付它那些不计其数的徒子徒孙也根本不可能!

"周处长,快想办法,不然咱们都得死在这!"周少鹏对准金蟾左眼"砰砰"开了最后两枪,子弹仿佛泥牛入海,没一点作用,气得他扔了手枪。俩人一面躲避金蟾的舌头,一面商议。周少鹏强迫自己冷静下来,一看皮包在侧,忽然有了主意,立马取出验尸盒里的几瓶药水,慌不迭在大殿周围撒了几个圈,叫道:"火!"

小伍爬到昏死的董无忌身边,找出火柴,哆嗦着划着火柴扔过去。周围燃起了四个大火圈,蓝火苗子噗噗直冒。

小伍问:"酒精?"

"是!用火震慑一下外面的毒虫,也吸引金蟾。"周少鹏递过最后一瓶酒精,说,"这个留着,最后突围时候用!"说着,他从外衣里一把扯下脏兮兮的白衬衫,"等我斩断它的腿脚,你看准机会,抱着董少爷快跑,把酒精都撒上点燃,出了庙宫一直跑,或许还能逃出去!别管我!"

小伍目光一闪,接过衬衫,轻轻挪到了董无忌身边。说来也怪,或许自然界的动物对火都有天性中的恐惧,围在庙宫围墙外的癞蛤蟆、毒蛇,见了火圈都有些怔,尽管还是杀气腾腾,却被燃着的大火圈镇住了片刻。巨大的金蟾稳稳蹲在水塘前,果然也被眼前莫名其妙燃着的大火弄蒙了,金光闪烁的怪眼扫视了一圈,不知这四个幽蓝大火苗子是啥东西,两腮鼓鼓牛吼般叫了几声,慢慢爬了过来。

机会来了!周少鹏握准素光刀,身姿如一只雄壮威武矫健灵敏的豹子,时而爬动、时而跳跃、时而滚动,片刻冲到了金蟾左后,挥手就是一刀!一声震动天地的嚎叫,让断瓦残垣塌了一片,黏稠腥臭的绿液喷薄飞溅,随即就是那条怪蟒般的舌头连地扫了过来!

地面青砖被砸得粉碎,周少鹏连连后退中还狠狠切下了金蟾一块舌头,紫红色的大肉块掉在地上蹦跶老高,像个没了脑袋的活人瞎撞乱碰,好久才不动了。又是一条腿被切了下来,金蟾巨大的身躯蓄势待发,长舌在半空中急速飞旋灵动异常,腥气凛冽,对准周少鹏就扫了下来。长舌的攻势又急又快,砸得四处砖石碎裂,半空中影影重重,力道沉重猛烈,瞧那架势,碰着就死挨着就得玩完!

好个周少鹏,面对长了眼似的长舌左冲右突闪展腾挪,身影如电闪烁其间,像根小小的钉子,缠住了巨大的金蟾。片刻,金蟾左边身子塌下去一半,再也没那么灵活。金蟾鼓嘴暴怒,猛然咧开血盆大口,猛然一吸,地上的周少鹏就觉当时起了阵大力旋风,拽着自己往上飞!他咬牙使劲儿稳住身子,就地一滚,正滚到金蟾右侧,对准它的最后一只前爪狠命刺了进去!

腥臭黏液溅了一身,周少鹏再顾不得有毒没毒,顺手擦着地面切了一圈,"哞",金蟾仰面怒吼,舌头闪电般飞了过来,正拍在他后背上!周少鹏凌空飞了出去,落在瓦砾堆里,震得五内剧痛,不由"哇地"一口鲜血喷了出来。他滚了几下,忍着剧痛,哆嗦着支撑起身子吸引金蟾,脸色惨白使劲儿冲小伍喊:"快!快跑!"

小伍见状再不敢耽搁,慌忙在团成球形的衣服上洒满酒精,借着火点燃,抱起董无忌就往外冲。小伍几个纵身就闪避过金蟾,到了庙宫门附近，刚要迈步，宫门前呼喇拥上一片密密麻麻五色蟾蜍、毒蛇毒虫。小伍拽着手里的火球大力左右挥动，驱散了些蟾蜍毒虫。可毕竟酒精少，又抱着董少爷不方便，不大会儿那些蟾蜍、毒蛇、毒虫越涌越多，片刻间竟形成了一道严严实实密密麻麻的"墙"，把俩人堵在那儿动弹不得！

　　无数花花绿绿恶毒的小脑袋攒动拥挤，看得人头皮发麻不寒而栗。小伍刚想往回跑，就觉得腰间一紧。坏了！金蟾舌头正牢牢缠住了他！猛然一提，小伍身子被凌空扔起来甩到了大殿檐子上，一撒手，怀里的董无忌重重摔在了泥地上。

　　"小爷！"小伍随着破砖烂瓦滚落在地，摔得头晕脑涨，四肢断了般剧痛难忍，再看周少鹏躺在尘埃面如金纸奄奄一息，再也站不起来了。金蟾猛然高叫，慢慢转动身子，仿佛打量很久没见的美食一样，盯住了泥地里的董无忌，轻轻伸出了长舌，眼瞅着就要卷住他。

第二十九回

除怪

小伍一动腰身,疼得倒吸冷气,眼看金蟾面对如此"美餐"悠然自得,连墙外的徒子徒孙们都欢腾不已,叫成一片。就在金蟾腥臭的舌头刚接触到董无忌胸口那瞬间,被摔得衣衫褴褛的董无忌,脖子里却猛然爆发出一道极为耀眼的白光!

说来也怪,这道白光起初有手指粗细,又细又长,片刻见风就长,一条银线般直插苍穹,凌空一道化两道、两道化四道、四道化八道,刹那影影重重赤橙黄绿青蓝紫七色迷离宝光四射散开,一片片七色瑞光氤氲而起,严严实实地笼罩了董无忌。金蟾的长舌往下一卷,如同遇到烈火般冒出一股股腥臭黑烟,当即烧化了半截!

董无忌胸前忽然涌动出一种古怪的响动,氤氤氲氲扩散开来,直上云霄,银光闪闪祥光瑞气腾腾勃发,片刻间越发剧烈,慢慢地升起一个个似薄雾又似微烟的七色光晕,如水波纹一样阵阵扩散出去,一圈圈鲜明耀眼,夹杂着宁静、慈悲、祥和、稳重的巨大力量,祥光瑞霭震慑了庙宫外所有的五色蟾蜍、毒蛇、毒虫。它们懒洋洋没了力气,缓缓退避三舍,也令庙宫中所有人安恬舒适,充满了力量。

"嗡,吭恰嘛喇,瓦嚷雅,唆哈……嗡,吭恰嘛喇,瓦嚷雅,唆哈……"

离董无忌身体几尺远的半空祥光瑞霭中忽然响起一阵宏大而响亮的念经声，隐隐约约也不知念的是啥。起初声音低沉，片刻陡然越来越响，洪钟大吕般飞旋弥漫布满四野，如一股不可遏制的洪流浪涛汹涌而来。"咣！"的一声，一片光晕，庙外的蟾蜍、毒蛇、毒虫无不瑟瑟发抖，簌簌啦啦刹那间全没了影儿！

那金蟾拖动巨大的身躯摇摇晃晃血盆大口对着董无忌又咬又吸，谁知它鼓腮吹气折腾了半天，两只金光大眼越发刺亮，却被一股虚空大力直直顶住了！越往下低头，反折回的力量就越大，逼得金蟾嚎叫几声，用水缸大的后爪对准董无忌狠狠踩了下去！就在它黏糊糊的后爪离董无忌脑袋还有半分，又是一股慈和悲悯宏声涌出，从他脖子下头猛然飞射出一股股密密麻麻金光四射的诡异梵文，曲里拐弯也不知啥意思，一个个字符见风就长，五色祥光环绕，飘荡飞旋，像堵金字墙围住了金蟾，刹那间对准金蟾噼里啪啦猛烈砸击。

砖块一样的金字梵文打得金蟾嚎叫不已，头烂身歪。金蟾左冲右突，可被如影随形的梵文罗网一样团团围紧，哪里跑得掉？乱叫中，金蟾嘴里"哇"一声吐出个黏糊糊的大团子。那大团子掉在地下兀自翻滚，小伍离得近，定睛一看，竟是刚才被它吸进肚里的大头！

大头可惨喽，浑身上下仿佛掉进粪坑里似的，腥臭无比，罩了一身黏糊糊臭烘烘的黏液。他一面擦一面大骂："这玩意儿差点把老子给吃了！哈哈哈，可惜老子命大，这东西又没牙，让老子逃了，哈哈！"说完，他抹了把脸，却见当场小伍、周少鹏都负伤，金蟾被困住，董无忌躺在那儿只有出气没有进气儿呢，顿时大惊，立马骨碌到董少爷跟前，想抱他，哪知刚一碰，"咣"的一下，被一股莫名的力量推了出来。

大头身手好，一个侧翻滚到小伍身边大喊："咋了这是！小伍！咱们小爷咋变成这模样啦？莫非他也是妖魔转世？如今碰见金蟾是一家子亲戚，现了原形？"

"赵爷！这会儿不是开玩笑的时候！"小伍狠狠瞪了他一眼，指着董无忌脖子说，"我刚想起来，怕不是咱在热河街里救的那位丹增喇嘛给小爷的那个护身符有了灵验？如今情势危急，赶紧想辙干掉金蟾救人啊！"

大头吐吐舌头，转脸问："周处长，你咋样！还能动吗？"

自打见了祥光瑞霭，周少鹏心里好多了，也不知是听了经文还是缓了过来，身子里觉得被注入了一股莫名力量，忍着疼答："小赵先生！别管我！请立即找武器，杀掉这只怪物！"

"武、武器？"大头一愣，满身黏糊糊的，两支手枪早不知去向，小伍、周少鹏手里各有一柄短刀，可自己咋办？砖头瓦砾不管用啊。他回身一瞅，墙角边残垣断壁里有不少木柱子、木檩子。他纵身跑过去仗着身大力不亏，抓起一根又长又粗的举了起来，给小伍、周少鹏俩人使了眼色："你俩，一个攻它一只后爪，老子撞死它！"

仨人各执家伙，扇子面形围住金蟾，大头一声嗯哨，三路齐发！早已手忙脚乱被金字梵文打得鼻青脸肿的金蟾顾上顾不了下，瞬间被斩断了两条后爪，肚子上也挨了大头一柱子，还剩下两只后爪似乎慢慢没了力气，蹲爬在地，两只金眼也少了光彩。

大头见旗开得胜，异常兴奋，喊道："哥们兄弟加把子力气！冲上去宰了它啊！"说着他就要往前冲。小伍看那金蟾脸耷拉在地，伸头缩脑似乎在吸气，两腮的金鳞也越鼓越大，两眼由金黄变成血红，顿时大惊，大叫："赵爷小心！快躲！"

"嗖"的一声，金蟾嘴里半截长舌飞出，正抽中大头。手里的木柱子一扔，大头像片树叶在空中打了几个旋儿，屁股朝下砸在了泥地里。他疼得哇哇大叫，一摸脸就是一把血，奇痒随即而来。

金蟾在几人注视下，又慢慢立起了身子，虽然还被金字梵文困住，可摇头摆尾急速鼓腮，片刻晃晃脑袋，冲着九霄云中"哞"的一声惊天动地高叫，震得大地也颤了三颤！它两眼血红凶光四射，红彤彤碗大的红光如朱砂鲜血，在黑暗里逼退群星，被斩断的六只前爪、两只后爪处黏糊糊，突然开始"咕嘟嘟"冒黑气！那黑气又臭又腥，熏得几人站立不住纷纷跌倒，大头趴在地上惨叫："妈呀！这怪物放的屁有毒！"

周少鹏慢慢爬过来，瞅着不远处昏迷不醒的董无忌揪心不已，可此刻怎么也没力气跑过去救他。小伍也慢慢捂着口鼻爬过来，指着金蟾叫道："周处长，赵爷快瞅！"金蟾爪子断裂处冒了股股黑气，响起"嘎吱吱"几声瘆人的脆响，竟然从断裂处，又长出了前爪后爪！小伍目瞪口呆数了数，前爪竟变成了八只，后爪变成了六只。巨大的金蟾嚎叫着，仿佛戏谑玩味般摆了摆爪子，紫红色的长舌猛然对着仨人射出，逼得仨人连滚带爬四处躲避。

尽管金蟾被金字梵文围住不能乱爬，可仨人想抢过董无忌逃跑，势比登天还难。金蟾双目红光一闪，猛烈嚎叫几声，额头上盈盈融融爆射出一道红光直冲而来，几只巨爪对着苍穹拍打招摇几下，震天动地，震得众人站立不稳纷纷倒地。四面八方好似有什么巨大的力量纠结扭曲上紧了发条后，如一股不可阻挡的磅礴洪流喷涌而出！半天里顿时阴云四合，黑雾铺天盖地簇拥挤压而来，凛冽朔风吹得飞沙走石山崩地裂，庙宫周围碗口大的树木、虬结的树藤、遍地野花乱草被当地旋风直直旋转着带上了天际。

云霄中打了几个巨大的闷雷，刹那间云兴东北，雾气腾腾，黑压压乌云齐聚，一道道金光霹雳自九霄中激射而下，四外狂风如接了神力搅得四周天翻地覆星月无光，霹雳雷电震得大地颤动不已，庙宫废墟里忽明忽暗更加阴森可怖，四面八方密密麻麻的腥风暴雨随着闪电巨雷瓢泼直下，打得大地一片血红。片刻，几人就成了落汤鸡，大头眼尖，抬手闻了闻，登时吓得魂不附体，大叫道："我的妈啊！是、是血！"果然，电闪雷鸣狂风怒号中，跟承德松鹤楼老关头说的那个故事一模一样，天上竟然真的下起了血雨！

三个受伤倒地狼狈不堪的年轻人面面相觑。周少鹏再也不念叨什么"科学"了，他蓦地涌上一股从未有过的恐惧，脸色煞白，焦急万分地瞅着昏死在金蟾身子下头的董无忌，竟想一把救起他，赶紧逃出这座恐怖诡异的废墟。他看看满头满脸血糊糊的大头、小伍，犹如地狱中的恶鬼，实在没了主意。

小伍慢慢往前爬了几步，焦急地说："二位爷，你们瞧，那金字梵文看着越来越少了，像是淋了血雨，效力减弱，金蟾冲咱们小爷去了！"话音未落，那金蟾身边金字梵文果然显得越发稀少，攻击力也慢慢减弱，金蟾挪动着巨大身躯，再一次对准了地下昏死的董无忌张开了血盆大口……

小伍和周少鹏同时大叫一声，一个持刀冲了上来，一个打着滚儿骨碌过来要救人。就在金蟾摇头摆尾在金字梵文围攻中猛然吸气之时，"咣"的一声巨响，泥地上被血雨淋透的董无忌胸口猛然又爆发出一道极为耀眼的红光，空气中仿佛弥漫出一股股暖煦温馨、似麝非麝、似檀非檀的味道。"嗡，吭恰嘛喇，瓦嚷雅，唆哈……嗡，吭恰嘛喇，瓦嚷雅，唆哈……"诵经声陡然提高，从四面八方而来充满了庙宫，嗡嗡直响。

再看地上的董无忌，随着诵经声，四肢如木偶般开始僵硬地摆动，摆动的幅度越来越大，越来越猛。金蟾张开大嘴猛烈的吸力，好像隔着一层透明的空气，被死死顶住。它暴躁起来，前后腿不断敲击地面。用素光刀徒劳猛砍金蟾的周少鹏眼看小伍就要抱住地上四肢摆动的董无忌，大叫："快！快抱着他离开！"

哪知小伍又被无名力量推了回去。"他、他醒了！"抱着木头柱子想往前冲的大头不可思议地看着红光紫雾中缓缓坐起来的董无忌，眼珠子差点掉出来。董无忌似乎没醒，半合着眼木偶似的歪着脖子，全身打摆子一样细微颤抖着，坐了起来。随着半空中诵经声愈发响亮，董无忌脖子下射出几道五彩光芒，交相辉映，格外璀璨，连他那张脏兮兮的脸也显得安详宁静。董无忌梦游似的站起来，扭过脸庞，对上了正在与团团金字梵文缠斗的金蟾的巨大身躯，往后一撤步。在众人惊呼中，他竟然纵身抱住了金蟾的后腿，慢慢往上爬！

"别！小爷，别过去！危险！"小伍吓得一颗心提到了嗓子眼，大头咧着嘴哆嗦。周少鹏刚被金蟾舌头扫了一下，捂着肩膀目瞪口呆地瞅着一向胆小怕事、贪生怕死的董少爷手脚笨拙而坚定地往金蟾身上爬。

"董无忌你疯啦！你要自寻死路吗！这不是你表现勇敢的时候！"心慌意乱毛骨悚然的周少鹏疯了一样冲了过去，然而半路就被嗷嗷怪叫的金蟾一爪子拍飞了！几人眼睁睁瞅着清瘦的董无忌一点点爬上了金蟾的背，金蟾很快便感觉到了身上的动静，张牙舞爪大叫着跳跃扭动。董无忌被血雨腥风打得像根大海中的火柴棍儿，却依然手脚不停。

董无忌已经颤微微爬到了金蟾的脑袋上，只见他两眼半开半合，从衣兜里掏出一样金光闪烁东西，在梵文诵经声里猛然举起，对准了摇头摆尾的金蟾脑袋两只金眼中间位置，狠狠砸了下去！

"砰"的一声脆响，金蟾陡然被打中了七寸一般，巨大如山的躯体猛然摇晃了几下，缩头缩脑扎煞了几只大爪子"哞哞"大叫，急疯了似的顾不得地下的仨人，几只爪子一股脑儿对准了脑袋上的董无忌就是一阵乱抓乱拍。这要换了旁人，一爪子下去非得拍成肉泥！可也不知咋了，金蟾只要爪子一往下拍，离着董无忌三尺远近，就会被虚空里一股看不见的大力猛地反弹回去。三番五次抓挠不住董无忌，终于激怒了金蟾，它的两只血红的眼也变成了黑红色。

它一屁股瘫在地上，前后爪并用使劲儿往脑袋上招呼，一只只利爪疯狂拍打，就是抓不住死命敲击它脑袋的董无忌，前后左右地摇晃脑袋，却怎么也甩不掉他，而金字梵文又围得像铁桶一般。董无忌的急速攻击，闹得金蟾慌了神，七手八脚惊慌失措，一时阵脚大乱。小伍、周少鹏眼神都好，此刻回过神才发觉，原来金蟾脑袋上在两眼之间，有一个碗口大的疤瘤，艳艳朱红，熠熠发光，刚才并没注意，直到下起了猛烈的血雨，那疤瘤这才显露了光彩。而董无忌手里那明晃晃的东西，不是别的，正是这次来围场庙宫前，大头从罗半仙那里偷来的紫金罗盘。不知是死是活的董少爷，正双手举着罗盘，死命对准了疤瘤砸石子儿一样砸得正带劲。

也就眨眼的工夫，随着董无忌狠砸，还在不断扭动身子的金蟾竟然全身渐渐冒出了红光，血雨也慢慢停了。红光过后又是一阵绿光，刹那间赤橙黄绿青蓝紫七色光芒依次第变换，每次光芒交替过后，金蟾恍然缩小一圈，七色过后，竟然变成了一般水牛大小，再也不敢摇头摆尾发威怒吼，满身凶煞之气也渐渐没了，只有哀嚎痛叫的份儿。

小伍灵机一动，对其他俩人大叫："快！快动手！金蟾脑袋上的疤瘤是它的命门七寸！"周少鹏听不懂啥叫命门，可极为聪明的他知道机不可失，忍着身上剧痛，飞身蹿了过去，躲过了金蟾长舌的袭扰，举起素光刀照准那个疤瘤，快准狠一刀刺中！神魂不在的董无忌正好顺势一罗盘砸在刀柄上，"噗"的一下，二尺多长的宝刀直挺挺被砸进疤瘤，直没刀柄！

突然几声巨雷闪电轰然炸响，震得四野惊悚颤动，方才金蟾引来的巨雷闪电炸的是几人，此刻这几道却堪堪炸在了它的四周，半空中电闪雷鸣金蛇霹雳，跟极速旋转的金字梵文一样把个金蟾困在当中，惊天动地，五色交加。早已缩成一团的金蟾左冲右突，碰着雷电就是一道焦痕，挨着梵文金字就是一股黑烟。董无忌晃晃身子，举着罗盘最后狠命一击，把金蟾头顶的疤瘤打了个血肉模糊，一头栽了下来。

震天动地一声巨响，几十道霹雳闪电自九霄爆射而下，直直击中了金蟾，霎时形成一道凛冽无比极光闪烁的巨大光网，与金字梵文一同如泰山压顶般笼罩了金蟾，空气中到处弥漫着浓重的腥臭，硝烟光芒中，金蟾哀嚎着又跳又叫，刹那化为了一大摊黑乎乎的焦臭脓液！

董无忌栽下来时早被周少鹏一把抱在怀里，骨碌碌滚到正殿台阶前。小伍、大头立刻冲了过来，却见这位少爷依然双目紧闭，七窍流血，面色紫黑，只有出气没有进气，手里死死握着紫金罗盘生死不知，只是脖子下头那枚精致的藏银经桶熠熠生辉，散发着温暖的光芒。大头叫道："妈呀！原来是丹增喇嘛给的宝贝救了咱们一命啊！周处长，小爷咋样！"

周少鹏说："还是深度昏迷，生命体征似有似无。不过，刚才他怎么能……"

大头惊喜交加，他是个什么都信、又什么都不信的，此时忍不住临时抱佛脚，跪在地上合掌对着四方祈求良久，才大喇喇说："周处长，我们小爷有佛爷保佑啊，你还不信！不然怎么能危急中救了大家伙？你没听见方才满院子的念经声？咦？这会儿怎么没了声？"

众人这才发觉，刚才那么响亮的诵经声此时一丝儿没有，连同刚刚漫天凛冽的朔风血雨和凶猛诡异的巨大金蟾，全都消失不见。星光月华再次挥洒银辉，四周显得格外安谧。

从危急万分中又活了命，大家一口气松懈下来，恍如隔世。几人身上都是黏糊糊臭烘烘的，互相看看，身上横七竖八的伤痕加上那些诡异中毒的皮肤，才发现刚才并不是做梦，而是一场真实的生死搏命。不远处金蟾被雷电击中化为的脓液中，忽然传来几声清脆的叫声令刚刚松懈大口喘息的几人骤然紧张起来，赶紧握刀准备战斗，谁知明亮的月光下，只见脓液中蹦蹦跳跳钻出一个有着一双绿豆小眼的东西，它大摇大摆扫视众人几眼，显出了真身。

这是只五色斑斓异常可爱的小蟾蜍。蟾蜍对着众人"呱呱"几声，转身蹦跳着几下冲早已狼藉不堪的水塘蹦了过去，跳进了黑洞洞的深渊。大头火冒三丈，蹿起来跑过去要斩草除根，哪知踩上滑溜溜的脓液摔了个结实，一边骂一边拾起身边碎砖烂瓦不管不顾往深洞里扔，发泄着怒气。周少鹏看着气息越发微弱的董无忌心慌意乱。小伍连滚带爬找到了他的皮包，急问："周处长，有办法救救小爷吗？！"

周少鹏艰难地摇头说："没有紧急救护药物和设备。哎！董无忌？小董少爷？你可一定撑住！""快来啊！看看这是啥！！"大头失惊张怪大叫道。小伍忍着伤痛爬过去一看，咦？地上一大摊臭烘烘黏糊糊的脓液中间，有一颗核桃大小的朱红色珠子熠熠发光。

"这是啥玩意儿？"大头小心翼翼用木棍子把珠子拨拉过来，小伍从早已破破烂烂的裤子上撕下一块，捏住珠子，俩人互相搀扶着回到大殿台阶下。周少鹏轻轻捧过来，细细查看：珠子核桃大小，朱红温润犹如浅色珊瑚，光华内蕴状如凝脂，提鼻子一闻，似檀似麝异香扑鼻，举珠子对着月光照耀，整颗珠子借了月华之色，发出一道道淡淡的五色光晕。

"这是什么宝贝啊？"大头挠头，"莫非怪物身上还带着宝贝出来作妖？"

周少鹏摇摇头不明白。鼻青脸肿的小伍低头似乎回忆着什么，片刻忽然大喜道："是了是了！小爷有救了！咱们有救了！"

"你咋呼什么呀。"大头捂着肿痛的屁股，满脸不悦撇嘴问，"就这么个来历不明的红丸子，非金非玉非宝石，又不是太上老君八卦炉里的九转金丹，有什么救？小爷哟，你可得挺住，咱哥们还没处够呢，你等我，回去就把罗半仙那个老狗宰了，都是他那张乌鸦嘴……"

小伍不理会大头一把鼻涕一把泪念丧，对周少鹏说："周处长，信我的！这东西是那金蟾身上的内丹！咱老中国的说法，凡深山大泽野地里的精怪，得天地之灵气、日月之精华才能修成神通，它们身上最厉害的玩意，就是这东西。那金蟾行云布雨移山倒海，全靠一身灵秀之气养成的宝贝，赶紧给小爷吃了，虽不比九转金丹，或许也能解毒祛病，起死回生呢。"

"啥？内丹？！"大头一听立马止住了絮叨，抹了一把清鼻涕一手夺过来瞪大眼细瞧，急问，"小伍，你说的作准吗？这玩意儿我倒听于三叔说过，他老人家说是见过蛇宝、蜘蛛宝、鹿宝、虎宝，都是山野怪兽们体内生成的宝贝，入药和合了，确实能治不少怪病呢！"

"赵爷，这都什么时候了，我敢说瞎话吗？"小伍急匆匆道，"大概齐跟牛黄狗宝差不离，即便没起死回生功效，毕竟是金蟾身上的玩意儿，说不定也能以毒攻毒呢。周处长，你看呢？"

周少鹏听傻了。他今天见的事，几乎已经超出了他的认知范围和所有学习、工作经验，难道冥冥中真有现代人还没研究明白的生物？看看董无忌面无血色奄奄一息，他长叹一声，咬牙说："两位，我听不太懂你们的说法，不过现在为了董无忌的性命，只好试一试了。"

周少鹏沉思片刻，笃定说："我先吃一点，如果没有危险，再给他吃。"

"啊？这成吗？就这么一颗啊。"

"我看成！"小伍连连点头，"周处长和咱们都沾过金蟾的毒液，虽然没入五脏，也可以试试，没危险再喂小爷吃。我先来吧！"说着话接过珠子，小伍灵机一动，把珠子垫在破布上，取了块青砖，狠命一砸。

硕大的青砖被震得四分五裂，再看珠子，竟然毫发无损！此番情景惊得大头一缩脖子："妈呀，这东西真是个宝贝。"小伍换了四五块砖头，全被珠子震碎了，还是没砸开珠子。周少鹏又取出自己皮包里验尸用的家伙连敲带砸，珠子仍旧纹丝不动。

这可麻烦了，眼见核桃大小的珠子竟如金刚护体，刀砍砖砸水火不侵。小伍又用素光刀试了试，可惜珠子滑溜溜的，根本切不上。周少鹏一瞥董无忌手里的紫金罗盘，有了主意，从他手里缓缓取出来，扶紧珠子，用罗盘边对准了猛力一砸，一声闷响，仨人六只眼睛睁睁瞅着紫金罗盘被硌出一个细微小窝。那珠子登时彩光迸射，五色迷离，瑞气腾腾，一股异香四散开来。珠子响了片刻，慢慢分裂成了四小块，光芒盈盈如皓月彩星笼罩了整座庙宫，半晌才慢慢消失。

周少鹏把罗盘塞进董无忌裤口袋，轻轻捏住其中一小块犹自发光的珠子，毫不迟疑搁进嘴里。小伍、大头立时紧张，死死盯住了他。珠子很怪，入口即化，细品有点柚子糖味，顺着喉咙如一股清流顺流而下。小伍、大头丝毫不敢错眼，生怕眼前周少鹏下一秒就会七窍流血面目狰狞暴死在当场。

周少鹏被他俩的眼神盯得有些发毛，只好闭了眼调息，半盏茶工夫，他就觉得小腹中微微发热，起初像是一个小巧的暖水袋，片刻温热的力量陡然扩大，呼喇喇从气海上下左右以排山倒海之势四处周流。这股宏大的力量瞬间过重楼走十二经，上涌到百会穴，下直冲脚底涌泉，四肢百骸全被一股温热舒适的力量笼罩，如入仙境。

一阵极其细微的脆响，从头到脚串了片刻，周少鹏再睁开眼，身上的伤痕疼痛竟然不翼而飞，站起来试了试，神清气爽心明眼亮，连力气也比以往大了许多，更为强健，胳膊上中毒满是脓疱的地方，竟也平复如初！

"可以吃，没问题的！"周少鹏激动地扶起奄奄一息的董无忌，把剩下三块中最大的那块小心塞进他的嘴里，轻轻合上，慢慢按揉了片刻他的喉咙，珠子咽下去了。大头忙不迭吞了一块，小伍也吃了。一袋烟工夫，俩人也体健身轻，恢复了精神。大头咧嘴大笑："好家伙！这玩意儿真比九转金丹还灵！宝贝！是咱们小爷有福啊！快看，小爷有动静了！"

或许是董无忌受伤太重，中毒太深，足有两碗茶的工夫，他脸上可怖的脓疱和身上的伤痕，仿佛被一只看不见的手丝丝缕缕抽走了，头顶冒出一股淡淡的香气。香气消散后，果然所有的伤口和脓疱化为乌有，本就白皙的皮肤显得更为光滑细嫩，他硕长的睫毛抖了抖，缓缓睁开了眼。

"太神奇了！不得不说，神奇！"周少鹏惊喜赞叹，扶董无忌坐起来。董无忌晃晃悠悠像是长长睡了一觉，挠挠乱蓬蓬头发莫名其妙问："神奇？周处长，你这是说什么胡话呢？莫非咱们都死了，变成了魂魄！对，我想起水塘里那只怪异的爪子。咦？你们这都是怎么了……"

大头哈哈大笑道："您可真是天生的爷！这会儿还没明白呢？老天爷保佑！小爷，您洪福齐天，又活了！咱们老几位全靠你，不介，这会儿真是四个鬼魂闲聊呢！"

小伍高兴地拉着他又哭又笑，三言两语说了方才恐怖的一幕。谁知董无忌一头雾水，根本不信，指着自己鼻尖儿瞠目结舌问："啥？我、我爬上金蟾的脑袋，拿紫金罗盘给它开了瓢？你们被我救了？！还、还捡出一颗内丹珠子？"

"没错，小爷！真是你！那梵文诵经和金字梵文，就是从你脖子下头冒出来的！一出来就镇住了外头铺天盖地的蛤蟆毒蛇，把金蟾老祖也打得屁滚尿流呢！不信你问小伍。"小伍连连点头。董无忌半信半疑，拉过周少鹏的手，狠狠掐了一下。周少鹏疼得脸色一变，苦笑道："小董少爷，这是真的，如果不是亲眼所见，真难以想象！"

董无忌拍拍脑袋，终于信了，乐呵呵站起来要回素光刀，在手里转悠了几圈笑道："周处长，咱老中国的神奇事儿多着呢！你且得学呢！"

第三十回

壁画

经历过生死，董无忌从怀里掏出那枚藏银的经桶，也不知是月光照射还是咋弄得，那经桶荧光润润，还热乎乎的。周少鹏看了半响，不明白上头密密麻麻錾刻的字符是啥意思，没敢触摸，点了点头思索道："小董少爷，或许这不仅仅是迷信，除了心理安慰，也有冥冥中我们不得而知的神秘。我想起方才那只金蟾出现之前，你说的奇怪的话，莫非你在这里死亡的尸体上发现了什么？"

董无忌眨眨眼，蓦地想起什么似的，看看一脸期冀的周少鹏，欲言又止，心里掂量了半天，只抿嘴道："这个我还没想好，等想好了再说吧，也可能是我想错了。现在咱们就去大殿，赶紧找找柳教授和神像，他老人家是死是活，回去总要给梦珊一个交代。"

周少鹏意味深长地点点头，回身面对被金蟾搅得天翻地覆的现场，发起了愁。尽管衣服裤子被折腾得又脏又破，好在四个人还在。早已被撕扯烂的皮包里，案件的资料和记录也在，只是现场完全被破坏，第二支考察团所有的尸体荡然无存。直觉告诉他，两支考察团都丧命于这座阴森的庙宫，死亡原因虽然相同，但他老觉得其中有什么还未查出来的诡异和疑点。刚才那只破土而出的巨大异兽金蟾，真的是害死两支考察团的凶手吗？

"想什么呢？"董无忌在身后叫他。周少鹏回身一看，忍住了笑：面前顶漂亮的小伙全身泥泞不堪，破衣拉撒跟叫花子似的，脸上黏糊糊的汗水一团团，头发也成了烂鸡窝，手里捏着小伍的破衣襟还在那儿不断擦拭，越擦越脏。

"我是在想现场被完全破坏了，那只金蟾太诡异。难道从清朝到现在这么多年，没有人研究出它的存在而消灭它，一直任由它在这里兴风作浪，还封它为神？可是我想不通，自然界怎么会出现这么大的金蟾，有如此破坏能力。"

"你又想说是迷信？"

周少鹏道："不，我是想，自然界有其客观的生存法则和模式，我们现代已经研究出很多了。这只金蟾虽然不符合自然界的一般生长特征，可应该有它变成如此巨大且有破坏力的原因。不只是神话传说，只是我们无法研究出它的本源而已。老中国缺乏的就是现代深入的科学研究和逻辑思维方式，各种观念也有待于进步……"

"太快进步忘了本也不成！"董无忌撇撇嘴很是不满。这当儿出去找行李的小伍和大头回来了，马都跑了，粮食行李自然都丢了，就剩下菊花青大骡子懒洋洋睡觉呢。几人只得加紧速度，进了大殿。大殿塌了一半多，历经多年风雨无情，地下青砖迸裂杂草丛生，乱糟糟的到处堆满了灰尘瓦砾。

借着清冷月光和手里的烛光，众人终于看清了里头的景象：草绿描金的天花板早已没了大半，黑洞洞的露出房梁，十几根顶天立地的大木柱子断裂了，摇摇欲坠。两旁山墙塌了一半，剩下一半上面仿佛有彩画。正中是座四尺高空荡荡堆满尘土的神台，铺着早已腐坏的锦缎垫子，两旁是腐烂的杏黄金彩绸绫帐幔，一边垂下残破累丝吊挂珠灯，另一边啥也没有。神台侧近摆设的法器钟鼓零散了一地，被岁月侵蚀，锈迹斑斑。神台正前是张五尺长宽大的楠木供桌，摆着凌乱的五供，木头灵芝、瓷盘瓷碗、净水瓶，也大都残破不堪，落满灰尘，中间只有一块烂乎乎的描金木头牌位歪倒着，并没有神像。房檐墙角层层叠叠密布的蛛网昭示着这里久远的萧索与荒凉衰败。

大头拨拉一下神台前，果然都是些不值钱的铜瓷玩意儿，取过神牌来，众人执蜡烛一照，上头原本残存的金彩熠熠生辉。这是块二尺多高，一尺多宽的宝蓝色双龙环绕描金神牌，上头有几个楷体大字：敕封敦仁镇远神之位。"这木头不错，金丝楠的。"董无忌来了精神，四处踅摸。众人找了一圈，也没有发现柳教授和神像，不由心急。

"把蜡烛都凑过来！"董无忌似乎发现了什么，急乎乎叫道。他个头不太高，眯眼对着两面墙壁从南到北看了一遍，又从北到南看回来，退后几步，让仨人站在墙下举高蜡烛，自己退后好几步，双眉紧皱盯着壁画沉思，脸色越发凝重古怪。

"小爷，你看明白没有？两面墙有啥好看的？我这胳膊都麻了！"大头嚷嚷。周少鹏瞪大了眼也瞧不真着斑斑残存的壁画上到底画的什么东西，只好任由他观察。

"周处长，你来看！不，大家轮流瞧，我来拿灯！"董无忌匆匆过来接过蜡烛，使劲踮脚举着。周少鹏走到壁画正面，幽暗烛光加上淡淡月光，面前的壁画总算露出了些许真容：东墙从南侧开始，画的是一位帝王出巡的仪仗，山高林密之中，无数佩刀执弓的禁旅八旗展开燕翅形，威风凛凛地举着各色旌旗、大纛、仪仗兵器，护卫中心一圈人物。这些头戴红顶，身着黄马褂行装的侍卫亲军，携带着阿虎枪、火枪、鎏金长矛和方头绿鞘腰刀。其中有个人大头娃娃似的，年轻英武，身材高大，坐在一匹雪白高头大马上，穿着打扮乃是一身满布金钉的明黄缎平金彩绣云龙五彩镶宝石珍珠盔甲，脚下缂丝夹金的战靴，腰挎御用宝刀，马背上插着御用弓弩和火枪，气度威严器宇轩昂，信马由缰轻松自得。

接下来一段便是众人到了一处茂密山岭，两边山峰耸立，水泊点点，美景前面这段，忽然接的是天降大雨，整个画面血淋淋一片，红得诡异。山峦下一处湖泊里，钻出个怪物，俩大爪子趴在湖泊岸边，对身形壮硕的至尊天子瑟瑟发抖，叩首不已。帝王似的人物背着手器宇轩昂，面带高贵的微笑指点着湖里怪物，嘴里说着什么。片刻后，漫天云雾消散，阳光普照，竟是一片晴朗。这段画十分精细，帝王的威严、怪物的恭顺、臣子们的恭敬栩栩如生。

下一段却很奇特，旷野变成了一片大工地，无数密密麻麻的人力兵丁在围起来的四方形工地上忙碌，砖瓦、石料、木料堆积在一旁，湖泊平静如画，每个人都汗流浃背。按说应该是热火朝天的场面，可每个人的脸色都像吃了苦瓜一样，挂着怪异呆滞的微笑。中间一大片白乎乎的玩意儿触目惊心，仔细瞧是堆积如山的兽骨、人骨和乱七八糟的断肢残臂，黑气弥散，十分可怖。这里画的就是庙宫当年修建时的场景。

后面的画面更是惊人，一圈穿戴各异的和尚、喇嘛、道士、萨满巫师，各按方位围在工地四周，手里各执降魔杵、木鱼、佛珠、金刚杵、金刚镢、金刚铲、金刚铃、七星剑、雷符、玉圭、玉印、拂尘、鱼皮鼓和兽骨柱念念有词，四角上五颜六色光华夺目的各色云雾缭绕，端坐香风彩雾中的漫天护法神佛神将以一种奇异的姿态俯临，片刻形成了一张巨大而金光闪烁的金色大网，严严实实地覆盖了庙宫周围。一只金蟾露出些许头爪伴着一股股阴霾雾气，却显得异常安详恭顺，只是它身边仿佛有块黑乎乎的东西，个头不大，散发着诡异的光，跟图上所有出现的光彩全然不同。

接下来便是风和日丽万里晴空，庙宫竣工，皇家举行盛典，仪仗如林。穿着各色甲胄的禁卫和臣子们在又一个大头娃娃似的皇帝的率领下，对着庙宫殿宇中间的神位行礼。大殿上头祥光瑞霭熠熠生辉。到这儿，壁画就断了，后面是一大片残迹，颜色剥落灰尘遍布。

董无忌激动地解释："这画的就是外头御制碑文上乾隆写的康熙偶遇金蟾怪物的一系列事迹，只不过略微夸张，看起来还是很写实的。哥儿几个注意，施法中间这段，金蟾旁边怎么会出现一块黑咕隆咚散发着诡异光芒的东西。这东西不仅在老关头讲述的故事里没出现过，即便咱们刚才遇见金蟾，也没见有这么个玩意儿。"

"老关头说的故事，缺少了一部分真相，就是那尊神像的来历，或许他祖上没流传下来，可根据十几年前留下的电影资料，神像确实存在，但按照这几段画上来看，它的作用绝非仅仅按照金蟾形象塑造出来用来供奉的神祇，而是另有更大的秘密在内！还有这个金蟾身边已经漫漶不清黑咕隆咚的东西，到底代表什么？快去看看西墙。"

西墙只剩了半幅壁画，除了里面大头娃娃似的皇帝，其他场景烂乎乎支离破碎，外行人根本看不懂。董无忌只好给他们——解说："这位年轻的天子很可能就是乾隆皇帝，他举着一尊金光灿灿的神像，在前殿供奉如仪。张牙舞爪的金蟾此时温顺得像只小哈巴狗，匍匐在地舞蹈拜服，它身边那块黑乎乎的东西似乎在漫天金网和神像的震慑下。变小了，从比例上看，变成五分之一个金蟾大小。"

而残画上那尊神像，却显得异常硕大，在无数吉祥云朵彩雾纷纷中，神像至少比东墙上的大了三倍，在一圈圈红灿灿黄橙橙的彩光环绕下，显得格外神秘。更奇特的是，跟金网的光芒不同，神像上的两色光一圈圈像陀螺一样发出一种怪异的弧线，不仅笼罩了温顺如狗的金蟾，更骇人的是，所有弧线竟然都射入了金蟾身边那块黑乎乎的东西里。在接下来几块残存的石头上，金蟾变得更加恭敬，连身子也缩成了狸猫大小！

接下来的壁画连半幅也不到，香烟缭绕的大殿里，只有半个身子的皇帝好像靠在神台上，安放神像，金蟾和那块黑乎乎的东西不见了踪影。最后一幕却是只有半张脸的皇帝对着神台露出颇具玩味的微笑，众人看不见其他的，只能瞧出那半张脸露出的笑容在幽暗烛火中格外阴森诡秘。

"后面完全看不到了。"董无忌说得口干舌燥，咽了口唾沫，很是不安道，"哥儿几个看明白了吗？不要看那些吉祥云朵彩雾瑞气，要看主要内容。"

大头笑道："小爷啊，这不就是皇帝老儿装神弄鬼糊弄后人的嘛，不就这点儿事嘛，有啥疑惑的？"

"大头，如果都按你这么想，大殿里这两面墙上的壁画都甭画了！我刚才说了，看这幅画的主要意思，它的内容！"

周少鹏会意道："小董先生，你是说，壁画主要表达的不是小赵先生说的那个意思，而是表达了另外一种我们至今不得而知的内容？"

"不错！"董少爷急躁地在殿里来回转圈，嘀咕道，"怎么会是只显摆英明神武呢？确实，当年画工们作画时，必然有奉旨溜须拍马的意思，但这段画里有几个细节需要注意：神像为什么会在这儿变大，表现出更大的法力？金蟾为什么比东墙上那幅画上的缩小了？神像上发出两色光圈为什么会笼罩金蟾的同时，却全部呈现弧线样子射入了金蟾旁边那块黑咕隆咚的东西？这个黑咕隆咚的东西到底是什么呢？它跟金蟾和神像究竟是什么关系？"

这突突突急促的询问真把几人问傻了。周少鹏越听心里越悚然，点点头深沉地说道："小董先生，你没上警校学调查案件很可惜。"

"为啥？"

"因为你往往能从习惯常识中发现一些特别的东西。比如说你刚才说的神像。"

董无忌灵光一闪，目光炯炯地注视着周少鹏。周少鹏继续听他说道："这一点是我一直搞不懂的，为什么科大人首要目的，是让我们带回神像呢？在我看来，几百两的金砖金条，跟一尊由此同样重量铸造出来的神像，没有任何区别。即便它是带有历史文化的古董，可北京城里并不缺少此类古董。所以，他三番两次派人来取这件神像，是值得深思的。另外就像小董少爷你说的'它的作用绝非仅仅按照金蟾形象塑造出来用来供奉的神祇，而是另有更大的秘密在内'，这句话特别启发了我。"

董无忌深以为然，点头道："你接着说！这也是我现在才感到奇特的：洋人在咱老中国抢了那么多金银财宝，怎么会对一尊哪怕是纯金铸造的神像感兴趣？北京城里的金佛金像有的是啊。"

得到认可，周少鹏脸色柔和："整件事扑朔迷离，现在我还想不透。不过单纯说起神像，经过你的提醒，我倒想起了壁画和传说。对于神像本身的认识，我想先说个故事，你有兴趣听吗？"

大头、小伍听说周少鹏也说故事，都非常诧异，也凑了过来。

"记得日本有个传说，在开天辟地之时，日本列岛是天照大神安放在四条巨大鲸鱼身上的，千百年来，一旦天照大神的后代天皇失德或是做了坏事，鲸鱼就会翻身扭动，引发巨大的海啸和地震，给日本带来灾难。这个传说在日本流传很广，不少神社神宫的壁画上，也有这一类题材。"

"你是说，小日本总有一天会被震塌掉进东洋大海里？"董无忌瞪大眼。

周少鹏笑道："我的意思你没明白，我是说，从近代科学调查来看，日本是处于海底断裂带和火山高发地带的，古人没有那么多科学常识，只好用传说故事的方式来表现，比如说壁画和神话。这么说，你应该明白了。"

董无忌思索着点点头，回思壁画，蓦地惊讶道："这里的壁画也有这个意思？"

"没错，"周少鹏在地上画了个金蟾简图，指点道："请看，按照近代以来达尔文的生物进化论，生物有其本身的进化过程和遗传因素。这种进化和遗传，绝对不可能凭空出现，它必须按照从一到二，从二到三的过程来进行，不会直接从一变成一百。比如人类从猿进化成人，经过了漫长的几百万年，不可能从猿直接变成人，这个你明白吧？"

"你说啥？"大头惊呼，"人是猿猴变的？周处长，这话我就不明白了，敢情猴子就是咱们的祖宗？西山上那么多猴子，谁也没见它们能生人啊。"

董无忌扶着一脸懵懂的小伍大笑不止："大头，别打岔。周处长说的不是这个意思。进化论我在学校听过，没认真学。请继续。"

"好，既然明白就好。我虽是警校毕业，但对自然科学也比较感兴趣。那么这就有了一个问题：我们都看到了，如此巨大的金蟾，根本不符合生物进化过程。周围的蟾蜍我们也都见了，体形都没有变化，为什么只有这只会发生了变化呢？而且它的变化十分诡异，六只前爪，四只后爪，后来被我们砍断之后，竟然又会生出八只前爪，六只后爪。刚才我说了，这里正常的大群蟾蜍说明，单只金蟾的出现属于极为特殊的特例，并没有进化过程和遗传因素的必要条件。如果是遗传，那么蟾蜍作为一种繁殖能力很强的卵生生物，在这片潮湿无人的环境下，不可能只有一只出现这种形态。"

"难道不是它修炼多年成了妖怪？"小伍插嘴道。

周少鹏摇摇头认真答道："我不信有什么妖怪修炼，或许世间有我们现在依然不能解开的秘密，比如刚才小董先生脖子里的经桶发出诵经声、金蟾被雷击后出现的'内丹'，我想它们并不是不能用科学解释，而是现代的科学解释不了而已。还有，金蟾作为一种生物，它本身不可能脱离生物进化，它爪子被砍后，又重新冒出来，不是什么妖术，很可能跟动物自愈特性有关。不多说这个。综合以上的说法和壁画，我的想法是：怪异金蟾的出现和成活，必然受其他神秘东西的影响，正因为受那个神秘东西的影响，本该正常的金蟾在卵生进化生长过程中，发生了诡异的剧变，导致了它的变异，也就是我们看到的怪物。"

大头恍然大悟："周处长是说，神像并不是皇帝老儿们单纯为了祭祀造出来的，还有这种导致蟾蜍大变金蟾的作用？"

"你怎么老插嘴！"董无忌撇嘴笑道，"你说反了！神像不是导致蟾蜍变金蟾的原因，而是壁画上金蟾旁边那块用人血颜料画成的黑咕隆咚的玩意儿。周处长的意思，那东西才是罪魁祸首。对吧！"

"是的！"周少鹏松了口气，"小董少爷很聪颖。也许古人已经发现了那东西的古怪作用和影响，所以才在壁画上，用一种夸张荒诞的手法，在颂扬帝王的同时，表现出这种内在关联。那么神像……"

"神像除了祭祀神祇作用，就很可能是克制或是针对那东西铸造出来的具有更神秘力量的物件？！"董无忌边说边倒吸冷气，脑子里闪过壁画上一幕幕片段。他捡起一块小石子，在地上急速地画出了非常简单的神像、金蟾和散发的一圈圈的圆弧形。董无忌在金蟾旁添了一块东西，等圆弧形覆盖射入那东西时，他心中一动，忙问："周处长，请看。这是那幅拼出来的残存壁画的内容，按照你说的推理，这是什么意思？"

"从宗教来说，是法力。从历史来看，恐怕就是古人为了表现一种特殊事实而绘制的。比如放射？克制？反弹？压制？或是吸收？壁画不完整，我只能想到这些。现在能确定的是，真相肯定藏在神像里。"

大头听得晕头转向不明所以，急躁地问："你们还有完没完啊！既然神像和金蟾旁边的那玩意儿有用，赶紧找啊，别愣着啦。甭磨叽半天，再把金蟾的爹妈兄弟等了来，把咱们一窝端！"

可煞作怪，仨人忙活片刻收拾好，又在殿内找了几圈，还是不见神像踪影，更别说那"黑咕隆咚"的玩意儿。只有董无忌紧紧盯着西墙残存的壁画一言不发。"小爷，小爷？你怎么了？赶紧找啊，说的那么玄乎，找着了咱也开开眼！你说，那神像是不是被人捷足先登偷走了？我琢磨着，就是那两拨考察团！"

"不可能。"周少鹏连忙反驳，"他们的尸体都在，随身的东西也在，如果被带走，我们肯定会发现。怪了，神像到底在哪儿呢？"

"在那！"董无忌猛然回身指着空荡荡的神台说，"就在那！"

仨人瞠目结舌使劲瞪大了眼，神台上空无一物。大头惊呼："小爷？你、你眼坏了还是咋了，啥也没有啊！"

"就在那！"董无忌忽地跳起来，一溜烟儿冲过去，中了邪似的嘴里念念叨叨，围着神台转起了圈，一边转圈一边手舞足蹈，仿佛跳大神一样。

"坏了坏了！"大头脸色大变，叫道，"小爷这是魔怔了！不对，是被这里的邪祟吓走了真魂儿，这会儿魂魄不稳，被什么东西冲撞了，在这发癔症呢！"

"你们傻啦！"董无忌灵敏地爬上神台，又跳又叫，四下里乱摸一气，喊道，"快、快过来帮忙啊！"仨人一脸懵懂地跑过去，不知这位少爷葫芦里又卖的什么药，只好也在神台四下踅摸。

周少鹏忙问："发现什么了？这里没有神像，小董少爷，你要我们做什么？"

"哎，机关！机关！"董无忌急得唾沫星子横飞，指着大头喊，"大头哥，你是我亲哥！你忘了在天桥听《隋唐演义》说过，古庙神殿必有暗道机关？壁画画的这神台有蹊跷，快找！"

"啊？"大头差点一口气噎死，哭笑不得喊道，"妈呀！小爷，你是我亲爷！你真听故事听傻了，人家那是评书，不是真事儿！这都哪儿跟哪儿啊！"

小伍一听就明白了，心念转动，连连点头："赵爷，小爷说得有理，赶紧瞅瞅！"好嘛，仨人围着神台，董无忌趴在上头，四个人八只眼跟找蚂蚁窝似的翻来覆去找了很久，几人灰头土脸的，除了青石台子的神台和木头供桌，哪有什么机关？

周少鹏看得很仔细，这座神台是整块大青石雕刻而成，足有两米见方，下头是须弥山形状，中间四方边细细篆刻了奇花异草吉祥云朵，十分精细，可浑然一体，哪有什么"机关"？

大头忍不住了，一面用拳头捶击神台四周云纹花朵，一边笑骂道："小爷真不着调，一会儿瞎蒙个主意，一会儿蹦出个办法，告诉你说，你说的那些机关，只有下三门或者土匪窝里才有，都是为了积攒钱财、保命逃跑的暗门，这里怎么会有那个呢？"话音未落，他一拳正砸在神台正面角落精雕的一朵西番莲上，"咯"的一声，花朵竟然被砸进去半寸！

随即，空寂的大殿里发出一阵令人心悸的轮轴滚动声，仨人大惊失色，刚一抬头，就见兴高采烈得意扬扬的董无忌"嗖"一下身子掉了下去。随着董无忌回荡连连的惨叫声，神台被左右分成了两半，露出个四方形黑乎乎的大洞……

第三十一回

地宫（一）

大头、小伍望着深不见底的大洞直发毛，片刻，再也听不见董无忌的惨叫声。大头面如死灰，惊恐大叫："快下去啊！还愣着干啥！"周少鹏一马当先跳了下去。仨人刚下来，神台上的石板就合二为一，吓了大头一跳。"坏了！忘了留个人在上头。"他使劲儿往外推，可石板纹丝不动。

"别急赵爷，这里有机关。"小伍指了指一旁石壁，上面有个锈迹斑斑的青铜拉环。

周少鹏握住猛力往下一拉，果然石板又开了。仨人放了心，周少鹏在前，小伍在中间，大头断后，顺着凿出的石台阶，下了暗道。台阶上灰尘足有一寸多厚，大概数百年没人进来了，两侧的石壁上每隔一段，插着一只精巧的黄铜灯座，上面插着粗大的蜡烛，有些已然成了蜡块。小伍小心翼翼地引燃，片刻两溜灯光闪烁，眼前一片静谧的光芒穿透沉重幽暗的空间。

台阶不长，片刻就到了底，地底也是由青石铺成。通道里一片漆黑，伸向不知哪里。仨人正想找人呢，就听不远处黑暗里有人呻吟："大头，你们仨可来喽！这回可把我摔着喽！哎哟！我的腰！"仨人冲过去，小伍赶紧抱起地上灰头土脸的董少爷一看，差点噗嗤乐喽。

大头笑道："都是你！乐过劲儿了！知道疼就没事，来，我瞅瞅骨头断没断？"他伸手给董无忌从头到脚摸了一遍，揶揄说："总算没摔坏！都是皮外伤。小爷你啊真有点福气，掉在这黑咕隆咚的地方，没摔死！"

周少鹏知道他没事儿就放了心，举蜡烛仔细查看通道里的情形。地下通道并没有想象中的那么高大宽阔，顶多两米高点，青石券顶，接缝处有什么东西灌铸，还有铁条拴固，大头一伸手都能摸到顶，地上青石板也就两米宽。俩人并排走刚好，四壁是青砖砌筑，缝隙也被抹了石灰，整个空间并不潮湿，干燥没啥异味。只是不远处地上青石板上有个篆刻的图案，众人蹲身一看，原来是个稀奇古怪的曼陀罗花纹。

董无忌哼哼唧唧被小伍搀扶走过来，也趔摸了一圈。大头挠挠头似乎有点迷糊，问："小爷，这地方我好像来过？"

"嗯？啊？"仨人闻言回头瞪他。

大头呵呵乐道："不是不是，我没说清楚。我记得见过这样的暗道，那都好久之前了。奇怪，怎么塞外会有这种地方呢？"

董无忌痛得龇牙咧嘴，揉着屁股边一蹦一跳观察了石壁、券顶，边自言自语说："券顶缝里灌的糯米汁，加了石灰鸡蛋清，好家伙，万年牢啊。周处长，你起开，我瞜瞜地上。"他趴下瞅了片刻，点点头："不错，是前清的样式，阴刻的曼陀罗阵，这手艺不赖，里头好像灌了什么玩意儿。"董无忌用手沾了点一捻，是朱砂。

"怎么会有朱砂呢？这玩意儿是辟邪的。"董无忌故意坏笑问，"大头哥，说实话，你在哪儿见过这样式工程？"

大头蓦地红了脸，抹不丢儿小声说："记、记不清了，可能、也许……"

"也许是王爷坟、老公坟里吧！"董无忌一拍他，"你就作吧！那行也是咱能干的？！多缺德，小心伤了阴鸷，生个孩子没屁眼！"

"放屁！你才生孩子没腚眼呢！"大头被说中心事，急了，"我再不是东西，也知道礼义廉耻，咋能鼓捣那些玩意儿？再说，那些坟蝎子也不都是坏人。"

"喊！我还不知道你？"董无忌嘲讽道，"你自己掂量好就成。不过你倒是提醒了我，这里确实瞅着像！"

周少鹏其实根本没听懂俩人挤眉弄眼说的什么"黑话"，只是觉得他俩表情很怪,便问:"小董少爷,这种暗道有什么说法?"

"大头看出来了,据我们的看法,这里像是一处地宫。"

"帝宫,皇帝的宫殿?"

"不,是地下的地,地宫。也就是帝王陵墓一类的,放棺椁的坟墓。"

"怎么会呢?"周少鹏立即发现了不对,"神庙下方不可能埋葬皇室成员啊。"

董无忌笑道:"没错,是说这里的建筑格局像地宫。你瞧那上头的券顶,甬道里的青砖,都是用的石灰鸡蛋清糯米汁灌的缝儿,在清代官式建筑里,俗称万年牢,可结实了。再说这里离着京城那么老远,也没听说有什么宗室亲贵埋这儿,不合规矩。这建筑挺怪,地上还刻了曼陀罗阵,不知道什么讲究。咱们得小心。"

董无忌这一说,几人有些紧张。众人各自端着蜡台,顺着甬道往前走。倒不错,两侧墙壁上都有精巧的黄铜灯座,小伍很谨慎,一个个沿途点燃,甬道里的黑暗渐渐消散。董无忌闲不住,就跟众人讲了自己听来的明清帝王陵墓的一些建筑规格和传闻。大头、小伍很乐意听这些,周少鹏一面听,一面提高警惕。

走了大概几分钟,大头发现了地上的怪异:"小爷,瞧!地上刻的是啥?"

董无忌蹲下:"这不是八卦图吗?中间有个阴阳鱼。怪了,哥儿几个小心了,绕过去走,再瞅瞅前头地面有啥。"

果不其然,众人往前头又走了一段,地上出现了梵文的六字大明咒;再往前不远,又是一幅藏式轮螺伞盖花罐鱼肠八吉祥图;又往前一段,出现了大威德金刚心咒,不远处又出现了胜乐金刚心咒。幸而董无忌多少认识,随读随解释。心咒里的朱砂有些还鲜艳如丹。众人越往前走,出现的心咒秘咒越多,后头的连董无忌也认不出了。董无忌脸色越发悚然,心里直打鼓:这地上怎么会有那么多佛、道、密宗的图案咒语?按说这些图案秘咒,都有无上威德神效,理当尊奉,刻在墙上才对,刻地上算怎么回事?再说填满辟邪用的朱砂是咋回事?莫非这地宫里有比方才见的金蟾更可怕的东西?

"小爷,到头了!快来看!"大头一嗓子叫得嗡嗡直响。通道尽头,出现了一道青石门,一人多高,光滑清素,只有一对透雕椒图铺首门环,那椒图的眼珠儿里嵌了两枚珊瑚珠子,活灵活现,怪异地盯着四人。

在众人想象中，应该紧闭的石门，却开了一条能钻进一个人的缝隙。大头很在行，小心翼翼贴边绕过大门地上看不懂的秘咒图案，半跪在门前，招呼小伍递过匕首，脸贴在地面上不知在查看啥。

周少鹏有些气闷，对这些他有心无力，似乎觉得自己帮不上忙，又不懂什么意思，只好跟着董无忌面对门前地面上圆形巨大的"图腾"秘咒探查究竟。

"小爷，这是啥神仙？"小伍问。

董无忌看了一会儿，疑惑道："圆圈里，上面是密宗的四臂观音，下面是他的愤怒化身——六臂怙主大黑天，这不是头上还戴着五骷髅冠嘛。周围刻的好像是大黑天心咒。"

"这是什么意思呢？"周少鹏问道。

"这我可说不清了。当年我在雍和宫只跟着师傅们学了点皮毛，正格的藏语和密宗咱也不懂，不过据我所知，密宗对于观音菩萨的尊奉最为虔诚尊敬，认为观音菩萨法力无边神通广大，这个地方刻这个图，或许里面有什么可怕的东西吧。"

"可怕的东西？"周少鹏心里一紧，回想庙宫上头金蟾的凶暴，心有余悸。

董无忌道："周处长，伍哥，你们心里得有点数。你们也见了，咱们从通道一路而来，地下刻的，全是佛、道、密宗的心咒秘咒，这里连四臂观音和大黑天都有，可见里面的东西凶险异常，我怕是咱们……"

话音未落，大头忽然喊："小爷，快来！"

"怎么了？"董无忌被唬了一跳，赶紧到石门前。跪在地上的大头叫道："这门没事儿，没啥害人的机关，连地上也没凹槽，后头没有自来石和西瓜石，我瞅着跟见过的那些地宫不一样，门缝开了一边，显然是有人进去过，咱们可以进去了。"

董无忌趴在地上仔细观瞧，果然没见陵墓地宫中常有的顶门用的金刚自来石和西瓜石。他听贵爷说过，明清皇室陵寝防盗，远没唐宋那么复杂，地宫修筑好，尸体入葬后，石匠们有两种不外传的防盗秘诀，一是金刚自来石，在门槛后几尺远，地上早先雕琢出一个"坎"，石门后也雕琢出左右两道坎，用一块大石条搁在门后石坎上，顺着石门斜靠，关闭石门时，石条自然卡在了门上的石坎儿里，死死顶住了石门，此刻地宫就被严密封闭了,除非有特殊的"拐钉钥匙"。明代以来的宫廷及工匠,俗称这种神奇的石条为:金刚自来石。

再一个就是西瓜石,金刚自来石虽然好用,但花费不菲,所以清代石匠们设计出一个更简单的方法:在地宫石门后顺着石门雕出一道倾斜的浅沟,直到门后,挖出一个半圆形的浅坑。尸体入葬后,把雕琢好的一个大西瓜形的圆球搁在浅沟尽头,等石门关闭后,用一根细长的铁钩触动石球,石球顺着浅沟滑到石门后,正落在浅坑里,从里挡住石门。这也是当年工匠们的智慧。

不过老话说:道高一尺,魔高一丈。这点防盗措施真遇上下三门的老手,根本不管用。破解的方法有的是。只是既然石门后头没有机关,那就令人放心多喽。

"说明后头并没啥见不得人的东西。"董无忌松了口气,回头招呼大家要进。

大头忽然阻拦:"不对,小爷,你想想,前两拨考察团的人都死了,这会儿石门开了缝,谁比咱们捷足先登呢?"

"也可能他们带走了里面的东西,走的时候没来得及关门?"

"不。"周少鹏马上过来否认,"所有尸体携带的物品里没有神像,也没有其他可疑的东西,小董少爷,我看还是小心为上,我先进去。"

"你?"董无忌冷笑道,"你不成。"

"对!"大头笑着摆手,"周处长,办案子你专业,这里头的事儿你可不懂,得步步小心呢,说不定有啥危险。我见得多,我先进去瞅瞅,你们慢慢跟进来,里外都有咱的人,也好有个照应。"

大头着实有些大将风度,进去片刻叫道:"进来吧!这里头没事!"

周少鹏随即把董无忌放在身后,小伍押后,仨人进了密室。面前的地宫并没有想象中那么大,建筑却很奇怪:整个空间大概有两百多平方米,券顶和三面石墙围成了一个四方形,是典型的清代地宫建筑。另外一面正对众人的墙,既不是石头墙,也不是夯土,而是仿佛天然岩壁,在微弱的灯光下,若隐若现出一片密密麻麻灿若星辰的光点。那些光点明明灭灭,赤橙黄绿青蓝紫交加,细瞧却看不真着到底是什么,在幽深的地宫中格外诡异。

大头警觉地半蹲着查看四周,忽然叫道:"小爷,我瞅着这不像埋什么死人的地界,倒像是个法坛,这里还有金晃晃的玩意儿,你瞧!"

他二不愣子的性子惹得正在四处趔摸灯座点灯的小伍想笑。董无忌往前走了几步，就发现了更大的怪异。

大头说得没错，随着墙壁上蜡烛一支支点亮，众人这才看清，四方形的地宫中间，八根通天彻地的石柱子围成了一个圆圈。每根柱子上雕刻着一尊高大的神像，纹路缝隙中似乎灌了金水贴了金箔，灯光闪耀下，一片流光溢彩逼人眼目，色色精美栩栩如生，或是微笑或是沉思，或是怒目而视或是脚踏可怖的骷髅。

每根柱子下头，都摆了一张精巧的紫檀小供桌，上头供着金光闪烁一尺高的赤金五供和八宝，上面镶嵌着各色宝石熠熠生辉，引得大头直流口水。烛台和香炉里很久之前就熄灭的蜡烛、藏香，历历在目。而更加骇人的是，石柱上八尊神像的视线都盯着圆圈中心一座三尺高的小型七宝莲台，莲台上是朵透雕的十二瓣莲花，中间是一块黑咕隆咚西瓜大小、遍布蜂窝眼儿孔洞、散发着诡异光芒的石头！

众人都傻了眼，九死一生从京城跑到这儿来，历经艰难险阻，找了半天，"敦仁镇远神"的神像没找到，却找到一块石头。在这隐秘的地宫里，宝物怎么会是一块看起来毫不起眼的石头呢？董无忌倒吸着冷气，脸色阴郁，刚往前走了几步，就听周少鹏叫道："小董少爷，慢！那里有个死人！"

周少鹏早抢先过去，小伍扶着董无忌紧跟几步张望，七宝莲台侧面，果然躺着个人！那人穿着褴褛长袍，脚下的鞋烂乎乎露出了脚趾，灰苍苍的头发，衣服上血迹斑斑，露出的皮肤上伤痕累累，歪倒在地上。他被一道道耀眼的祥光瑞彩笼罩其中，别人没看出来，董少爷一见惊得魂飞魄散，大叫一声"柳教授！"，便一头扑了过去。

周少鹏小心翼翼把这人翻过来：这人五十多岁年纪，大半张脸烂成了黏糊糊的臭肉，血肉模糊，伤痕累累，露出几处可怖的白骨，根本看不出长相；嘴唇深紫，面如金纸，气息似有似无，快没了呼吸，两手皮肤也长满了可怖的脓包。这就是闻名遐迩的燕大学者、柳梦珊的父亲柳玉庭教授了。

第三十二回

地宫（二）

　　董无忌见亦师亦友的柳教授生死不明，抱着"尸体"嚎啕大哭起来。大头一面劝一面惊喜地叫道："小爷，甭哭了！人柳教授还没咽气呢！你再把人哭死！快看！神像找到了！"

　　董无忌还没从悲伤中醒过味儿来呢，大头和周少鹏俩人万分小心地从柳教授怀里抱婴儿一样抱过了那尊令众人吃尽了苦头、千里来寻的神像。周少鹏长舒了一口气，将金光璀璨的神像交给大头后，查看了柳教授的伤势，拍了拍董无忌的肩头说："他还有生命体征，不过伤势很重，有些棘手。小董少爷，现在咱们完成了最重要的任务，又找到了柳教授，已经是万幸了！赶紧撤吧。"

　　董无忌抹了把泪，似悲似喜地点点头，跟小伍一起扶起了昏迷不醒的柳教授。他定了定心，急忙看那尊有着离奇传说的神像：神像高有二尺，是一只惟妙惟肖半蹲半立的蟾蜍，张牙舞爪面目狰狞，两眼镶了血红宝石，数一数，身上足足镶嵌了七十二颗五色宝石，皆是金绿猫眼儿、海蓝宝石、祖母绿和金刚钻，金晃晃五色迷离，动一动霞光千层，一道道柔和神秘的光芒映照着众人欣喜悲酸的面孔，光怪陆离。

　　董无忌小心接过来又看又摸，叹道："单这上头的宝石，何止千万。不过这神像不是赤金的，里头掺杂了紫金、银，好像还有铜？怎么会呢？"他咬着嘴唇使劲儿在神像一处又擦又闻，不安道："好、好像还有铁，这是合金的！"

"不是纯金的？"大头一听，立马有些泄气，可面对这么多极品宝石，还是问道，"这不会吧，那么贵重的宝石会镶嵌在合金做的神像上？不对啊。"

周少鹏低头沉思良久，取过神像，又看看中间莲台莲花上的诡异石头，剑眉挑了几下，立即往前走了几步。几人莫名其妙看着他，周少鹏越走近石头，越觉得怀里的神像沉重，在离莲座五尺远的地方，周少鹏站住了，双手死死抱着神像，大喊："小董先生快来！"

跑过来的董无忌却见到了极其诡异的一幕：整个地宫似乎明亮起来，石头莲花瓣儿里满布蜂窝眼儿的黑石头"嗡"的一声，由打密密麻麻的蜂窝眼儿里冒出了一道道暗绿色的幽光，深邃诡秘，仿佛苍穹中满布的星星。对面墙壁中若隐若现的星星点点一见此光，立时变得光芒大盛，方才还是绿豆粒大小，此刻变成了葡萄大小，还隐隐传来一阵阵呱呱声！

整个石头在跳跃鬼火般的幽光笼罩下越来越亮，片刻，幽光充满地宫每个角落，像是地狱中的灵火，映照得众人脸色蓝绿不定，直似幽魂厉鬼。

"周少鹏，你快把神像放下！"董无忌大叫道，只见周少鹏傻了一样，还是往前走。几人大惊失色，正待要救，周少鹏怀里神像的瑞光忽地扩大了几圈，五色光晕猛地迸发出夺目祥光，融合了幽光。片刻，如水中投石一样，幽光盈盈融融被神像中的光芒吸附，迷离的光芒忽明忽暗忽大忽小，一眨眼的工夫，一小半幽光被神像吸了进去，剩下的也消散不见了！

"这、这是什么法术！"大头目瞪口呆口水直流，董无忌和小伍也瞠目结舌呆若木鸡。此刻，地宫又渐渐暗了，石头也恢复了起初的模样，对面墙壁中嘈杂的呱呱声顿时没了声息，而神像的瑞光更加璀璨，连上头的宝石也像新擦拭过，熠熠放光。

满头冷汗的周少鹏这会儿才喘着粗气转身回来，不可思议地瞅着众人，说："这不是法术！小董少爷，这是新的发现！"

"啥？你说啥？"董无忌接过神像。

周少鹏竭力按捺着内心的激动,说:"太不可思议了!大家看到了没!敦仁镇远神的秘密解开了!"

"啊?"众人惊诧莫名盯着他。此时,莲花台的石头里,忽然蹦出一只异常可爱的五色小蟾蜍,它像是被打扰了美梦,见众人都瞅着它,叫了两声,忽地不见了踪影。

"快拿蜡烛来!"周少鹏大叫道,小伍赶紧递过蜡台,几人围了过去。"在这儿!"周少鹏喊道。众人细瞧,原来那只五色小蟾蜍正蹲在一个石头角落,张大了嘴对着石头蜂窝眼儿里的幽光呼呼直吸,随着幽光不断被吸入,小蟾蜍眼珠儿由红变绿,由绿变紫,越发诡异。

周少鹏完全不在乎神像,聚精会神地检查起那块石头,好半天才欣喜说:"我明白了,我明白了!"他激动地指着董无忌说:"这是一个奇迹,不,是新发现外加奇迹!"

"周处长,你别说疯话了!赶快说,咱们还得赶紧走呢!"

"是的,是要走。"一向沉稳冷峻的周少鹏对着他连连点头,"刚才我失态了,对不起。我想,我们应该把这块石头一起运回去。""运回去?"小伍诧异地问,"周处长,科大人和王大帅没有命令我们找这种石头啊。"

"你们不明白。"周少鹏恢复了平静,指点道,"这不是普通的石头,虽然我没有学过专业的天文学,但能肯定,这是一块特别'奇异'、具有神秘力量的陨石。"

大头贼头贼脑东张西望,一听这话插嘴道:"陨石?啥叫陨石?值钱吗?"

"不,小赵先生,它的作用不在于值钱,而在于它的神秘力量。嗯,如果要说明白真相,很复杂。我简单说,陨石,就是从宇宙中掉落在地球上的天外飞石。它的形态有很多,有的巨大无比,有的很小,也有些在穿透大气层的时候,因为自然原因而化为齑粉。但是这一块,不仅被完整保存了下来,而且它的作用也很神奇。"

周少鹏迅速整理了一下思路继续说:"我们从以往的传说中得知,清代康熙皇帝遇到了一只怪兽,无论当年用什么办法,他降服了怪兽,敕封其为'敦仁镇远神',再为其修庙。传说中,这只怪兽有呼风唤雨招雷引电的本领,甚至造成了嘉庆皇帝的暴死。我们在进入庙宫后,确实遇到了这只怪兽,差点被它杀死,它的真身,就是一只巨大的变异蟾蜍，最后它被小董少爷出其不意除掉了。我一直在想，为什么这只蟾蜍会发生变异，拥有这么大能力？记得我说过的那些话吗？"

董无忌陷入了沉思："记得啊。那又怎么了？"

"小董少爷，你再回忆一下大殿墙壁上的壁画。现在明白了吗？"

"明白什么？"董无忌毕竟聪明绝顶，蓦地把金蟾、壁画、面前的石头和神像联系在一处，大惊道，"你是说……"

"对！"周少鹏微微激动道，"跟我的推理是一致的。传说和神话，并不是这件事的真相。而真相就是，金蟾之所以会发生诡异未知的变异，拥有如此大的能力，就是依靠这块陨石！这块陨石就是金蟾的能量源！这也说明了这只金蟾根本不是神通广大的精怪妖邪，它就是被不知何时掉落在此处的陨石不断影响，发生了一系列诡异的变化，这个变化过程也许足有几千上万年，或许是几百年。诸位请看，这只小蟾蜍正在吸收陨石中的能量，也许它就是我们在上面除掉而未死的那只金蟾的本体！"

"这、这也太玄乎了，我怎么听不懂啊。"大头咋舌道，"你是说，咱们遇上的妖怪金蟾，不是妖怪，是吸收了这块石头里的仙气儿才变了妖怪？"

董无忌脸色大变，半信半疑道："太神乎了！周处长，你怎么知道这石头里有巨大能量呢？"

"小董少爷，你还是没明白。想想壁画！壁画！"周少鹏提醒道，"我现在不能确定这块陨石里究竟有多大能量，但是壁画里画得很清楚，在清代建立庙宫时，清朝皇帝应该已经发现了这个秘密！这个秘密就是变异金蟾跟这块神秘陨石之间的联系。想必他们运用了很多方法去处理变异了的金蟾，但都没有起到作用，只好封它为'神'，请来众多的阴阳师、法师，幻想用宗教神学方法去处理。而当年那些玄门高人最终想出了阻止金蟾继续肆意妄为、兴妖作怪的方法，这个方法就是……"

"合金神像？"小伍插了一句。

"对！就是神像！"周少鹏目光炯炯，"刚才我们看到了神像的神奇之处，也许就是当年玄门高人在铸造时加入了特殊的物质，用它来吸收陨石中源源不断的能让金蟾作怪的能量……嗯，即便这个方法不能彻底解决金蟾，但可以让金蟾在短时间内保持一定程度的安宁，或许这种方法不那么稳定持久,但是他们已经尽了全力。这就是变异金蟾、庙宫本身和这块石头的全部秘密。你明白了吗?"

董无忌狐疑的脸色慢慢缓和,忙问:"可是,既然有了这尊合金神像,为什么传说中还是有那么多的枉死者,嘉庆皇帝被金蟾招来的天雷劈死了,两支考察团也横死在此……不对!"他忽地想起什么,激灵灵打了个冷战,可看看奄奄一息的柳教授,又把话憋了回去,说:"神像并没有起到那么大的作用啊。"

周少鹏发觉了他的变化,摆摆手:"我刚才说了,我国在近代各种学科比较落后,即便在十八世纪中叶,根本不可能有专门研究这些学科的能力,所以当年是按照比较原始的宗教神学来铸造的合金神像,我们不知道里面加了多少未知的物质。它的作用很不稳定,所以起到的效果有限。更深层的原因,也许是大清皇帝要借此来神化自我和皇权,有政治上的考虑,所以在这座庙宫大殿下,建立了这座地宫。而神像本来的作用就有限,又造成了后面发生的种种惨剧。我的直觉告诉我,这种推理应该是正确的。"

这回董无忌没有反驳,不是他不想,而是面前侃侃而谈的周少鹏说的跟自己想的差不多,虽然有些名词他还听不懂呢。只是他心里一直有个极大的疑点,现在又不好明说,只好说:"行了,周处长,你这席话我明白了。陨石和合金神像,还有它们之间咱们闹不明白的联系和作用,这些事等咱们救活了柳教授,一问就都清楚了。"

"没错,小董少爷,柳教授的生还更加重要。只要救醒了他,我们就能知道第二支考察团到底出了什么意外,当时的状况是什么,他是怎么逃过变异金蟾的袭击并找到金像来到这儿,或者在这儿找到了神像和陨石的。"

董无忌点点头,忽又摇摇头:"这块石头要毁掉,对,毁了它!"

"什么?小董少爷,你说的我不明白!我们发现了这么重要的东西,为什么不能带回去,做进一步的研究呢?你是在担心……"周少鹏蓦地心领神会,无奈而忧郁地叹息一声。

"对!"董无忌忽然有些激动,"必须毁掉。神像可以带回去,但这座地宫要毁掉。"

"小爷,你疯了!"

大头也急了:"这么些宝贝,都毁了?"

"都毁了！绝不能让这里的秘密泄露出去。"董无忌霎地红了眼，一步步逼向了周少鹏，"现在国事衰微，内忧外患，这些年洋人杀了我们多少人，抢了我们多少奇珍异宝！既然你说这陨石里有什么巨大能量，我怕洋人得到它，再用来侵略杀人，或者……"他眼神中划过一丝阴狠，连大头和小伍也被震住了。

"或者你们三个把我杀掉，带着合金神像回去，把我的死说成是意外遇难，对吗？"周少鹏死死按住他的肩膀，异常冷峻而绝然，眼神中迸发出阵阵杀意和难以置信。

"对！"董无忌无所畏惧，直愣愣地瞪着他。两人交错的目光各自刺穿了对方的身体和内心，一个黑亮如宝石般的眸子里在怒火不断挣扎，另一个眸子中凶狠杀意渐渐被一种难以言语的神情替代。剧烈董无忌激动得冷汗直流，全身抖成一团，他根本没想到自己有如此勇气直面一个替官府卖命的高级警官，更怕他眼里那股狠辣凶残。

场面异常诡异，小伍和大头不敢说话。不知过了多久，董无忌小腿都麻了，血气之勇的后果，就是血气退下后，巨大的胆怯和颤抖。

"好，听你的。"周少鹏嘴里轻轻吐出三个字。不敢再直视他的董无忌以为自己听错了，猛然抬头："你、你说什么？"

周少鹏刚硬的脸庞毫无表情，恢复了以往的冷峻和冷漠，淡然地说："我是说，我们可以封闭这座地宫，但不能毁掉，那样太可惜了。我可以严守这个秘密，当然你们也必须守住。哼，至少……"他自嘲一笑，"至少这样不会被你杀掉了。"

"你是当真吗？！"董无忌以为自己在做梦。

"我也是中国人。"周少鹏语气坚定。

"好！"如释重负的董无忌龇牙咧嘴从肩膀上扯下他的手，忽然问，"我凭啥相信你？万一你回去又变卦了怎么办？"

"幼稚！"周少鹏胡噜胡噜了他乱蓬蓬的头发，也不看他，立即嘱咐大头、小伍背上柳教授，准备离开。可还没走到石门口，小伍陡然吃惊喊道："小爷，坏了！"

"怎么了？"

"门！门关上了！"四人冲到前面一看，果然，不知什么时候，两扇宽大厚重的石门关闭了。

第三十三回

逃出生天

董无忌和大头慌了神,俩人冲过去上上下下左左右右找了半天机关,两扇厚重的石门却像粘在了一起,除了中间的缝隙透过来通道里的微弱幽光,其他啥也看不清。

"你俩站那犯什么傻呢!赶紧来帮忙啊!"欲哭无泪的董无忌真快疯了。

大头嘴里喊道:"别慌!找门边,看看有没有花纹啊,机关一般都在那。"仨人忙乱了半晌,却啥也没找到。周少鹏仔细观察着他们,冷峻的目光扫了好几遍,没有发现任何线索,说:"先别忙,我虽然不懂什么机关,可大体上还看得出来,机关没在那。"

"嗯?!"仨人回头看他。

周少鹏走过来打量了片刻石门,皱眉说:"这里没有别人,可以肯定,不是有人从外头把门关上的。再有,如果说进门之后,石门自动关闭,那么柳教授为什么受伤后抱着金像昏迷在这,石门却依旧是打开的?所以,我推测,石门的机关不在门口,在那儿!"他回身一指神坛。

董无忌恍然大悟,四个人在神坛四周篦头发一样仔仔细细地寻觅了半天,却啥也没发现。找得越细,董无忌心里越发寒意上涌,他脸色一沉,忽然转身问大头和小伍:"大头、伍哥,你俩刚才谁动神坛附近的东西了?"

小伍摇摇头,大头说:"你叨咕个啥!还不赶紧找机关,咱们进来哪也没动!我看就是那块石头作怪!可惜没火药,不然老子炸了它,看看它能作啥妖!"

"大头,我叫你一声哥,你说实话,刚才你动没动这里的东西?"董无忌死死地盯着他问。大头涨红了脸跺脚大喊:"谁动了?!谁动谁是孙子……我、我就是看着那赤金五供好看,就、就拿起来看了看。"

"坏醋了,大头你个孙子!!"董无忌气得青筋暴涨,"给你说过多少遍,这里如此凶险,你还敢动?你们下三门进地宫就不忌讳啊!看见金子你就馋啊!你可把咱们害死了!"

又惊又怒的董少爷实在忍不住,跳着脚把大头骂了一通儿。大头被骂得红头胀脸,气呼呼喊:"不就是拿了一下嘛!小爷,你咋知道是我动了这些东西那门才关的?别拉不出屎来怨茅房!"

"你个孙子就是茅房!快说,动了哪儿!"董无忌大骂道。

大头也气急了,走到附近石柱下,一把抄起供桌上的赤金香炉叫道:"不就是这个!你看看,哪有什么事儿啊!我就说……"

"快放下!"董无忌吓得脸色大变,话音未落,地宫里地下陡然响起一阵齿轮响动声。小伍惊叫道:"不好!"董无忌就觉一股凶风,两道寒光从石柱贴金神像眼中爆射而出,直奔庙门而来!

"妈呀!"大头一屁股就坐下了。说时迟那时快,急切之间哪里躲得开,千钧一发之际,董无忌被周少鹏高大挺拔的身影挡住了!"噗噗"两声闷响,董无忌被他抱着骨碌碌闪到一旁。

"周少鹏!"董无忌此刻早忘了怕,一看眼前人额头全是冷汗,他兀自咬牙撑起了身子,警惕地查看四周。"你是不是傻!快转过去我瞧瞧!"一股又酸又辣的热气涌上心头,董无忌眼眶立马湿了,等看清了更是唬得手脚冰凉:两支劲力甚猛一尺多长的雕翎小羽箭,正射入周少鹏的后背,一片鲜红黏湿触目惊心。

"我没事儿!"周少鹏吸着凉气看看他关切的目光,摇头说,"你可不能死。赶紧找出口!"董无忌哽咽得厉害,伸手要拔箭,但被周少鹏挡住:"别,这会儿拔会造成大出血,大家赶紧躲避!"

果不其然,随着一根柱子上神像眼里射出冷箭,八根柱子上的神像眼中羽箭开了花一样爆射而出,不大的地宫里顿时寒光闪烁杀气腾腾,四散飞射的羽箭长了眼一样,追着几人,从各个角度不断飞射而出。

大头这个骂哟,闪展腾挪,喊道:"小爷!你不是懂这个嘛,赶紧看看怎么叫这玩意儿停下来!"

"停个屁!你不是吹牛说下三门里的功夫你都懂啊!死也都是你小子害的!赶紧想辙!"董无忌被周少鹏拉着东躲西藏。小伍很灵活,蹦蹦跳跳左右闪躲,还得顾及门口的柳教授:"小爷!快看,神坛这儿怎么转起来了?小心后头!"

董无忌刚"啊?"了一下,被手疾眼快的周少鹏摁下了脑袋,一支羽箭射在了那块黑石头上。董无忌低头瞧瞧,妈呀!怪不得围着神坛的八根柱子仿佛慢慢转起了圈,原来以七宝莲台为中轴,地面好像是个大圆盘,真的缓缓转了起来。

这一转可坏喽!八根柱子上的神像中射出的羽箭更能从各个角度射杀几人。小羽箭源源不断地飞射而来。大头"哎呦"一声,屁股上中了两支,疼得他龇牙咧嘴,伸手一摸一把血,看看血色,立马冲几人大喊:"没、没毒!这箭没毒!哥几个,赶紧往石门那边撤!"

"撤你个头!你傻啊,这会儿怎么撤!"董无忌扶着身体渐渐沉重的周少鹏连连怒骂。大头这会儿跑也来不及了,地下越转越快,羽箭从各个刁钻的角度射过来。董无忌发现这八根柱子怎么离他们几人越来越近,登时心里一惊,果然,不知地下是什么古怪机关,八根柱子慢慢压了过来!

鲜血已经染透了周少鹏半个臂膀,他看不出门道,只觉得力气越来越弱,急切中想把董无忌从神坛这儿扔出去,可董无忌这会儿成了他的拐杖,俩人搀扶着才能跑动。大头捂着屁股满头大汗,一个劲儿鬼哭狼嚎。一支射向周少鹏脖子的羽箭被董无忌挡开,随即另一支擦破了他的脸颊。

"小董少爷,赶紧想办法。"周少鹏伸手抹去了脸上的血,气喘吁吁地道。

"我、我哪有办法!"

"我相信你,你一定有办法!"周少鹏冷峻的目光很郑重,八根柱子已经靠得很近了。羽箭的劲力更加强劲,地盘转得更快了。眼瞅着几人都快没劲儿了,董无忌只好咬牙抬头,躲过一支支羽箭,直打量柱子上的贴金神像。"一个、两个、三个……八个。"

飞来的羽箭被周少鹏挡开，董无忌赶紧拔出素光刀递给周少鹏用，自己心里默算：这八个是什么神佛呢？能不能从上头看出点啥？"叮叮当当"，周围响成一片的羽箭声搅得他脑袋疼，终于他看清了，恍惚有一根柱子上头是大威德金刚！

"大威德金刚怎么会在这儿？"董无忌心里急速算计着，把记忆中密宗的神佛全搜出来。密宗里传说，大威德金刚是文殊菩萨的愤怒相，属于教令轮身，是黄教里非常重要的神祇之一。

"八个……八个！"他快速眨眼仔细瞅着其他几根柱子，都不熟，又扫视一眼方才大头触动的五供，恍恍惚惚间猛然一激灵，"对，是喽！"

周少鹏挥刀劈断羽箭忙问："想起来了？"

俩人互相搀扶着闪展腾挪，董无忌惊喜道："这些是密宗里的八大明王！大头刚才拿的金香炉供的是军荼利明王，密宗里的战神之一，那尊三面六臂拿金刚铃的，应该是金刚夜叉明王！"

"小爷！别叨咕了！我跑不动了！快说，怎么弄啊！"大头浑身热汗，屁股上火烧火燎，眼瞅着八根石柱小山一样压了过来，即便羽箭停了，可到时候四个人非得叫石柱围着挤压成肉泥。

"别叫唤！我想想！"董无忌飞速琢磨，大威德镇西方，金刚夜叉镇北方，降三世镇东方，军荼利镇南方，哪尊镇守中间来着？原来密宗里八大明王中，有五大明王相对应东西南北中五方，有至高神威镇守各方之意。柱子虽然有八根，方位尊神必然不会错，可这会儿地盘越转越快，怎么确定？他此刻想，八大明王虽然地位平等，但只要找到镇守中间的，以密宗科仪施法论，很可能会制止其余柱子上的明王神像射箭。

"找！找不动尊明王！他居中镇守，是一切诸佛教令轮身，五方五大明王的主尊！"董无忌大喊，"快找！"

"啥主尊？"大头懵懂。小伍忙道："就是头儿！"

大头叫道："头儿？找着头儿就行！佛祖唉，我可没想偷你们的赤金贡物，诸位佛祖恕罪恕罪！小爷！他老人家长什么样！我怎么瞅着花花绿绿都差不多呢！"

董无忌快气疯了，骂道："你就会吃！那尊青蓝色站着的，右手握金刚宝剑，左手拿金刚索的，全身烈焰的就是他！"他这一喊，几人赶紧踅摸,果然看见不断靠近的石柱上有这么一位。

"小董先生,怎么弄?我去!"周少鹏脸色苍白,挥舞着素光刀问。

"你?你的伤咋办?"

"别管伤!快说!"

"我也不知道啊!对,你上去瞅瞅他脖子上那条蛇,我瞅着蛇眼有异状,拿着刀捅捅他的眼和嘴,说不定总机关就在里头!"

周少鹏咬牙挥刀挡住了几支箭,把神像塞进怀里,托一托腰道:"小伍先生,接着!"他将董无忌推给小伍后,便对准了那根不动明王的柱子,顺势纵身踩着七宝莲台边缘跳了上去!

周少鹏个头本就挺拔高大,抱住石柱慢慢爬了两下,果然见面前这尊明王神像眼珠里"嗖嗖"射箭。明王神像右手宝剑左手金刚索,怒目狰狞,遍体烈焰腾腾,脖子上缠着五颗骷髅头,脑袋后头还缠着一条巨蛇。周少鹏小心摸了几下贴金神像,并没有发现什么机关,伤口剧痛令他直哆嗦,再看看不动明王嘴里好像有个缝隙,试了试,也不对。一抬头,那条栩栩如生的贴金巨蛇眼珠儿好像是活的,周少鹏咬住素光刀,伸出右手摸上去,使劲儿往里一摁!"咔!"巨蛇眼珠被摁进去了!

片刻,地下四周一阵阵"嘎吱吱……"连续响动,羽箭果然停了,地盘也越转越慢,众人都松了口气。董无忌却觉得这响动不对,地下四周的响动不仅没停,却越来越剧烈。"周少鹏小心!赶紧下来!"话音未落,从金刚嘴里的缝隙中猛然射出一柄寒光闪闪的短剑,周少鹏此时身子抱着石柱,正对他的脑袋,哪里躲得开?

"当啷"一声脆响,短剑被一只金晃晃的烛台砸歪了,从周少鹏额头斜着擦了过去!周少鹏心里一哆嗦,手一松,整个人掉落下来。

"万幸,小伍哥好手段!"董无忌冲过来搀起周少鹏惊叫道,"就差那么一点!周处长你就完啦!快,带上东西快走!"

累得精疲力竭的四个人刚爬出神坛,"轰隆隆"一声巨响,仿佛山摇地动,地面四周陷入了更大的晃动,众人站立不稳,差点摔倒。巨大的力量使神坛四周的八根柱子也摇摇晃晃,地宫券顶噼里啪啦落了一地石粉。摇动中的董无忌大惊:"快跑!跑啊!"厚重的石门不知啥时候被震开了一个大口子。

"快、快跑!"小伍把柳教授、大头扔了出去。周少鹏此刻软塌塌靠在董无忌身上，实在快撑不了了。小伍一把接住周少鹏，也塞了出去。地宫的券顶塌了一大块，董无忌临出门时，心里五味杂陈，忍不住回身一瞥。"轰隆隆"墙倒屋塌中，供奉黑色陨石的七宝莲台下竟然裂出个大方口，莲台慢慢沉了下去。"咣"的一声，一块券顶巨石砸在了上面，一片尘土飞扬。

"快出来啊！小爷。"小伍一使劲儿，终于把他拽出了门。甬道里也是一片轰鸣声，四处的尘土石块纷纷掉落，险象环生。四个人齐心协力抬着柳教授终于钻出了大殿神台，大殿上早已腐朽的横梁一条条砸落，溅了众人满身的灰土。

"这里待不住了！快走！"小伍此刻成了主心骨，或背或抬，冲到了庙宫院里。大殿再也经不住如此大的冲击力，片刻，房倒屋塌，成了一片废墟，而院子里原先的池塘早已没了水，形成了一个骇人的大洞。几人刚绕过去往外逃，洞里忽地传出嘈杂凌乱的"呱呱呱呱"声。大头吐着嘴里的灰土叫道："妈呀！快看，这里头是个蛤蟆窝！"

大洞越陷越大，里头"咕噜噜"声四起，像什么东西在扭动，紧接着涌出一股股黑黄不堪的泥水，霎时成了泥潭……

山门外，众人瘫在地上。此时，天光大亮，骄阳温暖。人迹罕见的崇山峻岭，绿草幽幽，水流潺潺，清爽的气息扑面而来，那头菊花青大骡子悠闲自在地甩着尾巴，项下铃铛"丁零零"脆响，瞅着这群衣衫褴褛灰头土脸的人。

倒在地面的几人忍不住大口呼吸，董无忌见周少鹏伤重，叫小伍帮他拔了箭簇，撕了自己内衣凌乱包扎了一下。

"活着真好！"董无忌从怀里掏出那尊千辛万苦九死一生找到的合金神像，忍不住红了眼圈。他回头看看苍山云海下更加破败萧索残垣断壁的庙宫废墟，长叹一声：所有的传说、隐秘和真相，被永远守住了。

菊花青大骡子派上了大用场，昏迷不醒的柳教授趴在上头，由小伍照顾。董无忌揣好了素光刀，把神像搁在骡子背包里，跟大头一左一右搀起周少鹏跟在后头。

"呱呱、呱呱"，一只漂亮的五色小蟾蜍蹲在山门里，眨动着晶亮的小眼，仿佛在目送几人缓缓而去。

第三十四回

黄雀在后

　　流水潺潺,"哗哗"声传入耳中,把昏昏沉沉的周少鹏从无尽的黑暗中唤醒了。他知道,自己还活着。周围的声音很奇怪,似乎有人在喋喋不休地争吵,还有水里"噗通、噗通"的摸鱼的响动以及"毕毕剥剥"的柴火燃烧声,他意识也越来越清晰。周少鹏迷迷糊糊睁开眼,一张硕大的长脸伸了过来,欢快地叫唤起来,他吓了一跳,等看清了,原来是那头一直安然无恙撒欢儿的菊花青大骡子。

　　"醒了？周少鹏你个孙子,吓着我了！"不远处一个身影扯着大嗓门一头扑了过来,压在了他怀里。

　　"嘶！"周少鹏倒吸一口冷气,这才觉得全身四肢百骸没一处不疼,身子骨散了架似的,上半身几处伤口又痛又酸,晕乎乎热燥燥。眼前这人慢慢清晰：头发乱草似的,衣衫褴褛,白净漂亮的脸跟涂了锅底灰一样又脏又臭,一把鼻涕一把泪正捧着自己脑袋摇晃呢！

　　"别、别晃,我头晕。"一说话,周少鹏嗓子撕裂一样疼得发抖,声音嘶哑,喷出不少干涩的血沫子。

　　"好、好,我不动。妈哟,你发着烧呢！"眼前灶王爷似的董少爷胡噜一下脏兮兮的脸,惊喜交加,赶紧把周少鹏斜靠在自己身上。

四周还是绵延青黛的山峦，绿草如茵的原野，远处天边澄净明亮的碧空万里无云，暖洋洋的阳光四射，温煦而宁静。

"咱们跑出来了？"周少鹏一阵眩晕，闭了眼问。

"没错！"董无忌摸了摸他额头，小声说，"全出来了，一个没落下！你瞧，小伍正照顾昏迷不醒的柳教授呢，大头在河水里摸鱼，万幸万幸！要不是你……哥儿几个就交代在这儿了！大恩不言谢！要喝水吗？"

董无忌加意的关怀令一向冷峻的周少鹏眼圈发热。看着他干裂的嘴唇上斑斑血迹，董无忌不禁提心吊胆。他年纪虽小，也见多识广，听老人说过，越是身强体壮的人，瞅着身子骨特皮实，横行无忌本领高强，一旦遇上伤病就闹得越厉害越邪乎。眼前的周少鹏早没了往日的精力旺盛神采奕奕，脸色惨白有气无力，额头热得能烙饼，这副德性，跟坐月子受凉的小媳妇有一比。

"好，喝点润润，有血伤的不能多喝水。"董无忌见他如饮琼浆，赶紧拿开了水壶，又去河边张望了一下，脱下脏兮兮的小褂洗了洗，拧得半干，跑回来敷在他的额头上。

"你懂得还不少？"周少鹏眉头舒展了一下，嘴唇似乎翘了。

"那是！史书上有记载，后唐明宗洛阳兵变，中了箭以后就是喝水造成大出血……嘻，我给你说这个干啥？"董少爷一面嘀咕一面揭开周少鹏的上衣查看。浸透了半爿衣衫的血迹触目惊心，翻开的皮肉一片血肉模糊，背后的箭弩周围肿得老高，看得董无忌一阵阵心里发凉。

"皮肉伤，暂时死不了。"周少鹏叹气说。

"死个屁！你死了，我们可真说不清了！娘的，这可怎么办啊！血越流越多，后头的箭弩也得拔出来啊。"董无忌被一手的血惊得不知所措，大叫，"大头！你不是会找草药啊，赶紧弄点来！不介周少鹏死了，咱回去说不清，也对不住他救咱一场啊。"

小伍匆匆跑了过来，见董无忌光着膀子披着脏兮兮的外衣，小褂摁在了周少鹏额头上就是一皱眉，检查了一会儿，忧心忡忡地说："小爷，周处长伤太重，土法子不成！弄坏了，怕他真撑不过去！这箭弩也拔不得，咱没药啊。"

"那不崴泥啦？"董无忌摸着周少鹏脑袋急问，"他这脑袋能烙饼了，再不急救就完了。"

"我能撑过去！"周少鹏脸色潮红，额头上的冰凉水汽令他更加清醒，只是浑身直冒冷汗，半个膀子疼得厉害，强忍着坐起来。他认真看了看太阳，说："小董少爷，别瞎忙活，我这种伤只有专业的外科医生能治疗，小赵先生说得对，咱们得赶紧出去！过了鸡子山，到张三营有驻军。放心，我不是纸糊的，撑到那儿没问题！"

周少鹏坚毅而敏锐的目光扫视了众人，董无忌只好说："你就强撑吧！"他略一思索，忽然问："伍哥，柳教授怎么样了？你说咱没药，周少鹏这伤除了金疮药，还用什么？"

"柳教授是中毒和受了外伤，也很重，气息若有若无，也是拖时辰，得急救。周处长外伤严重，得用消炎药，现在都没有，如果要拔箭，用止血药也成！"小伍眨眨眼道。

"消炎药、金疮药……"董无忌似乎思索着什么。大头抓了几条鱼，大步过来嚷嚷："你就别费事啦，老子带的金疮药和从承德搞的药，都叫那几匹马带跑了，这会儿上哪去找？我瞅瞅，哎，这箭弩是厉害，再不拔出来，流血不说，准得化脓。"

"止血药，对喽！我、我这儿有！"董少爷急切间想起什么，赶紧撩开衣服解皮带，把众人看了个呆。他从腰带上解下一个巴掌大的五彩绦丝福寿万年的小荷包，从里头摸出俩物件：一块半个香烟盒大小的降真香牌，一枚鸽子蛋大小的半透明珠子。

"这都啥玩意啊？小爷，你还憋着宝呢！"大头抹了把水，乐呵呵问。

"这是降真香，我入私塾启蒙，拜在沈老师门下，他老人家送我的降真香'笔锭如意'香牌。这颗珠子，是我爷爷送我的千年琥珀珠，当年庄王府败落时，下人偷出来的王爷朝珠上的'佛头'配件。这会儿说不得了，救人要紧，就用它们俩！"

"啊？降真香！"大头咋呼，"听说这玩意儿价比黄金，你、你真舍得啊！"

周少鹏略微吃惊，他不懂古玩珍宝，可听明白了：俩物件对于董无忌来说都是有特别意义的纪念物，这位看似玩世不恭的少爷竟能拿出来救自己！

"别扯淡了！救人要紧。快点啊！"董无忌发了急，抽出素光刀递给小伍。俩人都不知道他葫芦里卖的啥药，只得答应。小伍把素光刀在水里洗了洗，放在火上又灼又烤。大头找了纸和石头，嘀咕："您这要开坛做法啊,还是……?"

"董无忌,我非常感谢你的情义,可是这两件东西太……"周少鹏虚弱地说道。

"来不及了!你先甭说话,忍着点!"说完,董无忌指着大头,"你来!把牌子掰成小块,砸成粉末,再把珠子砸成粉末子。"

"啊?!"

不等大头吵吵,董无忌用严厉的目光制止了他。

"得!您真是爷!"大头吭哧吭哧地摆开了牌子,举起石头望着幽光四射的琥珀珠,实在下不了手,这么大的琥珀最少值几百两银子。

一石头下去,周少鹏感觉抱着自己半边身子的董无忌就是一哆嗦。周少鹏喘息笑问:"小董少爷,你还懂医术?为了我,值吗?"

董无忌其实心疼得要命,憋着劲儿还得装份儿,小脸绷着满不在乎:"值不值得,就俩玩意儿,咱京城的爷们都局气,你就甭琢磨喽。"

大头细细砸了一通,俩物件霎时变成了一大摊粉末子,藤黄紫红相间,还怪好看。董无忌招呼道:"大头,先分出三分之一来,拿水,叫他喝下去。"

周少鹏也是条汉子,尽自对这种神神叨叨的法子瞧不上,然而面对董无忌真诚期待的目光,舌头一卷粉末入口,一口水送了下去,咂咂嘴,说不上是啥味儿。大头坏笑着问:"小爷,这玩意儿喝下去不会泻肚子吧?"

"滚吧你!这东西在京城,闻闻味儿就得几十块大洋,哎,也就是咱爷们,得局气!伍哥,动手!"

小伍早端着刀预备呢,他示意董无忌搂紧周少鹏的臂膀,蹲下身子,叮嘱一句:"周处长,您可忍着。"话音刚落,刀尖奔着周少鹏后背去了。董无忌手一紧,赶紧闭了眼。大头常走江湖,见得多,就见闪亮的刀尖贴着红肿的伤口一下轻切了进去。小伍神色如常,刀尖顺势轻轻往外一挑,一只三棱箭簇掉落在地,污血顺流而下。周少鹏眉头一皱,只轻轻哼了一声。

小伍驾轻就熟,又是一刀,另一只箭簇也被挑了出来。小伍手脚麻利地用董无忌那件内衣小褂擦了擦伤口周围的脓血,长舒口气笑道:"齐活!小爷,赵爷,您瞅瞅。周处长,您觉得怎么样?"

董无忌喊道:"快撒药!"

大头顺势把纸包里的粉末子结结实实糊在了两个伤口上，几人可都提心吊胆呢。只见脸色煞白的周少鹏剑眉紧皱，冷汗如雨，嘴唇抖得厉害，嗫嚅着一言不发，脖颈子上的青筋都蹦起来老高，双手死命抓着董无忌右臂。他只缓缓吐出几口粗气，强忍痛苦的眼神有些失神，愣是一声都没吭。

董无忌小脸憋得通红，胳膊差点叫周少鹏给掰下来，嘶嘶抽着冷气。见他疼得厉害却一声没叫，心里赞道：真爷们，忍不住给他胡噜了几把冷汗。半袋烟工夫，周少鹏缓了过来，脸色也有了血色，扫视了一圈众人，点点头说："多谢诸位了！"

董无忌和小伍一左一右搀扶着他，检查了伤口，说来也怪，那香牌和琥珀药末在伤口周围不仅止住了血，还结了一层薄薄的痂状。小伍惊奇地说："小爷！您这法子真绝了！真神！"

"闭上眼歇会儿吧。大头烤鱼，我饿了。"董无忌扶着他脑袋斜靠在自己腿上，望着蔚蓝的天空，冲大头傻笑。大头笑呵呵忙活烤鱼，说："周处长这也是入了行啦。"

"嗯？这话怎么说？"

大头乐呵呵道："咱们江湖门里，受了伤大难不死，还有红布包裹，您这就叫'披红挂花'啊，怎么说呢，也叫个'开门红'！"说笑归说笑，一低头他心里可犯了嘀咕：别人不懂行，自己在江湖上行走多年，门儿清！大凡刀剑弓弩外伤，不怕伤口大，就怕伤口深，没有上好的金疮药止血，伤者血流不止也得玩完。可方才这情景，小伍一个古玩铺的大伙计，手疾刀快，十分麻利，剜肉割皮，章法严密，不仅不晕血，连呼吸都特平稳，竟比见多识广的老江湖还地道。这……大头冲照顾柳教授的小伍扫了几眼，若有所思。

吃喝一顿，众人竭力赶路，小伍赶着骡子驮着柳教授，大头和董无忌轮流背着周少鹏。天色黄昏时分，众人终于过了八道岭，眼前是鸡子山麓。大头问起董无忌这疗伤的偏方，他为了解闷，解说一番：降真香除了是极为稀有的高级香料，还有特殊的药用价值，内服可以定喘平肝风，治疗心腹疼痛内伤吐血，外用可以治疗烫伤、刀伤，止血止痛。琥珀在《本草纲目》里有记载，内服可以镇定安神解毒，外用可以散瘀止血止疼。

董无忌滔滔不绝说得头头是道，周少鹏一直在微笑倾听。

"周少鹏,伤口咋样?"董无忌眨眨眼问。

"好些了,有种酸麻冰凉的感觉,已经不那么疼了。"

"那是的呀!那颗琥珀珠至少值两百多两银子呢!还是我十二岁那年爷爷给的生日礼。唉,啥也甭说了,外人都说这古董,饿了不能吃,渴了不能喝,其实你若用心,它们的功效往往很神奇,能救人一命,也算它们物有所值了,哈哈。"

周少鹏侧身握住了董无忌脏兮兮的手,有些动容,小声说:"别担心,回去我赔你。"

董无忌一怔,甩开手不屑地瞅瞅他,笑道:"拿钱可买不来啦,您就省省吧。咱俩还是互不相欠,不然,以后指不定还出什么事儿呢!"

终于出了鸡子山,回到官道上,大家伙都松了一大口气。周少鹏恢复了一些体力,指挥众人在伊逊河边夜宿,还是来的时候那地儿。小伍把柳教授背了下来,让骡子吃草去了,大头忙活得脚不沾地,拾柴火、点火、抓鱼,都是他的活儿,董无忌照看周少鹏。吃了饭,夜色袭来,月照空山,风吹荒林,小伍和大头轮流守夜。董无忌把周少鹏脑袋搁在自己腿上,自己斜靠地上,冰凉的地硌得他腰疼,可瞅瞅周少鹏,他还不敢翻身,只好迷迷糊糊打瞌睡。

河水依旧潺潺,火堆忽明忽暗,细碎地发出毕毕剥剥声。大头接连打了几个哈欠,实在忍不住,眼皮慢慢合上了。董无忌睡得特难受,浑身又是泥又是汗,又脏又臭,好像还有些虱子在头发里钻来钻去,闹得一向没受过这种罪的少爷,只想发脾气。听着河水声,他忽然灵光一闪,看周少鹏沉沉睡了,便脱了外套,垫在他脑袋下头,自己光着膀子悄悄走到河边。

河水真清啊,墨晶一样润泽发光,水面上还有一层薄雾,盈盈水汽看得人十分舒坦。董少爷伸手试了试,发觉水里的温度并不很低,就悄悄脱了早已臭烘烘的鞋袜裤子,下了水。

"嗨!真舒坦!"他先憋着气呼噜了几把脑袋脸颊,一使劲搓出好几条又黑又脏的泥条,又抄起水一把把轻轻拍在白皙的胸口、肚子上,月色如银,董无忌越洗越来劲儿,想起当日在北京城清华池最好的单间里洗澡,也没这么痛快过,以后真得多出来走走!

董无忌一时童心大发,摸着两块石头,把身子慢慢沉了下去,只露出个脑袋,仰望星空,呼吸清冽湿润的空气。河里的鱼不时凑上来啃咬他的小腿和脚丫，又麻又痒，他呼噜了一把脸，打着哈欠闭上了眼。几个黑影慢慢靠近，忽然一双大手猛然掐住了董无忌脖子，还没等他挣扎，就被一拳打晕了。

"起来吧，兄弟。今儿这事可真不怪我！"声音很熟，头疼欲裂的董无忌睁开眼，发现自己和周少鹏被背对背绑在一起，大头和小伍也一样，面前站着俩熟人：热河警备大队的郑队长和大胡子马弁，还有一个满脸横肉的上校军人，一脸狰狞盯着他们。

"这小子长得还挺俊！"上校阴阴笑道，"甭瞪我！告诉你们，这事儿不怪郑队长，是俺们张大帅派俺们来的。嘿嘿，你们擅入热河，偷盗国宝，已然犯了死罪！大帅命俺带了两个排把你们带回奉天处置。都给老子老实点！咱好说好商量，要是谁敢逃，老子第一个毙了他！"

"放你妈拉个巴子罗圈屁！"董无忌气得要吐血，大骂道，"你们这群一脑袋高粱花子的蠢货，我们有大总统和王大帅的命令，是来调查……"话音未落，上校暴跳如雷，大骂："你敢骂老子！"他冲过来对着董无忌就是一顿拳打脚踢，打得他鼻口蹿血。郑队长一脸羞愧歉然，不敢相劝。

"住手！不许打他！有什么事冲我来！"周少鹏也急了。他猛然警醒：这回出岔子了！原本以为关外奉系的张大帅对此事不过睁一只眼闭一只眼，不会公然翻脸，没想到这个土匪出身的军阀，竟然半路劫杀，来了个"螳螂捕蝉，黄雀在后"！大头、小伍都急得嗷嗷叫，却毫无办法，谁让热河是奉系的地盘呢！

董无忌昏死过去，上校兀自眼冒凶光："这小崽子嘴真够臭！等回奉天，扔到北陵喂狼狗！"话音刚落，众人就听外头陡然传来一阵猛烈的枪声，喊杀震天，霎时传了过来。

"报告！不好了，有人突袭咱们。"一个奉军满脸是血冲了进来。话音刚落，"砰"的一声，这名奉军脑袋就被爆了。

上校大惊："啊？！郑队长，快带人去挡住！快！大帅严令，不把他们弄回去，咱们都得掉脑袋！"漆黑幽深的夜空里，金黄橙红的子弹横冲直撞嗖嗖乱飞，宛如一朵朵愤怒爆开的花朵照亮夜色。猛烈的枪声中除了手枪，竟然还有轻重机枪声，"嗒嗒嗒"，如金蛇怒吼怒涛汹涌般覆盖了整个营地。

片刻，奉军摆起了防御阵势，开始还击，哪知对方的火力太猛，奉军训练有素的士兵一个个被击毙，受伤的在地上乱滚乱爬，瞬间被不远处的机枪打成了筛子！郑队长见势不妙早溜了，剩下两个排的奉军不到一刻钟就被全部击毙。周围一时死寂，空荡荡的营地，死尸枕藉，弥漫的硝烟和血腥气充斥四野，篝火依旧，毕毕剥剥的柴火燃烧声细碎，黑黝黝连绵起伏的山脉，哗哗的河水，令人感到愈发惊骇不安。

董无忌有气无力地醒了过来，不知什么时候，周少鹏已偷偷割开了绳索，把大头、小伍放了，抱着他一个劲叫喊。"我还没死呢，周处长，这、这到底咋回事？莫非张大帅也要这神像？"

"别说话！"周少鹏异常不安，红着眼圈劝道，"咱们得救了，只是不知是敌是友。小董少爷，你坚持一会儿，我想背地里的人，很快就现身了。"果不其然，话音刚落，由远及近呼呼啦啦冲过来一群黑衣人，为首的身姿矫健颇为勇猛，到了近前，他阴阴笑道："万幸！周处长，董少爷，诸位受惊，咱们又见面了！"

四人大惊，面前领着一队精锐黑衣人的不是别人，正是京城王大帅身边的贴身嫡系，刘副官！

第三十五回

尸迹之谜（一）

原来深知北洋政府龙虎争霸内情老谋深算的科大人，对周少鹏几人从直系地盘单枪匹马跑到奉系热河追查事件大为不安。他一向老谋深算，便棋高一着，说通了王大帅，命刘副官调遣了一支精锐武装分队，化装成商客，分头潜入热河待命，以便于紧急时刻救援周少鹏和董无忌。而一直忠诚且狡黠伶俐的刘副官，自然奉命唯谨，暗中在张三营等地埋伏，正好得到手下密报奉军要夺宝抢人，才杀出来救了众人。

周少鹏看看董无忌，想起临来热河前说的话，不由大为敬佩，这位少爷虽然年轻，可见识真不凡，刘副官一行，虽在意料之外，但也是情理之中。看来这神像和考察团神秘失踪一事，并非上头一家惦记呢！

"走吧！"刘副官皮里阳秋地笑笑，"这次诸位立了大功，大帅和科大人不定高兴成什么样呢！等回京复命，高升受赏，诸位可别忘了我，呵呵。"说罢，他指挥精锐人员，收拾行李，把几人带上藏在野地里的军用大卡车，一路奔驰而去。

周少鹏不怎么善于跟贵人身边人拉关系，董少爷和大头可是个中高手，不一会儿，摇摇晃晃的车厢里，他们仨就熟识了。大头江湖阅历深厚，一嘴过年话，吹捧与马屁齐飞，笑声与口水一色，吹捧得刘副官眉开眼笑，心花怒放，恨不得当场拉他们拜了把子，只是听得周少鹏直恶心。

"你们放心，这事儿交哥哥我身上。"刘副官大包大揽，"我啊，打小跟着我们帅爷东征西讨，走南闯北，跟半个儿子似的，还能不给我点面子？这回诸位干得着实漂亮！弄回了神像，救回了人，怎么着也得在帅爷面前露个脸儿不是？"

"刘副官，刘哥！您圣明，瞅瞅我们，都他妈跟叫花子似的，还不全为了大帅？咱们是险象环生九死一生，差点就交代在这儿！唉，全靠您回去给美言几句喽！"大头指了指刘副官手里抱着的小包袱，里头裹着神像和一堆物证，看起来刘副官不想撒手。

董无忌见他贪婪，尽自心里气得上火，脸上却嬉笑自若："那敢情！刘副官不都说了嘛，大头，你还担心啥？没说的，刘副官，等大帅赏下来，甭管金银钞票，有您的一半！"

"那就说定啦，哈哈，董少爷果然局气，是京城的爷们！"俩人五迷三道，不一会儿便趁刘副官不注意，把东西糊弄过来了。董无忌贼精，赶紧和从郑队长手里诓来的鼻烟壶打成一包，塞给旁边的周少鹏。

刘副官笑了笑："神像先搁你那儿也成，省得出了岔子我还说不清。我先眯会儿，大家伙儿警醒点，等进了直隶才能安心。"说着他吐了嘴里的烟卷，迷迷糊糊地睡着了。

董无忌忽然想起什么："周处长，救了咱们的那头骡子呢！"

"在后头卡车上呢。"周少鹏笑道，"知道你舍不得它，我做主，带回去吧。"

董无忌感激地瞅瞅他，擦亮火柴点上烟，小伍一直低头照顾昏迷不醒的柳教授。烟雾丝丝缕缕飘散，清冷的月光如梦似雾，远处的崇山峻岭、弯曲的河水、茂密幽深的密林，渐渐远去。卡车在暗夜古道上摇煤球似的颠簸不平，震得人脑仁疼。再回首，犹如噩梦清醒一般，鸡子山那高大的身影隐约漫漶消散了……

等刘副官打起了呼噜，四个人才慢慢凑到一块。董无忌换了脸色："周处长，瞅见没有，咱这回可真叫人看起来了。"

"看起来？"周少鹏莫名其妙。

大头低声道："小爷说得没错，他们名为护送，实为押送。没瞅姓刘的对咱们这副模样？或许跟奉军要押咱们回奉天一样呐。"半晌，周少鹏无语，其实以他的睿智，哪能瞧不出这里的玄机？可事到如今，他能怎么办？这些日子跟董无忌他们仨人水里来火里去，这位留洋警官的心态也不知为啥，慢慢开始转变了。

"诸位先别多想，情况没那么严重。毕竟东西咱们找着了，柳教授还活着，总算也对大帅、科大人有个交代。"

周少鹏的安慰并没起作用，董无忌嗤笑道："周处长，你真是在洋人那儿待久了。算了，既来之，则安之。东坡老先生说：'此身安处是吾乡。'唉，他们不要毁掉我家家买卖，难为我父、祖就行。不过……"他话锋一转："这倒不是我不识抬举，故意杞人忧天。您可知道，这件事没那么简单，里头确实案中有案。"

周少鹏见他把事态看得如此严重，有些不解，一听这话，更是疑惑，连小伍和大头也懵了。大头急问："小爷，这事儿都了啦，您怎么还扯出案子来了？可别节外生枝！"

"我懂。"董无忌眼神若明若暗，望着苍茫云山，接着说，"不过我这人有个毛病，做事不喜欢虎头蛇尾。尽自咱们不去查，可事儿得弄明白。不介，真叫人扣在大锅里当傻子，被别人卖了还帮人家数钱，我可做不来。"

一直沉默的小伍忙问："小爷，这话怎么说？"

董无忌神色有些诡秘："恐怕这里头的案子还不小呢。"

周少鹏见他郑重其事，不像开玩笑，飞速回忆当时庙宫场景，却并无异状。

"容我先卖个关子，周处长，大头、小伍不必说，比我亲兄弟还亲，只是我这番话，不管对不对，你可得保密，即便见了大帅和科大人，也不能说是我的话。"

"我答应你。"周少鹏郑重点头。

"那好，请问周处长，你学了多久查案？不，你学过几年验尸？"

一听他这话就是外行，周少鹏已经习惯了这位少爷一惊一乍，急中生"智"的毛病，可自己的专业跟老中国的古玩行差着十万八千里，不容易解释。想了想大概说了一下，犹如老年间做官的下级给上司报告"履历"，仨人倒是听明白了。

"也就是说，你在德国留学也是学的这个？"董无忌眼神转了转问。周少鹏点点头，毫无隐瞒，想原原本本说清楚。董无忌摆摆手："不用那么细，我是问你，原先在京城实习或者去德国留学，你验尸，见的死人多不多？"

"嗯？"这话连大头、小伍也懵了。

周少鹏心里不以为然，忙答道："自然见得多。在京城实习快两年，去德国后，在汉堡警政大学深造，也跟着调查了不少奇案，比如战争前发生在柏林的无名分尸案、慕尼黑的凶屋谋杀案和汉堡的人口失踪案，种种离奇死亡和尸体的检验，都是刑事警官的专业……不，小董先生，你是说……"他毕竟心思精明，转念一想猛然一震："庙宫内外那些尸体不对劲？！"

"呵呵，何止不对劲！"董无忌意味深长地冷笑一声，低声问，"恐怕你的刑事警官专业不及格！"

这话就透着忒悬忒损了，不仅让一直沉稳的周少鹏略微激动，连大头、小伍都有些不以为然。明摆着，人家是北洋大佬都看好的"警界精英"，又干了多年实际工作，验个尸破个案还不跟玩似的，哪里容你个古董世家、国文系的少爷置喙评论？

大头怕周少鹏不爱听，忙打哈哈："小爷！我不是驳你，俗话说隔行如隔山。咱们哥们打小没学过这些，你怎么知道周处长不成？铁匠绣花，不是一码事啊。"

谁知周少鹏并不反驳，默然不语立马找到自己带的文件包，翻出自己的验尸记录，低头细看起来。一袋烟工夫，周少鹏抬起头略显严厉地盯住董无忌："小董先生，有哪里不对吗？我没有发现自己在验尸过程中有疏漏，如果有，请指教。"

气氛有些紧张，董无忌却不在乎，面无表情问："真的没有？"

"我可以确定。"周少鹏一顿，陡然想起在庙宫里第二次验尸时，董少爷怪异惊疑的表情，又看了一遍验尸记录，还是不得要领。正要问，只听董无忌冷冷说："我这外行人都让你急死了。请问，你是不是忘了检查两拨尸体的某个部分了？"

"某个部分？"周少鹏思索着摇摇头，"请你说明。"

董无忌不耐烦地对着他的脸画了个圈。

"嘴？！"周少鹏和小伍异口同声惊呼。

"对，确切说，是死尸的嘴。"董无忌瞥了满脸憨厚的小伍一眼，问,"周处长,你再想想。"

"嘴巴?"周少鹏这才发觉,确实没有注意过死者的嘴,可专业知识告诉他,这种明显的野外事故遇难,有什么必要检查嘴呢?

周少鹏正百思不得其解,董无忌夺过验尸记录随便一看还给他,说:"那我再问你,十几年前第一支考察团,可不可以确定是遇到诡异雷电,被雷劈死的?"

"可以确定。虽然尸体形态经过多年腐蚀,发生很大变化,但从留存的痕迹上可以认定,他们属于意外死亡。可是,这跟检不检查第二拨考察团尸体的嘴有什么关系?"

"关系大了。"董无忌狠狠瞪了他一眼,"再请问,雷劈致死的尸体特征是啥?"

"很简单,皮肉糜烂,有烧焦痕迹,四肢有高温大面积烧烫伤和雷电击伤的痕迹,胸口和背部有蜿蜒的奇怪电击纹饰,这是由于雷暴霹雳瞬间击中人体时,产生的高温和强大电流造成的死亡。也就是说……"

"停!"董无忌毫不客气地打断了他,急问,"你说'瞬间产生的高温和强大电流',请问,'瞬间'是多久?"

"一刹那。"

"那么请问你以前见过被雷电劈死的尸体吗?"

"见过,实习时就见过,基本都是这些特征。有什么不对吗?"

"好。"董无忌故意轻轻拍了拍巴掌,急转直下冷笑说,"周处长,雷电瞬间高温和强大电流,怎么会造成尸体口鼻里会有烟灰呢!"

"烟灰?!"周少鹏怔住了,他回思了整个验尸程序,叫道,"不可能!按我们刑事警察专业接触到的法医学来说,因雷电致死的尸体,确切来说有几种形态:第一种情况,因为强大电流瞬间击中人体,会导致死者瞬间心跳呼吸停止,脑组织缺氧,严重者必死无疑。如果症状较轻者,及时抢救,还有生还可能,但不会有意识,人属于'僵死'状态,复苏后可能会变成植物人。其四肢不外乎表皮脱落,有电击的雷击纹路,我实习时见过此类。

"第二种情况,强大电流瞬间击中人体时,电流直接导致人体心跳呼吸停止,同时高温会导致人体大面积烧毁甚至焦烂,骨骼变形肌肉收缩,造成死亡。这种死状很惨,我们在庙宫里见的有几具尸体就是这样的。

"第三种情况，一般中级雷电霹雳电流击中人体瞬间，即便人体心跳呼吸不停止，但也会导致表皮脱落，皮内出血，内脏破裂损坏，短时间内人体还有生命体征，但只要走动或被触动，就会引发内脏组织器官大出血，从而导致紧急情况下无法救治，造成死亡。庙宫里的尸体没有此类状况。据我所知，即便死者是第二种状态，也不可能有口鼻塞满烟灰的特征，因为他们瞬间就已经死亡或者停止了呼吸，除非……"周少鹏说到这儿心里猛地一沉，激灵灵倒吸一口冷气，因为他发现自己忽视了尸体上一个巨大的疑点。

大头丈二和尚摸不着头脑，小伍眼神猛一跳没开口。董少爷压低了声不容置疑继续说："你再想想，据你所说的三种情况，都不会发生死者口鼻里有大量烟灰，对不对？"

"对！"

"那就不对了！"董无忌反驳道，"我亲自检查了庙宫里的所有死尸嘴巴，既然是瞬间致死，内脏没有大出血状态，为什么几乎每具尸体口鼻里都有大量烟灰，按你自己的推测，这说明了什么？！"

轰隆隆犹如一道晴天霹雳在头顶炸响，周少鹏勃然大惊立即答道："说明他们、他们不是被瞬间的高温和电流致死，而是活着时遭遇了高温火烧，喘息时吸入了大量烟灰烧死后的形态！可……第二拨尸体的外表，跟第一拨极其相似，怎么会发生这种状况？你看清楚了吗？"巨大的震撼令他坐立不住差点跳起来，心脏突突直跳。

"嘘！你小点声，我又不是近视眼，当然看得真真的。周处长，我现在推测，第二拨考察团队员根本不是被雷电劈死的，而是被人用某种手段残杀后，伪造成被雷电劈死的假象！"董少爷这番天方夜谭般的高论，不仅镇住了大头、小伍，连周少鹏也惊得呆若木鸡。车厢里死寂一片，大头顿感惊心动魄，忙问："小爷，你、你可甭瞎说，难道周处长都看不出来的疑点，被你看出来了？这种假也能造吗？"

"当然！"董少爷吐出个烟圈冷笑，"现而今什么不能造假？咱们古玩行里，连夏商周三代的古董都能做得惟妙惟肖，不是高人根本瞧不出来。大头我问你，一片树叶藏在哪里最不起眼？"

"当然是树林子里。"

"一本书呢？"

"书堆里。"

"一堆被杀的尸体藏在哪儿最不起眼?"

大头挠挠头:"挖坑埋了?"

"不!"一直沉默的周少鹏猛抬头说,"把这些被杀的尸体搁在一堆真正意外死亡的尸体旁边!而且……"

"而且这两堆尸体的死状在外人来看很像。"小伍忽然插嘴。

"没错。"董无忌扔了烟头看着他,"这就是我在庙宫里发现的尸体疑点后,一直想跟你说的'案子',不知道说得对不对。如果不对,请你指教。如果这真是一件'案子',那么幕后的玄机就太可怕了……"

第三十六回

尸迹之谜（二）

四个死里逃生、已经接近完成任务的人，一时都沉默了。董无忌仁人还好说，事不关己还能高高挂起，可周少鹏毕竟是"精英警官"，很得上司器重的青年俊杰，如果董少爷的说法是真的，那么一场重大凶杀案件活生生发生在他面前，他不仅没看出来，到此刻连丝毫头绪都没有。这可真是活生生被打了脸，也让这个冷峻刚毅自尊心很强的人心里滴血。

满脸铁青的周少鹏回想庙宫的一幕幕历险，此刻已经完全相信了董无忌的话。明摆着，金像得手，柳教授虽不知能不能救活，毕竟是带了出来了，董无忌没有任何理由和动机说瞎话。然而巨大的困惑和阴影令他产生了从未有过的心悸，本来这次事件就曲折迷离犹如一座不可逃脱的米诺斯迷宫，自己差点被迷惑，再加上这件重大凶案，更是心乱如麻。

眼前的董无忌还是那个少爷羔子样，可他的话如万钧之势压得周少鹏几乎喘不过气。自诩精明强干竟然发生如此重大的失误，还让一个少爷羔子给说破了才明白，五味杂陈的周少鹏揉了揉发烫的脑门，略略整理了一下纷乱的思绪，对董无忌深沉点头："小董少爷，我失算了!"

"马失前蹄,常有的事。"董无忌摆摆手。

周少鹏看他若无其事的模样,心里一动,陡然警觉,变成了那副拒人于千里之外的表情,不可思议地死死盯住他,急速而冷峻地问:"小董少爷,你怎么知道详细的验尸技术,比如雷电致死和火烧致死的区别?!别告诉我,你的古董行里,还有验尸侦查知识吧?"

"你属狗脸的,怎么说变就变?"董无忌嗤笑道,"真不愧干警察的,跟你这种人,不能交心!老话说得好,两种人不能交,一是当铺掌柜的,二是刽子手。加你,第三种,干警官的!"

看他这副样子,周少鹏缓和了一下稳稳说:"请不要多心,职业习惯而已。我们的习惯是怀疑任何人。但我真不明白,你的年纪、阅历和生活环境,不可能让你知道这些的,尤其是比较专业的知识。所以我怀疑。"

董无忌玩味笑道:"那有什么呀,怀疑就怀疑,我不在乎。反正人又不是我杀的。其实这个我也是半瓶子醋,偶然得来的。我问你,你读过咱们中国法医学老祖宗的书吗?"

"老祖宗?"周少鹏一愣神,随即会意,"是宋代宋慈先生的《洗冤集录》吗?"

"是啊!元明清三代以来,这可是官府验尸的标准著作。你这个精英没读过?"

周少鹏不以为然:"随便翻阅过,这本书已经过时了,远远脱离了时代,我们学的是英国、德国的近代法医专业技术。"

"过时了?哼哼,"董无忌冷笑一声,"数典忘祖!如果真的过时了,庙宫里那堆尸体的死亡真相,周处长用你的近代'专业'怎么看不出来?你啊,真是聪明反被聪明误,我来告诉你……"

原来董无忌虽是被娇生惯养起来的,但毕竟出身古玩世家,打小守着明古阁那么大个古董铺,自然见多识广,不用专门学,就听祖父、父亲两辈人的生意经,也比一般人强。琉璃厂又是山珍海宝汇集、文人学士聚会之处,什么传说典故秘闻逸事,各家掌柜、伙计肚子里有的是,听得多自然懂得多。

再有则是行里分类不同,按规矩,当年琉璃厂各家店铺经营的古董各有专属类型,并不是一座铺子大杂烩似的什么都有。大分类有软片和硬片区别，青铜、瓷器专属于硬片，书画、碑帖、刺绣、缂丝专属于软片。然而玉器、珠宝、古书等又不在其内，专门有经营这些类别的铺子，买古书善本得去古书铺，买玉器得去玉器行，买珠宝得去廊房二条，即便有些大古董铺琳琅满目各种古物甚多，也不会陈设过多的古书、玉器和珠宝，这也是老年间古董行的行规之一。

董家明古阁隔壁就有座古书铺叫舒云山房，专门经营古籍善本，并不卖别的。这家店跟明古阁老掌柜贵爷，乃是两代人的交情，所以董无忌打小就喜欢去人家铺子里玩耍。舒云山房的掌柜，也拿他当子侄般待遇。

这座古书铺善本名著多如山积，从北宋至明代各类珍奇孤本都有收藏，董无忌又是爱稀奇的性子，在里头一泡就是半天，什么孤本秘籍都见识了不少，尤其对珍闻逸事私家笔记颇感兴趣。掌柜的见他爱好这些，有一回便拿出一部秘藏的元版《洗冤集录》供其展玩鉴赏。甭看董无忌年纪小，一下对这部世面少见而冷门的书产生了兴趣，认认真真读了很久，慢慢就记住了些许知识。

只是这种知识在老中国实在太冷，除了当年外人瞧不起又忌讳之外，刑部衙门仵作也把验尸视为不传之秘，等闲人根本不在意，民国之后也是如此。因而董少爷无意中记住的东西，不料在陪着周少鹏检验尸体时，派上了用场。原来书中所载，正有南宋宋慈先生验尸断案时对于雷劈致死与火烧致死疑点解难的内容。

董无忌小声回忆道："凡被雷震死者，嗯，其尸体肉色焦黄，浑身软黑，两手拳散，口开，眼蜕皮，耳后、发髻焦黄……烧着处皮肉紧硬而挛缩，身上衣服被天火烧烂……伤损躲在脑上或脑后，脑缝多开，从上至下，时有大片浮皮，紫赤，肉不损，胸、项、背、膊上或有篆文痕迹。这是雷震死者，似乎没有描述清楚'雷劈'成齑粉焦炭的样子，但是跟周处长说的第一、二种情形都差不多，只是没那么细致。"

董无忌提高了语气说："火烧死者，凡生前被火烧死者，其尸口、鼻内有烟灰，两手脚皆蜷缩，缘其人未死之前，被火逼奔挣，口开气脉往来，故呼吸间烟灰入口鼻内，若不烧着两肘骨及膝骨，则手脚不蜷缩。若被勒死后投入火中……又若被刃杀死后却做火烧死者……若检得头发焦卷，头面连身一概焦黑……只检得口鼻内有无灰烬，委是火烧致死……"

这半文半白的话，听得大头一个头俩大，如同天书一般，小伍若有所思。周少鹏睁大了眼，细细品味良久，等董无忌背完了书才说："我大概明白了，不过小董少爷，《洗冤集录》毕竟太久远了，我觉得雷震致死和火烧致死，在里面描述得并不详细，很模糊。两者没有什么联系。"

"真难为你了！"董少爷嘲讽道，"还能听出不详细？你再想想'雷震死者、天火烧烂、火烧死者、生前被烧与死后被烧、口鼻烟灰'，这些有什么关联？"

"可书里写的是'身上衣服被天火烧烂'，没说皮肉啊小爷。"小伍问道。

"伍哥，你太拘泥于书本了，书本是死的，人是活的！虽然尽信书不如无书，可请你想想，如果雷电霹雳力量很大，那么死者身上衣服烧烂后，必然要烧到皮肉，那么跟被烧死的人不是很相似？加上雷震死者皮肉上典型的篆文痕，如果伪造起来，岂不是更方便？这就是周处长说的'瞬间产生的高温和强大电流造成的死亡'，然而也因为如此，死者已经都瞬间死亡或没了心跳呼吸，庙宫里那堆尸体口鼻里那么些烟灰是哪来的？！"

周少鹏眼神一跳顿觉醍醐灌顶，立马接话道："更重要的是，无论是强大的天火还是人为的烈火，死者的死亡形态和死亡现场几乎可以混淆，因为强大的雷击电击，在大火焚烧尸体时，都会有'火烧'这个本身形态的存在！它可以掩盖相当一部分真相！而电击本身可以用实物机器伪造，只有死者未死之前遭遇烈火焚烧，才会在呼吸喊叫时吸入大量烟灰，而雷电霹雳的瞬间强大力量造成的死亡或僵死，根本不会令人口腔鼻孔里吸入烟灰！所以这才是庙宫那堆尸体死亡的关键疑点！"

"不错！孺子可教也。"董无忌甩了句文词。可是这种强大到如雷电霹雳般的烈火。可以人为伪造吗？再说，是谁下的杀手？他的目的和动机是什么呢？小伍傻愣愣地嘀咕。

周少鹏一颗心直往下沉，如果真如董无忌所言，这件事太可怕了，犹如在无边的黑暗中寻找一丝烛火，整个事件的内幕深如幽冥，令人不寒而栗。

"那罗迦业火……"众人正被庙宫中离奇的焚尸疑点闹得心慌意

乱,董无忌半眯了眼,脱口而出一个谁也没听懂的词儿。

周少鹏忙问:"你说什么?"

"啊?"董无忌失神眨眨眼,有点不好意思,"没什么,我也不知道怎么会突然想起这个词儿,好像从脑海里猛然蹦出来的一样。不过,好像跟庙宫里的尸体没关系,这个词儿……在哪儿听过呢?对不住,实在忘了。周处长,如果现在已经确定,庙宫尸体并非意外死亡,是被人害死后伪造的现场。那么,凶手和他的目的是什么,倒要请教你了。"

周少鹏冷静地考虑了片刻,摇摇头:"坦率地说,不知道。我们现在无法再回去检查现场,而且经过金蟾的袭扰,现场已经面目全非,即便把京城所有的仪器搬来,检验出尸体的死因,证实了这个疑点,可没有任何线索。或许我们可以通过'常规'逻辑,来推理一下当时的案情。"

"随你,周处长。推理我不懂。不过,这事关系到考察团,还有柳教授,别人我可以不管,如果牵扯到我柳老师,你可得帮忙!"董无忌诚恳说。

"帮忙是可以的,只是现在无从着手,而且据我的经验,从没见过这类诡异的案件,事关大帅和科大人,请容我考虑。请问你对这案件有什么想法?"周少鹏诚挚地望着董无忌。董无忌一摆手眨眨眼:"我没有啥想法,嗯……我现在问你,这件案子你想不想查?"

这话说得奇怪,大头、小伍瞅瞅一脸正色的董少爷,不知他葫芦里卖的什么药。

"当然要查,我本来的专业就是……"周少鹏一顿,随即明白了他的意思,问,"现在我的思绪很乱,请让我想想。"

董无忌点点头,建议道:"我们现在回去算是能交差了。这案子嘛,查有查的说法,不查有不查的理由,所以周处长别着急。你别以小人之心度君子之腹,打量这事儿跟我们仨没关系,我就先推卸了责任,只是这事儿太过离奇,术业有专攻,我们没学过你那行,只给你建议。"

大头忙问:"小爷,赶紧说说,如果不查有啥理由?"

"很简单,咱们的任务是去找金像,救柳教授。现在都做到了,回去之后,大家伙守口如瓶,就当没这么巴宗事。"

"如果要查下去呢?"小伍问。

"那就难于上青天了。"董无忌眼神一闪,"你想呐伍哥,不说咱们从京城到承德府、围场庙宫，一路之上遇上了多少离奇诡异之事，死了多少相干与不相干的人？我出了京城就说，这是个'局'，咱们都是'局'里的人。忽剌巴又跑出这么个案子，凶险诡谲异常，这案子如果是真的，那么跟咱们离奇遭遇，必然有千丝万缕的关联。其中盘根错节扑朔迷离，根本无法着手，也没有任何头绪。按周处长断案的想法，如果第二拨考察团是被人故意杀掉伪造的现场，那么凶手是谁？动机何在？目的又是什么？有如此心机手段阴险诡诈的人，能叫咱们一时片刻找着吗？"

"那就不查！"大头嘿嘿笑道，"多一事不如少一事，这是咱老中国的名言。周处长，你可得稳住神儿，听我们小爷的，咱们回去跟王大帅、科大人交了差事就成！咱们合计好了，就当没这么巴宗事。"

董无忌微笑道："没那么简单，大头哥，你还不明白。我总觉得，这事儿往后还没完！"

"还没完！"大头苦笑道，"那查也不是，不查也不是……这可到底咋办。"

董无忌看看熟睡的刘副官，招手叫几人凑过脑袋，低声道："随机应变，见招拆招！到时候兄弟们可得给劲儿！"片刻，四只手紧紧拉在一起。

第三十七回

真情

一路回了京城，众人被刘副官带到了西城大帅府。刘副官说："你们在这儿候着吧！"小伍、大头被留在府外，他领着周少鹏、董无忌进了府。周少鹏当着王大帅、科大人的面，把神像奉上，简略地说了一下沿途遇险、化险为夷的情况。刘副官自然帮着说了不少好话。

王大帅咧着大嘴，咯咯笑道："真不赖！好小子，有你们的！我和科大人头两天还念叨，说咱们派了几个小毛孩子去寻找调查，查清查不清是一码事，万一出点啥事，荒山野地的咋办？还是科大人神机妙算，劝我派了刘副官去带人接应。真悬！关外的张老叼晃，最不是玩意儿，一个胡子出身的土匪，做了东三省巡阅使，还敢打咱的主意？！刘副官！"

"在！"

"你小子给我记着，这个仇咱先给他记上！早晚给他算！"王大帅得意洋洋，"你们是初生牛犊不怕虎啊，好，东西找回来了，咱得论功行赏啊。我说科大人，你……"

红头发蓝眼珠的科大人此刻仿佛根本没听众人的话，怀抱神像，有些手舞足蹈，满眼惊喜，嘴里不知嘀嘀咕咕地说些啥，好像要一口把神像吞下去的贪婪样，令人很不舒服。

刘副官提醒："科大人？科大人，大帅跟您说话呢。"

"啊？哦！失礼失礼！"科大人迅速恢复了往常矜持，"祝贺你们！勇猛果敢的年轻人，你们的任务完成得非常好！好极了！我很佩服，大帅阁下，我想您对琉璃厂那些商家和小董先生家人的'警戒'，似乎应该马上取消。"

王大帅咧嘴大笑："当然取消！人家孩子们虽不是上阵杀敌，也是鞍马劳顿，多灾多难呐！您瞅瞅，咱这小董这么漂亮的小伙儿，都瘦成啥样了？一看就不'卫生'啦！我刚才要说，他们立了这么大功劳，得赏赐啊。"

科大人点点头，片刻又想起什么似的略一怔，在王大帅耳边嘀咕了几句，说得王大帅连连点头："还是你慎重，那就赶快去办吧！咱可不能有功不赏，落下话把儿。"

科大人冲周少鹏说："周处长对那些尸体的处理很妥当，也解开了我一直以来的疑问。可惜啊……"他换上一副悲天悯人的哀色："那些勇敢的考察团队员们，永远看不到今天了。我会在上帝面前祈求他们的灵魂升入天堂，我也嘱托了相关官员，妥善安置他们的家人。"

董无忌见他装腔作势，冷哼了一声，笑道："科大人可真该去好莱坞，您准得是名角儿！"

"好莱屋？"王大帅皱眉，"那是个什么屋？"

科大人显得有一丝尴尬，摸了摸大鼻子："小董先生过奖，我确实为他们的遇难感到非常难过，非常痛心。不过，听说柳教授已经被救回来了，应该立即抢救，等他醒了，整个事件不就更清楚了吗？"

周少鹏谨慎地说："已经送到协和医院了，刘副官亲自交代，要院方全力抢救，看状况，应该可以救活。大帅何时有空？属下还有下情报告。"

"那就好哇！"王大帅打了个哈欠，"救活了，咱一起庆功！什么下情上情的，小周啊，我看你也受了伤，一块去治治伤！再给小董看看身子。今儿个大家伙都累了，出去忙活这些日子，家里头也惦记，你们先回去休息吧！"这话一说，就相当于前清那会儿的"端茶送客"了，刘副官一使眼色，周少鹏、董无忌忙起身退了出来，王大帅拉着科大人进了内室。

府门外，大头早就等得焦急，伸头瞅了许久，半天才见周少鹏、董无忌出来，欣喜地冲过去问："咋样！大帅给了啥赏赐？"

刘副官若无其事地招手叫过几人，低声嘱咐："你们几个回去先歇着，方才科大人跟大帅有不好当面说的话，我盯着，赏赐自然少不了。听我的信儿！"

"全承您关照！"董无忌拱了拱手，拉着一头雾水的周少鹏跟大头、小伍上了车。

"这赏赐怎么会黑不提白不提了？"大头有点急，"莫不是出了啥岔子？"

"那不会。"董无忌沉着脸，"科大人或许跟王大帅说了什么，这赏赐要不要都无所谓。大头，有时候别太贪。"

大头一瞪眼："啥？我贪？！我是瞅咱哥们这趟辛苦，九死一生不容易！"

董无忌点点头："我知道，他们给不给赏赐不要紧。最要紧的两件事！"他从周少鹏口袋里掏出一卷钞票，嘱咐大头先去把紫金罗盘还给罗半仙，送点钱安慰一下；然后回廊坊二条给他姥爷马大爷报个信，再去燕大，把柳梦珊接到协和医院。大家约定在那碰面。

这边，董无忌和周少鹏商量，请他先回警署，看看离京之前燕大庄副校长凶杀案处理得怎么样，再把庙宫尸体疑问好好琢磨一下，有什么线索可查，等王大帅、科大人问起来也好回话。

"那你呢？"周少鹏点点头。

"我先回家打个招呼，再去医院，一定要盯着柳老师的治疗，如果可能，请周处长派俩警察帮着看护，我怕……"

董无忌一说，他会意："放心，晚饭之前我亲自去。"

众人分头忙碌。董无忌和小伍回了琉璃厂明古阁，贵爷、董仪周自然欣喜不已，爷儿仨相拥喜极而泣，叫了一桌好吃的。董无忌洗漱换装，拉着小伍一起坐下，先把素光刀完璧奉还给贵爷，一面大吃一面把沿途艰难险阻诉说了一遍。贵爷惊得时而悚然时而感慨，还大大夸奖了小伍一番。

贵爷把玩着董无忌从郑队长手里讹来的鼻烟壶，笑中含泪，抚摸着他的脑袋说："咱孩儿这趟不容易！瘦了一圈，可长大了！小伍，也有你的功劳啊！"

"老掌柜过奖！"小伍依旧那副憨厚笑容，"全仗着小爷吉人天相，福德深厚，才能逢凶化吉遇难呈祥，我只是敲边鼓帮了点小忙。"

"小忙也不赖！"董仪周深知儿子那点能耐，着实喜欢这个大伙计，夸了几句。众人正享受父子爷孙天伦温情呢，董无忌说了柳教授一事，贵爷深沉地点点头："那得去照顾啊，虽说他不是你的启蒙恩师，毕竟这个名分。唉，柳教授自己苦巴巴带着女儿过日子，也不易，你这个做学生的，该去尽本分。好好伺候，有啥事打个'德律风'，给我和你爸报个信！"

"得嘞！爷爷，您也新派起来喽，哈哈。"董无忌指着柜台后头的电话机笑了笑，拉着小伍一路去了医院。这当儿柳梦珊早和大头来了，在急救病房外泪光闪闪，一见董无忌，立即扑了过来，碍着外人在，只执手相看。柳梦珊无语凝噎半晌，董无忌劝慰："梦珊，无论老师怎么样，你可得挺住！"

柳梦珊含着少有的羞涩，使劲儿点点头，抹抹泪苦笑："我一直悬心，怕你这个胆小鬼万一吓傻了怎么办？"

"吓？哈哈哈哈，"他得意洋洋一指大头，"你问问大头，这趟就数我胆大，救了大家伙！是吧，大头？"

"没错，我们小爷这次是头功！"大头那张嘴跟天桥说书似的，简略一说险情。柳梦珊听着，感到惊心动魄。日影偏西，几个人在医院等待着，医护人员进进出出，气氛显得十分紧张。晚饭后，警署派了几个人来保护，为首的是周少鹏。

"我不放心，带人来亲自看看。"周少鹏冲几人点点头，忙问，"柳教授情况如何？"柳梦珊紧闭嘴唇蹙眉摇头，董无忌轻叹一声。周少鹏和董无忌找到了柳教授的主治医师，那是个美国大鼻子，中国话说得不错："情况很不好！两位先生，你们送来得太晚了，他身上的伤非常奇怪，脸部几乎糜烂，还有中毒迹象。请你们容许我再观察一下，不然以现有的医疗条件，起到的作用很小。"

董无忌闻言一抖，被周少鹏扶住，俩人找了个角落坐下。董无忌说："那可麻烦了，万一柳老师有个三长两短，梦珊可咋办！另外，考察团遇难的事儿更搞不清了！"

周少鹏很稳重，拍了拍他肩膀安慰道："别着急，协和是京城最好的医院，我想应该能救活。再说回来的路上，我几次检查，柳教授伤势虽重，但生命力还是很顽强。"

"别说这个了，我有些怕。"董无忌抱着头平静了一会儿，抬头问，"燕大庄副校长凶杀案如何了？"

"别提了！"说起手下那帮人，周少鹏简直要炸。跟北洋政府其他部门一样，警察总署说起来威名赫赫，其实办理公事的那些人，大都也是片汤儿拿薪水混日子，碰见案子能躲就躲，不能躲就稀里糊涂地眉毛胡子一把抓。这么些日子，一点线索也没有，那些人被他狠狠训了一顿。

"那不会吧？"董无忌有些不信，"按说，你们那儿都是干这行的，再不济难道连个凶杀案线索丁点找不到？"

周少鹏默然摇摇头。董无忌忽然冒出个念头："周处长，你说，燕大凶杀案跟咱们这回去热河行动有没有关系？"

"应该不会。"周少鹏思索着侃侃而谈，"我让手下人调查了庄副校长和那个死亡校工所有近期活动。燕大暑假，本来就清闲，他俩是值班人员，庄副校长平时的生活很简单，喝喝茶、散散步，没有情人、债务和仇敌，校工是刚毕业不久的学生，生活更简单。如果说杀他们能影响咱们的行动，那么动机和目的根本不成立。"

"为什么？"

周少鹏点了点董无忌脑门："你怎么糊涂了？我们是在他们死后才接到的任务，凶手根本不可能提前知道我们要去热河寻找神像和考察团。再说，如果要阻止或影响行动，凶手不该杀他们，应该杀你或者我！当然前提必须是凶手早已得知是你我去热河，很显然，根本没这个可能，所以这是一个逻辑不通的事情，没有动机和目的。"

"没有动机？"董无忌喃喃自语，"我当时在燕大厕所遇鬼被你救了，醒来我问你，是不是闹鬼，你说不是。难道这不是冲我来的？这事儿你还藏着掖着呢！"

周少鹏气笑了："那或许是你的幻觉，根本没有鬼！说实话，当时我是奉了王大帅命令，把琉璃厂有名的掌柜和人士、柳梦珊小姐全请到会贤堂去。得到侦缉处报告，你和赵爷、柳小姐去了燕大，我才亲自带人去找你们。我在楼道里听见厕所里有人大喊大叫，哭爹叫妈，闯进去才发现你对着两具尸体疯了一样又蹦又跳，才出手救你。"

"啊？"董无忌懵了，细细回想当时的情况，历历在目，不禁悚然，

"没有鬼？可我那会儿瞅着真真的！怎么会这样呢？那这案子……慢、慢！我想起来了，梦珊说过，他爸柳教授临走之前，跟庄副校长谈过话，他俩是同窗！莫非其中有什么隐秘？凶手要杀人灭口？"

周少鹏摇摇头："那也不对，知道这件事的人，不止庄副校长、王大帅、科大人不说，内政部、文教部和警察总署上司们都晓得，张文达教授的家人也都知道，他们都安然无恙，如果说杀人灭口，这个'口'怎么灭得过来？如果说隐秘，柳教授没有去过热河围场庙宫，又不知道其中内情，有什么隐秘呢？还是逻辑不通。"

"你别老是逻辑逻辑的！"董无忌有些头疼道，"可我老觉得两件事有什么关联，就是说不出来。"

"你这是胡思乱想。也许凶手没有针对你，也许你是误打误撞赶上了，也许……燕大凶案本来就是一件没有动机和目的的案件。"

"嗯？"见周少鹏一脸阴沉，董无忌忙问，"什么意思？"

"按验尸结果，他们俩都是自杀。校工是用裁纸刀割喉而死，庄副校长自己上吊而死，没有任何外力作用。"周少鹏小声解释，"你见过没有凶手的凶案吗？"董无忌闻言吓得毛骨悚然，赶紧靠近周少鹏坐着。他猛然觉得，医院走廊里似乎有什么看不见的东西在窥视着他们……

燕大凶案查不下去，像庙宫尸迹之谜一样，仿佛两个案子根本就是无边黑暗中的厉鬼邪魔所为，没有一丝线索可查。众人在医院待了四天，第四天中午，"大鼻子"医生精疲力竭地把他们带到办公室，轻声说："先生们，还有这位小姐，告诉你们一个值得高兴的消息：伤者抢救过来了。上帝！我们建院以来从未遇到过这种病人，为此我还请来了德国专家帮忙。这真是诡异又可怕的伤病，足足耗费了我们一个小型医疗队伍的资源。"

"佛祖保佑！"董无忌一个撑不住，乐得一蹦老高，抱住柳梦珊，俩人又笑又哭。

"大鼻子"赶紧制止："嘘！两位小点声，病人虽然抢救过来了，可还是非常虚弱，而且遗憾的是，他已经几乎毁容，从今天开始，需要安稳长久的休息，他的家人需要来重症监护病房值班。"

周少鹏急问："他什么时候能说话？"

"这说不好。""大鼻子"习惯性地摊开双手，"也许十天半月，也许几个月。据德国专家说，他的神经系统可能受到了巨大刺激，或许醒来后，会有些异常状况，比如短暂性遗忘、失语、神经错乱等等，很多。"

"那么他中的毒和身体、脸部糜烂，您能不能详细说一下？"

"大鼻子"想了想说："这正是我所说的诡异而可怕的地方，伤者中的毒，是一种非常奇怪的植物和动物综合毒素，它似乎经过特殊制作，在已知的毒素中没有记载过。这个毒素可以通过呼吸或皮肤触碰渗入血液，造成糜烂脓疱和内脏大出血。伤者中毒不是很深，我们应用了现有医学技术排出了他体内毒素。伤者的外伤，很显然是超高温和电击所致。"

"有没有雷击的可能？"周少鹏十分关注这点。

"雷击？很有可能。"大鼻子医生笑道，"非常类似。先生们，这里可不是警察局，我也不是受到审讯的犯人，不过我可以把伤者的详细伤情报告给你们一份复印件。我很累了，请让我休息一会儿。"

几人回到走廊，大头骂道："这美国大鼻子还挺狂！什么玩意儿！"

柳梦珊泪光闪烁说："父亲只要活下来就好。今儿开始，我在这值班，你们都回去休息吧。"

"那可不成，柳教授这么重的伤，抬抬搬搬的，你一个女孩子哪能干得了？再说擦擦洗洗也不方便。咱们轮班吧。"大头掰着手指头开始计算。可煞奇怪，董无忌眉头紧皱一脸疑惑，嘴里嘀嘀咕咕不知在说什么，显得十分惊诧。

"小爷？小爷。你怎么了？"小伍道，"是不是不舒服？"

"不是，"董无忌摸了摸有些发烫的脑门，倏然说，"梦珊一个人不成，两人一组，咱们轮班吧，我和梦……"

"你和我一组。"周少鹏不容置疑肃然地说，"柳小姐和小赵先生一组，小伍先生可以来回送食物衣服，这样最合适。"众人都无异议，照此实行。半个多月过去，柳教授终于完全清醒，能吃能坐，可是令人痛心的一幕发生了：他疯了。

柳梦珊尽自坚强，一看原本渊博多才、敦厚仁慈的父亲不仅模样面目全非，而且丧失了说话能力，每天半梦半醒，似哭似笑，呆滞傻兮兮的，连人都不认了，不禁背过去嚎啕大哭，椎心泣血。董无忌也唉声叹气，急了便带着大头跑遍四九城寻医觅药，甚至到处求神问卜、拜佛进香。这件事闹得众人神销骨立,惶惶不安。

周少鹏见董无忌如此有情有义,感慨不已,叫小伍顶替他的班。这天,董无忌红着眼圈又来了,无精打采问:"梦珊,老师怎么样?"

"还是老样子。"柳梦珊叹息道,"医生说了,后头可以出院,在家静养。还有,医生说如果搁在家里怕出事,可以去精神病院……"

"不成!"董无忌唏嘘不止,"还是叫老师在家休养吧,以后我养你们。"

"以后?"柳梦珊猛抬头,眼中满是感激。说到这儿,董无忌想了想,拉着她问:"老师最近胃口怎么样?"

"胃口还那样,你给他吃他就吃,给他个枕头他就睡。不过父亲原先跟你一样,爱吃京城甜品小吃,从不吃咸的,如今咸的也爱吃,上次还吃了不少王致和臭豆腐呢,或许这一病,连口味都改了。"

一个月头上,柳教授出院了,被董无忌、大头、小伍、周少鹏护送回了燕大。董无忌看着柳教授头发掉光了,大半张脸包裹着纱布,只漏出一只傻呆呆的眼,步履蹒跚苍老了快二十岁,不禁眼圈发红,回家跟贵爷、董仪周一说,俩人也唏嘘不已。爷俩决定,等董无忌一毕业,就叫他和柳梦珊成亲,两家合为一家,名正言顺照顾柳教授。

第三十八回

半仙指路

　　日子继续，董无忌几乎隔一天就去燕大看望柳教授，即便面对不能说话、陌生无比的昔日老师和忘年之交，董无忌也从不懈怠，每次带着一大包吃喝，陪着梦珊爷俩吃喝说笑。燕大也不错，看在柳教授多年效力的份上，依旧允许他住在燕大教授宿舍，薪水照旧，还特意轮流派原先他教过的学生去他家帮忙，总之一切还比较顺当。

　　奇怪的是，王大帅和科大人，对赏赐一事竟真的黑不提白不提，没了任何消息。小伍还好，大头气得跳脚大骂，几次想找刘副官，被董无忌拦住了。周少鹏也很忙，一直在关注燕大凶案和庙宫尸迹之谜，只是案子过于复杂，每每焦头烂额之际，便来找董无忌几人商议。

　　这天下午，刚喝了几碗小叶茶的董无忌正准备骑车去燕大，不料明古阁外头忽然停下一辆军车，乱糟糟地闯进来一群大兵！为首的是个连长，众人并不认识他。他恶狠狠地冲进来一瞪眼："有人没有？！谁认识董无忌？哦，还有个叫小伍的！"

　　年迈的贵爷脸色大变，忙赔笑道："军爷，您这是有何公干？董无忌是我孙子，小伍是我们铺子的大伙计，他们都是……"

　　连长掏出张纸晃了晃："奉上峰命令，立即逮捕董无忌和小伍，押入大牢待审!"

"啊?!我们都是安善良民,您、您不能乱抓人啊!"贵爷又惊又吓,一屁股瘫在椅子上。

小伍虽惊却不慌,把早已慌了手脚的董无忌掩在身后,冲连长点点头:"我是小伍,军爷,有事冲我说,跟我们小爷没关系。"

"没关系?抓的就是你俩!甭他妈啰嗦。来人!都给我带走!"

连长一声令下,董无忌和小伍被冲上来的大兵捆起来塞进车里,车子扬长而去。

车子转了几个大圈,驶入内城的一个处所,处所的生铁大门足有半尺厚,进了门,两边青砖壁垒,戒备森严,地上架着机关枪、小钢炮。董无忌早已吓得魂飞魄散,蜷缩在小伍身边直哼哼。小伍眼尖,一眼瞅见进门前的硕大楷书石匾:陆军监狱。

"小爷,小爷?别怕,您瞅瞅,咱们到哪儿了?"

董无忌颤巍巍看看四周:"我、我哪儿知道啊!"

"陆军监狱。"小伍附耳小声说,"看来还是您聪明,那事儿还没完!"

"啊?!"董无忌欲哭无泪,"这下可糟了!伍哥,咱出不去啦!怎么走到这个绝地来了!"

"别说话!都老实点!"荷枪实弹的大兵气势汹汹地踢了董无忌一脚。

陆军监狱,在西长安门外,原先是大清朝的刑部衙门,权威极高,里头有一百零八种大刑,就是江湖第一等的好汉和罪大恶极之徒,进来也得变成狗熊。民国以后,这里成了北洋陆军监狱,专门关押要犯。当年陆军总长段大帅,就是在此枪杀了不少辛亥元勋和革命志士,后来这里成了北洋政府的一处秘密监狱,等闲人到不了此地,由北洋陆军总部直辖,不仅戒备森严,且阴森恐怖,令人谈虎色变。当日王大帅威胁董无忌时,便提到此地,可今儿董无忌他们已然找回神像,又调查清楚考察团失踪的一部分真相,为啥还会被突然关进这里呢?

董无忌、小伍被押入大牢,大牢四壁黑黝黝长满绿苔,青石砌就的石壁一尺多厚,四处阴风习习,腥臭扑鼻,四壁上还有令人目眩的黑褐色血痕,簇簇斑斑。大铁门"咔吧"被锁上了,董无忌瘫在地上,始终没闹明白是怎么回事。

小伍扶他起来，赶紧收拾了地上铺的满是跳蚤的草垫子，驱了驱满地的蟑螂、蚰蜒，这才说："小爷，事情不妙！莫非是庙宫的事发了？"

"庙宫？莫非是周少鹏？"董无忌惊得小脸煞白，突然想起庙宫地宫里那块神异的陨石，难道周少鹏卖友求荣，把那事给捅出来了？不对不对，他琢磨半响，实在不相信看起来正直英武的周少鹏会干下如此阴损的勾当。董无忌正满心乱蓬蓬犹如热锅蚂蚁，就听左边斜对面一个声音大喊："小爷？是无忌吗！董无忌！你个孙子，早知有今天，老子跟你去凑什么热闹啊！"这是大头！

董无忌惊道："大头？！是你吗？你怎么也被抓到这儿来啦？"

"他大爷的，我哪儿知道啊！"大头使劲儿从胳膊粗的铁栅栏里钻出半个脑袋骂道，"今儿上午我在清华池泡澡呢，几个大兵冲进来，不分青红皂白，就把老子抓到这儿来了！到现在老子还一脑袋糊涂呢！我寻思是不是你这乌鸦嘴说准了，那事儿没完？他娘的，江湖道上也没这规矩啊，事成之后卸磨杀驴，现在改杀人啦！"

"先闭上你的臭嘴！"董无忌心里蓦地升起一阵恐慌，"不好，咱们被抓，那梦珊和柳老师也悬了！周、周少鹏这个孙子。"

"没错！我琢磨就是他这个孙子把咱们给卖了！"大头这通骂，把周少鹏十八代祖宗足足问候了一遍。

小伍比较沉稳，劝慰："二位爷，先沉住气。我看，不一定是周处长。等等，他们总得提审咱吧？那就闹明白了。"

"明白个屁！"大头愤愤不平，"我就说，跟他们衙门里的人不能走近了，都是些脏心烂肺的东西。"俩人如此叫骂，大牢里仍一片死寂，并没牢头来呵斥。到了饭点，几个彪形大汉送来几个长毛的窝头和一碗白水，也不说话，扭头就走。董无忌气得浑身发抖，啃了半个窝头就不吃了，靠在小伍肩膀上使劲儿静下来寻思。

不一会儿，外头又送进来一位，仨人一瞅，不是别人，正是一身警服、皮靴锃亮、面色阴沉的周少鹏！

"你在这间！"牢头是个大胖子，把周少鹏推进正对着董无忌这间的牢房，锁了。他临走还小声嘀咕："周处长，都是上峰的命令，您可甭怪我！"周少鹏眉头紧锁，似乎在想心事，摆摆手叫他走了。

"真是卸磨杀驴啊。"大头咧嘴苦笑道，"周处长，怎么他们连你也抓了？到底怎么回事啊？"

周少鹏盘膝坐在砖地上,默然不语。

董无忌大骂:"周少鹏你个孙子!都这时候了,你他妈还装什么清高?!有话说有屁放!你是不是傻不唧唧跟上头说什么了?"

半晌,周少鹏犹如大梦初醒般眨眨眼,铁青的脸上毫无表情,淡淡说:"没有,我一直守口如瓶,我想可能是出了别的问题?"

"啥问题?"仨人问。

"不知道。不过应该很快知道,"周少鹏闭眼很沉着地说,"他们提审就知道了。"说完一片死寂,四个人都没话可说了。

半夜,大牢里除了他们,仿佛没有其他活人,不少牢房黑沉沉臭烘烘,一丝人声不闻,影影幢幢飘过几丝魅影,不知是以往死在这儿的冤魂还是厉鬼,肆意游荡,恶狠狠瞅着四个年轻人。董无忌又惊又怕又慌乱,迷迷糊糊睡得极不踏实,身上到处痒痒,也不知道是虫子咬的还是心理作用。小伍一面给他挠痒,一面安慰他。大头一会儿哼小曲儿,一会儿乱骂。周少鹏一言不发想心事。四个人好像又回到了去热河历险那段出生入死的日子,只是气氛诡异。

四人被关了整三天,期待的提审一直没有,后来连周少鹏也悚然不安起来。他明白这里的程序:若是提审要犯,必由北洋陆军部和参谋部派人来审讯,有时还会严刑拷打,有时曹老帅、吴大帅和王大帅还得派嫡系亲信监视;若是要枪毙,早就执行了;若是四个人没罪,怎么会关在这个暗无天日的处所,既不审讯拷打,也不释放呢?

这里极为森严,关防也最严密,没有几个大帅的手谕,任谁也不敢透漏一点信儿,外头人想帮忙也根本不可能。到底哪儿出了问题呢?这天夜里,几人骂也骂了,吵也吵了,周少鹏缓缓说:"小董少爷,我想咱们被抓,可能跟那尊神像有关系。"

"神像?怎么可能!"董无忌、大头面面相觑。大头嚷嚷:"那神像是咱哥儿几个从地宫柳教授怀里找到的!怎么会出岔子?"

"除了神像,没有别的原因。"周少鹏很确定地提醒,"你们想,庙宫里尸迹之谜、天降陨石的神异作用,他们根本不知道;燕大庄副校长的离奇凶案,他们根本不在乎。他们掌握的情况,也就只有神像。我想,肯定是神像出了什么问题。小董少爷,最近我在查阅这些资料时,正好发现了一些原本我们没关注过的线索,比如……"

忽然,外头一阵锁钥开门声,牢头小声嘀咕着什么,一个脚步声似乎走了进来。周少鹏立即冲正在倾听的几人使了个眼色，众人闭嘴静听：好像是个一瘸一拐的人。

"赵爷、赵爷，董少爷……你们在哪儿呢？"黑暗中传来一个颤悠悠嘶哑苍老小心翼翼的叫声，那声音低沉无力飘荡四周，犹如厉鬼叫魂。别人都没听出来，大头闻声就是一惊，咧开大嘴惊恐地指着那人来处，惊叫道："怎、怎么是你？！"

话音未落，黑影跌跌撞撞现出真身：此人一身绸布大衫，头戴礼帽，提溜拐棍，这个时辰还戴副黑墨镜。等看清了，几人无不大惊，来者竟是前门外打卦算命占卜的罗半仙！

大头勃然大怒："你大爷的罗半仙！原来你才是幕后黑手啊，你个五弊三缺的瞎眼瘸子，竟然如此歹毒！我……"

罗半仙却一点不生气，摸索过来小声说："赵爷，赵爷！您误会啦，我是专程来看您和董少爷的！"

"啊？"大头一转念，也确实如此，这么个江湖半瞎子老头，哪有偌大能耐，便长叹一声，"老罗，哥儿几个今儿算是麦城啦，嘴臭，你别介意！可你怎么会找到这儿来呢？哼！"大头冷哼一声，"你还真不愧是'半仙'！老子和哥儿几个这番全叫你乌鸦嘴说中了！"

罗半仙没理会周少鹏，走到大头牢房跟前笑道："您看您说的，我的占卜之术您以为是江湖门道？我是有师承的啊，我老祖师爷那是大清康熙年间……"

"得！别卖弄你那嘴了。快说！你咋摸到这儿来啦？"

罗半仙连连点头："还说呢，我得谢谢董少爷，在哪儿呢？"

"这！在这！"董无忌好像见了亲人一样招手。

罗半仙慢慢走过来，施礼道："董少爷，我得谢谢您！受我一拜！"

"这怎么话说的？"

"您忘了，赵爷拿走我的紫金罗盘，那是我祖师爷传下来的，比我的命还要紧呐，不说价值连城，也是件宝贝，真丢了，我的命也完了。您不仅让赵爷还回来，又给我三百多钞票，这大恩大德，唉，怎么说呢！我这个漂泊破落的孤老头子，也在江湖上行走多年，不能不懂事儿，一直念您的好！如今您遭了大难，我虽帮不上什么忙，也该来瞅瞅您和赵爷，也是咱江湖道上不忘大恩，知恩图报的礼儿啊！"

这话一说，几人心里都热乎乎的，危难之际见真情，这个毫不起眼的罗半仙，竟有如此心胸情义。董无忌长叹一声，落了泪："罗爷，您这是何必。叫大头还您的罗盘，那是做人的根本，如今我们哥儿几个前途未卜，生死不知，这里又险象环生，我哪儿敢承受您的谢！"

罗半仙摇摇头，简单一说。原来董无忌、赵大头这档子事儿，街面上嚷嚷动了，四九城老少爷们没有不知道的，可都不晓得到底有什么玄机。贵爷又惊又气，一病不起，董仪周在外四处找门路，可北洋各大衙门一听这事，都不敢管。正巧，前几天北洋陆军次长的老太太，年逢"暗九"，请罗半仙去府里算命推盘，去去心病。他灵机一动，把老太太说得跟王母娘娘在世一样福寿双全，捧得老太太心花怒放，便借机向陆军次长提出，想来大牢探监。次长当着老娘的面，不好拒绝，又知道罗半仙是个破落卦师，跟此事不沾边，便瞒上不瞒下，下达密令，放他黉夜进来看看就走。

罗半仙拉着董无忌的手哽咽不已，叹道："小爷，你啊，那日在前门外卜卦，我就告诉您了，不可动刀，更不可带人回来，不然定有百口莫辩之事，身陷囹圄之灾！您不听我良言相劝，此事已然发生，我也无力回天了。"

"罗爷！话虽如此，可您卜术超绝，我们哥儿几个遭遇，您全部言中了，当日动刀也好，带人回来也罢，也是为了救人救命，只是事到如今，还请您再给指点迷津！"董无忌说话就要下跪，唬得罗半仙死死拉着他也蹲下了，其他仨人一听，哭笑不得。明摆着，罗半仙再神，怎么能搞清楚这些错综复杂之事，更别说王大帅、科大人那头喽。

罗半仙安慰道："小爷，如今虽大难临头，但也不是必死之兆。"

"哦？请罗爷指教！"

"指教不敢。"罗半仙思索道，"今儿下午，我还专门为诸位爷打了一卦，乃是个'天地否'。"

周少鹏冷冷哼了一声："罗先生，若您真是神仙，我们遇到的庙宫尸迹之谜、燕大凶案，都不用靠警察处置，只去找您算一算，不就案情大白，真凶显露了？那还要警察干什么？此时聊这种迷信，没有作用！"

"那位是？"罗半仙闻言一怔。

董无忌气得一瞪眼："罗爷，您甭理他！他就是个大棒槌！"

哪知罗半仙很以为然，点头笑道："那位长官，你不信我门中之术，我不怪你，但此术精微通幽，你说的那些事，我只要用奇门九宫之法，不怕测不出来。"

"啊？"大头惊叫，"那你不赶紧帮忙测测，还在这儿啰嗦！"

罗半仙摇摇头："只是古人云：天机不可泄露。一旦泄露，我就大祸立至，难逃一死。我今儿来是特意给赵爷和董少爷宽心的，您还听不听？"

董无忌像是抓住救命稻草一样，急得满头是汗："听！您甭理他们，请说。'天地否'怎么解？"

"说多了您也不明白，简言之，此卦原属乾宫，乃天地不交，阴阳反背，不利君子，利于小人，主乾刚外泄，正气不足，阴邪乍出，大盛大兴，阴阳不交，万物难长之兆。虽大凶大险，后头却顺畅通达，皆大欢喜。为何？因天地不交，阴阳不合，君子道消，小人道长，必不长久，事到极处，物极必反，否极泰来，只要秉正持中，必有后福。只是不宜沾染荣华富贵，必当六合顺遂，转危为安。这就是此卦所说君子志同道合，以俭德辟难，先否后吉之意。"罗半仙侃侃而谈，"若说您诸位爷遇到的难事，我虽不懂，但大道至简，阴阳相合，此卦又有阴阳反背之意。反背，不是说阴阳相失，而是阴阳离位，不在本体，阳被阴替，阴被阳占，是非混淆，黑白颠倒，其中定有阻碍之人事。所谓世间之事，有阴必有阳，有阳必有阴，阴阳相合，各归其位，才会平衡圆融，大道归一。我想，大道都如此，何况一人，一家，一案，一事呢？"

这席玄之又玄的话，别人都不懂，只有董无忌心中一动，隐隐约约觉得很有道理。罗半仙慢慢起身，说："话已至此，小爷，您天资聪颖，智慧深厚，我想您必然能参透此事玄机。等您出狱大安，我再去府上请安。"

大头叫嚷："老罗，你就那么肯定小爷能参透玄机？救我们出去？那还得多久啊！"罗半仙笑了笑："赵爷，我在江湖行走四十多年，一句半句可能说错，您和董少爷如此照顾我，我还能不尽心？放心，有你们几位相助，董少爷必然能明白此事真意，君子志同道合嘛。此事三天之内必有结果。"

"如果没有呢？"大头急问。

"那好说，等您出狱以后，把老朽这只好眼剜了去！"罗半仙也很痛快地答道，然后抱拳作揖又冲董无忌施礼，转身提溜着拐杖慢慢隐去。

半晌，周少鹏冷笑道："这老先生，真聪明！"

大头忙问："啊，咋了周处长？"董无忌靠在小伍身上努力想罗半仙的话，只听小伍说："赵爷，您怎么糊涂了。罗半仙这是江湖话，三天之内有结果？万一判咱们死罪，当时枪毙了，您哪有命去剜他的眼？"

"他大爷！这个九国贩骆驼的老杂毛骗子……"刚有点高兴的大头，又被点醒，暴跳如雷骂上了。

第三十九回

鸿门宴（一）

大牢里的众人正惴惴不安等待审讯呢，可左等不来右等也不来，罗半仙说的话虽动听，可除了董无忌，谁也闹不明白啥意思。只是董无忌仿佛不再害怕，突然安静了下来，眼珠子瞪得老大，靠在小伍身上面对长满绿苔的墙壁，也不搭理众人，一会儿嘀嘀咕咕，一会儿死气沉沉，一会儿念念叨叨，一会儿哆哆嗦嗦，一会儿双手比比画画，吓得几人都以为他被罗半仙搅乱神志，成了半疯。

周少鹏这下没辙了，本想找董无忌商议几句，见他这副模样，也不敢再谈。他瞅了瞅正给董无忌身上抓虱子的小伍，这个看似憨厚的大伙计，细思却深不可测，也无从问起。大头倒是聪明，可一脑袋全是乱七八糟的东西，急公好义救人危难是把好手，可论心思缜密、推理勘察，就远远不成。他自己掌握的情况虽多，却枝枝蔓蔓太过于错综复杂，不知如何理顺。周少鹏正焦躁呢，大头哼着小曲说："周处长，看小爷这都叫罗半仙闹成'董半疯'了，您呐还是甭多想了，咱还是见招拆招的好。"

周少鹏不置可否笑了笑，问："罗先生此人非常奇怪，他跟小董少爷如何认识的？怎么连他的名字，也是罗先生取的？"

大头一拍大腿："嗨！这事儿问别人真不成，在座的只有我门儿清。小伍啊，你甭抓挠虱子啦，那是贵人虱，只咬贵人，是好兆头。咱苦中作乐，我念叨念叨这事你们听听！这得从小爷出生那年说起……"

董无忌出生那年，他母亲难产，差点出事，等生下来一看是个大胖小子，全家人乐开了花。明古阁在琉璃厂也算大买卖，贵爷也是琉璃厂的老人，老年得孙，喜得无可无不可，遍下红帖子，请来亲朋好友，在东兴楼大摆宴席，着实热闹了好几天。董无忌周岁那当儿，按照老北京的规矩，要举行"抓周"仪式，当时还请来了罗半仙，给董无忌起个官名并预测前程。

那天，在明古阁后院正房紫檀雕花大床上，贵爷亲自摆满了金玉如意、官窑瓷器、文房四宝、田黄鸡血印章、商周鼎彝、书画法帖、衣食花帽，甚至算盘、铜钱、银元、金元宝，琳琅满目，那些犯忌讳的全都拿走了。阖家大小亲朋，就看着胖墩墩十分可爱的董无忌东爬西爬，先抓起金玉如意玩了会儿，又拿起文房四宝，再摸摸书画法帖，甚至金银元宝也被他全搂进怀里，惹得全家老少乐不可支。这也是老时年间的规矩，讨个好口彩寓意。

罗半仙跟着凑趣，说这位小爷什么都抓到手了，岂不是大富大福大贵的命，又给他推算了命盘，果然不差。贵爷乐得脸上皱纹都笑开了，当场赏了罗瞎子十块大洋。到起名字那当儿，罗半仙有点犯难：若按照五行八字起，调配了一说，贵爷大摇其头，他不喜欢那些个文绉绉的名字，董仪周又不喜欢太"时髦"的。正在这当口，奶妈抱着董无忌让罗瞎子瞅瞅，谁知董无忌扎煞了小手，劈手从罗瞎子搁在桌上的签筒里划拉了一支签子，那支签子"啪嗒"掉在地上了。

罗半仙急忙拾起来一看，登时大喜，笑道："贵爷、董掌柜的，你们说巧不巧哇！这是天定的官名。"爷俩忙问缘由，罗半仙笑呵呵地把掉出来的签子递过来，俩人一瞅，上头写的是：姜太公在此，诸神退位，百无禁忌！爷俩面面相觑，问罗半仙怎么解。

他笑道："您这位少爷本就是大福大富的命，生来富贵，只怕有些阴煞邪祟来扰乱。如今小少爷自己抓出这么支签子，日后岂不是百无禁忌、逢凶化吉、一世平安的好兆头？！天命如此，就遵从天意吧。"

得！罗半仙这么一解说，老年得孙的贵爷更是大喜，便挥毫写了"无忌"俩字，给董无忌定了名。这段典故，琉璃厂古玩行差不多的人都晓得，大头当日也穿着开裆裤在场跑进跑出玩耍，自然说得绘声绘色，连周少鹏也听住了。小伍轻叹一声："我说他俩有什么缘分，看来咱们这位小爷真是百无禁忌，不过如今……"

话音未落，众人就听牢门开锁，由打外头进来一群人，为首的却是头几天还亲热如故人的刘副官！

一身戎装的刘副官仿佛根本不认识他们四个，一脸阴沉，捂着鼻子打量一下四周，挥手叫道："来人，带他们走！"后头过来一群彪形大汉，这些人都是便衣，斜挎着盒子炮，满脸横肉，膀大腰圆。周少鹏眼皮一跳，这群人他认识，并非军人，也不是警署的，乃是直属刘副官手下的陆军侦缉队的精锐。

董无忌懵懂中，四人已经被带了出来，戴上手铐，被簇拥着出了大牢。外头初秋的微风十分舒服，见了天日，大家伙心情好多了。上车的当口，大头赔笑小声问："刘副官，咱、咱这是去哪儿？今儿不是开刀问斩吧？"

刘副官瞪了他一眼，冷笑一声："想得美！还开刀问斩？你以为去菜市口呢？到地方就知道啦！"

车子发动，在内城转了几圈停了。几人被押下车，抬头一瞅，正是什刹海边的会贤堂！董无忌这才缓醒过来，梦醒般左右看看，惊讶道："怎么到这儿来啦？今儿是什么场合？"

"别啰嗦！"刘副官也不理他，"把人都带上去！大帅和科大人都等急了！"

几人忐忑不安地上了楼，前院静悄悄的，早已被清了场，连伺候的伙计也一个不见。等上了楼，众人就听里头王大帅粗嗓门咋呼："都跑哪儿钻沙去啦？还没来？快去催！"

一进去，董无忌心头就是一哆嗦：原本大厅改了模样，正中的桌椅改摆在两边，桌上摆着珍馐美味佳肴美酒，似乎还冒着热气。左右两边站着一群战战兢兢的人，都是熟人：左边站着梁老掌柜、李掌柜、吴掌柜，还有自己的爷爷贵爷和父亲董仪周；右边也是琉璃厂有名的大掌柜和几个看似官员、军官穿戴的人；甚至连柳梦珊和轮椅上的柳教授，也赫然在席！

当中间却是另一番模样：靠北一把虎皮交椅，面前一张紫檀木大方桌，桌上摆着签筒、令箭、官印和惊堂木。虎皮交椅上坐着一身灰绸短衣的王大帅，他正捧着赤金水烟袋呼噜呼噜抽水烟。他左边坐着红头发蓝眼睛、面色不善眼冒凶光的科大人。桌前三尺远近，站着四个高大的直系大兵，手执水火棍，面目狰狞。奇怪！那尊四个人千辛万苦找来的神像，正摆在科大人面前，底下垫着大红锦缎，流光溢彩宝光四射。

这场面大头和董无忌太熟悉了，这不就是清朝那会儿开堂审案的架势嘛！好家伙，怎么把这势派鼓捣出来了，王大帅这是要干啥？董无忌蓦地想起一个传闻：据说，王大帅此人心狠手辣，杀人如麻，平时军旅之余，最喜欢仿照前清大官那样，审问案件。可他肚子里墨水实在太少，为人又颠颠跋扈，根本不懂律法，而是杀伐武断，照着军营那套来。在直隶保定那当儿，他就如此作为，可是坑害了不少百姓，被人痛骂为"王大疤癞"。如今他做了直系首脑，兴致来了，在京城更喜欢如此胡作非为，草菅人命。多少无辜百姓惨死在他手里，简直令人发指，可他自己却以"青天大老爷"自诩，得意之余，还叫遭难的百姓给他送"万民伞"，臭显摆。如今看来，这传闻还真不假！

"刘副官，把犯人带上来！"王大帅搁下水烟袋叫道。

"是！"几人被带到大厅中间，啼笑皆非。董无忌瞥一眼泪光朦胧满脸关爱的柳梦珊，心里一阵酸疼。柳梦珊张着嘴不敢出声，只抱着傻呆呆的柳教授胳膊，泪光盈盈。两人眼神交替，千言万语，却如隔银河。

"啪！"王大帅一拍桌案，皱眉假模假式问，"民国了，不用跪，都站着说话吧！堂下罪犯报上名来，你们都知罪嘛！"

"我等不知！"周少鹏气得浑身发抖，硬头钉子似的顶了回去。

"大胆！"刘副官气呼呼叫道，"谁不知大帅是包龙图在世，明察秋毫，断案如神！你们几个赶紧把罪行说明白，大帅如天之仁，可放你们一马，不然大刑伺候！"

这话一说，四个衙役角色的大兵手执大棍"噼里啪啦"往地上砸，嘴里叫道："威……武！"

"龙图？"王大帅咧嘴叫道，"我嘛也不图！咱是军人，就要为民做主！老子审案多年，屡破奇案大案，你们几个小崽子，毛还嫩，想骗过我？门儿也没有！快说！知罪不知？"一旁的科大人恶狠狠地叫道："我不喜欢这套封建社会的法则！但是你们，你们这群骗子，胆敢公然欺骗盟邦友人，偷盗国宝，以假换真！快说，那尊真的神像在哪？说出来，上帝的仁慈或许会饶过你们的贪婪无耻，不然的话，哼哼，我也帮不了你们！"

"什么？"周少鹏看看同样震惊的仨人，不可思议地瞪着王大帅、科大人，他千算万算还真又想对了：果然是神像出了问题！

他压抑怒火，脸色铁青，问："大帅，科大人，我们几个到现在为止，还不明白到底出了什么差错？请大帅、科大人说明，即便真的有罪，也该送交高等检察厅公诉，高等法院审理，你们不该私设公堂，入人以罪！"

"啪！"王大帅虎目圆瞪恶狠狠怒道："放你的罗圈屁！小周，老子本来看你还好，给你留着面子呢，你说了实话，老子放你一马，妈妈的，你敢骂到老子头上来了？告诉你，在北京城，老子就是最大的王法！不识抬举的东西，来人，给我拉出去，就地枪毙！"

"慢！"科大人和董无忌异口同声喊道。

科大人有些意外，瞅瞅一向胆小如鼠的董少爷目光炯炯，摆摆手："大帅，问案子审讯，也不是这个问法，先把事情搞明白，叫他们死也死个明白！"

科大人掏出块手帕擦了擦汗，点上雪茄，换了副轻松模样，阴沉沉地说："周处长既然不明白，我来告诉你。你、董无忌和他俩，带回来的这尊神像，经过我和众多专家的鉴定，是假的！用贵国古玩行的话来说，是赝品！伪造的假货！"

大厅里的人几乎全傻了，方才那些唬人的话虽然声音大，古玩行这群人听得一知半解，如今科大人说得明白，众人无不悚然。贵爷一听就昏了过去，被董仪周抱着放在椅子上安慰。梁老掌柜、吴清远等人，面色惊恐地张望着桌上的神像，不知所措。

科大人接着说："考察团失踪的事儿我不太在乎，但张文达教授组织考察团去之前，我还交代过他，一定要把神像带回来，还给了他二十万大洋，二十万大洋！可惜他已经死了。哼，你们，难道就弄回一尊假神像来糊弄我？可惜被我发现了真相。说吧，真的神像去哪儿了？孩子们……"他换了副悲天悯人的模样，继续说道："真的神像在哪儿？说出来，上帝和我都会饶恕你们，我保证，大帅不会追究你们的责任和过失。"

"嗯,科大人说得对。"王大帅冷哼道,"咱是大人有大量,真是你们偷了、换了,把真东西交出来,老子既往不咎!说话算话。"

一直没说话的董无忌不知在琢磨什么,闻言突然一笑:"大帅,既然您号称明察秋毫,科大人又请专家鉴定了,我想问问,您怎么知道这神像是赝品?咱们在座的那么多古玩行的行家,可否请他们鉴赏鉴赏?"

"介个嘛……"王大帅看看科大人。

科大人点头道:"可以。"

刘副官捧着神像给左右两席的大掌柜们轮流看了半晌。众人提心吊胆又看又摸,可这物件过于稀罕,都说不出个所以然。末了,梁老掌柜代表大家发言:"大帅,我等仔细查看了,这物件确实是合金铸造,镶嵌的宝石也是真的,至于年代,看风格,应该是乾隆年间制作的。"

"请取过来我看看可以吗?"科大人示意刘副官,让他把神像递给董无忌。

董无忌只看了几眼,就点头说:"不错,这是我们从庙宫地下找到的那尊,上面我做了一点记号。喏……"他指着神像爪子下头说:"这里有一道小小的划痕,我就怕有人做手脚,所以提前做了点记号。"

"那也没用!这是假的!"科大人不依不饶。

董无忌不理他,问:"大帅,您先不必生气。您就算按照前清的场面审我们,也得分清原告、被告,既然科大人是原告,我们是被告,您这位青天大老爷,许不许被告说话?"

王大帅瞪眼道:"介咋不许?原告被告都说,不然案子怎么弄明白?我刚才就让你们说啊!有话就说!"

"那就好!"董无忌冷笑道,"科大人,您是原告,我先不问您如何鉴定神像的。周处长!"

"嗯?"周少鹏被董无忌的表现弄得有点懵。

"麻烦您,原原本本把当日在庙宫发生的事儿说清楚,记住,一五一十地。"董无忌眨眨眼,周少鹏心领神会,开始从进入庙宫说起。

董无忌却一屁股坐地上,招手叫过刘副官:"刘副官,我饿了,您看给弄点吃的成不?"

"你?!"刘副官回身悄声问了王大帅。王大帅摆摆手:"吃吧吃吧！别瞎打岔，老子正听案呢！"

得！刘副官从席面上撤下一大盆冰糖肘子端了过来，皮里阳秋嗤笑道："董少爷，您可真是爷！"董无忌也不看他，伸手捞了一大块肉，"吭哧吭哧"地大吃起来，馋得大头也小心翼翼凑过来开吃，小伍也分了一大块肉，这下可好，众人都静听周少鹏回话，他们仨狼吞虎咽吃了一通。

满屋肃然，众人肚里无不腹诽嘲笑，王大帅唱的这出开堂审案的戏，快成了笑话。

半晌，周少鹏说到尾声："……回来的路上，起初是刘副官抱着神像，后来被董少爷要回来，我们四个人守着，当时没有别的人在场，所以，我敢确定：从我们找到神像，一直到送到大帅府上，交到您两位手里，神像没有脱离过我们的视线。说完了。"

"完全是谎言！"科大人用雪茄指点说，"我不信！你们中国人早就造假成风，什么都有假的！我要真的！真的！"

周少鹏也冷笑："您不信，可以问问刘副官。"

"别！"刘副官一哆嗦，"启禀大帅，科大人，这神像我就见过一面，知道是您二位要，我怎么敢偷换？周少鹏，你小子别血口喷人！"

打了个饱嗝，董无忌东张西望，像是要找点抹布擦手。大头急得满头是汗："小爷，刀都架脖子上了，这当口您就别讲究啦！"

董无忌还是慢条斯理地用自己的外衣擦了擦油手，问："大帅，您听明白了吗？"

"嘛玩意儿明白？我介还一脑袋糨糊呢！科大人，你听明白没有？"王大帅挠挠头。

科大人气势汹汹："我不听这个！我就要真的神像！刘副官我信得过，他不可能造假。"

刘副官闻言立即得意洋洋，董无忌却问："大帅，这不对，凭科大人信得着，刘副官就没嫌疑？这话说破大天，也不能叫人口服心服呀。"

"也对，介个介个，总不能看着谁信得过，他就一定不会玩猫腻。小董，你这话还有点道理。"王大帅说完，身边的刘副官和科大人气得脸红脖子粗，心说：大帅，你到底哪头的！

科大人厌恶地反驳："刘副官是我和大帅派去救你的！他一不懂

鉴定，二不懂古玩造假，三他更没有造假和偷换的时间！这事儿跟他没关系！你不要再东拉西扯想蒙混过关！我要真的神像！"

"周处长，你听出来了吗？该你了。"董无忌一努嘴。

周少鹏早已会意，冷笑道："科大人，你很聪明，也很理智，已经帮我们解释了嫌疑。"

"什么？！"科大人咬牙切齿，大怒道，"你们这是以子之矛攻子之盾！不要再转移话题！"

第四十回

鸿门宴（二）

董无忌咯咯笑道："科大人，您可真健忘！我现在告诉您：一，在见到这尊神像真身以前，我们根本不知道它真实样子，怎么仿照造假？二，我虽然懂鉴赏，但是这尊神像，连那么多琉璃厂的高手都看不出真伪，我怎么知道是假的？既然我都不知道是假的，又怎么会再做一尊去偷换？三，我虽懂古玩做旧，可这种合金神像，工艺复杂，还镶嵌各色宝石，虽说不上无价之宝，也是件珍品，我这点道行还真做不出来。四，我们一路上历尽艰辛九死一生，哪有造假和偷换的时间！你也是中国通了，科大人，以您的见识，是不是这个理儿？"

"这……"暴躁的心情一旦静下来，科大人猛然发觉，自己好像真的想错了，可这神像既然不是周少鹏、董无忌以假换真，那真的神像去哪儿了呢？

董无忌继续不慌不忙地问："大帅，您明察秋毫，您说，我说得在理不在理？"

王大帅咧嘴点点头："嗯……好像还真有点道理！小董啊，我介个人，从不冤枉一个好人，那么我问问你，既然如此，怎么好端端的一尊神像，就会老母鸡变鸭，一下子成了假的呢？"

"这就要问科大人了。"董无忌若无其事地答道。

"啊?问我?"科大人一指自己的大鼻子,两眼冒火。他刚要骂人,就听董无忌冷笑道:"是啊!神像是您找人鉴定的,那么回到方才我们刚来时的话题:您怎么知道这神像是赝品?怎么鉴定的?或者说,我们怎么知道,不是您监守自盗,把真的藏起来,造了尊假的栽赃陷害呢?大帅,我们是被告,他是原告,您是青天大老爷,按前清的规矩,当堂审案,原告和被告可以互相置辩,是吧?"

王大帅也有点懵,飞速瞥了科大人一眼,眼珠儿转了转,嘀咕道:"是啊,大清朝那会儿审案,确实有这个规矩。科大人,咱老朋友,你给咱们说说嘛,也叫我明白明白!"

在场众人闻言无不佩服不已,连董仪周也傻了,从没想到自己看似稚嫩的儿子,能如此随机应变伶牙俐齿,一个顺水推舟,把球踢了回去!

科大人满脸涨红,似乎有些进退两难,可当着众人,他也不能退缩,只得提高了嗓音:"你这是扰乱视听!我、我怎么可能干这种贪婪无耻的勾当?不对,现在是我在审问你们,不是你们审问我!"

"我们的青天大人是王大帅,您是原告呀!"董无忌故作惊讶,说"难道您这个中国通这点常识都不晓得?审问官和原告不能是一个人,要是按律法,必须回避,是吧大帅?"

"没错。"王大帅随口说,"我早年在天津卫,看过县太爷审案,原告就是原告,审问官是审问官,当然不能搅在一块。科大人,你就说说嘛。"

得!这下鼻子都快气歪的科大人,只好说了实话:"我是把神像亲自带回欧洲实验室鉴定的,说多了你们听不懂。简单说,这尊神像上镶嵌的宝石,绝大多数是用廉价的玻璃和水晶混合染色所制,工艺非常精细,看起来价值百万,其实很便宜。只不过这种宝石造假工艺,是新兴科技的产物,在没有科学仪器的情况下,你们中国古老的鉴定方法,根本鉴定不出来!"

"就这?"董无忌翻翻眼皮,示意周少鹏仔细听。

"还有,"科大人沉吟良久,才掰酌解说道,"这尊神像的真品,有一种非常神奇的力量。简而言之,它本身在制作时,不仅有黄金、白银、黄铜、黑铁,还加入了很多现在未知的元素,这些元素的加入,使得神像本体可以吸收很多物质里的射线、能量，在一个密闭空间之内，造成一种很稳定的平衡状态……"说到这儿，科大人突然一顿，换了说法，"这次在实验室经过几次检测，这尊神像根本没有那么大的力量，它的作用只有真品的百分之十！所以我确定，你们带回来的是假货！"

"射线？那是什么线？"王大帅听得懵懂。

科大人有些烦躁，摆摆手："大帅阁下，那是一九一八年欧洲大战以来才发展出的一种新兴科技，您不懂，我也不太懂。"

"单凭这两点，您就确定神像是假货？"

"当然！这是科学，科学你懂吗！不是贵国神神鬼鬼那一套！"科大人扎煞双手，"单靠眼力鉴定古董的时代已经过去了！要相信科学。"

"我信，信科学。"董无忌也皮里阳秋一笑，"可我就不明白了，您不是我国的最高文化顾问和中国古董爱好者吗？您资助的考察团也都是文化人，您老也没去过热河围场庙宫，怎么对神像如此门儿清？或许，您是听谁胡吹乱侃瞎说的吧？更或许，您根本不是在收藏古董，而是利用这尊神像，做其他的'黑活'？"

"当然不是胡说瞎吹，当时张教……"刚说了半句，科大人猛然意识到说漏了嘴，立马把剩下的话咽了回去，尴尬不已，擦擦热汗沉了脸结结巴巴解释，"我不用告诉你原因！这不合规矩！古董不仅仅是古董，有时跟科技是可以结合在一起的，你们这种保守的民族，根本不懂，不懂！"

周少鹏闻言又惊又喜，恨不得拉着董无忌握手！这个洋人的底差点被他诈出来，看来，整个事件确实另有玄机！

董无忌意味深长地笑了笑："也就是说，您要这尊神像并不是为了收藏，而是为了干其他的事，比收藏大得多的事。那么这就可以明确，科大人没有说谎，他没有藏起那尊神像，没有监守自盗再栽赃嫁祸。是吧，科大人？"

"当然！我没有那么愚蠢和无耻！"科大人愤愤不平，"你知道我的实验室每个月要花多少钱运行？我要的是真品，没时间干这种得不偿失的蠢事！"

"大帅，您听明白了吗？"董无忌一脸坏笑，"这件事跟我们没有任何关系，既不是我们四个造假偷换的神像，更不是科大人监守自盗，栽赃嫁祸。所以，我们都是清白的。"

王大帅咧嘴倒吸冷气，看看神色从容的董无忌，又瞅瞅一脸诧异的科大人，摇摇头又点点头，一头雾水问："介、介个，你们清白？科大人也清白？那、那真的神像哪去儿呢？不对不对！我怎么越听越糊涂啦！"

董无忌装出一副煞有介事的模样："您甭糊涂，科大人也稍安勿躁。对于这件事，我们和科大人都是受害者。一直以来，周处长其实还有关系到此事的两件事没说出来，等他说完，咱们一起商议商议，或许就有神像的下落了。不过，您瞧，我们戴着手铐傻呆呆站这儿，您打起精神听得累，我们说得更累。既然都清白，咱边吃边聊，行不？"

"既然都清白，那有啥不行？刘副官！"

"在！"

"放了他们四个，四个衙役退下！赶紧吩咐开席！老子问案问得都饿了！"王大帅安慰科大人，"老哥们，既然小董心里有数，咱边吃边聊吧！"科大人哭笑不得，也想闹明白真相，只得答应。这边刘副官见情势有变，也赶紧随着变，奉命唯谨。一时，伙计们川流不息摆桌上酒菜，忙碌一片，左右两席客人们这才落了座。

肃杀之气一散，众人心里一块石头落了一半，却都不敢大吃大喝，只有正座上的王大帅胃口很好，一面吃一面招呼："都放开肚皮吃！老子请客！小周、小董，你们没吓着吧？没吓着就吃喝，对，不然就不'卫生'啦！"

周少鹏知道董无忌花花肠子多，没想到他竟然半晌谈话，就能扭转乾坤，看着满桌佳肴，只吃了几口，就小声问："董无忌，你小子真可以！"

"现在是拍马屁的时候？"董无忌小声嘀咕，"你听明白了吗？"

"十有七八。"

"好，你不是最讲科学嘛，专业又是刑事调查，就从你专业聊，把整个事儿还原，能聊多久聊多久。"董无忌提醒道，"先拖延拖延时间，我再想办法！大头，伍哥，你俩别光吃，咱仨给周处长接着！"

"明白！"大头嘴里塞满了鱼肉嘟囔道。周少鹏不含糊，由打方才董无忌和科大人一来一往对话开始，他早把所需要的信息、科大人嘴里的漏洞梳理了一遍，已然心领神会，加上董无忌提的几个关键词，信心大增，打好了主意：一定要把这事的真相推理还原出来！

董无忌冲王大帅举杯："大帅，您呐安心吃，先叫周处长来一段。您就只当在天桥听说书。科大人，您也是。先说好了，不准打断，也不准着急上火。"

"你妈妈的！哈哈哈哈，"王大帅大笑道，"你小子跟我挺对脾气！听说书，哈哈，咱这不是审案审出戏来了吗！也罢，老子好几天没好好乐乐了，说吧，只要你把这故事说圆了，老子听美了就成！"

科大人心说：得！这位大帅，又从公堂审案换到天桥游乐场了！没办法，听呗。

周少鹏起身，先说了燕大发生的离奇凶案，又说了承德府遇险，老关头暴死，医院惊魂，鸡子山诡异，围场庙宫内外尸体不同之处及具体的尸迹之谜。他的口才虽好，却是刑事调查那套路子，远没有天桥游乐场说书人说得那么惟妙惟肖绘声绘色，然而这几件事本来就诡异恐怖，越是说得平淡，越显真实，听得众人时而惊诧不安，时而忐忑惊慌，时而沉思，时而迷惘。周少鹏足足说了一个多钟头，才把整个事件的来龙去脉说清楚。

众人这才明白：董无忌这趟热河之行，还真是艰难险阻辛苦万分呢。科大人边听边思索，末了也忍不住缓缓点头："上帝！真是一场恐怖惊悚之旅，但是这些错综复杂的事，跟神像被偷换又有什么关系？案件？天晓得，大帅和我不在乎什么案件。我们只要神像！"

董无忌啃着一条鸡腿，冲柳梦珊边笑边摆手，示意她照顾好柳教授。他一听这话，拉周少鹏坐下喝茶休息，冲科大人笑道："您甭急，周处长还没说结论呢。周处长，您请继续。"

周少鹏一脸肃然，在此起身冲众位点头："刚才说的是我们遇见的实情，下面我再把我的推论和推理出的真相，向诸位说明。"

"借着小董少爷方才的话，我先做一下说明。"周少鹏侃侃而谈，"众所周知，事情的起因，在于十几年前，爱好中国古代文化和古物收藏的科大人，派遣了一支考察团，他们由直隶沿途考察，在到达热河围场之后神秘失踪。他们失踪和死亡的原因，方才我已经说明了。但是，这里我想把这次回来我调查的另外一点事情，说明一下。"

周少鹏看看道貌岸然的科大人，冷峻地说："科大人，您的真实身份，并不是或者说并不完全是中国古代文化爱好者和古物收藏家，您还有另外一个身份。"

"你!"科大人瞪大了眼,声调都变了。

"您还是欧洲最著名的五大军火巨头之一!至于说佛罗伦萨公爵,只不过是您利用婚姻和金钱换来的爵位,为您增光添彩的爵位。您不要急着否认,您军火巨头的身份,不仅我知道,欧洲各大报刊都报道过,您军界的朋友,并不少于您文化界的朋友。"

科大人忙收了怯色,蛮横问:"那又怎么样?!"

周少鹏冷笑道:"不怎么样,简而言之,从我国清末开始,您就大量往我国倒卖各种军火,大发其财,然后大肆收购珍宝古物,将它们运回欧洲,看中的留下,不入眼的就卖掉。一直到如今,您一面道貌岸然以仁慈的文化研究者自居,一面大量运入军火,让我们互相杀戮,再盗卖我国国宝,里外赚得盆满钵满。更令人惊讶的是,上次历经四年多的欧洲大战,您趁机囤积居奇,如鱼得水,向各国大肆贩卖军火,除了卖给自己国家,甚至卖给敌国,两面做买卖,大发战争财,赚了巨额的财富。您国家的国王都得向您借钱,对吧?"

"没错!用你们中国话说:爷就是这么豪横!如果不是英国佬占着埃及,我都想把金字塔买回家!你不服气?"

"当然,随您的便。诸位,不必怀疑,这些情报都是我的德国警校同学帮我搜集来的。那么,科大人这么一位举世瞩目的大军火商兼大收藏家,事业和爱好,到底偏向哪一面?"

王大帅皱眉抹抹嘴:"小周啊,别卖关子,说重点!"

"是!诸位现在了解,像科大人这么一个丧心病狂,给各国带来杀戮、死亡和无穷灾难的商人,怎么有偌大善心,去一个他眼里保守落后甚至愚昧的国家,支持文化事业?爱好?这种说辞,只不过骗骗三岁孩童罢了。利益,才是他最终目的。卖军火、盗卖国宝,这些他干得很顺手,但为什么他会花重金派遣两支考察团去热河围场庙宫呢?良心发现?显然不可能。盗卖国宝?我们大家都看见了,这尊神像,按古玩行的说法,即便用纯金铸造,镶嵌五色宝石,能价值几何?三万?五万?

"要知道,我国至今是银本位制,货币价值很高,但货币储量不多,一两纯金,不过价值四十多块大洋。作为一位成功的商人,他能花二十万以上的重金,去寻找这么一尊金疙瘩?即便是清朝宫廷制作的，也不过几百两黄金外加几十颗宝石，二十万大洋换成黄金，堆也能堆好些，何况神像还是合金铸造的。所以，他的目的必然不是神像。后来经过调查和我亲眼所见，才明白科大人是看重了神像内部的神奇力量。就像他说的，他在欧洲老家有一所重金组建的实验室，实验室专门研制各类武器和军火，门类众多，精益求精，武器军火才是他发财之本。"上次欧洲大战，惨绝人寰，各国都发明创造了无数可怕的武器用来杀戮对方，科大人自然深谙此道。战争形态的发展，迫使科大人必须研究出更加先进的武器来赚钱。神像中的神奇力量，完全可以转化为制造先进武器的资源，这种力量甚至强大到可以毁灭一个国家，如果有了这种超级武器，科大人岂不是能控制世界？所以，他才孜孜以求这尊神像，他的实验室也是最新型的武器制造中心，很可能制造出这种超级武器。但是，身为欧洲军火商的科大人，是如何得知这尊神像具有神奇力量呢？"

第四十一回

真相

周少鹏缓缓看着越来越惊诧的科大人，冷笑道："自然不是你这个'中国通'凭空做梦想出来的。你这种虚有其表的'中国通'，口口声声深通中国文化，其实跟你的爵位一样，只不过是为你沾满鲜血的双手涂脂抹粉，甚至取得我国信任的一种手段罢了。所以，按照我的推理，在十几年前，有个中国人找到了你，不知道他如何得知了围场庙宫神像的秘密，无意中向你提起，而你以非常敏锐的直觉，意识到神像蕴含的力量可以转化为杀戮武器，因而你便花重金，派出了第一支考察团。那个时候欧洲大战还没发生，你却已经有了超前的想法。

"很可惜，你非常多疑，并不相信那个中国人，或许他过于贪婪，要价过高，也或许你想独吞整个成果。于是，你并没有邀请他进入考察团，而是请了自己的同胞费教授，带领一支小型考察团，以考察文化的名义，装模作样从直隶出发，实际目的地却是热河围场庙宫。"

科大人有些生气："胡说八道！这完全是你的臆想！"

"臆想？当你给我第二支考察团资料时，我还抄录了第一支考察团的名单。你没想到，回京以后，我通过欧洲警校同学做过调查，你第一次聘请的十个专家学者，只有三个人是文化学者，剩下七个全是高级物理学、高级化学、高级生物学和军用武器专家。请诸位想想，考察异国传统文化，派遣那么多风马牛不相及的专家来干什么？"

这番话让在座的所有人包括王大帅都惊呆了。董无忌端给周少鹏一杯热茶，笑道："精彩！周处长，喝点茶慢慢说，有些人的画皮，今儿总得揭开！"

"谢谢。"周少鹏一饮而尽，说道，"很可惜或者说很幸运，那些专家全部惨死于庙宫外，没有生还者，只留下了一些当时最先进的影像资料。而后很久，一直期盼消息的科大人非常幸运地得到了这些资料，发现那里确实像起初给你消息的中国人说的一样，异常诡异凶险，你更加迫切地想得到那尊传说中的神像，即便大战已经过去，可世界并不平静，你野心勃勃急如星火，于是只好再一次找到了当初给你消息的中国人。这一次，或许贪婪或者怨恨，他提出了一个天价！"

"二十万大洋？！"大头插了一句。

周少鹏点点头："对，二十万大洋！即便按照五十换一，二十万大洋，也能换四千多两黄金！按小董少爷所说，二十两黄金就能在北京城买一座豪华的大四合院，一件商代传世宫廷收藏的青铜鼎也不过价值一百两黄金，为了那尊神像，科大人你可算下了你认为的血本。你们俩之间约定好了，他要大洋，你要神像，而且考察团的费用，也由你一力承当。此事极为机密，表面上不能露出端倪，所以你才支持组建一支文化考察团，由他当团长，以考察文化的名义直奔热河围场，神不知鬼不觉地潜入庙宫，盗出神像。

"这一次，你具备了上一次没有的优势：一，上次考察团留下的影像资料可以让这次的考察团按图索骥。二，这个熟悉庙宫神像内情的中国人亲自带领考察团队员前去，队员全是文化专家，还有高级顾问，比如柳教授，他们见多识广，很多人年轻有为，能够吃苦耐劳，不会再犯上一次的错误。三，这样一来，不仅外界会认为这是一次正常的文化考察活动，甚至连我国首脑也不会在意，这招瞒天过海之计非常精明。更主要的是，你们以现金交易，志满意得的你已经付了他全款，因为这个人的家属全在北京城，你不怕他携款潜逃，跑了和尚跑不了庙嘛，呵呵。那个愿意出卖祖宗宝物的中国人，就是文化考察团团长、北洋大学教授张文达，对吗？"

"精彩！精彩的推理。"科大人神色异常古怪，沉吟半晌傲慢地笑了,"即使如此,可我下的本钱已经折了,神像是假的,我被骗了。张文达死了,我问过他的家属,他的家人根本不知道有这事,更不承认二十万大洋。"

"你啊!叫我说你什么好呐!"王大帅有点幸灾乐祸,"煮熟的鸭子都飞了,你介是赔了夫人又折兵嘛!这么点事,咱哥俩天天见面,你不早告诉我,抓瞎了吧?!小周啊,你说的比说书的还他妈有意思,继续继续,我再喝两盅!"

"是!"周少鹏看了看董无忌鼓励的目光,更加自信,严密推理道,"科大人的失败,其实没有那么简单,而且您看错了人。"

"当然看错了!"科大人激动了,"二十万大洋!一堆尸体!一尊假货神像!被耽误的重大新型武器研究!这或许是天意。"

"不,后面我要说的事,跟你们的天意没有什么关系。"周少鹏神色冷然,"因为你的本性如此,所以你选择的这位张教授,也不是那么好。我在北洋大学进行调查时发现,张教授平素看起来温和有礼,勤谨多才,一直以来,很受学生们欢迎。但实际呢?跟你是一丘之貉!

"科大人贪婪、狡诈、狠毒、利欲熏心和唯利是图,张教授既然能收受重金寡廉鲜耻地去偷盗宝物,还披上一层文化考察的外衣,两人之间当然没有区别,甚至张教授更有过之而无不及!

"这位披着温文尔雅外衣的张教授,其实早就心怀异志,巨额的赏金暴露了他唯利是图的本性和贪婪的欲望。他的动机和目的很明确,为了独吞那二十万大洋,为了掩人耳目,为了不让这个神像的绝密消息外泄,为了让所有考察团队员闭嘴,他对其他考察团队员,自然要杀人灭口斩草除根。

"这一点是经过小董少爷提醒,我回京后苦思冥想才推断出来的。很明显,张文达教授在带领队员赶赴围场庙宫之前,应该早就策划好了一切,准备了杀人灭口的最佳方案。他的手段很高明,在安然进入围场庙宫,他们当然也发现了第一拨考察团队员的尸体,而对庙宫离奇诡异传说的熟悉和了解,使得张教授很容易策划出一个令外人根本看不出,或者根本意识不到的杀人方式:仿照离奇传说,杀人灭口。"

小伍插话道:"是金蟾招引天雷雷击致死?!"

"对!"周少鹏点头,"正是如此!这一点也是小董少爷发现的。庙宫中的尸体跟庙宫外的尸体,十分相似,但是经过他的检查和我回京后的多次模拟实验发现：庙宫内的考察团队员，确实是被人用诡异的方式害死后，伪装成被金蟾招引的天雷劈死。那么当时这件事是如何发生的呢？

"或许我们可以这么推理：张教授带领的考察团发现庙宫外尸体后，并没有引起恐慌，毕竟这次去的都是文化专业的学者和学生，他们几乎都认为，围场庙宫的传说是真实的。在进入庙宫后，发现了神像，大家都被神像所吸引，正在围观欣赏和欣喜之时，张教授在背后，偷偷对大家下了毒手！

"我至今没有研究出来他的具体作案方式，可以肯定的是，这是一种特别离奇诡异的方法，可能使用了比如高压电流、人为的球形闪电、爆炸物、火药或者其他的东西，在很短的时间内，考察团队员们来不及反应，几乎全部被害！尸体一片狼藉，跟雷劈致死极其类似，在没有深入解剖和实验对比的情况下，再聪明的人也不会想到是人为的凶案，毕竟庙宫外十几年前的尸体摆在那儿。经过短时间的日晒雨淋之后，两堆腐烂的尸身和同一个诡异离奇的传说，就合二为一，成了以后人们所认定的真相：像清代嘉庆皇帝暴死在那里一样，传说中的庙宫魔怪招引天雷劈死了考察团队员。这当然是野外考察发生的重大意外事件，跟杀人一点关系也没有。

"然而在张文达行凶杀人之际，一个他没有考虑在内的意外发生了：正直顽强的柳教授，虽然受了重伤，却并没有立即死亡，而是勇敢地冲上去，跟他进行了英勇搏斗。在激烈的搏斗中，两人都受了伤，柳教授拼尽全力，夺过了张文达身上的神像。正在此时，突然发生了另一场意外：庙宫水潭里的金蟾真的出现了！金蟾要杀二人，柳教授抱着神像跑到正殿躲避，无意中找到了开启地宫的机关，顺道藏了下去。而张文达却为自己的贪婪和狠毒付出了巨大代价，他被金蟾打成重伤，又中了金蟾剧毒，只得逃离庙宫保命，逃到鸡子山八道岭之际昏死过去，被后来的热河骑警所救。

"后面的事很简单：被救的张文达在承德陆军医院，羞愧难当，又惊又气，已然病入膏肓，在知道我的身份和考察团失踪之后，惊惧暴死。奄奄一息的柳教授一直在庙宫地宫里等待援救，他为了守护神像，抱着必死的决心，所以即使身负重伤，也中了一些金蟾剧毒，却一直在顽强地等待，直到我们到达现场。但很可惜，他的生命保住了，但已经失去了原有的记忆和理智,成了现在这模样。他才是真正的英雄!"

周少鹏挥手介绍,众人越听越激动,都向傻呆呆坐在轮椅上的柳教授行了注目礼。

"张文达这小子,真不是玩意儿!坏透了!要是他不死,老子非崩了他!"王大帅义愤填膺,朝正冲众人点头致意的柳梦珊叫道,"小柳,你咧甭伤心!你爹是条汉子!不输咱当兵的!现而今他疯了,以后的生活,我来照顾!咱不能叫人说,用人朝前不用人朝后。我出一万大洋给他养老,再在参政院给他挂个名儿,按月领薪水,贴补贴补家用!"

柳梦珊立即起身:"多谢大帅厚爱,我不敢领受,再说燕大已经给了照顾,还有董……"说着话她羞涩地看了看董无忌。

王大帅哈哈乐了:"明白了,好女配好男,得了,到时候我去喝喜酒!"

科大人神色惊诧:"周处长的一番推论,我想已经明白了,这个张文达真是人面兽心!怪我看走了眼。可是,神像真品去哪儿了?你的推理中没有涉及,还有你说的承德府发生的老关头之死、燕大凶案,跟这次张文达利用传说杀人,好像没有什么关系呐。"

"神像真品自然还在。"周少鹏掰着手指说,"张文达利用诡异传说杀人灭口,偷换神像也是一个原因,因为他不想让任何人,包括您知道神像被换掉。为什么呢?原因在于,对于他这么个贪婪无耻、唯利是图的人,面对一尊价值二十万大洋、具有神奇力量的神像,怎么会不希望它能卖到三十万、四十万甚至更高?欲壑难填的人当然会想得到更大的利益。所以在率领考察团赶赴热河庙宫之前,他还做了两件事:一,已经根据您送他的第一次考察团遗留下的影像资料,或者他自己掌握的更详细的资料,费了很大精力,制造出一件高级仿制品,用来以假乱真,偷天换日。二,找到了能出更高价格的另外买主,一货卖两家,高级伪造品卖给您,真品卖给出价更高的那方,赚取更大的利益。很明显,这个计划很狡猾,他如果成功,赚取的利益远远高于二十万大洋。

"我想,去热河途中,这件伪造的神像他一直带在身上,也许他担心一旦完成任务回京,您根本不会给他时间以假换真。但是在跟柳教授搏斗时,两尊神像都在他手里,柳教授对他的诡计不知道,挣扎中,柳教授夺了伪造的神像,逃到大殿。而真的神像,一直在张文达手里。

在他被金蟾重伤，逃到鸡子山八道岭昏迷之时，失落在了山野中。"

科大人边听边思索着缓缓点头："这也不错，我是在半年前给了他一份影像资料的复制本，他完全有时间和能力去制作仿品！张文达这个无耻之徒，竟敢背着我寻找另外的买主，还敢以假乱真！真死有余辜！只是可惜了那尊神像，或许还在荒山野岭。"他似乎意犹未尽，还在打神像的主意。

"这就是大家想要知道的，文化考察团离奇失踪、庙宫里尸迹之谜的真相，至于燕大凶案、老关头承德离奇暴死、承德陆军医院发生的诡异事件，我想跟本案并无直接关系，也许是偶然发生，我还需要进一步调查。这个真相，实在令人悚然，科大人并不是什么好人，但是他始料未及的是，他所合作的张文达，更是一个诡诈狠毒之辈。如今张文达咎由自取，暴死在承德，而科大人，您的损失也是咎由自取。"

周少鹏义正言辞的说法，令科大人涨得满脸通红，除了自嘲的冷笑，一句话也说不出来。

周少鹏明明白白详细说完，在场众人都松了口气，被他上佳的口才和细致入微的推理所折服，尽自不敢大声说话，都点头赞叹不已，或是怜悯那些被害死的考察团队员，或是痛恨张文达这个衣冠禽兽的恶行。

大头、小伍甚至另外一桌的柳梦珊如梦初醒，心里五味杂陈，都对英武睿智的周少鹏大起好感。王大帅干了一杯酒，哈哈大笑道："好故事！我说诸位，咋样？我看中的介个小周，真是个人才！小嘴叭叭叭跟他妈机关枪似的，三下五除二，把事情搞明白啦！小周啊，这回你是头一功！前两天抓你那事，甭放在心里，谁知道这么个事，有那些弯弯绕，差点把老子也弄糊涂了！来，我敬你一杯。"

周少鹏肃然说："不敢！"俩人喝了酒。

大厅里的气氛越发轻松活络，王大帅看看表，正要结束宴席，给周少鹏几人赏赐，可煞作怪，董无忌却仿佛傻了一样，两眼盯住虚空，两手扎煞着，嘴里嘀嘀咕咕不知在念叨啥。小伍凝神细听，是"阴阳反背、小人道长、君子道消……黑白颠倒"几句话，正要劝他呢，陡然间形势大变！方才安安静静听周少鹏讲述的董无忌，猛然痛苦地挣扎起来，嘴里呜呜呜呜发出凄厉的尖叫声，仿佛要撕咬挣扎住什么人！那一刻，他眼珠儿血红，夹杂着诡异、绝望和恐慌无助。他扫视了一圈在场的众人，慢慢抬起左手，不知是朝上还是朝谁，指尖颤抖歪歪斜斜指向了众人！

"不好！小爷中毒了！"小伍大叫一声，立即抱住了随即昏死过去的董无忌。

大头也吓得跳起来叫道："坏了！是不是小爷八字弱，被邪祟冲克啦！快找驱邪的东西来！"

王大帅也见多识广，呼啦站起来大叫："中毒？快把厨子都抓起来啊！不对啊，我们怎么没事儿？八成是叫热河冤死的厉鬼给附身啦！掐人中啊！刘副官，赶紧找鸡血来！"

贵爷、董仪周见状惊得魂飞魄散，忙跑了过来。除了傻呆呆的柳教授还在轮椅上坐着，众人无不离席来看，大厅里登时叽叽喳喳咋咋呼呼乱作一团。

人仰马翻鸡飞狗跳闹腾了一碗茶工夫，周少鹏早把董无忌从小伍怀里抢了过来，满脸紧张惊诧异常地给他检查身体，脉搏、心跳都正常，翻翻眼皮，按按肚腹，从头到脚查了一溜够，没事儿！

小伍、大头一个摁人中，一个掐额头，正闹得不可开交，却见董无忌眨眨眼一翻身坐了起来，懒洋洋打着哈欠一脸坏笑道："诸位，吓着了吧？哈哈哈哈。"

"你大爷的！你装神弄鬼啊！"大头一看就明白了，笑骂不已。众人都哭笑不得，贵爷、董仪周气得一脸通红，狠狠给了他几下。王大帅瞪大了眼笑骂道："好你个猴崽子！合着在这儿演戏玩呢！别说，演得还挺像！贪玩到家啦，真他妈皮！没把老子吓着，嘿嘿。"说罢，王大帅给了他轻轻一巴掌。

"你在干什么！"见众人三三两两啼笑皆非回了座位，略微松口气脸色铁青的周少鹏把他拽起来摁到椅子上，"这不是开玩笑的时候！幸亏大帅今儿高兴，万一……"

董无忌坐下不理他，却拉着一脸惊慌担忧的柳梦珊坐在身边。她还没开始埋怨，就听董无忌说："大帅！我还真不是闹着玩，冲撞您的虎威。我是在还原当时张文达暴死之前的场景。周处长，当时张文达暴死，是不是这个样？"

周少鹏点点头，狐疑地瞅着他，不知道这位少爷又要闹什么幺蛾子。王大帅笑骂："你个小子，学个死人干嘛？那个张文达活该！"

此时，董无忌站起身，冲众人作了个罗圈揖，换了庄容："方才啊，大家伙听了周处长一番合情合理、精妙非常的推理，现在呢，我突然想借周处长的话头，也说个故事。这故事，跟周处长说的有合有分、有正有反、却更有玄机奇妙之处，你们想不想听？大帅，您想听吗？科大人，您呢？"

王大帅哈哈乐道："好嘛！今儿真是好玩，这他妈审案审案，闹成说故事的场子啦！小董啊，老子就爱听故事，你啊就放开说！说得好，老子有赏，说不好听，可要打你的屁股，哈哈哈哈。科大人，咱就听小董再白话白话吧！"

王大帅一点头，满屋人谁敢不凑趣儿？连会贤堂掌柜的也偷偷站在楼梯口，一面吩咐给众人换热菜新酒，一面借机"蹭听"。

第四十二回

另一个真相（一）

　　柳梦珊很奇怪地望着董无忌，想回座位照顾父亲柳教授，却被他牢牢按住。董无忌酝酿片刻，"啪"一拍桌子，像天桥书馆评书师傅一样开了场："闲言碎语咱不讲，今儿个，我给诸位爷来一段新鲜故事。故事发生在本朝本代，本年本月，说的是欧洲有名军火巨商科大人，听闻围场庙宫有一尊具有神奇力量的神像，便费尽心机，勾结背宗忘祖的败类张文达，要把神像搞到手……"

　　也许是常和大头去天桥书场听书，耳濡目染已然得了真传，他的口才很好，满口京腔有板有眼吐字清晰，用词讲究一丝不苟，声调抑扬顿挫张弛有度，风格稳健清丽，把众人这趟经历、每个人的神态表情语言动作，说得惟妙惟肖，妙语连珠，娓娓动人，令众人心潮起伏，身临其境，慢慢全听住了。

　　"那么诸位请想，一座布满离奇恐怖传说的荒凉庙宫，一个传说中能呼风唤雨招雷引电的'魔怪'，庙宫外还有一堆十几年前被雷电劈死的第一拨考察团队员的尸体。目之所及，五色迷离，任谁也不可能想到，第二拨考察团队员是被人残杀害死的！高！此人拥有如此深的心机，用诡诈的计谋、狠毒的手段布局和作案，那是真正的高手！"

董无忌故作阴森诡异的声调，听得众人心里发毛。不料他话锋一转，皱眉道："如今，周处长已然解开谜题，得出真相，大家听他说得头头是道，也都认为他推测不错。可我这里，却还有另一个真相。"

一直在静听的周少鹏本以为董无忌发了少爷脾气，在哗众取宠，博大家一乐，一听这话，猛然呆住了，瞅了瞅同样疑惑的大头、小伍，仨人都感到莫名其妙。

"起初我并没有对整个事件产生怀疑，一直认为周处长所说的真相，就是真相。然而，直到从头到尾把整个事儿串联在一起，加上凶手露出了不少我们当时根本没在意的蛛丝马迹，这才让故事有了另外一个真相。

"我是想到哪说到哪，先说燕大凶案，周处长调查了很久，他发现庄副校长和校工，并非他杀，而是自杀，我当时呢，差一点儿也完了。可据他说，当时案发现场没有任何线索，我遇到的凶尸，是一场幻觉。可是这幻觉和庄副校长的死出现得也太巧了，正好发生在我们为了考察团失踪，去询问他所知道的情况的时候。因为柳教授在参加考察团出发前，跟他请假并说过一点情况。这就令人不得不怀疑，即便没有线索和凶手，庄副校长和校工，为什么要非死不可呢？我当时在现场遇到的到底真是幻觉还是某种特殊因素引发的险境？姑且存疑。

"后来在承德府，老关头普普通通平常的一个遗老，在告诉我们庙宫离奇传说之后，突然暴死，张文达也是同一天暴死的。那个恐怖夜晚，承德陆军医院发生了一些离奇恐怖的事件，更可怕的是，那天晚上，我和其他所有人竟然在相同时间、相同地点和相同环境，见到的事儿完全不一样！张文达和老关头暴死之后发生了诡异的尸变，除了我，其他人几乎没有察觉！这就让我更加怀疑，到底是我在做梦，还是其他人都在撒谎呢？"

董无忌思索了一会儿，道："我确定自己没有做梦，而大头、小伍，包括石院长、周处长，更不可能所有人一起撒谎欺骗我。那这件事就太诡异了！可通过细琢磨，我发现我当时一定是清醒的，因为我清楚地看到了周处长手书的一张纸片，纸片上全是他对事件的猜测和嫌疑人。但是……"他提高嗓音看着周少鹏："周处长，你非常确定，你根本没有给我看过那张纸，完全没有，对不对？"

"是的！"周少鹏点点头，"那张纸我从没给你看过，从没离过身。"

"那就更奇怪了。我这人虽然胆小,也算有点见识,可不是神仙,也根本不会未卜先知的法术,咱俩怎么会在一个时间、环境内,遇到完全不同的两件事?可我确实看到了那张纸,后来还跟周处长查对此事,他很惊诧。所以,我可以确定,当晚我根本没有'梦游'或者产生幻觉。既然我没有产生幻觉,那么这件事就说明,产生幻觉或者说对那晚情况有着错误认识的,是你们!"他一指小伍、大头。

大头叫道:"这怎么可能?"

"当然可能。"董无忌冷笑道,"凶尸事件发生后,我一直在问你们,是不是半夜听见了奇怪的鼓声,但所有人都说,没有听到任何声音,包括石院长和在场的医生护士。然而,那天夜里,我不仅真真切切地听到了,而且感到很难受,幸亏丹增喇嘛送我的银经桶,解除了我的痛苦和眩晕。从那之后,我们就遇到了一系列的恐怖事件。"

小伍大惊道:"小爷,您是说,从听见鼓声开始,在相同时间、地点,我们之后便开始了两种不同的遭遇?"

"不,小伍哥,只有一种!"董无忌笃定地说,"也就是我的遭遇,是真实的。而你们所有人,被鼓声影响了神经或者大脑,产生了幻觉甚至完全错误的认知!"

周少鹏倒吸了一口冷气,嘀咕道:"鼓声……鼓声,那这跟考察团失踪凶案和燕大凶案有什么关系?"

董无忌一笑:"稍安勿躁,周处长,听我慢慢说。承德府诡异事件发生后,我们赶赴围场庙宫,历尽艰险,险象环生,自然没有时间去思考,但是回京平静下来之后,我突然想到另外一个人,那就是丹增喇嘛和他在承德府发生的离奇遭遇。

"丹增喇嘛是个很神奇的人,他不仅看出了我们之后发生的一系列凶险之事,送了我藏银经桶,甚至看出了老关头的噩运。大头,你还记得吗?"

大头细一思量,目瞪口呆:"妈呀!丹增喇嘛临走的时候,非要带老关头一起去修行。小爷你是说,那个时候他已经看出了……"

"对!"董无忌目光锐利,缓缓言道,"那时候,丹增喇嘛已经看出了老关头要遭毒手,但是不能明说,只能隐晦其词,可惜老关头没有听懂,我们也没有听懂。现在我想说的,除了这个,还有一点,很关键。"

"我们和丹增喇嘛如何结缘的？伍哥，你记得吗？"

小伍立即回答："据他所说，他从藏地来中原学习，在普陀宗乘庙挂单，却遭遇了庙主上师诡异死亡，秘藏在'权衡三界殿'密室中的一件当年乾隆爷七十万寿，布达拉宫大喇嘛进贡给他的稀世之宝离奇失踪等事件。他被庙里的喇嘛和警备队当成盗贼，打斗中逃跑出来，昏倒在老关头门外。他收养的小猴儿色楞欢在大街上抢了我们的东西，才引我们发现了他。小爷，您是在怀疑他？"

"不，他是个好人。伍哥，你记得他说没说过，那件宝贝是什么？"

小伍摇头道："不知道，丹增喇嘛也不知道，只是他好像说，庙主上师临终前告诉他，一定要追回那件宝贝，如果那件宝物流落到世间，被心性险恶歹毒之人利用，会给众生带来巨大灾祸。对，就是这个话。"

董无忌笑道："伍哥好记性，一点不差！还有一点值得注意，丹增喇嘛的奇遇，跟老关头暴死以及那天半夜陆军医院凶尸恐怖场景发生，并没隔多久，粗粗估计，也就前后几天的事。还记得郑队长头上的纱布吗？那就是证明。"

一直沉默的科大人一听有宝贝，来了精神，想想说："小董少爷，你的意思是，普陀宗乘之庙被人盗走的稀世之宝，就是造成老关头暴死、陆军医院夜半凶尸作祟的根源？是一面具有神奇力量的鼓？"

王大帅越听越迷糊，忙问："鼓？嘛鼓？大鼓还是腰鼓？"

董无忌点点头："科大人聪明，大帅说得也不错，就是一面鼓！你们不觉得很奇怪吗？为什么这两件事发生的时间如此紧密，就是前后脚，且丹增喇嘛说'如果那件宝物被心性险恶歹毒之人利用，会给众生带来巨大灾祸'。所以我推断，普陀宗乘之庙丢失的就是一面鼓！再进一步推断，这面鼓带有神奇或邪恶的力量，它的声音，能迷惑正常人的思维神经，造成常人神志失常、昏迷或者产生幻觉，用古人的话来说，就是'迷魂夺魄'！"

"天方夜谭！"周少鹏又发了牛脾气，"小董少爷，我们是在说案子，你怎么又开始胡说这些迷信故事了，这根本不符合科学。"

不料科大人连忙摆手："不，不！周处长，小董少爷说得很有道理！"他目光炯炯继续说："庙宫神像都有神奇力量，一面流传数百年的鼓，还是给大皇帝祝寿用的珍品，当然与众不同。欧洲大战之后，我的实验室做过很多稀奇古怪的新型实验，专家发现，特殊的声音声波,会对人类的脑部神经有极其巨大的影响或伤害作用,随着声音声波的调整,会引起常人的思维、动作、意识甚至行为发生明显的改变,有些几乎能引发常人的异变,比如自相残杀、抹去他们记忆、引导他们自杀等等。我相信小董少爷所说的,这是符合科学的。"

"感谢科大人的支持,呵呵。"董无忌嗤笑道,"这本来就是我说的故事,至于真相,我们不是还在一面推理一面讲述吗?"

"即便你的推理是正确的,可燕大凶案发生的时间不在那个鼓失踪的时间内,再说考察团失踪、庙宫尸迹之谜,跟这件事没有任何联系。你总不会说,这些事也是张文达干的吧?他分身有术,一边在庙宫杀人灭口,一边在承德兴风作浪装神弄鬼?根本不符合逻辑。"

董无忌拍了拍周少鹏,叹息道:"周处长,让我说你什么好!你啊,你还成天念叨逻辑,我问你,你说的真相那么多漏洞,你的逻辑在哪儿?"

这话一说,满屋众人都是一怔,连王大帅也愣住了。众所周知,周少鹏不仅是京师警官学院的高材生,还是德国汉堡警政大学留洋回来的人才,响当当的刑事调查高级警官,方才一席推理分析滴水不漏,顺理成章,怎么在董无忌嘴里,成了漏洞颇多?

周少鹏倒是显得平静,剑眉一挑,有些负气似的无奈笑了:"小董少爷,您既然成竹在胸,那就请指教!"

"指教不敢当,周处长也别生气,我是就事论事。其实这个漏洞你自己已经说了,但你没有意识到而已。"

"这话怎么讲?"

董无忌掰着手指指点:"按照您的推理,张文达当然是个处心积虑心狠手辣的凶手,他在庙宫发现神像后,悍然杀掉了考察团所有人,可我的老师柳教授没有立即被害,而是英勇地跟他搏斗,两人打斗多时,引出了金蟾,以后细节不必说。那么请问,这一次派去的考察团有多少人?"

"十二个。"科大人说,"五位文化界的学者,还有几个文化专业大学生。"

"那么问题来了:你们两位都承认,去的全是文化界的学者,还有几个年轻大学生,张文达年纪比柳教授小三四岁,也是五十来岁的人,十二个考察团队员,去掉他们俩,还有十个,也就是说,张文达在庙宫发现神像后，悍然下毒手，不仅一刹那间，单枪匹马害死了十个队员，还跟柳教授搏斗多时。请周处长想象一下，他这么一位文质彬彬手无缚鸡之力的老师，既不是武林高手，也不是绿林好汉，是怎么做到的？用枪？用刀？用毒药？用火药？用你说的人为超高电流或者人为球形闪电？即便如此，那十个人，还有柳教授，都眼睁睁瞅着他行凶杀人，傻呆呆的无动于衷，大家一起等死？！"

这晴天霹雳般一问，犹如五雷轰顶，炸得周少鹏晕头转向。好半天他才定住神，脸色煞白，喃喃说道："这、这确实是个极大的漏洞，对不起，我还没想到，只是推断出，他肯定使用了一种我们现在不得而知的方法行凶。"

董无忌一字一顿说："再不得而知的手法，也需要时间！考察团队员们绝不可能眼睁睁看着其他人被害而无动于衷。你在现场验尸时说过，现场没有激烈打斗、使用防身武器的痕迹，我看过那些尸体，有蹲、有坐、有躺、有卧，死状极为凄惨。这些人表面上很像是被雷电劈死的，但是他们口鼻内都有烟灰。这就说明，他们不是瞬间死亡，而是历经惨烈的手法被害。那么为什么众人没有像柳教授一样反抗呢？原因只有一个：他们被害时，全都'失魂落魄'，没了正常的思维意识和反抗能力，甚至大都神志昏迷，像一群没有灵魂的行尸走肉，任由张文达加害！能把这么多人弄成行尸走肉的，现在已知的东西，只有那面鼓！"

大头悚然问："可张文达在考察团里，他又不会孙猴子的分身法，怎么能一面偷鼓，一面去考察团深入围场庙宫呢？莫非真凶另有其人？"

小伍恍然大悟："不是另有其人！赵爷，小爷的意思是，凶手不止一个！有人在承德偷了鼓之后，再暗中跟随考察团，跟张文达里应外合，下毒手害人！"

周少鹏也随即大悟："小董少爷，你是说，张文达有一个或者几个共犯！这共犯不知从何得知普陀宗乘之庙里有一件能迷惑人心智的稀世之宝，便趁机将它偷盗出来，偷偷跟随考察团进入围场庙宫，利用鼓声迷惑人心，然后利用不得而知的方法杀人灭口，伪造现场！"

"对！"董无忌说道，"想张文达此人一介文人，年过半百，单靠他一个人，无论如何也完不成瞬间杀掉这么多人、跟柳教授搏斗、伪造现场这么多行动,有了那面神奇的鼓,加上一个或几个帮手,这件事就可以做得天衣无缝了。而且这些共犯,并不是外人呀,你刚才不是说了么,张文达贪婪无耻,欲壑难填,伪造了一件神像,想一宝卖两家,很可能就是出价更高的另一个买方,出手帮他一起完成了这次凶案!"

"太可怕了!"科大人有些惊慌不安,"这简直是魔鬼的杰作。"

第四十三回

另一个真相（二）

    周少鹏有些头疼，觉得董无忌的推理实在有些危言耸听，可情急之间，却无法反驳。他突然意识到什么，忙问："小董少爷，如果这样，我后面那些推断，岂不是全错了？"

    "非也非也，"董无忌轻松笑道，"也不是全错了，有些地方错了，而且不是你的责任，而是我们几乎都错了。"他眨眨眼说，"方才大帅说得对，故事，只要说圆了就好听。后面的故事，我继续说，周处长，你可听仔细了。很多疑点漏洞，就此出现。

    "我们暂且把前面的故事，比如燕大凶案、承德府老关头暴死、陆军医院凶尸之谜都放到一边，单说考察团失踪、尸迹之谜和神像的本身。这里有几个一直存在，而过去我们从未发觉的疑点：一，我刚才说了，张文达本身是一介手无缚鸡之力的书生，他虽然有狡诈狠毒的心机、权谋和胆量，可单凭他一个人绝没有这个作案能力，他必然有共犯。由此我想到了另外一个疑点：我们在承德陆军医院都见识到了张文达身上的恐怖伤痕和中毒模样，石院长和周处长亲自解剖了尸体，那真是触目惊心，而我们几人得到假神像从庙宫逃亡时的狼狈，大家现在还心有余悸。这里就说不通了，如果张文达没有共犯，他在身负重伤的情况下,如何从庙宫跑到鸡子山八道岭,还能有生命体征?"

董无忌叫周少鹏简略地在桌上画了一下庙宫、伊逊河、鸡子山八道岭的地图,问道:"周处长,这两个地方相隔多远?"

周少鹏思索了一下:"至少有三十华里,只多不少,我们亲自走过这段路,地图上标注了大概路程。"

"你记得承德警署的王署长手下发现张文达时,周围有没有马匹或骡子?"

周少鹏断然说:"完全没有,我记得很清楚,他身边没有任何骡马和交通工具,不然他的鞋子也不会烂成那样。很明显,他应该是一点点走到鸡子山八道岭的。这有什么疑点?"

"当然,"董无忌沉着脸道,"你现在想想,以他的那种伤势和中毒程度,可能自己一点点走三十多里地,还活着?恐怕早死在半道上了!"

"你是说……"周少鹏眉头紧锁。

董无忌没理他,接着说:"你方才说的是没有共犯。可据我的推断,他肯定有共犯,那么既然有共犯,他们在一起杀人灭口,得到真的神像之后,共犯为什么会眼睁睁看着身负重伤的张文达自己逃回鸡子山八道岭,而没有出手相助?为什么没有直接带他回京,或者给他救治?难道他们是白痴吗?"

"也许是他们自己为了钱或神像发生了内部争斗,那些共犯见神像眼开,不想照价付钱,也杀人灭口?"大头指点,"江湖上这种事儿也不是没有哇。比如说坟蝎子,就常会这样。"

"赵爷,您说得更不对了。"小伍插话,"那共犯既然帮助张文达对整个考察团队员进行杀人灭口,不仅因为有那面鼓,而且很可能手段高强,对付一个文人张文达算什么?一击必中,还能容他逃到鸡子山?"

董无忌点点头:"伍哥说得对。也就是说,张文达逃到鸡子山八道岭这件事,本身就存在巨大疑点。现在我说第二个疑点:刚才我表演了张文达暴死之前的诡异景象,当时在场的,有我、周处长、大头、小伍,还有陆军医院的石院长,对不对?"

"对,"周少鹏忙答道,"我还问了他几个问题。"

"周处长,你还记得当时我们在重症治疗室的位置是怎么站的吗？"

一听这话，几人都愣住了。董无忌拉着他们仨起来，指着柳梦珊说："梦珊，你先扮成石院长。这张桌子，就是张文达，我们还原一下当时的情景，大家一看便知。"

大头嘟囔道："小爷，您这是演戏呢！"

几人只好按照他的指点，分别站好位置，周少鹏俯身对着桌子问话，董无忌装作胆小，蹑手蹑脚躲在大头、小伍身后，一头雾水的柳梦珊离他们几步远。

片刻，众人演绎了一遍，当董无忌突然露头问话时，正好赶上柳梦珊扮演的石院长推门进来，俩人一出现，按照剧情，桌子被周少鹏剧烈摇动，片刻就不动了。演完之后，众人落座，其他人还没看出什么，王大帅却大惊道："有门儿！小董啊，那个张文达，不是被小周吓死的，是看见你和石院长以后，才出现了惊悸失常、羊癫疯发作的模样，一下就昏死过去！"

"大帅英明！"刘副官顺嘴拍马屁。周少鹏听完猛然一惊，这才意识到当时场面，跟他推理的完全不同！

董无忌笑笑："大帅明察秋毫！周处长，你想想，如果张文达惊慌失措悔恨失常，那他必然是在你亮明身份之后，刹那间就已经激动不已，引发伤势暴死了！怎么可能在你问了好几个问题，一点事儿没有，看见我和石院长以后，却立即发生那种惨剧？"

"是啊，"大头一拍大腿，"我怎么就没想到呢？那说明，石院长有重大嫌疑！"

"不，"董无忌断然打断他，"那个重大嫌疑人不是石院长，是我！"

"你、你？！"众人无不瞠目结舌目瞪口呆，仿佛看见一个妖精突然从地下钻出来一样，都直直地瞅着董无忌。

"对，是我。"董无忌压低了声音，显得格外诡异，"假比说，此时略有神志、身负重伤的张文达，在睁开眼的一刹那，看到了医护人员，虽不能言，但还是用眼皮回答了周处长的几个问题，包括站在前头的大头、小伍，张文达都见到了，都没有任何表示，唯独我一露头，说了几句话，此时才情形大变！石院长只不过凑巧进来，遇上这场景。所以外人看来，石院长的嫌疑最大。可张文达一直在京城教学，石院长是关外人，跟考察团一事丝毫无关，那么只有一个解释是合理的：

张文达看到了我，才造成了心情突然激动，引发伤势突然暴死。记得他濒死前的动作吗？他激动地全身挣扎，独眼扫视了一圈，鸡爪子似的手慢慢抬起来指向我们所有人！但这是从我们眼里看他，其实呢，是他嘴不能言，他非常激动地想跟我说话，无奈伤势严重，抬手想指向我，可力不从心，所以造成了误解。"

"可小爷，您也不认识张文达啊！"小伍疑惑，"你们俩从未见过，也丝毫无关呐！"

"伍哥说得不错，梦珊和我燕大的同学、我的家人都可以作证，我和张文达从没有任何联系，我不认识他，他不认识我，但为什么濒死之际的张文达见了我，会有那种恐怖表情，然后暴死呢？容我先卖个关子。

"再说第三个疑点：我们把柳教授救回来之后，送到协和医院，经过美国大鼻子医生和德国专家几天辛苦救治，才保住了柳教授的生命。还记得美国大鼻子是怎么说的？柳教授外伤比较严重，中毒程度不深，而且，那是'一种非常奇怪的植物和动物综合毒素，它似乎经过特殊制作，在已知的毒素中没有记载过'。梦珊，是不是这样？"

"是啊，"柳梦珊更加莫名其妙，"当时我们都在场，美国医生就是这么说的。这有什么问题吗？"

"梦珊，这当然有问题呀。周处长，在庙宫发现金蟾怪物时，咱们都中过金蟾的毒素，我请问你，金蟾是动物还是植物？"

周少鹏肃然道："当然是动物！"他猛然一惊，继续说："董无忌，你是说柳教授身上的毒素不对！"

董无忌冷笑道："何止毒素不对。周处长，你平心想想就明白了，张文达对整个考察团下毒手，你假定的是，当时没有金蟾出现，他和柳教授搏斗时，金蟾出现，大逞凶威，然后两人都受了伤，各自逃生，柳教授搏斗时抢夺了假神像，张文达带着真神像逃走。那么当时即便没有张文达帮凶在场，他中毒的惨状，我们在承德陆军医院都看到了，毒入五脏，异常恐怖，而柳教授身上的毒素，又怎么会是经过特殊制作的动物和植物的综合毒素呢？"

几人沉默良久，小伍点头："这里说不通啊，难道是美国大鼻子医生搞错了？"

柳梦珊沉思道："不会，如果搞错了，他怎么能把我爸救活？再说生物毒素和细胞这一类，是他们西医的专长。"

大头警醒道："那就是当时没有金蟾出现，张文达故意下毒，不小心自己中了剧毒，柳教授命大，中的毒少！"

"不！"周少鹏脑海里突然涌上一个可怕的念头，他摇摇脑袋说，"以张文达的心机，绝不会发生这种事，而且前提是，张文达和柳教授，年龄相当，体力和精力都差不多，更重要的是，那高手帮凶在场，根本不可能发生这种事！这个疑点确实无法解释。"

董无忌还是那个口气："第四个疑点更简单：一个人的口味。说到这儿，可能大家都不太明白了。柳教授出院后，我悄悄问过协和医院的美国大鼻子医生，还有德国专家。他们共同认为，一个人脑部神经出现刺激或受到巨大影响之后，可能出现遗忘、幻觉、疯癫或其他症状，但最不会改变的，就是他的口味，也就是味蕾神经系统。假比说，一个人因为刺激发了疯，他可能会有这样那样的变化，甚至不认识家人，可他吃东西的习惯口味，几乎不会变，不会从特别喜欢吃甜食，变成吃咸的、辣的或者臭的。这是西方医学界的共识，算是科学吧？"

科大人指了指他："的确！这在十几年前就经过研究证明了。"

柳梦珊突然感到奇怪，看了看董无忌："我想起来了，我爸从前一直跟你一样，都喜欢甜的，油炸糕、糖皮锅鼻儿、豌豆黄吃不够，这阵子好像变了似的，喜欢吃咸的和臭的。"

董无忌点头笑笑，自顾自说："第五个疑点：庄副校长和校工之死。周处长当时救了我，他的调查显示，那是一场自杀或凶手使用了离奇的杀人方法，使我产生了幻觉。可是我们对这个案子的作案动机和目的至今不得而知，只是觉得它跟考察团失踪没有关系，算是悬案。然而，我们从另外一个角度看看，或许真相并不是这样。

"我记得梦珊说过，柳教授跟庄副校长是留学时代的同学，俩人过从甚密。假比说，柳教授得到了一个担任考察团顾问的机会，其中又有些不好跟别人说的玄机，那么临走之际，柳教授在跟庄副校长请假时，言谈中肯定会说出一二，老同学嘛，人之常情。虽然我们不知道他们谈的是什么，但肯定有极为关键的话。但庄副校长仅因此就遭到灭口，不仅当时身在围场的张文达不可能做到，而且这个理由也太牵强。因为就如周处长所说，知道此事的张文达家属、科大人、王大帅和北洋衙门的官员都安然无恙。周处长也因此就认为燕大凶案跟考察团失踪之谜、张文达没关系。

"然而,我们都忽视了一点,那就是梦珊说过,不仅庄副校长跟柳教授是同窗,而且张文达和柳教授也是同窗,甚至是同寝室的好友!俩人不仅气质很像,而且互相非常熟悉。这就说明,张文达跟庄副校长也都认识,甚至关系很好,三个人互相声气相通,都是同学关系。且张文达还有隐藏在幕后的帮凶,如此一来,那么燕大凶案就有了另外一个真相:庄副校长必须要死,这不仅仅是因为他了解考察团背后的些许内幕,更重要的是,他对柳教授和张文达都非常熟悉!张文达害怕他识破自己,甚至识破自己所有的诡计,所以指使帮凶,在自己不在场的情况下,用一种非常诡异的手法,杀害了庄副校长!而校工是目击者,所以也必须死。正当凶案发生时,我和大头、梦珊去找庄副校长问话,我差点撞破帮凶,所以那个帮凶也使用了相同诡异的手法,要杀了我!"

第四十四回

另一个真相（三）

  王大帅咧嘴琢磨了很久，眉头紧锁："我咋越听越糊涂呐！小董，你说的到底啥意思？"其他人不明白，周少鹏把他说的所有疑点归纳一处，脸色苍白地问："小董少爷，如你所说，你的结论是什么？"
  "很简单，结论就是：承德府陆军医院暴死的那个人，根本不是张文达，而是柳玉庭教授！"
  "啊？！"众人无不惊诧，满屋犹如打了个焦雷，把所有人全震傻了。
  董无忌娓娓道来："其实说到这，另一个真相已经呼之欲出了：张文达和帮凶们，早在去围场之前，就密谋好了所有计划——张文达负责带领考察团进入围场庙宫。一伙帮凶偷盗秘藏在普陀宗乘之庙'权衡三界殿'密室里，能控制人思维神经的宝贝，跟随考察团潜入庙宫。他们联手杀掉了所有考察团队员，故意留下了奄奄一息的'柳教授'，将凶案伪造成了传说杀人事件。在京的帮凶，在得到考察团神秘失踪的消息后，立即按照原计划，杀掉了既了解些许内幕，又熟知柳教授、张文达的庄副校长。那个令人自杀又不自知的手法，我现在回想起来，我那天在燕大厕所闻到的香味，很可能就是凶手故意释放的迷香！如此一来，凶手分成三股，任务明确，且手段狠毒，如果不是他们留下的蛛丝马迹，整个事件可谓天衣无缝！

"事情到这儿，跟周处长所推断的大体差不多。然而，在后面的阴谋中，张文达的计划更加阴毒诡诈：他和帮凶得到了神像真品，在奄奄一息的柳教授身上放毒，将他装扮成自己的模样，丢弃在鸡子山八道岭，故意引导别人发现柳教授。一旦柳教授以他的身份死去，他就可以用'借尸还魂'，换成柳教授的身份继续活下去！他自己按计划被帮凶打伤，沾染或服下少许毒素，抱着假神像，潜入庙宫地宫中，而真神像，自然到了帮凶手里。他在地宫中等待，甚至一直狞笑着等待一群傻子的到来，那群傻子就是我们。

"我们犯的最大错误，就是认定了承德陆军医院的伤者就是张文达，因为伤者根本看不出真容，而身上的衣服和身份证件，误导了我们。但濒死的柳教授因为怀着巨大的愤怒和正义，想说出真相，揭露张文达这个衣冠禽兽的所作所为，所以强撑到最后一刻，还在回答周处长的问话。可惜因为我的突然出现，让柳教授本来就愤怒、激动的心态发生巨大变化，这种强烈的刺激，令他老人家伤势陡然加重。濒死之前，柳教授还在尽最后的努力，想冲我说出真相，他的手也想指点我，可惜最后无力回天，暴死于异地！

"承德府老关头之死和陆军医院的恐怖事件，全都是幕后的帮凶所为，目的有三个：一，借助那面宝物'鼓'，害死所有调查此事的人，让整个事件显得过于离奇恐怖，人们的目光也会随即转移到意外死亡上。二，得到宝物'鼓'的帮凶，想拿我们做活体实验，因为他们发现，这面鼓的神奇力量太过于玄妙，多做几次实验，早日掌握这种神奇力量，对他们来说非常合算。三，如果害不死我们，就用'鼓'的神奇力量，掩饰一系列事件，让我们对如此错综复杂的局面，束手无策，陷入死局。而很可惜的是，我得到了丹增喇嘛赠送的一件小法器，破除了鼓声，从而无意中看到了某些事实的真相。

"以为万事大吉的张文达，被我们傻呆呆地救了回来。我们回来以后，假神像被上交给了科大人，当时他的帮凶，也是另一个买方，为了使假神像做得逼真，故意用了特别先进的作伪技术，我们琉璃厂古玩行的行家，根本看不出真假。但是张文达没有想到，或者已经想到，科大人会把神像带回欧洲实验室检验。他更没想到的是，协和医院的美国、德国医生发现了他身上的毒素并非自然动物毒素，而是动植物合成毒素，这一点没有在他考虑之内。不过，这些所有的疑问，都有人替他解释和伸冤，那就是我们！因为'张文达'已经暴死，死了死了，一死百了！而他却假装成柳教授的模样，继续他的表演，等到某天，这些事全部过去，已经有了全新身份的他，当然会带着二十万大洋以上的财富，远走高飞！到那时，我们只会以为，疯了的'柳教授'走丢了，如此而已。"

激愤难平的董无忌眼圈儿血红，扫视着所有人："起初我并没有怀疑这一切，直到张文达你露出的蛛丝马迹，逐渐凝合成线，而我最新发现的疑点，就是你的口味忽然大变。因为我和柳教授亦师亦友，我们都爱甜食，他老人家从来不吃臭豆腐和咸菜，但你不同，你祖籍浙江奉化，恰巧我知道，那里的乡间最爱吃臭芋头、臭冬瓜，这是奉化人家常小菜！你虽然百炼成魔，心胸险恶之极，可你的口味最终出卖了你！

"还有，最近有个朋友提醒我，这次事件有'阴阳反背，阳被阴占，阴被阳据，黑白颠倒，小人道长，君子道消'的寓意，我从各个角度思索，却都不得要领。然而，今天我想明白了一切，你用心如此险恶，歹毒狠辣，把瞒天过海、李代桃僵、借尸还魂之计用得如此炉火纯青，却忘了一条：物极必反，天网恢恢，疏而不漏！张文达先生，你这个毒如蛇蝎、丧心病狂、用尽心机的衣冠禽兽，事到如今，还坐得住吗？！"

这石破天惊的问询，令满屋人一片死寂，悄无人声，胆小的早已吓得瑟瑟发抖噤若寒蝉。众人的目光，都齐刷刷地看向了还傻呆呆坐在轮椅上的"柳教授"。

他似乎根本无动于衷，眼神呆滞浑身僵硬，像一尊石像，完全没听见董无忌方才一系列言语。柳梦姗被董无忌这突如其来的一番话，震得天旋地转魂飞魄散，又气又急，不敢相信又不敢不信。她看看"父亲"，又看看身边的董无忌，如同坠入无边迷茫之中。

周少鹏也被董无忌的一番话惊得心摇目眩，他飞速思索，发现整个事件的疑点和不通之处，按照董无忌所说的真相，果然全部能说得通！周少鹏惊愕地立即站起来。董无忌牢牢握紧柳梦姗的手，一面示意周少鹏从侧面迂回过去，一面咯咯冷笑道："哈哈哈哈，可惜啊，张文达先生，你机关算尽还是被古人给骗了！我现在告诉你，你以为的那尊神像是真品,其实也是假的!那是乾隆皇帝故意做出来骗人的!因为神像真品还完好无损地秘藏在庙宫里,只有我知道它藏在哪儿!"

"不可能!绝不可能!!我已经找到它了!日……""柳教授"猛然站了起来,嘶哑的声音好似地狱里张牙舞爪的厉鬼在疯狂咆哮,望着得意冷笑的董无忌,他陡然一怔,他这才发现自己被骗了!

"周处长!把他拿下!"电光火石间,众人都发愣呢,故意用了诈术施出雷霆一击的董无忌挥手一指,周少鹏如猎豹一样猛然扑了过去。可惜离得太远,周围又是桌椅板凳,"柳教授",不,应该是张文达满脸狰狞可怖,迅速从腰间掏出一柄手枪,对准董无忌哆哆嗦嗦扬手就是"啪!啪!啪!"几枪!

屋里登时人仰马翻鸡飞狗跳,无论官员还是掌柜的都抱头鼠窜。董无忌万万没想到,张文达竟然还藏着手枪,登时呆住。因为俩人离得太近,大头、小伍来不及反应,等周少鹏扑过去的时候,子弹早已射出。"我命休矣!"没等他觉得疼,眼前早有一人替他挡住了子弹!

"梦珊?梦珊?"董无忌凄厉的呼喊声,柳梦珊苍白的微笑和胸前绽开的鲜红花朵,都湮没在王大帅巨雷般的吼叫声里:"开枪!都开枪!给我乱枪打死这个畜牲!"

一阵爆豆似的枪声大作,震耳欲聋满屋硝烟,张文达被打成了筛子。董无忌只觉眼前血红一片,急火攻心,眼一黑也昏死过去……

三天后。

"号外号外!会贤堂饭庄发生枪击,王大帅亲自指挥卫队击毙凶徒!案情复杂离奇,据传与半月前于热河围场失踪之文化考察团有关!"

"号外号外!日本领事馆日前发生离奇火灾,烧死日本黑衣和尚多人,尸骸惊人!日本领事大怒,提请内政部警察总署及京师警察厅,严密抓捕放火杀人凶徒!另据消息,领事馆内丢失数件稀世珍宝,领事馆已密报大总统及曹老帅,望我方迅速展开调查,寻回丢失珍宝!"

第四十五回

尾声

　　董无忌睡得很舒服，好像活了十七八年，只有这次的睡眠是最安心的。朦胧中，董无忌觉得自己还坐在燕大柳教授家，爷俩一面大吃着京味儿小吃，一面谈天说地论古道今，柳梦珊坐在沙发上瞅着他们爷俩咯咯直笑，只是那笑十分苦涩。

　　片刻，空气中涌来一股迷迷蒙蒙的吟唱，柳梦珊突然拉起柳教授，站在他面前："董无忌，我走了。"

　　"你要去哪儿？我也跟你去！"

　　柳梦珊似悲似喜满含深情盯着他良久："我要去彩云之乡，极乐之土，你去不得。"说完，她拉着柳教授转身而走。此时，迷蒙吟唱声越发宏大，董无忌突然觉得头疼难耐，眼前一黑，耳中就听有人说："嗡嘛呢叭咪吽，福德深厚善良的年轻人，还不醒来，更待何时？"这句话如一股暖流注入身体，董无忌醒了。

　　董无忌眼前全是熟悉的人：捧着鸡汤白发苍苍的贵爷，一脸欣喜的董仪周，涕泪交流的大头和满眼含泪的小伍，只有周少鹏坐在床边，用宽大的手掌拉着他的手，满眼关切。床边椅子上却坐着个一身土黄色僧衣的喇嘛，"呼啦！"一只长尾小猴儿扑了过来，搂住他脖子亲热地舔舐。

"色楞欢？丹增喇嘛？！"董无忌惊喜交加，想坐起来，却一个头晕颓然倒下了。

丹增喇嘛微笑慈祥地看着他笑了："年轻人，你灾愆已过，我来讨还护身经桶了，呵呵。"

董无忌示意小伍把脖子上的经桶解下来，恭敬地奉还给喇嘛。喇嘛顺手戴了，微笑道："此番历练如何？"

董无忌猛然想起梦中事，忙问："我睡了几天？对了，梦珊呢！"众人闻言无不红了眼圈。大头咧嘴哭道："小爷，你可撑住啊，你睡了五天了，小柳、小柳她……"

霎时，明白过来的董无忌登时悲痛欲绝泣不成声，泪如雨下大哭起来。众人忍不住都陪着哭了一场，只有周少鹏红着眼圈紧握他的手没说话。丹增喇嘛见他太激动，慢慢过来，单手揞在他额头上念诵道："……一切恩爱会，无常难得久。生世多畏惧，命危于晨露。由爱故生忧，由爱故生怖。若离于爱者，无忧亦无怖……"

五内俱焚心如刀绞的董无忌忽然感到一片清凉由额头缓慢输入身体，冲重楼过膻中，霎时游走奇经八脉十二经络，自己的悲痛之意大减，身上慢慢有了力气。丹增喇嘛说道："他们已经去了极乐之地，年轻人不必再挂怀了。过于悲恸，一念而生，会导致极乐之地的人不安呐。"

喝了鸡汤，董无忌总算坐了起来，心灰意冷地问道："丹增师傅，我想跟你去修佛。"

"啊？！"贵爷、董仪周都吓了一大跳。

丹增喇嘛却笑了："你与我佛有溯缘，只是你俗业深重，还未了然尽漏，不可入佛门。再说，修行佛法，随处而修，非择地而行。我今天来，一是为了取回经桶，二是为了跟你们告别。"

大头抹抹眼泪苦笑道："喇嘛师傅，你可别带我们小爷去当和尚啊，我们哥们还没处够呢！过七八十年再说吧！"

大家听完都笑了。丹增喇嘛说："我在这儿的事都办完了，当然要回去了。"

董无忌精明，知道自己父祖在场，有些话他不好明说，便问周少鹏："梦珊埋在哪儿了？""西山，我求了大帅，通过军方，把留在承德的柳教授的遗体接了回来，父女俩埋在一起了。墓地是令尊出的钱，各位掌柜都凑了份子，大帅、科大人送的钱，我退回去了。等你身体好些，我带你去看看。"

"现在就去！"董无忌流泪发了少爷脾气，贵爷和董仪周怕他魔怔了，赶紧请周少鹏备车，带着大头、小伍和丹增喇嘛，一路去了西山。此地丹岩翠壁，苍松绿柏，流水潺潺，野花遍地，景色清幽。

两处坟墓一大一小，靠山面水，周遭翠柏环绕，安谧祥和。董无忌来到墓前，几声长叹哭了一场，祭拜如仪，众人随同行礼。丹增喇嘛诵了几遍《往生咒》，才说道："此地山清水秀，是一处佳域。多情的年轻人，望你今后多多保重。"

董无忌叹道："世事无常如此，真想不到。昨天还在一起，如今竟是天人永隔。"

"会者定离，不可过于执着。"丹增喇嘛慈祥地看着他，"你尘缘未了，还要多几番历练的。"

大头忙问："喇嘛师傅，你方才说在此的事儿都做完了，上次在承德，你说的那件宝贝找到了？！"

"找到了，在东洋人那里找到的。我自承德一路追查，发现他们想利用此物，做些诡诈歹毒之事，所以前几天夜里，我夜入他们藏污纳垢的秘密处所。没想到佛法同出一源，他们竟如此歹毒，不仅摆了东密阵法，还在阵中布置怪异神像，要招引邪祟，荼毒众生，我便用秘法超度了他们。可怜他们一场大梦，已被业火焚毁。"

"到底是件什么宝物？"董无忌思索道，"是不是一面鼓？"

"哦？年轻人如何得知？"丹增喇嘛点点头，从宽大的袍袖里，拽出一个杏黄色小包袱，看起来很沉重。色楞欢小猴儿欢快跳过去接住，搁在地上轻轻打开。

众人仔细观瞧，里头是两件金光闪烁的宝物：一件是直径二尺五寸大小、宽半尺的藏式鼓，鼓帮、鼓柄都是赤金雕花贴饰。中心是个贴金"卍"字符，上端是一颗五色摩尼宝珠，两边是两只七色人首凤鸟，四周围绕五色祥云、七宝、八吉祥、八瑞物、慧剑和各色护法尊神。这些皆用金银粉涂抹，光芒闪耀，周围边缘处，各按方位，是七个金圈梵文。

鼓帮上密密麻麻镶嵌了一圈水晶、玛瑙、珊瑚、碧玉、琥珀、砗磲，鼓柄上缠绕了两条含珠升龙，龙嘴向上，各含一颗拇指大的珍珠。

那鼓槌很奇怪，乃是一根二尺多细长的黄褐色人骨！

"这、这是什么鼓？"董无忌几人面面相觑，莫非当日在承德就是这么个东西，闹出偌大一场凶祸？

丹增喇嘛说道："起初我也不晓得，入京后，在几个黄教寺院请教诸位上师，终于才得知此物来历。此物叫巴特玛萨木昂孜朗久旺丹法鼓，乃是一千年多年前，莲花生大师入藏后制作再以广大佛法加持过的圣妙法器。此鼓历代相传，后供奉在布达拉宫福地妙胜殿内，当年乾隆大皇帝七十万寿，布达拉宫大喇嘛为表虔诚祝贺，特意派遣使者，将此鼓护送至承德进贡。大皇帝龙颜大悦，当即重赏，并问起此鼓作用。

"使者回答：此鼓制作出来时，莲花生大师便指示道，此物汇集六合四方神智光明，无量威德，可鼓舞广传佛法，普度众生，令忧者欢喜，悲者安心，蠢笨者生智慧，凶顽者变慈和，神妙无穷。举办法会时若配合其他法器按韵律敲击，可布十方圆满福德，熄灭诸魔障碍，震慑邪祟魔怪之心，祛除一切外道邪魔鬼怪。但若有歹毒奸诈之人，倒行逆施，颠倒音律敲击，便能吸魂夺魄，令人神智颠倒，坠入无间妄想血狱永不超生，给众生带来巨大灾祸。乾隆大皇帝得知深意，为避免别有用心之人以此为祸，没有带回京师，而是下达密旨令众僧人将其密封于普陀宗乘之庙'权衡三界殿'密室里，永远不许开启。因此，此鼓才在那里被安然秘藏数百年，直到那些东洋和尚们把它偷盗出来，妄图颠倒使用。"

董无忌深深感慨："原来如此，丹增师傅，其实他们已经颠倒使用过了。"说完，他便把围场庙宫、老关头暴死和陆军医院之事说了一遍，听得丹增喇嘛合掌诵经不止。半晌，丹增喇嘛才说："他们为了一己之私，犯下如此恶业，咎由自取。"

周少鹏却不以为然，想起董无忌和科大人所说，这面鼓必然是在制作时就已经暗合音律，用声音影响人类的心智和神经思维罢了，此时也不好揭破。但大头、小伍听得津津有味。半晌，大头忽然指着包袱里另一件宝物叫道："哥儿几个快看！那是什么？！"

众人闻言朝包袱里再看，无不悚然大惊失色！原来里头却是一件金光闪烁的神像，跟他们从围场庙宫地宫里发现的那尊，有七八分相似，却更加流光溢彩瑞气腾腾。周少鹏肃然说："张文达真是把这神像一货卖两家！怪不得他最后被小董少爷诈出半句'日'什么！"

"我们小爷那是神机妙算。"大头笑道，"周处长，你没听见这几天大街上嚷嚷着，日本领事馆大火、失窃了好几件珍宝。看来，张文达和东洋人早偷着穿一条裤子了，不是小爷揭穿他们，科大人还蒙在鼓里呢！喇嘛师傅，真有你的，连这物件也顺出来了。佩服！"

董无忌蹲下，小心翼翼地捧出神像。几人围过来细细欣赏，果然跟假的那一尊有种不同感觉。"丹增师傅，这两件宝物您准备如何处置？"

"嗡嘛呢叭咪吽，这两件宝贝，都有神异作用。它们已然现世，被别有用心贪婪歹毒之人惦记上，实在不是众生之福。我已想好，将这两件宝物带回藏地，密封于冈仁波齐圣山之下，以圣山之广大法脉，妥当安护，使之永远不现于世间。我今后也就在那里修法看守，以尽绵薄之力。诸位，时候不早，咱们就此别过了。诸位善良勇敢的年轻人，我会在万里之外，为你们一直祈福，祝你们长乐平安！"

说声告辞，色楞欢小猴儿把包袱系好，丹增喇嘛袍袖一卷将它带在身上，向众人合掌念佛。色楞欢对董无忌依依不舍，摇头摆尾实在眷恋，忽然从身上掏摸出一把东西，扔了过来。几人接过一瞧，是青果！

"色楞欢，你又调皮了，哈哈。"丹增喇嘛笑道，"诸位有福，这是色楞欢从噶达素齐老峰极巅的八宝常青林中摘下的长寿长生青果，吃一枚可益寿延年，百病不侵，诸位请用吧。"

董无忌泪眼婆娑紧握青果叹道："一个猴儿都能长生长寿，如何不让有情人终成眷属呢？"

丹增喇嘛也不说话，合掌轻轻一躬，色楞欢坐在他肩头，直冲众人挥手，一僧一猴儿十分潇洒，踏歌而去。

众人凝神细听，歌声清旷悠远，唱的是：

"你见，或者不见，我就在那里，不悲不喜。
你念，或者不念，情就在那里，不来不去。
你爱，或者不爱，爱就在那里，不增不减。
你跟，或者不跟，我的手就在你手里，不舍不弃。
来我的怀里，或者，让我住进你的心里，
默然，相爱，寂静，欢喜。"
……

全文完

图书在版编目（CIP）数据

古玩异闻录：死亡金像 / 齐州三爷著. — 上海：上海社会科学院出版社，2021
 ISBN 978-7-5520-3615-2

I. ①古⋯ II. ①齐⋯ III. ①长篇小说 — 中国 — 当代 IV. ① I247.5

中国版本图书馆CIP数据核字(2021)第132058号

古玩异闻录：死亡金像

著　　者：	齐州三爷
责任编辑：	霍　覃
封面设计：	主语设计
出版发行：	上海社会科学院出版社
	上海顺昌路622号　邮编 200025
	电话总机 021-63315947　销售热线 021-53063735
	http://www.sassp.cn　E-mail:sassp@sassp.cn
照　　排：	江心语
印　　刷：	上海景条印刷有限公司
开　　本：	890毫米×1240毫米　1/32
印　　张：	10.25
字　　数：	312千
版　　次：	2021年10月第1版　2021年10月第1次印刷

ISBN 978-7-5520-3615-2/I · 432　　　　　　　　　　定价：48.00 元

版权所有　翻印必究